Das Buch
Ein junges Mädchen allein in der Welt der Drachen...

Auf der Jagd entdeckt die dreizehnjährige Yori eine riesige Smaragdechse, die verletzt ist. Zu ihrem Erstaunen kann sich Yori mit dem Tier verständigen. Doch als sie der Echse den Pfeil aus der Schulter holt, schneidet sie sich selbst an der vergifteten Spitze. Mit letzter Kraft schleppt sie sich ins Lager ihrer Sippe. Dieses Pfeilgift hat, wie die Heilerin des Stammes berichtet, noch nie ein Mensch überlebt, daher wird das Mädchen aufgegeben. Doch im Schlaf begegnet Yori der Echse erneut. Das Tier gibt ihr die Anweisung, die verletzte Hand unter der Decke hervorzustrecken, worauf ein winziger, bunt gemusterter Salamander die Wunde aussaugt. Die Echse hat Yori gerettet, aber sie hat ihr auch eine Botschaft hinterlassen: Du darfst nicht sterben, deine Aufgabe ist noch nicht erfüllt. Als der Jäger, dem dank Yoris Eingreifen das wertvolle Schuppenkleid der Echse entgangen ist, seinen Zorn auf die Sippe richtet, entdeckt Yori bald, von welcher Aufgabe die Echse sprach: Als das Volk in die wasserlosen Berge flieht und ihm die Häscher dicht auf den Fersen sind, bleibt Yori nur eine Möglichkeit, ihren Stamm zu retten.

Der Autor
Wolfgang Hohlbein, 1953 in Weimar geboren, hat sich in kurzer Zeit zu einem der erfolgreichsten deutschsprachigen Autoren emporgeschrieben. Zuzammen mit seiner Frau Heike gewann er mit Märchenmond den »Phantastik-Wettbewerb« des Ueberreuter-Verlags. Außerdem erhielt er den »Preis der Leseratten« des ZDF und den »Fantasypreis« der Stadt Wetzlar. Seit 1982 ist er hauptberuflich als Schriftsteller tätig.

WOLFGANG HOHLBEIN

DIE NACHT DES DRACHEN

Roman

WILHELM HEYNE VERLAG
MÜNCHEN

HEYNE ALLGEMEINE REIHE
Nr. 01/13005

Umwelthinweis:
Dieses Buch wurde auf
chlor- und säurefreiem Papier gedruckt.

Taschenbucherstausgabe 1/2000
Copyright © 1998 by Verlag Carl Überreuter, Wien
Wilhelm Heyne Verlag GmbH Co. KG, München
Printed in Germany 2000
Umschlagillustration: Jan Krasny/Agentur Schlück
Umschlaggestaltung: Nele Schütz Design, München
Druck und Bindung: Pressedruck, Augsburg

ISBN: 3-453-15751-6

http://www.heyne.de

Der Reiter bewegte sich langsam nach Süden. Die große Entfernung und der Vorhang aus heißer, flirrender Luft, die wie eine unsichtbare Glocke über der Wüste hing, verliehen seinen Bewegungen etwas täuschend Langsames und ließen sie eher wie ein Schweben und Gleiten erscheinen als das mühsame Dahinschleppen, das sie vermutlich waren.
Yori beobachtete ihn nun schon fast eine halbe Stunde und er war während der ganzen Zeit nicht einen Deut näher gekommen, sondern bewegte sich parallel zum Waldrand nach Süden, obgleich die Hitze dort draußen unerträglich sein musste und er den schmalen, grünen Streifen aus Bäumen und dürrem Unterholz, der die Wüste wie eine natürlich gewachsene Verteidigungslinie säumte, gar nicht übersehen konnte. Aber er hatte nicht einmal einen Versuch gemacht, den schützenden Schatten zu erreichen, sondern bewegte sich in gerader Linie weiter auf seinem einmal eingeschlagenen Weg, verschwand in beinahe regelmäßigen Abständen hinter den roten Sandwellen der Wüste und tauchte genauso regelmäßig wieder auf, wenn sein Tier eine weitere Düne erklomm; wie ein Schiff, das auf dem Horizont auf und ab schaukelte. Yori verstand nicht, warum er seinem Pferd nicht wenigstens gestattete, zwischen den Dünen entlangzulaufen, statt es immer wieder aufs Neue die steilen Hänge hinauf- und auf der anderen Seite wieder hinabzuzwingen. Aber im Grunde verstand sie ja nicht einmal, was der Reiter dort draußen suchte. Die Eisenwüste mit ihren roten, endlosen Sanddünen, ihrer Hitze und den Stürmen, die oft ohne jede Vorwarnung hereinbrachen und Sand und Steine mit Urgewalt vom Himmel regnen ließen, war einer der gefürchtetsten Landstriche in diesem Teil der Welt. Nur wenige von denen, die versucht hatten, sie zu durchqueren, waren jemals

lebend zurückgekehrt, und nicht einer hatte es ein zweites Mal versucht. Es gab nichts, was das Risiko gelohnt hätte, und der Weg über die Berge nach Süden war nicht nur ungefährlicher, sondern noch kürzer dazu. Aber aus irgendeinem Grund schien sich dieser Reiter entschlossen zu haben, die tödliche Einöde der Sandwüste zu durchqueren.
Yori seufzte, ließ sich zurücksinken und lehnte den Kopf gegen den rauen Stamm des Baumes, der ihr Versteck beschattete. Sie war müde und ihre Augen brannten vom langen, angestrengten Starren. Der Wind trug roten Staub aus der Wüste heran. In der Luft lag ein durchdringender Geruch nach trockener Erde und heißem Fels und die Sonne brannte wie ein glühender, weißer Ball vom wolkenlosen Himmel. Die Luft war an diesem Morgen sonderbar klar, viel stiller und irgendwie durchsichtiger als sonst, sodass der Blick weit nach Westen bis zu den Gipfeln der Berge und in der entgegengesetzten Richtung viele Meilen weit ins Herz der roten Sandwüste reichte; anders hätte Yori den einsamen Reiter dort draußen gar nicht entdecken können. Es war heiß, selbst hier, im Schatten der Bäume, und wie an den Tagen zuvor schien die Sonne wieder ein ganz kleines bisschen heißer zu brennen, der Wind eine Winzigkeit trockener und das Grün der Bäume und Büsche eine Spur blasser zu sein als am Vortag. Vor drei Stunden, kurz nach Sonnenaufgang, hatten sich im Osten ein paar vereinzelte Regenwolken gezeigt und für einen ganz kurzen Moment war es kühler geworden. Aber die Wolken waren rasch weitergezogen und schließlich verschwunden, um ihre Last irgendwo über der Wüste abzuregnen, wo sie nutzlos im Sand versickern würde.
Yori hatte Durst. Ihre Lippen waren schon jetzt aufgesprungen und trocken und der Staub, der mit dem Wind aus der Wüste herüberwehte, war unter ihre Kleidung und in ihr Haar gekrochen und juckte unerträglich, sodass sie ständig gegen das Verlangen ankämpfen musste sich überall zu

kratzen und zu reiben. Ihr Wasservorrat war beinahe erschöpft, aber ihre Kehle war noch immer trocken und sie hatte sich ein paar Mal dabei erwischt, wie sie ganz in Gedanken zur Seite gefasst und sich am Verschluss des Wasserschlauches zu schaffen gemacht hatte. Dabei war noch nicht einmal Mittag und sie hatte kaum die Hälfte ihrer Wache hinter sich gebracht. Und wenn die Sonne höher stieg, würde es noch heißer werden, selbst hier, im Schutz des Waldes.

Durst war etwas, das so sehr zu ihrem Leben gehörte wie die Kälte im Winter und der Hunger während des Frühjahres, wenn die Vorratszelte leer waren und das Wild, von dem sich die Sippe ernährte, noch nicht aus seinen Winterrevieren zurückgekehrt war. Aber während der letzten Wochen hatte Gonda die Wasserrationen für die Jäger Zug um Zug so sehr gekürzt, bis die wenigen Tropfen, die sie allmorgendlich in Empfang nahmen, kaum mehr reichten um sie tagsüber vor dem Verdursten zu retten und selbst abends im Lager gab es niemals genug um den Durst wirklich zu stillen; sie schliefen am Abend durstig ein und wachten durstig wieder auf und das seit Wochen.

Yori hatte diesen Gedanken ohne Groll oder gar Zorn – sie wusste, dass Gonda nicht aus Bosheit so handelte, sondern weil er musste. Auch die anderen Jäger bekamen nicht mehr Wasser und seit die Quelle am Fuße des Weißfelsens auch noch versiegt war, mussten sich selbst die Alten und Kranken mit schmaleren Rationen zufrieden geben. In den Jahren zuvor hatten sie einfach ihre Zelte abgebrochen und waren weitergezogen, bis sie einen Ort fanden, an dem es sich besser leben ließ, aber selbst das ging nicht mehr. Der Sommer war bisher heißer gewesen als alle, an die Yori sich erinnern konnte, und sie waren weiter nach Westen gewandert als je zuvor. Das schmale Bergtal am Fuße des Weißfelsens war der letzte Lagerplatz, den die Sippe kannte. Noch

weiter im Westen gab es nichts als leblosen Fels und Steine, und was hinter den Gipfeln der namenlosen Berge lag, wusste kein Mensch.
Nein, dachte sie noch einmal. Gonda handelte gewiss nicht aus Bosheit so. Viele Mitglieder der Sippe hielten ihn insgeheim für hart und herzlos, aber Yori wusste es besser. Er war eher das Gegenteil, aber wie jeder Stammesälteste, und vielleicht jeder Mensch, dem die Verantwortung für eine ganze Sippe aufgebürdet war, musste er manchmal Dinge tun oder befehlen, die ihm in Wahrheit zuwider waren.
Aber das änderte nichts daran, dass sie nahezu unerträglichen Durst hatte.
Yori seufzte, richtete sich wieder auf und blinzelte in die Wüste hinaus. Abermals fragte sie sich, was den Reiter dazu bewogen haben mochte, seinem Tier und sich eine solche Strapaze aufzubürden. Er war zu weit entfernt, als dass sie ihn genau erkennen konnte, aber ab und zu blitzte Metall unter den Strahlen der Sonne auf, und soweit sie es beurteilen konnte, trug er die Kleidung eines Kriegers. Dabei war die nächste menschliche Ansiedlung mehr als zehn Tagesmärsche entfernt und die nächste Stadt – und nur in einer solchen hatte Yori bisher überhaupt einen Krieger gesehen – gleich dreimal so weit. Ein leises, im Wispern des Windes kaum zu vernehmendes Geräusch riss Yori aus ihren Gedanken. Sie sah auf, bog die Zweige des halb verdorrten Busches, hinter dem sie Deckung gesucht hatte, ein wenig auseinander und spähte aus zusammengekniffenen Augen nach Osten. Der einsame Reiter in der Wüste war augenblicklich vergessen und für einen Moment wurden Yoris Handeln und Denken allein von den antrainierten Reflexen und den Instinkten des geübten Jägers bestimmt. Sie wusste, dass das, was sie gehört hatte, nicht der Wind war, sondern dass sich etwas Lebendes ihrem Versteck näherte. Beute! Angespannt blickte sie in die Richtung, aus der das Geräusch gekommen war.

Im ersten Moment sah sie kaum etwas: Jetzt, als sie direkt in die Wüste blicken musste, reflektierte der rote Sand das Licht des grell lodernden Feuerballes wie ein gewaltiger, kupferner Spiegel und ihre vor Anstrengung und Müdigkeit ohnehin geröteten Augen begannen zu tränen. Sie hob den Arm, wischte mit dem Handrücken Schweiß und Tränen fort und griff mit der anderen Hand nach Bogen und Köcher, die neben ihr an einem Baumstamm lehnten. Geschickt legte sie einen Pfeil auf die Sehne, rutschte in eine stabilere Position, um festen Stand für einen sicheren Schuss zu haben, und spähte noch einmal in das grellrote Licht der Wüste hinaus. Auf der Kuppe des nächsten Sandhügels erschien ein Schatten und gleichzeitig hörte sie wieder das Geräusch, das sie aufgeschreckt hatte: den raschelnden, schleifenden Laut von Sandkörnern, über die Klauen und stahlharte Schuppen glitten – ein Tier. Der Schatten verschwand, blieb einen Moment fort und tauchte dann, weit langsamer und vorsichtiger als beim ersten Mal, erneut auf. Yori ergriff den Bogen mit fester Hand, zog die Sehne bis ans Ohr und richtete die dreieckige Spitze des Pfeiles mit einer einzigen, geübten Bewegung aus. Der Katzendarm summte vor Anspannung unter ihren Fingern.

Aber sie schoss nicht. Ihr Arm und der Pfeil bildeten eine gerade Linie, an deren gedachtem Ende die Flanke des Tieres war, und Yori wusste, dass sie träfe. Aber irgendetwas hielt sie zurück. Das grelle Licht blendete sie noch immer und die Luft zwischen ihr und dem Tier flimmerte vor Hitze, sodass sich sein Körper auf seltsame Weise zu verzerren schien, als betrachtete sie ein Spiegelbild im Wasser eines schnell fließenden Baches. Aber trotzdem konnte sie erkennen, was für ein Tier da so plötzlich aus der Wüste aufgetaucht war.

Yoris Atem stockte und für einen Moment hatte sie das Gefühl, dass ihr Herz aussetzte und dann schneller und beinahe schmerzhaft hart weiterschlug. Es war nicht die erste

Smaragdechse, die sie gesehen hatte – die großen, dunkelgrün gemusterten Tiere lebten normalerweise im Niemandsland zwischen den Bergen und der tödlichen Einöde der Eisenwüste, aber der Hunger – und manchmal auch die bloße Neugier – trieb sie oft aus ihren eigentlichen Revieren heraus; mehr als eines hatte schon als Festtagsbraten über den Feuern der Sippe sein Ende gefunden und manchmal hielten sich die Kinder im Lager ein jüngeres Tier als Spielkameraden, bis es zu groß wurde und freigelassen oder getötet werden musste.

Aber Yori hatte niemals ein Tier von solcher Größe und Schönheit erblickt. Der Körper der Echse musste länger sein als der eines erwachsenen Mannes und ihre fingernagelgroßen Schuppen glänzten und schimmerten unter den Strahlen der Sonne, als wären sie wirklich von einem geschickten Künstler aus Smaragden geschliffen worden. Sie war wunderbar gestaltet – jede Linie ihres Leibes war perfekt, von einer so atemberaubenden Schönheit und Grazie, dass Yori sekundenlang mit angehaltenem Atem dahockte und nichts anderes tat als sich an dem Anblick zu erfreuen. Obwohl die Echse vollkommen reglos auf der Sanddüne hockte, konnte Yori das perfekte Spiel ihrer Muskeln unter der gepanzerten Haut erkennen, und als das Tier – nach einer Ewigkeit, wie es Yori erschien – den Kopf hob und misstrauisch in den Wind schnupperte, um Witterung aufzunehmen, brach sich das Sonnenlicht wie geschmolzenes Gold auf seinen Schuppen; ein Wasserfall aus Licht und winzigen, goldgrünen Sternen, der seine Flanken herablief und Yori blinzeln ließ.

Langsam ließ sie den Bogen sinken. Sie konnte nicht auf die Echse schießen; nicht auf *dieses* Tier. Plötzlich kam sie sich gemein und niederträchtig vor mit einem Pfeil auf dieses wunderbare Geschöpf gezielt zu haben. Behutsam richtete sie sich auf und bog das Geäst ein wenig weiter auseinander um besser sehen zu können.

Ein Zweig knackte. Das Geräusch war sehr leise und selbst für Yori kaum wahrnehmbar – aber die Echse hörte es trotzdem. Ihr massiger, dreieckiger Kopf fuhr mit einer abgehackt wirkenden Bewegung herum und der Blick ihrer pupillenlosen Augen wanderte in Yoris Richtung.
Etwas Seltsames geschah: Yori spürte genau, dass die Smaragdechse sie hinter ihrer Deckung sah, und eigentlich hätte sie Angst haben oder zumindest erschrecken müssen; Smaragdechsen waren nicht nur schön und äußerst wohlschmeckend, sondern auch gefährlich, und mehr als ein Jäger hatte den Fehler die schwerfällig erscheinenden Tiere zu unterschätzen mit einer üblen Verletzung oder gar dem Leben bezahlt. Selbst mit einem Langbogen und einer so sicheren Hand wie der Yoris wäre es noch immer ein Risiko gewesen, die Smaragdechse anzugreifen.
Aber Yori erschrak nicht und sie spürte auch keine Furcht. Die Augen des Tieres schimmerten im Licht der Sonne wie zwei große, leuchtend gelbe Edelsteine und es waren nicht die Augen eines Tieres, sondern die eines denkenden, fühlenden, *intelligenten* Wesens. Für die Dauer von drei, vier Atemzügen trafen sich ihre Blicke und alles, was Yori spürte, war eine grenzenlose Verwunderung und ein sonderbares Gefühl von Frieden und Vertrauen, wie sie es in dieser Stärke noch nie zuvor in ihrem Leben kennen gelernt hatte. Sie spürte, dass die Echse *wusste, warum* Yori da war, aber gleichzeitig spürte sie auch, dass das Tier keine Angst hatte, so wenig wie sie, und dass es ebenso sicher wusste, dass sie es nicht angreifen würde. Für einen Moment war es fast, als sprächen sie miteinander, wortlos und auf eine Art, die fremdartiger – aber auch ehrlicher – war als alles, was Yori jemals kennen gelernt hatte.
Langsam und beinahe verwundert über ihr eigenes Tun richtete sich Yori ganz hinter ihrer Deckung auf. Sie trat um den Busch herum, ging dem Tier entgegen und blieb in drei,

vier Schritten Abstand stehen. Die Echse hatte sich nicht bewegt, sondern hockte noch immer auf dem Kamm der Sanddüne, sodass sich ihr Schädel fast auf einer Höhe mit Yoris Gesicht befand. Jetzt, da Yori ganz nahe war, sah sie erst, wie groß und kraftvoll das Tier wirklich war. Seine Klauen waren lang und scharf wie Dolche und der Schwanz musste kräftig genug sein sie mit einer einzigen lässigen Bewegung zu töten.
Aber sie hatte noch immer keine Angst; im Gegenteil. Yori fühlte sich wie in einem Traum: Ein Teil von ihr begann zu rebellieren und schrie danach herumzufahren und davonzulaufen, so schnell sie konnte, aber der andere, stärkere Teil sagte ihr, dass sie nichts zu befürchten hätte und ihr dieses Tier nichts zuleide tun würde.
Die Echse hob den Kopf, musterte Yori aus ihren bernsteingelben Augen und öffnete das Maul, sodass Yori ihre fingerlangen Reißzähne sehen konnte. Ihre lange, gespaltene Zunge tastete in Yoris Richtung und nahm Witterung auf; der geschuppte Schwanz bewegte sich raschelnd und schleuderte Sandfontänen hoch. Der dreieckige Schädel des Tieres pendelte wie der Kopf einer Schlange hin und her, als betrachte es dieses zweibeinige Wesen, das da plötzlich vor ihm aufgetaucht war, mit größtem Interesse. Aber Yori glaubte zu spüren, dass es ein gutmütiges Interesse war, nicht das eines Raubtieres, das sein Opfer musterte, sondern pure Neugierde. Schließlich hefteten sich die Goldaugen der Echse auf ihre rechte Hand.
Yori sah an sich herab und fuhr zusammen, als sie sah, dass sie noch immer Bogen und Pfeil in der Rechten trug. Mit einer fast schuldbewussten Bewegung ließ sie die Waffe fallen und streckte der Smaragdechse ihre Hände entgegen.
»Verzeih«, sagte sie leise. »Ich wollte dich nicht erschrecken. Siehst du? Ich ... ich tue dir nichts. Ich bin nicht dein Feind.«
Ein ganz kleines bisschen kam sie sich albern vor hier zu

stehen und mit einem Tier zu reden, aber sie hatte schon immer ein gutes Verhältnis zu Tieren gehabt und sie spürte, dass die Echse, wenn schon nicht die Worte, so doch wenigstens ihren Sinn verstand. Trotzdem begann ihr Herz ein wenig schneller zu schlagen, als die Echse abermals den Kopf hob und ihre Zunge mit kleinen, raschen Bewegungen über ihre Finger gleiten ließ.
Die Berührung ließ Yori schaudern. Die Zunge der Smaragdechse war rau wie Sand und ihre Berührung war gleichzeitig unangenehm und beruhigend; auf eine sonderbare, fast betäubende Art beruhigend.
Endlich hatte die Echse ihre Musterung beendet. Wieder hob sie den Kopf und sah Yori an und wieder spürte diese, dass hinter den großen, klugen Augen weit mehr als nur die Intelligenz eines Tieres war. Lange Zeit stand sie reglos da und betrachtete die Smaragdechse und die Smaragdechse musterte sie, ohne dass sich eine von ihnen rührte. Yori wusste nicht, wie lange das stumme Zwiegespräch dauerte, das ihre Blicke führten, sie wusste nicht einmal, was genau in dieser Zeit geschah, aber sie spürte, dass dem Blick dieser goldenen Echsenaugen nicht die geringste Kleinigkeit verborgen blieb. Es war, als würde das Tier in sie hineinschauen, ihre Gedanken und Gefühle begutachten, so wie sie seinen Körper musterte, und selbst in die tiefsten Tiefen ihrer Seele blicken, vielleicht sogar Dinge sehen, die ihr selbst verborgen geblieben waren.
Schließlich senkte die Echse mit einem letzten, fast wie ein zufriedenes Seufzen klingenden Laut den Kopf und begann ein Stück den Weg zurückzukriechen, den sie gekommen war, blieb jedoch schon bald wieder stehen und sah zu Yori zurück. Ein Ausdruck von vagem Schmerz trat in ihre Augen und Yori erkannte mit plötzlichem Schrecken, dass der Sand da, wo das Tier gelegen hatte, dunkel und verklumpt war. Die Echse blutete.

»Du ... du bist ja verletzt!«, sagte sie erschrocken. »Du blutest ja! Warte – ich helfe dir!«

Die Echse legte den Kopf schräg, als hätte sie die Worte verstanden, drehte sich schwerfällig herum und wandte Yori die andere Seite ihres Körpers zu. Aus ihrer linken Schulter ragte der zersplitterte Schaft eines Pfeiles.

Yori war mit zwei, drei hastigen Schritten bei dem Tier. Ihre Füße verloren auf dem lockeren Sand den Halt und glitten aus, sodass sie fast fiel, als sie neben der Echse auf die Knie ging, aber das spürte sie kaum. Ihr Blick heftete sich mit einer Mischung aus Schrecken und Staunen auf den Pfeil und die blutüberströmte Flanke des Tieres. Der Pfeil war abgebrochen, sodass sie nicht erkennen konnte, wie tief er eingedrungen war, aber die Wunde blutete stark, und als Yori behutsam die Hand hob und mit den Fingerspitzen über die Flanke der Echse tastete, spürte sie, dass das Fleisch unter den glitzernden Schuppen angeschwollen und heiß war. Das bedauernswerte Tier musste sich stundenlang durch die Wüste geschleppt haben.

Die Smaragdechse fuhr unter der Berührung zusammen und stieß ein tiefes, schmerzerfülltes Seufzen aus. Langsam drehte sie den Kopf und sah Yori an, aber in ihrem Blick lag keine Feindseligkeit, sondern nur Schmerz und ein vager Vorwurf.

»Du armes Ding«, murmelte Yori. »Du musst furchtbare Schmerzen haben.« Es kam ihr gar nicht zu Bewusstsein, dass sie mit einem Tier sprach, und sie zweifelte auch nicht einen Augenblick daran, dass die Echse jedes Wort verstand. Yori richtete sich auf, stützte die Hände auf den Knien ab und betrachtete kopfschüttelnd den Pfeil. Der Schaft war schwarz und aus einem Holz gearbeitet, das sie nicht kannte. Er war viel dünner als jeder andere Pfeil, den sie je zuvor gesehen hatte. Ein Geschoss wie dieses, mit einem entsprechenden Bogen abgefeuert, musste eine furchtbare Wucht haben. Yori schauderte. Langsam richtete sie sich wieder auf,

griff mit der rechten Hand nach dem Pfeil und presste die andere gegen den Leib der Echse, um Gegendruck zu haben. Ihre Zunge fuhr nervös über ihre rissigen, aufgesprungenen Lippen und für einen Moment glaubte sie, Blut zu schmecken.
»Ich versuche es«, sagte sie leise. »Aber du musst stillhalten.«
Die Echse blickte sie unverwandt an und wieder hatte Yori das Gefühl, dass das Tier ihre Worte verstand und guthieß. Sie verstärkte ihren Griff um den Pfeil, suchte mit Knien und Zehen festen Halt im lockeren Sand und begann langsam, aber kraftvoll zu ziehen.
Die Smaragdechse fuhr wie unter einem Peitschenhieb zusammen und gab einen hellen, qualvollen Laut von sich, aber der Pfeil saß unverrückbar an seinem Platz. Die Wunde begann stärker zu bluten und für einen Moment glaubte Yori den Schmerz des Tieres wie ihren eigenen zu fühlen.
Enttäuscht ließ sie die Hände wieder sinken und blickte der Echse in die Augen. »Wie ich es befürchtet habe«, sagte sie leise. »Der Pfeil sitzt zu tief. Ich kann ihn herausschneiden, aber es wird sehr wehtun. Glaubst du, dass du es aushältst?«
Natürlich antwortete die Echse nicht, aber wie die Male zuvor spürte Yori ihre Antwort auch diesmal. Ihre rechte Hand glitt zum Gürtel, zog den schmalen, zweischneidigen Obsidiandolch hervor und fasste seinen lederumwickelten Griff.
Yoris Herz hämmerte. Ihre Hand begann zu zittern, als sie sich vorbeugte, mit der Linken den Pfeil umklammerte, damit er sich nicht bewegte und dem Tier noch mehr Schmerz zufügte, als es ohnehin aushalten musste, und mit der anderen den Dolch auf den gesprungenen Panzerplättchen ansetzte.
»Ich schneide jetzt«, sagte sie. »Halte es aus – ich beeil mich, so gut ich kann.«
Aber es dauerte doch länger. Wie jedes Mitglied der Sippe

war sie darin geübt Wunden zu versorgen und auch kleinere Operationen wie diese auszuführen, aber der Pfeil saß noch tiefer in der Schulter des Tieres, als sie befürchtet hatte, und die glasharten Schuppen behinderten sie zusätzlich. Sie musste sehr tief schneiden und selbst dann kostete es sie fast ihre ganze Kraft den Pfeil herauszuziehen. Die Smaragdechse saß während der ganzen Zeit vollkommen reglos da und bewegte nicht einmal die Lider, aber ihr Atem ging schnell und unregelmäßig und aus ihrer Brust drang ein tiefes, peinvolles Stöhnen.

Alles in allem brauchte Yori fast zwei Minuten, ehe sie den Pfeil endlich heraus hatte, und als sie fertig war, war sie über und über mit Blut verschmiert und zitterte vor Anstrengung am ganzen Leib.

Keuchend sank sie zurück, ließ den Dolch fallen und betrachtete abwechselnd den Pfeil in ihren Händen und die Echse. Der Kopf des Tieres war nach vorne auf den Sand gesunken, als hätte es nicht mehr die Kraft ihn zu halten, und die Wunde blutete stärker denn je. Aber Yori wusste, dass das Tier überleben würde. Smaragdechsen waren zäh. Sie lebten seit Urzeiten in den Randgebieten der großen Wüsten und in den unzugänglichsten Teilen der Gebirge und das harte Leben, das sie führen mussten, hatte sie auch hart gemacht. Yori verzog angeekelt das Gesicht, als sie den Pfeil genauer betrachtete. So dünn, wie sein Schaft war, so übermäßig breit erschien ihr seine Spitze. Sie war dreieckig und aus dünnem, aber offensichtlich sehr widerstandsfähigem Metall und endete in mörderischen, mehrfach gebogenen Widerhaken, die jeden Versuch, den Pfeil aus einer Wunde zu ziehen, zu einer sinnlosen Quälerei werden lassen mussten. Ein Tier, das von einem solchen Pfeil getroffen wurde und nicht sofort starb, musste einen furchtbaren, langsamen Tod erleiden. Yori fragte sich, was für ein Mensch eine solche Waffe benutzen mochte. Bestimmt nicht jemand, den sie gerne kennen lernen

würde. Allein die Tatsache, dass sich das Tier Stunden, vielleicht sogar Tage verletzt durch die Wüste hatte schleppen müssen, erfüllte sie mit Zorn. Ihre ganze Sippe tötete Tiere und lebte fast ausschließlich von der Jagd, aber es gab ein ehrbares Gesetz, das von allen Jägern eingehalten wurde und das besagte, dass man ein verletztes Tier nicht einfach davonlaufen und qualvoll verenden lassen durfte. Jeder Jäger, der auch nur einen Funken Ehre im Leib hatte, hätte die Echse verfolgt und von ihren Qualen erlöst. Selbst wenn es Tage gedauert hätte.
Angewidert schleuderte Yori den Pfeil von sich, richtete sich wieder auf und berührte den Nacken der Smaragdechse. Das Tier hatte aufgehört zu stöhnen, aber sein schlanker, wunderschöner Körper zitterte noch immer vor Schmerz und Anstrengung und seine Klauen hatten tiefe Furchen in den Boden gegraben.
»Es ist vorbei«, sagte sie. »Es tut mir Leid, dass ich dir so wehtun musste, aber es ging nicht anders. Du wärst sonst gestorben, weißt du?« Sie seufzte. »Mehr kann ich dir leider nicht helfen, auch wenn ich es gerne täte. Allein, weil es ein Mensch war, der dir das angetan hat. Aber wir sind nicht alle so, glaube mir.«
Die Echse hob den Kopf, blinzelte schwerfällig und richtete sich mit einer langsamen Bewegung auf. Yori sah, dass die Wunde schon nicht mehr ganz so heftig blutete wie vorher. Sie erhob sich, nahm ihren Dolch und trat ein paar Schritte zurück. Die Smaragdechse hob langsam erst das rechte, dann das linke Vorderbein, als müsse sie sich davon überzeugen, dass ihre Muskeln noch wie gewohnt arbeiteten, blickte noch einmal zu Yori auf und begann dann langsam den Hang hinabzukriechen zurück in die Richtung, aus der sie gekommen war. Ihre stahlharten Panzerplatten verursachten ein trockenes Rascheln auf dem Sand und für einen kurzen Moment drehte sich der Wind und trug den strengen Rep-

tiliengeruch des Wesens wie einen letzten, lautlosen Gruß mit sich.
Yori sah der Echse nach, bis sie hinter der nächsten Düne verschwunden war. Ein seltsames Gefühl breitete sich aus. Es war, als erwache sie langsam aus einem tiefen, erschöpften Schlaf, und genau wie manchmal danach hatte sie für einen Moment Schwierigkeiten, in die Wirklichkeit zurückzufinden. *Was war das?*, dachte sie verstört. Für einen kurzen Augenblick kam ihr wirklich alles wie ein Traum vor – hatte sie denn wirklich hier gesessen und mit einer Smaragdechse geredet?
Aber gleichzeitig wusste sie auch, dass alles wahr war, und es hätte des blutigen Messers, das sie noch immer in der Hand hielt, nicht einmal bedurft um sie davon zu überzeugen. Und sie ahnte auch, dass sie wahrscheinlich sogar nur einen Bruchteil dessen begriffen hatte, was wirklich geschehen war. Es war kein normales Tier gewesen, zumindest keines in dem Sinn, in dem Yori das Wort bisher benutzt hatte.
Plötzlich spürte Yori die Hitze wieder. Ihre Kehle war ausgedörrt, als hätte sie seit Tagen nichts mehr getrunken. Der Wald und die Wüste begannen sich um sie zu drehen, als sie herumfuhr, ihren Bogen auflas und zu den Bäumen zurückeilte. Keuchend vor Erschöpfung erreichte sie ihr Versteck, ließ sich auf die Knie fallen und griff nach dem Wasserschlauch, aber ihre Hände zitterten so stark, dass sie den Verschluss erst beim dritten Versuch aufbekam und einen Teil ihres kostbaren Vorrats verschüttete.
Sie trank mit großen, gierigen Schlucken und verbrauchte fast ihre ganze Tagesration, ehe sie den Schlauch endlich absetzte. Trotzdem fühlte sie sich fast genauso durstig wie zuvor. Ihre Stirn glühte, als hätte sie Fieber, und langsam begann ein Gefühl der Übelkeit in ihr aufzusteigen, gefolgt von einem raschen, eisigen Schauer; wie Schüttelfrost.

Yori hob den Wasserschlauch ein zweites Mal, träufelte sich vorsichtig einige wenige Tropfen auf die Finger und begann ihre aufgesprungenen Lippen zu benetzen. Ein dünner Schmerz zuckte durch ihren Zeigefinger. Sie hob die Hand vor die Augen, wischte mit der Linken das Blut der Echse ab, so gut es ging, und gewahrte einen dünnen, tiefen Schnitt direkt über dem Fingernagel. Sie musste sich an dem Pfeil verletzt haben, als sie ihn aus der Wunde zog. Seine Widerhaken waren scharf wie die Klinge eines Hautmessers gewesen. Yori runzelte die Stirn, steckte den Finger kurzerhand in den Mund und begann Schmutz und Blut aus der Wunde zu saugen. Nach wenigen Augenblicken hörte der Schmerz auf und wurde zu einem dumpfen, kaum noch bemerkbaren Pochen.

Als sie aufstehen wollte, wurde ihr schwindelig. Wieder spürte sie einen eisigen Schauer und die Übelkeit wurde langsam, aber unbarmherzig stärker. Ein bitterer Geschmack breitete sich in ihrem Mund aus. Yori war zu lange ungeschützt in der Sonne gewesen. Sie musste länger als eine halbe Stunde dort draußen in der Gluthitze gestanden haben, ohne Kopfbedeckung oder sonstigen Schutz vor den sengenden Strahlen der Sonne, und ihr Körper verlangte jetzt unbarmherzig den Preis für das, was sie ihm abverlangt hatte. Was sie spürte, waren die ersten Vorboten eines Sonnenstiches und wahrscheinlich würde sie tagelang unter Übelkeit und Fieber zu leiden haben.

Zu allem Überfluss, dachte sie ärgerlich, würde Gonda sie bestrafen. Sie war dreizehn und somit alt genug, um die Gefahren zu kennen, auf die sie zu achten hatte, und die Sippe würde den tagelangen Ausfall eines Jägers schmerzhaft spüren. Die ohnehin schmalen Rationen würden vielleicht noch kärglicher ausfallen und alle würden ihr die Schuld geben. Mit Recht.

Yori blieb reglos und mit geschlossenen Augen hocken, bis

sich ihre rebellierenden Eingeweide wenigstens einigermaßen beruhigt hatten. Dann stand sie auf, hängte Bogen und Köcher über die eine und den Wasserschlauch über die andere Schulter und wandte sich nach Westen, in die Richtung, in der ihr Lager lag. Sie würde eine Stunde brauchen um das schmale Tal mit dem knappen Dutzend Zelten zu erreichen, aber mit etwas Glück war sie da, ehe das Fieber *wirklich* kam.
Gonda würde einen weiteren Grund haben zornig auf sie zu sein, wenn sie die Jagd vor der Zeit abbrach und mit leerem Beutel heimkehrte. Aber darauf kam es jetzt schon nicht mehr an.
Sie sah noch einmal aufmerksam zu Boden, um sich davon zu überzeugen, dass sie nichts vergessen hatte, ehe sie vollends aus dem Wald trat und mit schnellen Schritten losging. Ihr Blick glitt nach Osten und dann in südliche Richtung, tastete einen Moment lang über die gleichmäßigen Dünen, die wie die Wellen eines einstmals bewegten, nun aber völlig erstarrten Ozeans dalagen, und suchte den Reiter, fand ihn aber nicht mehr und schweifte zurück und streifte den Sandhügel, auf dem die Echse gesessen hatte. Für einen ganz kurzen Moment war Yori fast enttäuscht sie nicht wieder dort sitzen zu sehen.
Aber natürlich war sie nicht mehr da und der Wind, der unablässig Staub und den Geruch von Sand und Hitze herantrug, hatte selbst ihre Spuren verweht, als hätte es sie niemals wirklich gegeben. Yori seufzte, wandte sich endgültig um und ging los. Ihre rechte Hand begann sanft zu pochen und der bittere Geschmack auf ihrer Zunge wurde stärker.

Die Sonne stieg rasch höher und es wurde heißer, selbst im Schatten der Bäume und Büsche, in dem Yori sich hielt. Das Pochen in ihrer Hand war schlimmer geworden und sie wusste im Grunde nur zu gut, was es bedeutete – nämlich etwas weitaus Ernsteres als einen Sonnenstich. Aber sie weigerte sich den Gedanken zu Ende zu denken.

Die Wüste fiel rasch hinter Yori zurück, aber die Berge schienen nicht näher zu kommen. Es war, als zerre sie eine unsichtbare Kraft jedes Mal um die gleiche Strecke zurück, die sie vorwärts kam, und ihre Beine wurden mit jedem Schritt schwerer, bis sie das Gefühl hatte unsichtbare Bleigewichte mit sich herumzuschleppen. Nach einer Ewigkeit tauchten die ersten kantigen Findlinge zwischen den Büschen auf und der Boden begann sanft, aber stetig anzusteigen. Und dann hörte Yori den Hufschlag.

Zuerst war das Geräusch kaum wahrnehmbar, nur ein ganz leises, sanftes Echo, das im dumpfen Hämmern ihres eigenen Herzschlages fast unterging. Aber es wurde lauter und schon bald erkannte sie es als das metallische Klappern eisenbeschlagener Pferdehufe auf dem hartgebackenen Boden.

Yori blieb stehen. In ihrem Kopf drehte sich alles und auf ihrer Zunge war ein saurer Geschmack, der eine nahende Übelkeit ankündigte. Die Berge und der spärliche grüne Bewuchs schienen vor ihren Augen auf und ab zu hüpfen, und als sie den Reiter sah, war er zuerst nichts als ein verschwommener, immer wieder auseinander fließender Schatten.

Der Mann kam in scharfem Tempo herangeritten und irgendetwas an seiner Erscheinung warnte Yori. Sie wusste nicht, was. Sie wusste auch nicht, woher das Gefühl kam diesen Reiter zu kennen und sich besser vor ihm in Acht nehmen zu sollen, denn das Denken fiel ihr mit jeder Minute schwerer, und irgendwo, tief unter der Schwelle ihres Bewusstseins, war etwas Großes, Finsteres, das mit jedem Moment stärker und stärker wurde.

Aus brennenden Augen sah sie dem Fremden entgegen, wich ein Stück zurück und sah sich instinktiv nach einer Deckung

oder einem Versteck um. Natürlich war es viel zu spät dazu – der Mann hatte sie längst gesehen und sie konnte ihm auch nicht davonlaufen, denn trotz der überall herumliegenden Felsen und der spärlichen Büsche bot das Gelände kaum Deckung. Trotzdem wich sie noch ein paar Schritte zurück, bis sie wenigstens einen der Felsen in ihrem Rücken hatte.
Der Mann galoppierte heran, brachte sein Pferd im letzten Moment dicht vor ihr zum Stehen und blickte sie mit unbewegtem Gesicht an. Es fiel Yori schwer ihn anzusehen. Er stand gegen die Sonne, sodass sein Körper nur als flacher, bedrohlicher Schatten zu erkennen war, umgeben von einem gleißenden Kranz aus Licht, der ihr zusätzlich die Tränen in die Augen trieb. Und das dumpfe Gefühl der Bedrohung, das sie beim Anblick des Fremden empfunden hatte, blieb. Es wurde sogar stärker.
»Wer bist du?«, fragte er. Seine Stimme klang hart, grob und irgendwie mächtig. Sie paßte zu seiner imposanten Erscheinung.
»Wer bist du?«, fragte er noch einmal, als sie nicht antwortete. »Und was machst du hier, allein und noch dazu in einer Gegend wie dieser?«
Yori wollte antworten, aber eine warnende Stimme in ihrem Inneren hielt sie im letzten Moment zurück. Hatte Gonda ihnen nicht immer wieder eingeschärft keinem Fremden leichtfertig Auskunft über die Sippe und das Lager zu geben?
»Yori«, stammelte sie. »Mein Name ist ... Yori.« Ihre Zunge weigerte sich ihr richtig zu gehorchen. Wieder spürte sie dieses starke, quälende Schwindelgefühl und sie merkte selbst, dass die Worte nur schwerfällig über ihre Lippen kamen. Der Schmerz in ihrer Hand wurde stärker.
Zwischen den buschigen Brauen des Reiters erschien eine steile Falte. »Yori, so?«, sagte er. Seine Stimme klang misstrauisch. »Und das ist alles? Was ist mit dir? Bist du krank?«
»Ich ... nein«, antwortete Yori. »Ich habe ... einer verletzten

Echse geholfen und ich bin zu lange in der Sonne geblieben und ...«
»Einer Echse?« Diesmal war der misstrauische Klang in den Worten des dunkel gekleideten Reiters nicht mehr zu überhören. Yori hatte plötzlich das Gefühl, einen ziemlich dummen Fehler gemacht zu haben. »Was für einer Echse?«, schnappte er.
»Einer Smaragdechse«, antwortete Yori wahrheitsgemäß. *Warum fiel es ihr nur so schwer klar zu denken?* »Draußen in der ... in der Wüste.«
Das Gesicht des Mannes flammte vor Zorn. »Einer Smaragdechse?«, brüllte er. »Du hast einer Smaragdechse geholfen, draußen in der Wüste? Wer hat dir gesagt, dass du dich in anderer Leute Angelegenheiten mischen sollst?«
»Aber sie war verletzt!«, widersprach Yori. »Sie ...«
»Natürlich war sie verletzt!«, brüllte der Reiter. Seine Stimme bebte vor Wut. »Sie war verletzt, weil ich sie seit Tagen durch diese verdammte Wüste gejagt und sie angeschossen habe, und jetzt, wo ich sie fast geschnappt hätte, da kommst du und ... « Er ballte wütend die Faust. »Oh, du verdammtes Balg! Ich könnte ...«
Er sprach nicht weiter, sondern griff plötzlich an seinen Sattel und löste eine kurzstielige Peitsche von seinem Gurt. Yori fuhr erschrocken zusammen und hob die Hände vor das Gesicht. Instinktiv wollte sie zurückweichen, aber in ihrem Rücken war nur der harte Fels, den sie sich selbst als Deckung ausgesucht hatte, und den Fluchtweg nach vorne versperrte ihr der Fremde mit seinem gewaltigen Streitross.
»Ich werde dich lehren, deine vorwitzige Nase in fremde Angelegenheiten zu stecken!«, brüllte der Reiter. »Nach der Lektion, die du jetzt bekommst, wirst du nie wieder etwas tun, was du nicht darfst!« Damit schwang er seine Peitsche und holte zu einem gewaltigen Hieb aus. Aber er kam nicht dazu, Yori zu schlagen. Es ging beinahe zu schnell, als dass

Yori wirklich begriffen hätte, was geschah – irgendwo hinter ihr erscholl ein wütendes, tiefes Fauchen, dann flog ein gewaltiger, smaragdgrüner Schatten über sie hinweg, traf den Reiter wie ein lebendes Geschoss und riss ihn aus dem Sattel. Sein Pferd bäumte sich auf und galoppierte wiehernd davon, während der Mann mit einem Wutschrei zu Boden fiel. Über ihm hockte auf einmal eine gigantische, grün und golden schimmernde Echse, die Zähne wie zu einem bösen Grinsen gefletscht.
Das Tier musste dem Mann aufgelauert haben, so, wie er selbst es zuvor beschlichen hatte – und jetzt war es gekommen, um sich für den Pfeil zu rächen, den er ihm in die Schulter gejagt hatte.
Yori sah dem ungleichen Kampf nicht weiter zu, sondern fuhr herum und rannte davon, so schnell sie konnte.

Sie brauchte fast zwei Stunden, um das Lager zu erreichen, nicht eine, wie sie geglaubt hatte. Ihre Stirn glühte, als sie sich den grasbewachsenen Hang hinunterschleppte und auf den Halbkreis aus Zelten und Feuerstellen zuging, und ihre Beine schienen kaum mehr die Kraft zu haben das Gewicht ihres Körpers zu tragen. Das Fieber war schnell gestiegen und das Gehen war ihr immer schwerer gefallen auf den letzten Meilen. Die Übelkeit hatte sich gelegt, aber dafür war aus dem Pochen in ihrer rechten Hand wieder ein schmerzhaftes Hämmern geworden, das sich mittlerweile bis zur Schulter hinaufzog und feurige Strahlen aus Schmerz wie tastende Finger in ihren ganzen Körper schickte. Während der letzten halben Stunde hatte es Yori nicht mehr gewagt ihre Hand anzusehen. Aber sie wusste, dass sie unförmig angeschwollen und verkrampft war.
Stimmen und die vielfältigen Geräusche des Lagers schlugen ihr entgegen, als sie den zum Gebirge hin offenen Halbkreis erreichte und mit hängenden Schultern auf ihr Zelt zu-

schlurfte. Eines der kleineren Kinder kam ihr entgegengeeilt und zerrte an ihrem Kleid, um sie zum Spielen aufzufordern, aber Yori scheuchte es mit einem unwilligen Kopfschütteln davon. Die Bewegung rief ein quälendes Schwindelgefühl hinter ihrer Stirne wach und das Lager und der Himmel und die Berge begannen sich für einen Moment um sie herum zu drehen. Sie blieb stehen, atmete tief ein und wartete, dass der Anfall vorüberging.
Als sie weitergehen wollte, vertrat ihr eine Gestalt den Weg. Sie sah auf, blinzelte einen Moment in das schmale, von schulterlangem, weißem Haar und einem sorgsam ausrasierten Bart in derselben Farbe eingerahmte Gesicht und erkannte Gonda erst, nachdem sie ihn einige Sekunden lang angestarrt hatte. Ihre Gedanken bewegten sich träge und widerwillig und die quälende Mischung aus Schmerzen und Schwäche, die von ihrem Körper Besitz ergriffen hatte, wurde schlimmer.
»Du bist schon zurück?«, begann Gonda ohne Umschweife. Wie immer war seine Stimme leise, aber so durchdringend, als hätte er laut und mit voller Kraft gesprochen. »Was ist geschehen, Yori? Ich sehe kein Wild auf deiner Schulter und auch dein Beutel ist leer.«
Yori wollte antworten, aber ihre Kehle war so ausgedörrt, dass sie nur ein unartikuliertes Krächzen zustande brachte. Gondas Gesicht schien vor ihr zu zerfließen, als wäre es ein Bild aus einem Traum. Er musterte sie einen Augenblick, trat einen Schritt zurück, setzte erneut dazu an etwas zu sagen und erschrak.
»Bei allen Göttern, Yori«, entfuhr es ihm. »Was ist geschehen? Du bist voller Blut und ...«
Yori taumelte. Plötzlich, von einer Sekunde auf die andere, hatten ihre Beine nicht mehr die Kraft ihren Körper zu tragen. Wieder begann sich das Lager um sie zu drehen und diesmal hatte sie nicht mehr die Energie, gegen die Schwäche

anzukämpfen, die wie eine betäubende Woge durch ihre Glieder lief. Gonda konnte gerade noch rechtzeitig hinzuspringen um sie aufzufangen, als sie zusammenbrach.
Gonda hob sie behutsam hoch, trug sie in das Zelt, das sie zusammen mit ihrer Mutter und ihrer Halbschwester Lana bewohnte, und legte sie auf das Fellbündel, das ihr Nachtlager darstellte. Geräusche und Schritte und aufgeregte Stimmen waren um sie herum, und Hände berührten ihren Körper und ihren geschwollenen Arm, aber Yori nahm von alledem kaum etwas wahr. Die Schwäche wurde schlimmer und sie verspürte eine Müdigkeit, die alles übertraf, was sie jemals erlebt hatte. Alles um sie herum wurde schemenhaft, die Laute klangen gedämpft und verzerrt, Licht und Schatten verbogen und wanden sich auf unbeschreibliche Weise und die Gesichter und Gestalten der anderen schienen hinter grauen, treibenden Nebelschleiern zu verschwinden. Übelkeit kroch in ihrer Kehle nach oben; sie verspürte Brechreiz und kämpfte ihn mit letzter Kraft nieder.
Eine Hand berührte sie an der Schulter und schüttelte sie, sanft, aber beständig, und Gondas Gesicht erschien über ihr. »Yori«, fragte er, »verstehst du mich? Kannst du mich hören?«
Sie fühlte sich viel zu schwach um zu antworten und die Berührung seiner Hand war ihr unangenehm; sie wollte sie wegstoßen, aber nicht einmal dazu hatte sie die Kraft.
»Was ist passiert?«, fragte Gonda. »Yori – hörst du mich? Du musst uns sagen, was passiert ist, wenn wir dir helfen sollen!«
»Lass sie, Gonda«, mischte sich die Stimme ihrer Mutter ein. »Du siehst doch, dass sie nicht antworten kann. Ich habe Lana geschickt, damit sie Ferai holt.«
Gonda nahm die Hand von Yoris Schulter, blieb aber mit untergeschlagenen Beinen neben ihrem Lager sitzen und schüttelte den Kopf. »Sei vernünftig, Naila«, sagte er auf seine leise, aber bestimmte Art. »Ferai kann ihr auch nicht

helfen, wenn wir nicht wissen, was passiert ist. Sieh dir ihren Arm an! Sie muss von einem giftigen Tier gebissen worden sein. Aber wir müssen wissen, was es war.« Er beugte sich wieder über Yori und berührte sie erneut an der Schulter, aber diesmal viel sanfter.
»Hast du gehört, was ich gesagt habe, Kind?«, fragte er. »Du musst uns sagen, was passiert ist! Versuche es!«
Yori war müde. Die Schmerzen verebbten langsam und ihre Glieder, die zuvor noch bleischwer gewesen waren, fühlten sich plötzlich leicht und schwerelos an. Sie hatte das Gefühl zu schweben. Gondas Gesicht schien plötzlich durchsichtig zu werden. Schlafen. Alles, was sie wollte, war schlafen.
Aber Gonda blieb hart. Sein Griff verstärkte sich ein wenig, und obwohl die Berührung immer noch sanft war, schmerzte sie, und der Schmerz riss Yori für einen kurzen Moment in die Wirklichkeit zurück. »Ich glaube dir, dass du müde bist«, sagte Gonda sanft. »Aber es ist wichtig. Du bist vergiftet und wir müssen wissen, von welcher Art das Gift ist. Sonst kann Ferai dir nicht helfen. Bist du gebissen worden? Oder hast du dich an einer Pflanze verletzt?«
Yori versuchte zu antworten, aber es ging nicht. Ihre Kehle schmerzte und ihre Lippen rissen auf und bluteten, als sie sie bewegte. »Der Pfei ... Pfeil«, flüsterte sie schwach. »Und der ... Reiter ...«
Gonda runzelte die Stirn, tauschte einen raschen, hilflosen Blick mit ihrer Mutter und beugte sich noch weiter vor um die geflüsterten Worte verstehen zu können. »Wovon sprichst du?«, fragte er. »Welcher Pfeil? Und was hat es mit diesem Reiter auf sich?«
»Die Echse«, murmelte Yori. »... Pfeil. Er ... vergiftet gewesen ... müde ...«
»Ein Pfeil?«, vergewisserte sich Gonda. »Hat jemand auf dich geschossen? War es der Reiter?«
Yori versuchte den Kopf zu schütteln, aber sie war nicht

sicher, ob es ihr gelang. Etwas Dunkles, Formloses kroch wie auf Spinnenfüßen in ihren Kopf und begann ihr Bewusstsein mit grauen Fäden einzuspinnen. »Smaragdechse«, flüsterte sie. »Ich ... muss ihr ... helfen. Pfeil heraus ... ziehen. Er ...«
»Bitte, Gonda!«, sagte ihre Mutter flehend. »Warum quälst du sie? Du siehst doch, dass sie fantasiert. Vielleicht hat sie giftige Beeren gegessen. Warte, bis Ferai kommt.«
Gonda richtete sich langsam auf. Er wirkte sehr nachdenklich. »Ich glaube nicht, dass sie fantasiert«, meinte er.
»Aber man müsste eine Wunde sehen, wenn wirklich jemand auf sie geschossen hätte«, widersprach Naila.
»Bei all dem Blut auf ihren Armen kann man das nicht sagen.« Gonda schwieg einen Moment und fuhr dann mit veränderter Stimme fort:
»Hol Wasser und saubere Tücher, Naila. Und lauf zu meinem Zelt und sage Andri, sie soll die Kinder losschicken Heilkraut zu pflücken. So viel sie tragen können.«
Ihre Mutter sagte noch etwas, was Yori nicht verstand, aber diesmal antwortete Gonda nur mit einem kurzen, befehlenden »Geh!«
Naila stand gehorsam auf und verließ das Zelt und Yori blieb allein mit dem Sippenältesten zurück. Es fiel ihr immer schwerer die Lider offenzuhalten und gegen die Müdigkeit anzukämpfen, aber Gonda ließ nicht zu, dass sie die Augen schloss oder gar einschlief. Immer wieder schüttelte er sie und versetzte ihr schließlich leichte Schläge mit der flachen Hand ins Gesicht um sie wach zu halten. Yori wusste mit einem kleinen, ständig schwächer werdenden Teil ihres Bewusstseins, der noch zu klarem Denken fähig war, warum er das tat. Sie hatte oft genug dabeigesessen, wenn andere Mitglieder der Sippe von Schlangen oder Skorpionen und Spinnen gebissen dalagen und gegen den Schlaf ankämpften, dem der Tod folgen konnte. Aber gleichzeitig hasste sie Gonda für das, was er tat. Verstand er denn nicht, dass sie

müde war, so müde, dass sie einfach nur ausruhen wollte, schlafen, selbst wenn es ein Schlaf war, aus dem sie nie wieder erwachen würde?
Nach einer Weile wurde die Zeltplane vor dem Eingang wieder zurückgeschlagen und jemand kniete neben Yori nieder und machte sich an ihrer Hand zu schaffen.
»Du hast sie wach gehalten. Gut.« Yori erkannte die Stimme von Ferai, der greisen Heilmutter der Sippe. »Hat sie gesagt, was sie gebissen hat?«
»Sie spricht immer wieder von einem Pfeil«, antwortete Gonda. »Und von irgendeinem Reiter. Aber sie scheint nicht verletzt zu sein.«
»Ein Pfeil?« Ferai schwieg einen Moment und dachte nach, dann griff sie ein zweites Mal nach der geschwollenen Hand und untersuchte sie eingehend. Die Berührung tat weh. Unglaublich weh. Yori schrie, bäumte sich auf dem Lager auf und verlor endlich das Bewusstsein.

Irgendwann, lange nach Dunkelwerden, erwachte Yori. Das Zelt war von flackerndem rotem Feuerschein erfüllt, der durch den geöffneten Eingang fiel, und mit den Geräuschen der Nacht wehte ein dunkler, an- und abschwellender Singsang zu ihr herein. Eine Trommel tönte in einem dumpfen, monotonen Rhythmus, der ihr irgendwie bekannt vorkam und sie mit einem vagen Schrecken erfüllte, obwohl sie nicht wusste, warum. Das Fieber war nicht gesunken; ihre Stirn glühte noch immer und ihre Zunge fühlte sich trocken und pelzig an, wie ein Fremdkörper in ihrem Mund. Gleichzeitig fror sie erbärmlich, obwohl sie bis ans Kinn mit Decken und Fellen zugedeckt war. Ihr Arm schmerzte, und als sie versuchte ihn zu bewegen, spürte sie, dass er dick verbunden war.
Sie war nicht allein. Ein Schatten kauerte neben ihrem Lager, und als sie sich bewegte und dabei ein Geräusch verursachte, hob er den Kopf und sie erkannte ihre Mutter.

»Yori?« Eine sonderbare Mischung aus Freude und einem Ausdruck von Schmerz, den sich Yori nicht erklären konnte, huschte über Nailas Gesicht. »Du bist wach?«
»Ich ... habe Durst«, murmelte Yori. Das Sprechen bereitete ihr noch immer Mühe, aber es war nicht mehr ganz so schlimm wie vorhin, und auch die Schmerzen und das Schwächegefühl hatten an Intensität verloren.
Naila stand auf, eilte mit raschen Schritten zum Ausgang und wechselte ein paar Worte mit jemandem, der draußen vor dem Zelt stand und den Yori nicht sehen konnte, dann füllte sie eine Schale mit Wasser, kam zurück und kniete neben ihr nieder. Behutsam hob sie Yoris Kopf mit der Linken und führte mit der anderen Hand die Schale an ihre Lippen. Yori trank; mit kleinen, vorsichtigen Schlucken, aber sehr viel. Sie leerte die ganze Schale, und als ihre Mutter sah, dass ihr Durst damit nicht gelöscht war, füllte sie sie erneut und ließ Yori wieder trinken, bis sie den Mund schloss und dankbar den Kopf schüttelte. Yori dachte flüchtig daran, wie kostbar Wasser im Lager geworden war, und beinahe fühlte sie sich schuldig, so viel getrunken zu haben.
»Wie fühlst du dich?«
Yori versuchte zu lächeln, aber ihr Gesicht war taub. »Müde«, flüsterte sie. »Ich bin ... müde. Wie lange habe ich geschlafen?«
»Es ist Mitternacht«, antwortete ihre Mutter. Ihre Stimme klang seltsam gepresst, als koste es sie unendliche Mühe, überhaupt zu reden, und als Yori ihr Gesicht genauer betrachtete, sah sie die Spuren von eingetrockneten Tränen auf ihren Wangen.
»Du hast geweint«, stellte sie fest. »Warum? Was ist geschehen?«
»Nichts«, antwortete ihre Mutter hastig. »Es ist nichts, Kleines. Mach dir keine Sorgen. Es wird alles wieder gut.«
»Das wird es nicht, Naila«, sagte eine Stimme vom Eingang

her. Yori sah, wie ihre Mutter zusammenzuckte, hob mühsam den Kopf und blickte an ihr vorbei. Gonda hatte das Zelt betreten und er war nicht allein. Hinter ihm hob sich die gebückte Gestalt von Ferai gegen den Feuerschein ab und hinter der Heilmutter erkannte Yori den blonden Haarschopf ihrer Schwester. Die Trommelschläge waren ein wenig lauter geworden und düsterer.
»Gonda!«, sagte Yoris Mutter erschrocken. »Du ...«
»Sie ist alt genug, um die Wahrheit zu ertragen«, unterbrach Gonda sie hart. »Und zu alt, als dass du sie belügen dürftest.« Er seufzte, schüttelte den Kopf und kam langsam näher. Ferai und Lana folgten ihm, blieben aber in der Mitte des Zeltes stehen und musterten Yori wortlos.
Yori war verwirrt. Im ersten Moment verstand sie nicht, wie die Worte Gondas und ihrer Mutter gemeint waren, aber das Gefühl der Furcht, mit dem sie aufgewacht war, verstärkte sich, und als sie den Kopf wandte und in das Gesicht ihrer Mutter blickte, las sie darin nichts anderes als Verzweiflung und Schrecken.
Und endlich begriff sie. Plötzlich wusste sie, warum ihr das Klagen der Trommel und der monotone Wechselgesang, der ihn begleitete, auf so erschreckende Weise bekannt vorgekommen war und warum ihre Mutter so ernst war und geweint hatte. Es war die Todestrommel, die sie hörte, und es war der Sterbegesang, mit dem die Sippe eine scheidende Seele ins Jenseits begleitete. Yori hatte es oft genug selbst getan. Und diesmal war es ihre Seele, für die die Sippe betete. Gonda ließ sich neben ihr in die Hocke sinken, und als er in ihre Augen blickte, sah er, dass sie die Wahrheit wusste.
»Es ... tut mir Leid, Yori«, sagte er leise. Seine Stimme bebte, nicht sehr, aber doch hörbar, und auf seinen Zügen lag der gleiche Ausdruck von Schmerz wie auf denen ihrer Mutter. »Es tut mir Leid«, wiederholte er. »Aber ich glaube, du bist alt genug, um der Wahrheit ins Gesicht zu blicken.«

Yori nickte, aber es war eigentlich nur ein Reflex. *Sterben?* Sie hatte keine Angst, überhaupt nicht; der Gedanke erfüllte sie nur mit Unglauben und Verwirrung. Sie verstand es einfach nicht.
»Aber ... aber warum?«, fragte sie stockend.
»Das Gift«, antwortete Gonda. »Ferai hat getan, was sie konnte, und die Sippe hat die ganze Nacht für dich gebetet, aber ich fürchte ...« Er stockte, sah ihr einen Herzschlag lang fest in die Augen und fuhr fort:
»Nein, Yori – ich will dir nichts vormachen. Es war zu spät. Das Gift saß bereits zu tief in deinem Körper, als du zurückgekommen bist. Es gibt keine Rettung.«
Yori blickte verwirrt von ihm zu ihrer Mutter, dann zu Ferai. Ihre Mutter schlug die Hände vor das Gesicht und begann leise zu weinen und die Heilmutter senkte den Kopf. Nur Gonda hielt ihrem Blick stand und lächelte traurig.
»Aber warum?«, murmelte Yori verstört. »Ich ... ich fühle mich schon besser und die Schmerzen sind schon gar nicht mehr so schlimm.« Gonda schüttelte traurig den Kopf. »Das scheint nur so«, sagte er. »Ich habe lange mit Ferai gesprochen und auch mit anderen, die das Pfeilgift kennen. Du spürst jetzt nicht mehr viel und wahrscheinlich wirst du dich morgen sogar kräftig genug fühlen um aufstehen zu können. Aber das kommt dir nur so vor. Dieses Gift wirkt immer so. Du glaubst es überstanden zu haben, aber in Wirklichkeit hat dein Körper den Kampf schon aufgegeben.«
Er sprach nicht weiter, aber Yori wusste auch so, was er noch gesagt hätte: Irgendwann würde das Gift ihr Herz erreichen und sie würde sterben. Sie dachte es ganz ruhig. Sie hatte noch immer keine Angst und all diese Worte von Gift und Aufgeben kamen ihr fremd und entfernt vor, als beträfen sie gar nicht sie, sondern jemand anderen, einen Fremden, zu dem sie keine Beziehung hatte.
»Ich habe mit deiner Mutter darüber gesprochen, Yori«, fuhr

Gonda fort. »Du wirst keine großen Schmerzen mehr haben und wahrscheinlich wirst du einfach einschlafen und gar nichts mehr spüren. Wir hätten dich belügen können und du hättest es vermutlich gar nicht gemerkt. Aber ich glaube nicht, dass das gut gewesen wäre. Nicht für dich – und auch nicht für uns.«

»Gonda«, schluchzte Yoris Mutter. »Bitte!«

Gonda sah auf und auch Yori drehte den Kopf und sah ihre Mutter an. Sie hatte sich wieder gefasst, aber sie weinte jetzt lautlos und in ihren Augen stand ein Ausdruck, der Yori mehr wehtat als die Schmerzen in ihrem Arm. Mühsam hob Yori die Hand unter der Decke hervor und berührte den Arm ihrer Mutter. Diese ergriff ihre Finger und drückte sie; mit einer schnellen, festen Bewegung. Ihre Haut war kalt und feucht. »Lass ihn, Mutter«, sagte sie leise. »Es ist gut. Ich bin froh, dass ihr es mir gesagt habt, wirklich.«

Fast wunderte sie sich selbst, woher sie nur die Kraft nahm, so ruhig zu bleiben. Aber sie hatte tatsächlich immer noch keine Angst. Eigentlich hatte sie überhaupt nie Angst vor dem Sterben gehabt. Aber eigentlich hatte sie auch noch niemals ernsthaft über den Tod und das, was vielleicht danach kommen mochte, nachgedacht. Der Tod gehörte zum Leben der Sippe wie die Jahreszeiten und der Hunger, aber sie war erst dreizehn.

Naila begann wieder zu schluchzen und auch in Gondas Gesicht zuckte es. Aber seine Stimme klang ruhig wie immer, als er sprach:

»Ich bin froh, dass du wach bist, Yori. Fühlst du dich kräftig genug, mir ein paar Fragen zu beantworten?«

Yori nickte und auf Gondas Gesicht erschien ein Ausdruck von Erleichterung. »Du hast von einem Reiter gesprochen«, sagte er. »Und an deiner Hand ist eine Wunde, die wirklich von einer Pfeilspitze stammen kann. Kannst du mir sagen, wie es passiert ist? Hat dieser Mann auf dich geschossen?«

Naila ließ ihre Hand los, fuhr mit einer ruckartigen Bewegung herum und funkelte den Stammesältesten zornig an. »Hör auf!«, verlangte sie. »Kannst du nicht einmal jetzt aufhören? Kannst du sie nicht einmal jetzt in Ruhe lassen?«
»Es ist wichtig«, antwortete Gonda ruhig. »Sei vernünftig, Naila. Wenn wirklich jemand auf sie geschossen hat, dann müssen wir wissen, wer und warum. Wir können alle in Gefahr sein.« Er schwieg einen Moment, wandte sich wieder an Yori und streichelte ihr sanft mit der Hand über die Wange. »Hat jemand auf dich geschossen?«, fragte er noch einmal.
Yori verneinte. »Es war ein Pfeil«, antwortete sie leise. »Aber der Mann hat ... nichts damit zu tun. Ich ... ich ... habe mich selbst daran verletzt. Ich war ungeschickt. Ich wollte der Echse helfen und ...«
»Der Echse?« Gonda runzelte die Stirn.
»Eine Smaragdechse«, erklärte Yori. »Ich habe sie gesehen, als ich draußen am Rande der Wüste war und auf Beute gewartet habe.« Gondas Stirnrunzeln vertiefte sich, aber er unterbrach Yori nicht mehr, sondern hörte stumm und reglos zu, während sie stockend die ganze Geschichte erzählte. Sie ließ nichts aus und erzählte auch, wie sonderbar sie sich gefühlt hatte, als sie der großen Wüstenechse gegenüberstand. Sie wusste, dass sie sich mehr als nur dumm oder leichtsinnig benommen hatte, aber sie wusste auch, dass Gonda sie nicht schelten würde und es jetzt keine Rolle mehr spielte.
»So war das also«, murmelte Gonda, als sie zu Ende gekommen war. »Und der Fremde hat dich nicht angegriffen?«
Für einen Moment überlegte Yori, ob sie Gonda erzählen sollte, dass er sie hatte schlagen wollen und dass ihr die Echse zu Hilfe gekommen war. Aber dann tat sie es nicht. Das Ganze kam ihr einfach zu fantastisch vor. Sie war nicht einmal mehr sicher, ob sie es wirklich erlebt hatte oder ob

ihr das Fieber nur Bilder vorgegaukelt hatte, die sie für wahre Erinnerungen hielt. So nickte sie.
»Du brauchst dir keine Sorgen zu machen. Niemand hat mich angegriffen. Ich war ungeschickt, das ist alles. Ich hätte damit rechnen müssen, dass der Pfeil vergiftet war.«
»Nein, Yori«, widersprach Gonda. »Das hättest du nicht. Es war nicht deine Schuld. Kein aufrechter Mann geht mit vergifteten Pfeilen auf die Jagd. Wir werden ihn suchen. Und wir werden ihn fragen, warum er mit vergifteten Pfeilen schießt, an denen ahnungslose Kinder sterben.«
»Hört auf!«, sagte Yoris Mutter. Ihre Stimme bebte und Yori spürte, dass sie kurz davor stand Gonda anzuschreien, egal ob er der Sippenälteste war oder nicht. »Hör doch endlich auf, Gonda! Yori stirbt und du redest über Ehre und aufrechte Männer. Du ...«
»Bitte, Naila«, unterbrach Gonda sie sanft. »Beherrsche dich.«
Aber Yoris Mutter beherrschte sich nicht. Im Gegenteil, sie sprang auf die Füße, trat einen Schritt auf Gonda zu und hob die Hände, als wolle sie mit Fäusten auf ihn einschlagen.
»Beherrschen?«, keuchte sie. »Ich soll mich beherrschen, sagst du? Ich will mich nicht mehr beherrschen, Gonda. Ich habe mich zu lange beherrscht. Ich habe geschwiegen, als wir in dieses verfluchte Land gekommen sind und Yoris Vater wegen eines Umhanges und einer silbernen Halskette von Räubern erschlagen wurde. Ich habe geschwiegen, als man uns alles genommen und wie die Bettler davongejagt hat und ich habe nichts gesagt, als meine Kinder vor meinen Augen vor Hunger geweint haben. Jetzt will ich nicht mehr, Gonda. Ich habe nur diese beiden Kinder und eines von ihnen muss sterben und du verlangst von mir, dass ich mich beherrschen soll!«
»Ich verstehe deinen Schmerz«, sagte Gonda sanft. »Aber es ist der Wille der Götter, Naila, nicht der unsere.«

»Der Götter!« Naila schrie fast. »Wenn es so ist, dann verfluche ich deine Götter, Gonda! Sie haben mir fast alles genommen, was ich hatte, und jetzt nehmen sie mir auch noch Yori. Was erwartest du? Dass ich stumm bleibe und warte, bis vielleicht auch noch Lana stirbt?«
»Versündige dich nicht«, sagte Ferai leise. »Der Ratschluss der Götter ...«
»Ich verzichte auf eure Götter«, unterbrach Naila sie zornig. »Es sind nicht meine Götter, und wenn das, was ich bei euch kennen gelernt habe, alles ist, was sie können, dann sind es schlechte Götter. Ich hasse sie und ich hasse die Welt, die sie für euch erschaffen haben! Was ist das für ein Leben? Was ist das für eine Welt, in der ein Kind sterben muss, weil es einem verwundeten Tier helfen wollte?«
»Die einzige, die wir haben«, sagte Gonda leise. »Und wir müssen in ihr leben, auch wenn es manchmal hart ist. Ferai hat Recht, Naila: versündige dich nicht.«
Naila starrte ihn an. Ihre Lippen bebten und ihre Finger hatten sich tief in den Stoff ihres Kleides gekrallt. Aber sie sagte nichts mehr, sondern blickte nur zornig von ihm zu Ferai und zurück.
»Es ist nicht der richtige Moment zum Streiten«, sagte Gonda schließlich. »Später, wenn dein Schmerz sich gelegt hat, reden wir über alles, Naila. Nicht jetzt.« Er atmete hörbar ein, wandte sich wieder an Yori und zwang sich zu einem Lächeln.
»Ich glaube, ich ... ich habe mich ziemlich dumm benommen«, murmelte Yori, einfach nur, um irgendetwas zu sagen und die Situation zu entspannen. »Einem guten Jäger wäre das nicht passiert.«
Aber Gonda schüttelte den Kopf. »Du hast richtig gehandelt, der Echse zu helfen«, sagte er. »Wir leben von der Jagd, aber die Tiere sind auch unsere Freunde und wir müssen ihnen helfen, wenn sie verletzt sind. Dich trifft keine Schuld.« Er

setzte sich auf und tauschte einen langen, fragenden Blick mit Ferai, ehe er weitersprach: »Aber jetzt ist genug geredet. Ruh dich ein wenig aus. Schlaf.«
»Ich ... will nicht schlafen«, murmelte Yori schwach. »Ich bin nicht müde.«
Gonda sah sie einen Herzschlag lang ernst an, dann stand er auf und trat zurück und Ferai kniete neben Yoris Lager nieder. Ihre dünnen, grauen Finger berührten Yoris Stirn genau zwischen den Augen. Yoris Haut begann zu kribbeln, wo die Fingerspitzen der alten Frau sie berührten.
»Schlaf«, befahl Ferai.
Yori schlief ein.

Sie träumte. Es war ein wirrer, vollkommen sinnloser Traum, in dem sich Landschaften und Bilder wild abwechselten und der immer wieder von langen Phasen voller Dunkelheit und Fieber unterbrochen wurde. Ein paar Mal glaubte sie sich selbst zu sehen, wie sie von einem namenlosen, schrecklichen Ding gejagt wurde und rannte und rannte, ohne wirklich von der Stelle zu kommen, dann wieder wurden die Bilder vollkommen sinnlos, zeigten Dinge, die es nicht gab, und Landschaften, die sie niemals erblickt hatte. Sie sah ein Land voller Feuer und großer, hässlicher Städte, eine Welt unter einem grauen, geduckten Himmel, an dem sich Flammen spiegelten und von dem gewaltige, schwarze Rauchwolken mit faserigen Händen zur Erde herabgriffen. Und immer wieder tauchte die Echse darin auf, die gewaltige, dunkelgrün gefleckte Smaragdechse, die sie am Waldrand getroffen hatte. Ihre Augen waren jetzt noch größer und klüger und Yori spürte, dass das Tier ihr irgendetwas zu sagen versuchte, aber dass sie zu dumm oder vielleicht auch nur unfähig war die Worte zu verstehen. Dann vermischten sich Traum und Wirklichkeit: Yori lag wieder in ihrem Zelt, sorgsam eingewickelt in Decken und Felle, und von draußen wehten noch immer

der Feuerschein und das dumpfe Auf und Ab des Sterbegesanges herein, sie fror und für einen Moment glaubte sie wieder erwacht zu sein. Aber als sie die Lider hob, sah sie die Bernsteinaugen der Smaragdechse wie zwei schimmernde Kugeln aus Gold über sich schweben und sie begriff, dass sie noch immer träumte. Sie wollte sprechen, aber sie konnte es nicht und es war auch gar nicht nötig, weil die Echse in ihren Gedanken las und alles, was sie sagen wollte, schon vorher wusste.
Warum bist du gekommen? fragte Yori. Willst du sehen, wie ich sterbe, weil ein Mensch dir Schmerzen zugefügt hat und ich ein Mensch bin?
Sie war überhaupt nicht überrascht, als die Echse ihr antwortete, denn schließlich war sie sich ganz deutlich bewusst – dies war ein Traum und im Traum vermögen auch die Tiere zu reden.
Nein, Yori, antwortete die Echse. Nicht deshalb. Ich weiß, dass ihr Menschen nicht alle gleich seid, so wenig, wie Tiere es sind. Ihr haltet uns für dumm und manche von euch halten uns sogar für böse, aber wir sind weder das eine noch das andere. Ich bin nicht hier, um zu sehen, wie du stirbst. Du hast mir geholfen, als ich Schmerzen hatte, weil mich ein Mensch töten wollte, und nun helfe ich dir. Du wirst nicht sterben.
Die glühenden Augen der Smaragdechse schwebten ein Stück in die Höhe und zur Seite, und als Yori den Kopf drehte und ihnen folgte, sah sie, dass ihre Mutter noch immer zusammengekauert neben ihrem Lager hockte und eingeschlafen war.
Ich werde nicht sterben? Aber wie willst du mir helfen? fragte sie. Ich schicke dir einen meiner Brüder, erwiderte die Echse. Hab keine Angst, kleine Yori. Er wird dir wehtun, aber nicht sehr, und hinterher wirst du gesund werden.
Wieder schwebten die glühenden Augen ein Stück zurück, hin

zur anderen Seite des Zeltes. Yori hörte ein leises Rascheln, und als sie genauer hinschaute, sah sie, wie sich die Zeltplane bewegte und etwas Kleines, Schlankes darunter hindurchkroch. Es war ein Salamander; ein winziger, bunt gemusterter Lurch, kaum so groß wie ihre Hand und von einer Art, wie sie sie noch nie gesehen hatte.
Strecke deine verletzte Hand unter der Decke hervor, sagte die Echse und Yori gehorchte. Der Salamander kam mit schnellen, schlängelnden Bewegungen näher heran, blieb dicht vor ihren Fingern sitzen und starrte sie aus seinen kalten Augen an. Sein Mund öffnete sich und Yori erblickte zwei Reihen winziger, nadelspitzer Zähnchen. Warum tust du das? fragte sie und die Echse antwortete: Weil du mir geholfen hast, Menschenkind. Ich schulde dir ein Leben. Und du kannst noch nicht sterben. Deine Aufgabe ist noch nicht erfüllt.
Yori verstand nicht, aber sie kam nicht dazu, die Echse nach dem Sinn ihrer Worte zu fragen, denn der Salamander bewegte sich noch ein Stück weiter auf sie zu, hob den Kopf und berührte ihre Hand. Seine Haut war kalt und hart wie Glas und Yori fuhr unwillkürlich zusammen und wollte die Hand zurückziehen, aber ihre Bewegung war zu langsam. Der Kopf des Salamanders zuckte vor und die winzigen Zähnchen gruben sich tief in die Haut ihres Zeigefingers. Halt still, sagte die Echse, nur für eine kurze Weile. Es ist gleich vorbei. Yori gehorchte. Der Biss des Salamanders tat kaum weh und sie war mehr vor Schrecken als vor wirklichem Schmerz zurückgezuckt. Etwas länger als eine Minute blieb das winzige Tierchen reglos stehen, dann löste es seine Fänge mit einer fast behutsamen Bewegung aus ihrer Haut, wandte sich um und huschte lautlos davon.
Schlaf jetzt, sagte die Smaragdechse. Schlaf und vergiss, was man dir angetan hat.
Yori fühlte sich fast augenblicklich schläfrig und die Vorstellung kam ihr sonderbar vor, denn sie hatte niemals gehört,

dass man im Traum müde sein konnte. Ihre Lider wurden schwer, und eine seltsame, wohlige Wärme breitete sich in ihrem Körper aus. Aber sie zwang sich noch einmal den Kopf zu heben und die glühenden Goldaugen über sich anzublicken.
Werde ich dich wieder sehen? fragte sie.
Vielleicht, antwortete die Echse. Die Wege des Schicksals sind voller Geheimnisse und das unsere und das eure sind enger miteinander verknüpft, als ihr Menschen ahnt. Ich werde dasein, wenn du Hilfe brauchst, ich und meine Brüder und Schwestern, Drachenkind. Vielleicht wird es bald sein, vielleicht nie. Und nun schlaf ein.
Zum zweiten Mal in derselben Nacht versank Yori in einen schweren, betäubenden Schlaf. Aber diesmal quälten sie keine Träume mehr.

Die Plane vor dem Zelteingang war geschlossen, aber durch das Rauchloch im Dach fiel ein breiter Streifen flimmernder Helligkeit herein und malte einen goldenen Fleck aus Licht auf den Boden.
Es war still; und es schien eine bange, fast erwartungsvolle Stille zu sein, die sich über dem Lager ausgebreitet hatte. Yori hörte das leise Rauschen des Windes in den Wipfeln der Bäume, die das hintere Drittel des Tales in einen schattigen Hain verwandelten, und das Murmeln von Stimmen. Es war nicht mehr der Sterbegesang, der Yori in den Schlaf gewiegt hatte, sondern nur noch ein murmelnder Chor, und auch das monotone Dröhnen der Trommeln war verstummt.
Die Sippe musste die ganze Nacht gesungen und gebetet haben; jetzt waren alle müde und erschöpft und so mancher von ihnen mochte insgeheim darauf warten, dass der graue Schnitter endlich sein Werk tat und sie aufhören konnten. Yori war schon ein paar Mal bei solch einer Zeremonie dabei gewesen, seit sie alt genug war, um sie zu begreifen und nicht

mehr zu stören, wie es die ganz kleinen Kinder manchmal taten, wenn ihnen die Zeit zu lang und sie des Sitzens und Singens überdrüssig geworden waren, und sie wusste, dass jeder von denen, die dort draußen ihre Nachtwache gehalten hatten, genauso gelitten hatte wie sie; vielleicht mehr. Die Sippe war mehr als eine Gruppe wandernder Nomaden, für die sie oft gehalten wurde; sie war eine einzige, große Familie, und dass nicht alle von ihnen wirklich miteinander verwandt waren, spielte dabei keine Rolle. Im letzten Sommer, als Borlo starb, der nach Conda der zweitälteste Mann gewesen war, hatte Yori um ihn wie um einen Vater getrauert. Und nicht nur sie.
Yori vertrieb den Gedanken. Sie fühlte sich benommen. Auf ihrer Zunge lag ein schlechter Geschmack und ihre Haut klebte vor Schweiß. Es war warm im Zelt und unter den Decken, die jemand sorgfältig über sie gebreitet hatte, beinahe unerträglich heiß. Trotz des Singsanges der anderen und des Raunens des Waldes hatte eine eigentümliche Stille vom Zelt Besitz ergriffen, als wäre das kleine Rund aus gegerbtem Leder und Holz schon Teil einer anderen Welt, die mit der draußen nichts zu tun hatte.
Yori war allein. Der Platz neben ihrem Lager war verwaist und auch die Stimmen, die sie hörte, kamen nicht aus der Nähe des Zeltes, sondern von irgendwo am anderen Ende des Lagers. Sie wusste, dass auch dies zur Sterbezeremonie gehörte: Wenn sich ein Mitglied der Sippe bereitmachte zu gehen, dann ließen sie es allein – nicht aus Furcht oder gar Feigheit, sondern aus Respekt vor dem Tod.
Fast eine Minute blieb Yori mit geschlossenen Augen liegen und versuchte Ordnung in ihre Gedanken zu bringen. Sie fühlte sich verwirrt; hinter ihrer Stirn purzelten allerlei Bilder durcheinander und für einen Moment wusste sie nicht zu sagen, was von alledem, woran sie sich zu erinnern glaubte, nun Wirklichkeit und was Traum gewesen war, und

sie musste plötzlich daran denken, was Gonda in der Nacht zu ihr gesagt hatte: dass die Schmerzen und das Fieber vergehen würden und sie sich vielleicht sogar kräftig genug fühlen würde aufzustehen. Für einen Moment fragte sie sich, ob es das war, was sie fühlte: nichts als ein letzter, grausamer Scherz des Schicksals, eine Hoffnung, die es erweckte und nicht erfüllen würde. Aber gleichzeitig fühlte sie, dass es nicht so war. Sie war nicht mehr krank. Der grausame Schmerz und das Fieber waren erloschen und auch die Dunkelheit, die sich in ihren Gedanken breit gemacht hatte, war gewichen, als wäre sie nichts als ein böser Traum gewesen. Vielleicht war in Wahrheit *alles* nichts als ein Traum gewesen.

Yori setzte sich etwas auf, schlug die Decken ein wenig zurück und hob langsam den rechten Arm. Ihre Hand war dick mit Stoff und den dunkelgrünen, fleischigen Blättern des Heilbaumes umwickelt, sodass sie wie ein unförmiger Klumpen aussah, und als Yori versuchte den Finger zu bewegen, war das einzige Ergebnis ein dumpfer, pochender Schmerz, der sich bis über den Ellbogen hinaufzog. Also war es kein Traum gewesen. Sie hatte alles wirklich erlebt: die Smaragdechse, der Pfeil und das Gift, das durch ihre Unvorsichtigkeit in ihr Blut geraten war, und sie lag hier, weil ihre Mutter und Gonda und die Sippe darauf warteten, dass sie starb.

Aber sie fühlte sich nicht so, als würde sie sterben. Eigentlich fühlte sie sich nicht einmal krank, sondern allenfalls ein wenig müde; benommen, als hätte sie zu lange geschlafen.

Yori setzte sich ganz auf, schlug die Decken vollends zurück und zog die Knie an den Körper. Jemand hatte sie ausgezogen und ihr statt des ledernen Jagdgewandes das weiße, seidene Hemd übergestreift, das jedes Sippenmitglied besaß und das sonst nur zu besonders festlichen Gelegenheiten getragen wurde: etwa beim Frühlingsfest, zur Geburt eines

Kindes oder wenn jemand starb. Ihr Blick tastete über den Boden und blieb an einer Ansammlung irdener Gefäße haften, die neu waren. Ihre Ränder waren mit eingetrockneter Farbe bekleckst und ein leichter Ölgeruch hing in der Luft. Yori schauderte. Hätte es außer ihrer verbundenen Hand noch eines Beweises bedurft, dass sie nicht geträumt hatte, dann hätte sie ihn jetzt gehabt. Das halbe Dutzend Töpfe war der größte Schatz der Sippe: Sie enthielten Farben, die aus der heiligen Erde von Yarman gewonnen waren und nur benutzt werden durften, um einen Toten für seinen letzten Weg zu schmücken.

Hastig wandte Yori den Blick ab, um die Töpfe nicht mehr ansehen zu müssen, streifte das weiße Seidenhemd über den Kopf und warf es achtlos in eine Ecke. Ihr Blick suchte einen Punkt an der Rückseite des Zeltes und für einen Moment erwartete sie beinahe, die Spuren des kleinen, roten Salamanders zu sehen, der gekommen war, um das Gift aus ihrem Blut zu saugen. Aber der Zeltboden war glatt und sauber. Sie lächelte. Natürlich würde sie keine Spuren finden – dieser Teil ihrer Erinnerung war tatsächlich ein Traum.

Aber war er das wirklich? Yori war sich nicht ganz sicher – sie hatte das Gift in ihren Adern gespürt und die sanfte Erschöpfung, die sie noch jetzt fühlte und die ihre Glieder – wenn auch auf durchaus wohltuende Weise – schwer sein ließ, war die Folge des Fiebers, das ihre Lebenskraft angegriffen hatte. Gonda hätte nicht so zu ihr gesprochen, wie er es getan hatte, wenn er auch nur die geringste Hoffnung gehabt hätte sie zu retten. Und Ferai hatte sich noch nie geirrt, solange sich Yori erinnern konnte. Sie war eine sonderbare alte Frau, verbittert und hart und vielleicht auf ihre Art sogar ein bisschen verrückt, aber sie war die beste Heilmutter, die die Sippe jemals gehabt hatte, und wenn sie sagte, dass es keine Rettung mehr gab, dann *gab* es mit irdischen Mitteln keine Rettung mehr.

Yori hob noch einmal die Hand vor die Augen und betrachtete sie kritisch. Der Verband war frisch und mit großem Geschick angelegt und die Haut, die hier und da zu sehen war, war immer noch bleich und irgendwie teigig, aber nicht mehr so rot und geschwollen wie am vergangenen Abend. Vielleicht hatte Ferai es doch noch geschafft, das Fieber zu besiegen.

Yori verschob die Lösung dieses Rätsels auf später, stand ganz auf und machte einen vorsichtigen Schritt. Sie war noch ein wenig wackelig auf den Beinen, und als sie sich nach ihrem Kleid bückte und es überstreifte, wurde ihr schwindelig, aber das war alles. Sie zog sich ganz an, band ihren Gürtel um und legte auch ihren Totembeutel und die lederne Messerscheide an, was mit nur einer Hand gar nicht so einfach war, dann füllte sie die Trinkschale zwei Finger breit mit Wasser und trank. Aber durch das Fieber hatte ihr Körper sehr viel Flüssigkeit verloren, sodass sie noch genauso durstig war wie zuvor. Doch Wasser war kostbar und Yori verzichtete darauf, die Schale ein zweites Mal zu füllen, und stellte sie sorgsam wieder auf ihren Platz und ging zum Ausgang.

Als sie die Hand nach der Zeltplane ausstreckte, erklangen von draußen schnelle Schritte, dann wurde der Eingang aufgeschlagen und die Gestalt ihrer Mutter erschien als schwarzer Schatten in dem sonnenerfüllten Dreieck.

Für einen Moment fühlte sich Yori hilflos. Ihre Mutter erstarrte, und obwohl ihr Gesicht gegen den hell erleuchteten Hintergrund nichts als ein flacher schwarzer Schatten war, konnte Yori deutlich erkennen, wie sie erschrak. Nailas Hände öffneten sich. Die Schale, die sie darin getragen hatte, polterte zu Boden, aber sie merkte es nicht einmal.

»Yori!«, entfuhr es ihr. »Du ...« Sie keuchte, war mit einem Satz bei ihr und schloss sie so fest in die Arme, dass es fast schmerzte. »Bei den Göttern, Kind, du darfst nicht aufstehen!«, sagte sie.

Yori löste behutsam die Hände von ihren Schultern, trat einen Schritt zurück und sah ihrer Mutter fest in die Augen. »Du brauchst keine Angst mehr zu haben, Mutter«, sagte sie leise. »Ich bin gesund. Wirklich«, fügte sie mit einem halbwegs gelungenen Lächeln hinzu.
»Du ...« Ihre Mutter stockte, richtete sich mit einer abrupten Bewegung auf und betrachtete Yori mit einer Mischung aus Schrecken und Verwirrung.
»Ich bin gesund«, sagte Yori noch einmal. »Wirklich.« Sie lächelte erneut, hob den rechten Arm und deutete mit einer Kopfbewegung auf die verbundene Hand. »Sieh. Es ist alles in Ordnung.«
Naila begann zu zittern. Ihre Hände waren noch immer erhoben und in einer erstarrten, halb zupackenden Bewegung geöffnet und der Schrecken in ihren Zügen vermischte sich mit langsam aufkeimender, mit Furcht gemischter Hoffnung.
»Yori«, murmelte sie. »Du ... du ...«
Plötzlich, als hätte sie erst jetzt wirklich begriffen, was geschehen war, schrie sie auf, schloss ihre Tochter in die Arme und presste sie an sich, so fest, dass Yori für einen Moment kaum mehr Luft bekam. »Yori«, schluchzte sie. »Meine liebe, kleine Yori. Du lebst und bist gesund. Es ist ein Wunder!«
Sie schluchzte ungehemmt, aber es waren jetzt Tränen der Freude, die über ihr Gesicht rannen, und ehe Yori sich versah und sich dagegen wehren konnte, hob sie sie wie ein kleines Kind in die Höhe und trug sie auf den Armen aus dem Zelt. Yori strampelte mit den Beinen und versuchte sich aus der Umarmung zu lösen, aber ihre Mutter merkte es nicht einmal. Mit weit ausgreifenden Schritten lief sie den Hang hinab und auf den Kreis der Singenden zu. Ein paar Stimmen brachen plötzlich ab; zwei, drei Köpfe hoben sich und auf den Gesichtern, die bisher von Müdigkeit und Erschöpfung

gezeichnet gewesen waren, erschien ein Ausdruck von Verblüffung und Schrecken.
»Ferai!«, rief Naila. »Gonda! Lana! Seht! Yori ist gesund! Es ist ein Wunder. Sie lebt!«
Yori hatte es endlich geschafft, den Griff ihrer Mutter so weit zu lockern, dass sie zwischen ihren Armen hindurchschlüpfen und die Füße auf den Boden stellen konnte: Mit einer letzten Bewegung, die ihre Mutter fast aus dem Gleichgewicht brachte, löste Yori ihre Hände völlig und blieb neben ihr stehen.
Gonda, Ferai und ein paar der anderen erhoben sich von ihren Plätzen und kamen auf sie zu, blieben jedoch stehen, als Gonda mit einer stummen, befehlenden Geste die Hand hob. Ein beinahe geisterhaftes Schweigen breitete sich auf dem halbrunden Platz aus. Auch die letzten Stimmen waren jetzt verstummt und auch das Rascheln des Windes schien plötzlich leiser, als halte selbst die Natur den Atem an.
»Yori?«, murmelte Gonda verwirrt. Zum zweiten Male innerhalb weniger Stunden sah Yori den weißhaarigen Sippenältesten ratlos und verstört. In seinen Zügen zeigte sich Überraschung und Freude, wie auf denen der anderen, aber auch ein Ausdruck von Sorge, ja, beinahe Angst.
»Sie lebt, Gonda!«, sagte Naila aufgeregt. »Sie lebt und ist gesund. Sieh! Sieh dir ihren Arm an! Das Gift hat seine Wirkung verloren!« Gonda schwieg, aber statt seiner trat Ferai mit einem raschen Schritt heran, sah Yori einen Herzschlag lang prüfend ins Gesicht und streckte schließlich fordernd die Hand aus. Yori hob gehorsam den Arm und ließ es zu, dass die greise Heilmutter den Verband entfernte und ihre Hand untersuchte. Sie war dabei alles andere als behutsam und drückte und knetete auf den Fingern herum, dass Yori am liebsten vor Schmerzen aufgeschrien hätte. Aber sie schluckte tapfer jeden Laut hinunter, auch wenn ihr die Berührung von Ferais Fingern fast die Tränen in die

Augen trieb. Endlich – nach einer Ewigkeit, wie es Yori vorkam – ließ Ferai ihre Hand los und begann ihren Körper, ihren Hals und ihre Achselhöhlen abzutasten. Schließlich ließ sie sich noch vor Yori auf die Knie sinken, hob ihre Augenlider mit dem Daumen an und musterte ihre Pupillen. Erst dann stand sie auf, trat kopfschüttelnd zurück und wandte sich an Gonda.
»Es stimmt«, sagte sie. »Sie ist gesund. Noch ein bisschen schwach, aber gesund. In ein paar Tagen wird sie nichts mehr spüren.«
»Aber wie ist das möglich?«, wunderte sich Gonda. »Noch heute Nacht hast du gesagt ...«
»Ich weiß, was ich gesagt habe«, unterbrach ihn Ferai. Obgleich der Gedanke Yori fast absurd vorkam, glaubte sie einen schwachen Unterton von Zorn in der Stimme der Heilmutter zu hören. »Aber das war heute Nacht. Du hast sie selbst gesehen und du weißt so gut wie ich, wie das Pfeilgift wirkt. Aber jetzt sehe ich ein gesundes Mädchen vor mir stehen. Ich kann es mir ebenso wenig erklären wie du. Vielleicht«, fügte sie nach einer winzigen Pause und mit einem raschen Seitenblick auf Yoris Mutter hinzu, »haben die Götter ein Einsehen gehabt und ein Wunder bewirkt.«
Gonda schien für einen Moment noch verwirrter zu sein; er wirkte beinahe hilflos. Aber dann straffte er sich und an die Stelle der Sorge in seinen Zügen trat vorsichtige Erleichterung. »Was auch immer geschehen sein mag«, sagte er, »ist im Moment unwichtig. Yori lebt und das allein zählt.« Er lächelte, trat wieder auf Yori zu und umarmte sie und ihre Mutter gleichzeitig, ehe er wieder zurücktrat und mit erhobener Stimme weitersprach: »Räumt die Todestrommel fort! Wir brauchen sie nicht mehr. Und bereitet ein Opfer vor! Heute Abend, wenn die Sonne untergeht, werden wir ein Fest feiern und den Göttern dafür danken, dass sie uns Yori gelassen haben!«

Plötzlich brach Jubel aus. Von einem Moment auf den anderen sah sich Yori von der ganzen Sippe umringt und bejubelt. Hände griffen nach ihr und betasteten sie, als müssten sie sich davon überzeugen, dass sie echt und nicht etwa ein Trugbild wäre, sie wurde geküsst und gedrückt, und auf einen Zuruf hin hoben Alys und Handari sie in die Höhe und trugen sie in einer Art Triumphzug drei- oder viermal um den Platz, ehe sie sie endlich wieder absetzten. Yori war vollkommen verwirrt – sie wurde gefeiert, als wäre sie ein Held, und dabei hatte sie doch nichts anderes getan, als sich ziemlich dumm zu benehmen, und einfach Glück gehabt. Aber es dauerte nicht lange, bis die ausgelassene Stimmung auch auf sie übergriff und sie wie die anderen lachte und schrie, bis sie vollkommen außer Atem war.
Schließlich sorgte Gonda mit einem lauten Ruf für Ruhe. »Genug jetzt!«, sagte er. »Wir alle haben Grund, den Göttern dankbar zu sein, aber Yori ist noch immer etwas vom Fieber geschwächt, vergesst das nicht. Wir sollten ihr jetzt die Ruhe lassen, die sie braucht.«
Yori war ihm dankbar für diese Worte. Sie fühlte sich tatsächlich wieder sehr schwach, und hätte ihre Mutter nicht so dicht neben ihr gestanden, dass sie sich insgeheim an ihrem Rockzipfel festklammern konnte, hätte sie wahrscheinlich kaum mehr die Kraft gehabt sich auf den Beinen zu halten. Ihr Herz jagte und ein ganz kleines bisschen fühlte sie sich schwindelig.
»Geht!«, sagte Gonda noch einmal. »Wir sind alle müde und brauchen Ruhe.«
Die Sippe gehorchte, wenn auch zögernd; nur die siebenjährige Esta blieb weiter neben Yori stehen und musterte sie auf ihre altkluge Art, bis Gonda sie mit einem übertrieben geschauspielerten, bösen Blick davonscheuchte und sich an Naila wandte: »Nimm deine Tochter und geh zurück in dein Zelt, Ferai und ich werden dich begleiten.« Yori sah, wie ihre

Mutter unmerklich zusammenfuhr, als Gonda den Namen der Heilmutter erwähnte, aber sie schwieg und so wandte Yori sich gehorsam um und ging zwischen ihrer Mutter und Gonda zurück zum Zelt. Ferai folgte ihnen in großem Abstand, und kurz bevor sie das Zelt erreichten, kam Yoris Halbschwester Lana quer über den Platz gelaufen und gesellte sich zu ihnen.
Gonda war der Erste, der das Zelt betrat. Gebückt trat er durch den Eingang, hielt die Plane mit der Hand zurück und wartete, bis die greise Heilmutter herangeschlurft war.
»Lana«, sagte er leise, »geh hinaus.«
Yori runzelte die Stirn und auch auf dem Gesicht ihrer Schwester erschien ein halb fragender, halb ungläubiger Ausdruck. »Ich soll ...«
»Geh«, sagte Gonda noch einmal und dieses Mal war der scharfe, von allen im Lager gefürchtete Ausdruck in seiner Stimme. »Ich habe mit deiner Mutter und Yori zu reden«, sagte er streng. »Und es sind keine Dinge, die Kinderohren etwas angehen.«
Lana starrte ihn einen Moment lang trotzig an, drehte sich aber dann gehorsam um und ging. Gonda sah ihr schweigend nach, bis er sicher war, dass sie seinem Befehl gehorchte und nicht etwa zurückkam um zu lauschen. Sorgfältig verschloss er die Zeltplane, bedeutete Ferai, Naila und Yori mit einer stummen Geste sich zu setzen und nahm dann ebenfalls mit untergeschlagenen Beinen auf einer der Lagerstätten Platz.
»Zeig deinen Arm«, verlangte er.
Yori tauschte einen verwunderten Blick mit ihrer Mutter und stand wieder auf, um Gondas Befehl zu gehorchen. Wie zuvor Ferai untersuchte der Sippenälteste Yoris Hand beinahe übergründlich, blickte ihr auch in die Augen und knetete und befühlte ihre Arm- und Halsvenen, ehe er sie endlich entließ.
»Du bist gesund«, sagte er, aber etwas an der Art, wie er die

Worte aussprach, gefiel Yori gar nicht. Er klang nicht nur scheinbar besorgt. »Du bist gesund«, wiederholte er, »und das, obgleich du noch vor sechs Stunden im Sterben lagst.« Er wandte sich an Ferai. »Wie kann das angehen, Ferai?«, fragte er.

Die Heilmutter starrte erst ihn, dann Yori und anschließend deren Mutter an, ehe sie antwortete. »Ich weiß es nicht«, sagte sie. »Ich weiß es ebenso wenig wie du. Vielleicht war sie nicht so krank, wie sie uns glauben gemacht hat, oder sie ist ...«

»Vielleicht?«, unterbrach sie Gonda. Seine Augen wurden schmal und auf seinem Gesicht erschien ein Ausdruck, den Yori im ersten Moment für Zorn hielt, bis ihr klar wurde, dass es in Wahrheit tiefe Sorge war. »*Vielleicht*, Ferai?«, wiederholte er mit sonderbarer Betonung. »Du hast mich wegen eines ›Vielleicht‹ glauben lassen, dass sie stirbt?«

»Ich war sicher«, fuhr Ferai auf. Ihr zahnloser Mund presste sich zu einem schmalen Strich zusammen. »Du kennst das Pfeilgift und ...«

»Ich kenne auch dich, Ferai«, unterbrach Gonda sie erneut. »Du hast dich noch nie getäuscht. Nicht so.«

»Und ich habe mich auch diesmal nicht getäuscht«, behauptete Ferai. Ihre Stimme, ohnehin mit dem Alter zu einem Fisteln entstellt, überschlug sich fast. »Sie war todkrank, das hast du gesehen! Es ist ein Wunder, mehr kann ich dazu nicht sagen. Warum greifst du mich an? Warum freust du dich nicht einfach, dass sie leben wird?«

»Du bist unsere Heilmutter, Ferai«, sagte Gonda ernst. »Ich kenne dich, solange ich mich zurückerinnern kann. Du bist ein wichtiges Mitglied der Sippe, vielleicht wichtiger als alle anderen. Wir können ohne Ältesten auskommen und wir können selbst auf unsere besten Jäger verzichten, aber nicht auf unsere Heilmutter. Wenn du anfängst, dich zu irren ...«

»Ich habe mich nicht geirrt!«, behauptete Ferai.

»... dann solltest du anfangen, dich nach einer Nachfolgerin umzusehen«, fuhr Gonda unbeirrt fort. Er schwieg einen Moment, sah Ferai ernst an und lächelte plötzlich, wohl um seinen Worten etwas von ihrer Schärfe zu nehmen. »Bitte, Ferai, versuche mich zu verstehen. Wir haben die Todestrommel geschlagen. Ich habe diesem Kind sagen müssen, dass es sterben muss, und seiner Mutter, dass sie ihre Tochter verliert. Muss ich dir erklären, dass sich die Sippe solche Irrtümer nicht leisten kann?«
Ferai spie aus. Ihr faltiges Gesicht verzerrte sich zu einer Grimasse. »Ich habe mich nicht geirrt«, wiederholte sie stur. Ihr dürrer Zeigefinger stach wie ein Dolch in Nailas Richtung. »Frag sie!«, stieß sie hervor. »Frag doch diese Hexe, was sie getan hat. Yori lag im Sterben, als ich sie das letzte Mal gesehen habe. Der einzige Mensch, der danach noch bei ihr war, war sie. Vielleicht hat sie einen Teufel beschworen um ihre Tochter zu retten.«
Yori erschrak, aber sie kam nicht dazu, irgendetwas zu sagen. Ihre Mutter sog hörbar Luft ein, ballte kurz und heftig die Fäuste und legte in einer unbewussten, beschützenden Geste den Arm um Yoris Schultern.
»Das ist Unsinn«, antwortete sie. »Du kennst mich seit zehn Jahren, Gonda. Du weißt, dass ich ebenso wenig eine Hexe bin wie du oder Ferai oder irgendein anderer.«
»Aber ich weiß auch, dass deine Tochter jetzt tot sein müsste«, entgegnete Gonda ernst. »Wenn du irgendetwas getan hast, das ...«
»Ich habe nichts getan«, unterbrach ihn Naila. Ihre Stimme klang jetzt beinahe verzweifelt. »Ich ... ich habe gebetet, so wie ihr alle, die ganze Nacht über.«
»Gebetet?« Ferai beugte sich ein Stück vor. »Zu welchen Göttern, Naila? Zu unseren – oder zu den Gottheiten deiner Heimat?«
»Zu beiden!«, antwortete Naila erregt. »Zu euren und mei-

nen und allen anderen, von denen ich je gehört habe. Ich habe sie angefleht, mir nicht meine Tochter zu nehmen, und das ist alles. Willst du mir verbieten, für meine Tochter zu beten? Und willst du mir verbieten, mich an meine Götter zu wenden, wenn die euren versagen?«

»Das kommt darauf an, an wen du deine Gebete richtest«, sagte Ferai böse. »Es gibt Mächte, die ...«

»Genug!« Gondas Stimme klang scharf. Sein Blick sprühte. »Gestern Abend habe ich dir verziehen, Naila, weil du erregt warst, aber jetzt befehle ich dir aufzuhören. Du lebst wie eine von uns bei der Sippe und du wirst unseren Glauben respektieren, solange du bei uns bist. Und du, Ferai, wirst aufhören dein Versagen auf eine andere abwälzen zu wollen.« Er schwieg einen Moment, sah die beiden Frauen scharf an und wandte sich an Yori.

»Vielleicht weißt du etwas«, sagte er. »Gibt es etwas, was du uns bisher verschwiegen oder vielleicht einfach vergessen hast?« Er lächelte, als er sah, wie Yori zusammenfuhr. »Ich glaube, du bist alt und vernünftig genug um zu verstehen, warum ich diese Frage stellen muss, Yori. Es ist wichtig für mich und vielleicht für die ganze Sippe. Du brauchst keine Angst zu haben, dass ich dich oder deine Mutter bestrafe. Ich will es nur wissen. Gibt es noch etwas, was ich und Ferai nicht wissen?«

Ja, dachte Yori bedrückt, es gibt etwas. Aber sie war viel zu verwirrt und zu verängstigt, um auch nur einen Laut hervorzubringen. Und es hätte sowieso keinen Zweck gehabt, Gonda von ihrem Traum, von dem sie mittlerweile gar nicht mehr so sicher war, dass es wirklich ein Traum gewesen war, zu erzählen. Sie wusste ja selbst nicht, was sie glauben sollte, wie konnte sie da erwarten, dass Gonda oder gar Ferai ihr glauben würden? Nein, alles, was sie erreichen würde, wäre, ihre Mutter noch mehr in Schwierigkeiten zu bringen. Sie verstand sowieso nicht, wieso Ferai ihre Mutter plötzlich so

angriff, aber sie ahnte, dass die Heilmutter die Geschichte ihres Traumes wahrscheinlich zum Vorwand nehmen würde, Naila erneut Hexerei und Gotteslästerung vorzuwerfen. So schüttelte Yori nur den Kopf, senkte den Blick und presste sich schutzsuchend an ihre Mutter.
Gonda atmete hörbar ein. Er wirkte enttäuscht. »Nun gut«, sagte er. »Wir werden es jetzt nicht klären und vielleicht nie. Vielleicht«, fuhr er nach einer Pause an Ferai gewandt und in eindeutig warnendem Tonfall fort, »belassen wir es einfach dabei, es als das zu nehmen, was es ist, nämlich ein Wunder, und den Göttern zu danken.«
Ferai lachte böse. »Sicher. Es fragt sich nur, welchen Göttern.«
Zu Yoris Überraschung reagierte Gonda nicht auf die Worte der Heilmutter, sondern stand mit einer raschen Bewegung auf und ging zum Ausgang. Er wartete, bis sich Ferai erhoben und das Zelt verlassen hatte, nickte Naila zum Abschied zu und ging ebenfalls.
Yori starrte ihm nach, bis seine Schritte vor dem Zelt verklungen waren, dann sah sie zu ihrer Mutter empor. Nailas Gesicht wirkte gefasst, aber Yori spürte, wie schwer es ihrer Mutter fiel, wenigstens äußerlich Ruhe zu bewahren. Hinter der Maske, in die sich Nailas Züge verwandelt hatten, brodelte es.
»Was ... was bedeutet das alles?«, fragte Yori hilflos. »Warum ist Ferai so feindselig und was hat sie damit gemeint, deine Götter?« Sie schüttelte verwirrt den Kopf, fuhr sich mit den Fingern durch das Haar und sah ihre Mutter fragend an.
»Was es bedeutet?« Naila blickte auf ihre Hände, aber in Wahrheit schien sie etwas ganz anderes zu sehen und ihre Stimme klang, als spräche sie im Traum. »Das, was ich all die Jahre über befürchtet habe, Yori«, sagte sie. »Ich habe gewusst, dass es eines Tages passieren würde, aber ...«
»Was hat Gonda gemeint?«, fragte Yori. »Warum hat er

gesagt, wir sollen ihre Götter respektieren, solange wir bei ihnen leben? Sind es denn nicht unsere?«
Naila lächelte traurig. Langsam hob sie die Hand und strich Yori über das Haar, wie man es bei ganz kleinen Kindern tut. »Nein, Yori«, sagte sie. »Das sind sie nicht. Wir ... wir gehören nicht zur Sippe, weißt du? Nicht so wie Gonda und Ferai und all die anderen.«
»Wir gehören nicht zur Sippe?«, wiederholte Yori. Sie verstand nichts mehr. Irgendwie keimte in ihr ein Verdacht auf, eine vage Vorstellung von dem, was ihre Mutter ihr hatte sagen wollen, aber sie wehrte sich mit aller Kraft gegen den bloßen Gedanken.
»Oh, natürlich gehören wir zu ihnen«, sagte Naila. »Wir leben unter ihnen und sie behandeln uns wie Mitglieder der Familie, aber eigentlich gehören wir doch nicht dazu. Du und ich, Yori, wir sind Fremde für sie und ich fürchte, wir werden es immer bleiben.« Sie lächelte, aber auf ihren Wangen glitzerten Tränen. »Du weißt, dass dein Vater starb, ehe du ein Jahr alt warst?«
Yori nickte. Sie hatte niemals viel über ihren Vater erfahren, denn sie hatte schon als kleines Kind aufgehört sich nach ihm zu erkundigen, weil sie schon damals gespürt hatte, dass ihre Mutter immer sehr traurig wurde, wenn sie eine entsprechende Frage stellte. Aber sie wusste, dass er von Wegelagerern getötet worden war. Lana war nur ihre Halbschwester und auch *ihr* Vater war gestorben, Monate, bevor sie überhaupt das Licht der Welt erblickt hatte. Danach hatte ihre Mutter keinen neuen Mann genommen, obwohl es in der Sippe mindestens zwei gegeben hatte, die um sie warben. Aber sie hatte Angst, auch den dritten Mann zu verlieren, und den Schmerz, der ihr zweimal fast das Herz gebrochen hatte, ein weiteres Mal zu fühlen.
»Aber du weißt nicht, dass dein Vater kein Mitglied der Sippe war«, sagte ihre Mutter. »So wenig wie ich. Wir sind nicht

in der Sippe geboren, nicht einmal in diesem Land. Wir waren auf einer Reise, als uns die Räuber überfielen, und du und ich waren die Einzigen, die das Gemetzel überlebten. Ich wurde verletzt, aber ich konnte mit dir fliehen und Gonda und Kahn fanden uns, ehe uns die Räuber einholen und das zu Ende bringen konnten, was sie begonnen hatten. Seither leben wir bei der Sippe.«

Yori starrte sie an. Die Worte ihrer Mutter trafen sie wie ein Schlag ins Gesicht. Sie sollte kein echtes Mitglied der Sippe sein? Sie, die, seit sie denken konnte, jede Sekunde ihres Lebens bei der Sippe verbracht hatte, in ihr aufgewachsen und zu einer Jägerin geworden war, deren Geschick selbst die Erwachsenen respektierten, sie sollte eine *Fremde* sein?

»Aber das ist ...«, stotterte sie. »Das ... das ...«

»Das ist die Wahrheit, Yori«, sagte ihre Mutter leise. »Ich wollte es dir sagen, aber später und unter anderen Umständen. Wir gehören nicht zu ihnen. Vielleicht hätten sie es vergessen, wenn du einmal alt genug gewesen wärst, einen der Jungen zu heiraten, aber jetzt ...« Sie brach ab, seufzte schmerzlich und begann die Hände zu ringen. »Es tut mir Leid«, sagte sie. »Es tut mir Leid, Yori, dass du es so erfahren musstest. Aber vielleicht ist es auch gut so.«

Yori schwieg. Sie wusste, dass sie das, was sie gerade erlebt und gehört hatte, noch lange nicht wirklich verstehen würde. Es würde ein langer und schmerzhafter Weg sein, bis sie wirklich begriffen hätte. Und sie war sich nicht ganz sicher, ob sie es überhaupt wollte.

»Und was ... was geschieht jetzt?«, fragte sie stockend. »Ich meine ... müssen wir ... müssen wir fort?«

Ihre Mutter sah auf, lächelte traurig und strich ihr über das Haar. »Natürlich nicht«, sagte sie. »Es wird sich nichts ändern. Wir werden hier bleiben und wir werden weiter unter ihnen leben wie bisher. Ferai wird sich beruhigen, und in ein paar Tagen ist alles vergessen. Und ich werde mich an

den Gedanken gewöhnen, eine Fremde zu bleiben. Für eine Weile hatte ich es vergessen, aber ...«
Sie sprach nicht weiter. Yori blickte sie gleichermaßen verwirrt wie bestürzt an, stand schließlich auf und ging unsicher zum Ausgang. Als sie das Zelt verließ, sah sie, wie ihre Mutter die Hände vor das Gesicht schlug und lautlos und krampfhaft zu schluchzen begann.

Das Lager hatte sich vollkommen verändert, als Yori aus dem Zelt kam. Der größte Teil der Sippe war in den Zelten verschwunden um auszuruhen und ein paar waren wohl trotz der durchwachten Nacht, die sie hinter sich hatten, noch zur Jagd oder zur Wassersuche aufgebrochen, um zumindest einen Teil der verlorenen Zeit aufzuholen. Über dem halbrunden Platz aus festgestampftem Lehm lag eine sonderbare, erschöpfte Stille. Der Gedanke erschien Yori fast absurd, aber wahrscheinlich war sie die Einzige, die in dieser Nacht wirklich ausreichend geschlafen hatte.
Aber hatte sie denn geschlafen? Hinter ihrer Stirn herrschte noch immer ein heilloses Chaos und sie wusste weniger denn je, was nun Traum und was Wirklichkeit gewesen war. Langsam und eigentlich ohne wirklich zu wissen, warum, hob sie die rechte Hand vor die Augen und betrachtete ihre Finger.
Die Wunden waren da: zwei kleine, punktförmige Einstiche wie von feinen Nadeln, direkt über dem Nagelbett ihres Zeigefingers und für einen Moment glaubte sie wieder die Berührung der kalten, glatten Haut des Salamanders zu spüren. Ein rascher, eisiger Schauer lief über ihren Rücken.
War es doch kein Traum gewesen? War wirklich alles *wahr*?
Yori fühlte sich hilflos wie niemals zuvor in ihrem Leben. Sie glaubte den Boden unter den Füßen zu verlieren und am liebsten hätte sie vor Verwirrung und Furcht geweint. Aber

natürlich tat sie es nicht, sondern beherrschte sich, wie sie es gelernt hatte. Natürlich hatte sie Geschichten von Zauberei und Magie, von verwunschenen Tälern und sprechenden Tieren, von guten und bösen Geistern und Wundern gehört; sie wurden oft und gerne erzählt, im Winter, wenn die Abende lang und kalt waren und sie unter ihren Decken bei den Feuern saßen und warteten, dass die Kälte ging. Aber das waren *Geschichten,* Märchen, nicht mehr.
Und doch waren da die Bisswunden an ihrer rechten Hand und sie hatte die Stimme der Smaragdechse gehört und den Salamander gesehen, den jene geschickt hatte.
Yori zitterte. Mühsam hob sie den Kopf und blickte zu den Bäumen am Ende des Tales hinüber, als erwarte sie, die Echse dort sitzen zu sehen, zur Bestätigung, dass sie nicht verrückt und alles wahr war. Stattdessen sah sie Gonda. Der weißhaarige Sippenälteste stand am Ausgang des Tales und sprach leise mit Kahn, seinem jüngeren Bruder und Jagdmeister der Sippe. Yori konnte nicht verstehen, was sie redeten, aber Gonda deutete ein paar Mal nach Osten, in Richtung Wüste und Waldrand, und Kahn nickte schließlich und entfernte sich mit raschen Schritten. Er hatte weder Bogen noch Schleuder bei sich und Yori fragte sich, welchen Auftrag Gonda ihm wohl erteilt haben mochte, dass er ohne Waffen das Lager verließ.
Sie wartete, bis sich Gonda umwandte, um zu seinem Zelt zu gehen, lief rasch zu ihm und vertrat ihm den Weg. Auf Gondas Stirn erschien ein missbilligendes Stirnrunzeln, aber er blieb wortlos stehen und wartete, bis sie von sich aus sprach.
»Ich ... muss mit dir reden«, sagte sie stockend. Ihre Stimme bebte, und ohne dass sie selbst wusste, warum, schossen ihr plötzlich heiß die Tränen in die Augen.
Zu ihrer Überraschung wies Gonda sie nicht ab, sondern nickte nur und deutete auf den Waldrand. Sie folgte ihm, bis

er aus der Sonnenglut heraus war und im Schatten der ersten Bäume stehen blieb, sah ihn unsicher an und suchte einen Moment vergebens nach den richtigen Worten.
»Du wolltest mit mir reden«, half ihr Gonda schließlich. »Nun, ich höre.«
»Meine ... meine Mutter hat mir alles erzählt«, begann Yori. Innerlich verfluchte sie sich für ihre Ungeschicklichkeit. Was war nur mit ihr los? Es fiel ihr doch normalerweise nicht so schwer die richtigen Worte zu finden. Jetzt quälte sie sich mit jeder Silbe ab. »Sie ... sie ist keine Hexe, Gonda. Du darfst Ferai nicht glauben. Sie hat nichts getan. Ich kann dir erklären, wie ...«
Gonda lächelte milde. »Ich weiß, dass deine Mutter keine Hexe ist, Yori«, sagte er sanft. »Ferai ist zornig und man kann sie nicht mehr ernst nehmen. Du weißt, dass sie schon immer ein bisschen verrückt gewesen ist und sie wird eben älter.« Er schüttelte den Kopf, ließ sich in die Hocke sinken und legte die Unterarme auf die Knie, wodurch er plötzlich kleiner als Yori war und zu ihr aufsehen musste. »Weißt du, es ist viel geschehen, gestern Abend und heute. Wir haben alle Dinge gesagt, die besser ungesagt geblieben wären. Wenn jemanden die Schuld trifft, dann höchstens mich. Ich hätte erkennen müssen, dass Ferai zu alt wird.«
»Aber sie ...«
»Es ist niemandes Schuld«, fuhr Gonda fort, ohne sie zu Wort kommen zu lassen. »Du lebst und Ferai wird sich wieder beruhigen. In ein paar Tagen ist alles vergessen.«
»Und sie wird ... meine Mutter nicht mehr hassen?«, fragte Yori stockend. »Sie wird nicht mehr behaupten, dass sie eine Hexe ist und die Götter gelästert hat?« Sie überlegte, ob sie Gonda von der Echse und dem kleinen Salamander erzählen sollte, tat es dann aber nicht. Vor einer Minute hätte sie es noch gekonnt, aber jetzt spürte sie, dass sie den einzig möglichen Zeitpunkt dafür verpasst hatte. Wahrscheinlich

würde Gonda ohnehin nur glauben, dass sie sich die ganze Geschichte ausgedacht hätte, um ihre Mutter zu schützen.
»Naila hat dir gesagt, wie ihr zu uns gekommen seid, nicht?«, fragte Gonda sanft.
Yori nickte.
»Es ist schade, dass du es auf diese Weise erfahren musstest«, sagte Gonda. »Aber das ändert nichts, Yori. Glaube mir. Wir alle lieben dich und deine Mutter, als wäret ihr bei uns geboren. Ihr gehört zur Sippe. Deine Mutter gehört zur Sippe und du erst recht.«
»Und wir müssen nicht ... nicht gehen?«, fragte Yori stockend.
Gonda lachte. »Aber natürlich nicht«, sagte er. »Du bist dreizehn und schon jetzt ein fast ebenso guter Jäger wie Kahn und in ein paar Jahren wirst du alt genug sein zu heiraten und selbst Kinder zu bekommen, warum sollten wir dich fortschicken? Wir brauchen dich und wir brauchen auch deine Mutter. Niemand hat daran gedacht euch fortzujagen, nicht einmal Ferai. Sie war nur zornig, weil ich ihr vorgeworfen habe, dass sie sich geirrt hat.«
Yori nickte und wollte etwas sagen, aber in diesem Moment erscholl vom anderen Ende des Lagers ein halblauter Ruf und Gonda stand mit einer raschen Bewegung auf und drehte sich herum.
Kahn war zurückgekommen. Er rannte und Yori sah schon von weitem, wie schnell sein Atem ging und dass seine Haut vor Schweiß glänzte. Dabei war er gerade erst vor wenigen Minuten gegangen und konnte sich kaum eine halbe Meile vom Lager entfernt haben. »Ein Fremder kommt!«, rief er aufgeregt. »Ein Reiter!«
Gonda runzelte die Stirn, trat seinem Bruder entgegen und blickte an ihm vorbei in die Richtung, aus der jener gekommen war. »Wo?«
»Er muss ... jeden Moment da sein«, antwortete der Jagd-

meister schwer atmend. »Er reitet schnell. Ich glaube, er hat mich gesehen.« Yori spürte einen leisen Anflug von Sorge. Urplötzlich fiel ihr der Reiter wieder ein, auf den sie gestoßen war. Natürlich war es nicht gesagt, dass es derselbe sein musste, den Kahn entdeckt hatte, aber sie hatte doch plötzlich Angst, dass er jetzt kam, um sie noch nachträglich zur Verantwortung zu ziehen. Es kam nicht oft vor, dass Fremde die Sippe besuchten. Sie mied die dichter besiedelten Gebiete und die meisten Menschen mieden sie, nicht weil sie Feinde, sondern nur, weil sie *anders* waren. Und sie waren weiter von den großen Städten und Handelswegen entfernt als jemals zuvor.

Gonda überlegte einen Moment. »Rufe Berg und Tura und Handari zurück«, sagte er schließlich. »Und Irco soll zu mir kommen. Schnell.« Kahn nickte und entfernte sich, um die Befehle auszuführen, und Gonda wandte sich an Yori, die ihm gefolgt war. »Geh in dein Zelt«, sagte er, »und bleib bei deiner Mutter, bis wir wissen, wer dieser Fremde ist und was er will.« Er sprach in einem Ton, der keinen Widerspruch duldete, aber Yori kam nicht dazu, seine Worte zu befolgen.

Aus dem Wald am anderen Ende des Lagers drang ein helles Splittern und Brechen, dann teilte sich das Unterholz und ein riesiges, schwarzgrau geflecktes Schlachtross trat mit einem erleichterten Schnauben auf die Lichtung heraus. Auf seinem Rücken saß ein gewaltiger, ganz in Schwarz und Braun gekleideter Mann.

Yori erschrak, als der Reiter sein Tier mit einer rohen Bewegung zum Weitergehen zwang und er näher kam, sodass sie ihn genauer betrachten konnte. Sie erkannte ihn sofort wieder, auch wenn sie ihn beim ersten Mal, geschwächt durch Fieber und Schwindel, nicht viel deutlicher denn als Schatten gesehen hatte. Aber ein Mann wie dieser war unverwechselbar.

Er war ein Riese. Seine Schultern schienen den Mantel aus Bärenfell, den er trotz der Hitze trug, beinahe zu sprengen und er hätte Gonda selbst dann noch um mehr als Haupteslänge überragt, wenn er nicht im Sattel gesessen hätte. Auf seinem Haupt thronte ein wuchtiger, mit kleinen Metallschuppen verstärkter und von zwei mehr als handlangen, polierten, weißen Drachenzähnen gekrönter Helm, der nur einen kleinen Teil des Gesichtes frei ließ. Er war bewaffnet wie ein Krieger – mit Schwert, Schild, Speer und einem Langbogen, der fast so groß wie er selber war, dazu kam, am Sattel des Pferdes aufgehängt, ein Köcher mit einem Dutzend armlanger Pfeile. Yori fiel auf, dass die Spitzen der Geschosse sorgfältig mit kleinen Hütchen aus zähem Leder abgedeckt waren. Auf seiner linken Wange glänzte eine frische, kaum verheilte Wunde. Es *war* der Reiter, den Yori am vergangenen Tag getroffen hatte.

Der Mann kam näher, hielt sein Tier erst einen knappen Schritt vor Gonda und Yori an und blickte von der Höhe seines Sattels kühl auf sie herab. Das Tier schnaubte unruhig. Wie sein Reiter war es gerüstet, als zöge es in die Schlacht, und unter den schwarzen Decken und den Metallplatten musste eine unglaubliche Hitze herrschen. Sein Schweif peitschte und die eisenbeschlagenen Vorderhufe scharrten nervös am Boden. Yori konnte seinen Schweiß riechen, obwohl es gegen den Wind stand.

Der Reiter machte keine Anstalten, aus dem Sattel zu steigen oder irgendetwas zu sagen. Die Regeln der Gastfreundschaft – und selbst die bloße Höflichkeit unter Fremden, die sich zufällig begegneten – hätten verlangt, dass er seinen Namen und sein Begehr nannte, aber er tat weder das eine noch das andere, sondern blickte nur Gonda und Yori abwechselnd an und streichelte mit seiner Rechten, an der er einen Kettenhandschuh trug, die Mähne seines Pferdes.

Endlich brach Gonda das Schweigen. Er deutete eine Ver-

beugung an, ohne den Reiter aus den Augen zu lassen, räusperte sich übertrieben und sagte: »Willkommen, Fremder. Ich bin Gonda, der Älteste der Sippe, in deren Lager du bist, und ich heiße dich willkommen. Nenne dein Begehr und nimm unsere Gastfreundschaft an.« Es waren die formellen Worte, die bei einer Begrüßung üblich waren. Sie klangen ein wenig steif und von einer Freundlichkeit, die mehr erzwungen als echt war, aber sie waren ein Versuch Gondas, dem Fremden eine Brücke zu bauen, über die er gehen konnte.
Aber wenn der Reiter die Geste überhaupt verstanden hatte, so reagierte er doch nicht darauf. Seine Lippen verzogen sich zu einem raschen, humorlosen Lächeln und die erwartete zeremonielle Antwort blieb aus.
»Gonda«, knurrte er. »So. Und dieser Haufen hier ist deine Sippe?« Gonda erbleichte, aber zu Yoris Erleichterung blieb die erwartete scharfe Antwort aus. »Du bist im Lager meiner Sippe, Fremder«, bestätigte er. »Und ich biete dir Gastfreundschaft an.«
Der Mann lachte leise, klappte das Visier seines Helmes hoch und schwang sich mit einer raschen, unglaublich kraftvollen Bewegung aus dem Sattel. Yori erschrak erneut, als sie sah, *wie* groß er war. Selbst Berg, der stärkste Mann der Sippe, würde neben ihm kümmerlich aussehen; wie ein Kind neben einem Erwachsenen. Auch ohne den gewaltigen Helm musste der Reiter über zwei Meter messen und seine Hände waren wie zwei gewaltige Schaufeln. »Gastfreundschaft«, sagte er abfällig. »Alles, was ich brauche, ist ein wenig Wasser für mein Pferd und mich und eine Auskunft.« Seine Stimme war hart und von einem ungeduldigen, beinahe zornigen Ton durchdrungen.
»Wasser ist kostbar bei uns, Fremder«, antwortete Gonda steif. »Aber wir teilen mit dir, was wir haben, wie es die Gesetze der Gastfreundschaft vorschreiben.«

Ein rasches, ärgerliches Zucken lief über die scharfen Züge des Reiters. In seinen Augen, die im Schatten des Helmes mehr zu erahnen als wirklich zu sehen waren, blitzte es wütend auf. Er knurrte, griff unter den Mantel und warf Gonda eine Münze vor die Füße.
»Ich bin kein Bettler«, sagte er zornig. »Was ich brauche, das bezahle ich. Gebt meinem Tier und mir zu trinken und ich gehe.«
Gonda hielt seinem Blick einen Moment lang stand. Dann bückte er sich, hob die Münze auf und hielt sie dem Fremden mit einer auffordernden Geste entgegen. »Nimm dein Gold zurück«, sagte er ruhig. »Wir brauchen kein Geld. Es hat keinen Wert für uns. Du bekommst, was du brauchst, auch ohne dafür zu zahlen.«
»Umso besser«, antwortete der Fremde. Er steckte die Münze ein, drehte sich einmal um sich selbst und sah sich mit unverhohlener Neugier im Lager um. Ein paar Mitglieder der Sippe waren aus den Zelten getreten und kamen jetzt neugierig näher und von dort, woher er selbst gerade gekommen war, näherten sich Kahn, Berg und Tura.
»Sind das alle?«, fragte er, nachdem er seine Musterung beendet hatte.
»Unsere Sippe ist nicht groß«, antwortete Gonda. »Aber groß genug um zu überleben.«
Der Fremde schürzte abfällig die Lippen. »Wenn man das Leben nennen kann«, sagte er. »Aber das geht mich nichts an.« Er stockte einen Moment, als Irco und Handari aus verschiedenen Richtungen herbeikamen und rechts und links von Gonda stehen blieben. Beide waren bewaffnet; Handari mit seinem Bogen, auf dessen Sehne er bereits einen Pfeil gelegt hatte, ohne sie indes zu spannen, und Irco mit einem Dolch, der aus seinem Gürtel hervorschaute. Yori spürte die Spannung, die plötzlich in der Luft lag. Mit dem Fremden war etwas Feindseliges, Finsteres in das Lager

gekommen. Es war nicht die Art der Sippe, Besucher mit der Waffe in der Hand zu begrüßen.
Aber die Erscheinung des Reiters und sein Auftreten machten es unmöglich, ihm anders als mit Misstrauen zu begegnen. Trotzdem schien ihn der Anblick der beiden Jäger und ihrer Waffen eher zu amüsieren als zu schrecken.
Gonda hob die Hand und gab Andri, die aus ihrem Zelt getreten und ein Stück herangekommen war, einen Wink. »Bring Wasser, Weib«, sagte er. »Für unseren Gast und sein Pferd.« Dann wandte er sich wieder an den Fremden. »Es ist heiß in der Sonne. Komm in mein Zelt um zu trinken. Für dein Tier wird gesorgt werden.«
Der Reiter schüttelte den Kopf. »Ich bleibe nicht lange«, sagte er. »Ich sah euer Lager und eure Spuren und ich habe seit Tagesfrist keine Quelle mehr gefunden, aber ich will eure« – er lächelte spöttisch – »*Gastfreundschaft* nicht länger in Anspruch nehmen als unbedingt nötig.«
»Wie du willst«, antwortete Gonda kühl. »Du kannst bleiben und die Nacht in einem unserer Zelte verbringen oder gehen, ganz nach deinem Belieben. Wenn du einen Wunsch hast, so äußere ihn.«
Der Fremde überlegte einen Moment. Auch die drei anderen Jäger waren mittlerweile herangekommen und wenige Schritte hinter ihm stehen geblieben. Er musste es spüren. Aber er ließ sich nichts anmerken. »Einen Wunsch habe ich in der Tat«, sagte er. »Ihr seid schon lange hier in diesem Teil der Berge?«
Gonda verneinte: »Nicht lange und wir werden auch nicht mehr lange bleiben. Der Sommer ist hart und das Land verdirbt, wenn man zu lange an einem Ort weilt und ihn ausbeutet.«
»Jedenfalls lange genug, um mir Auskunft zu geben«, sagte der Fremde. »Ich bin auf der Jagd, alter Mann. Seit Wochen. Ihr seid doch auch Jäger?«

Gonda nickte.
»Ich verfolge eine Smaragdechse«, fuhr der Fremde fort. Sein Blick streifte Yori und sie spürte, wie ihr Herz wie wild zu hämmern begann. Er musste sie doch wieder erkennen!
Aber seltsamerweise zeigte er mit keiner Regung, dass er in ihr das Mädchen erkannte, auf das er am vergangenen Tage mit seiner Peitsche losgegangen war, sondern sprach unbeeindruckt weiter: »Ein besonders großes und starkes Tier. Ich habe sie quer durch die Wüste gejagt, aber ihre Spur am Rand der Berge verloren.« Seine Augen wurden ein ganz kleines bisschen schmaler und in seiner Stimme war plötzlich ein lauernder Ton. »Dafür fand ich die Spuren eines Menschen. Vielleicht von einem deiner Sippe?«
»Vielleicht«, antwortete Gonda kalt. »Und wenn es so wäre?«
»Ihr seid ehrsame Leute«, sagte der Fremde. »Ich glaube doch nicht, dass ihr einem Mann, der seit Wochen hinter einem Wild her ist, die Beute stehlen würdet?«
»Sicher nicht«, antwortete Gonda. Er sprach noch immer ruhig, aber Yori hörte an seinem Ton, dass es eine erzwungene Ruhe war und er sich nur noch mit Mühe beherrschte. Die Worte des Fremden waren eine kaum noch verhohlene Beleidigung. Plötzlich war Yori sicher, dass er sie wieder erkannt hatte, im selben Moment wie sie ihn. Vielleicht war er sogar ihren Spuren gefolgt und hatte so das Lager gefunden. Nein – wenn er so tat, als kenne er sie nicht, dann hatte das seinen Grund.
Der Riese lächelte böse. »Es erschien mir nur sonderbar, dass sich die Spuren einer Smaragdechse plötzlich in die eines Menschen verwandeln sollten«, sagte er.
Gonda sog scharf die Luft zwischen den Zähnen ein, aber er kam nicht dazu, zu antworten, denn in diesem Moment trat sein Bruder auf den Fremden zu. Berg und Tura folgten ihm mit weniger als einem Schritt Abstand.

»Du kannst dich gerne in unserem Lager umsehen, wenn du glaubst, dass Gonda lügt«, sagte der Jagdmeister eisig. »Du wirst keine Spur einer Smaragdechse finden.«

Der Fremde lächelte dünn. Der drohende Ton in Kahns Stimme schien ihn zu amüsieren. »Ach?«, machte er.

Kahn ballte zornig die Fäuste. »Du wirst nichts finden, weil sie nicht hier ist«, sagte er. »Aber in einem Punkt vermutest du richtig – es war ein Mitglied unserer Sippe, das die Echse fand. Verletzt und mit einem Pfeil in der Schulter.«

»Und wo ist die jetzt?«, fragte der Fremde lauernd.

»Irgendwo dort draußen«, schnappte Kahn. Gonda warf ihm einen warnenden Blick zu, aber sein Bruder ignorierte ihn. Er schäumte vor Zorn: »Und ich hoffe, dass du sie niemals findest. Jetzt, wo Yori ihm den vergifteten Pfeil aus dem Leib geschnitten hat, hat das Tier eine gute Chance.«

»Das glaube ich nicht«, antwortete der Fremde spöttisch. »Aber ich frage mich, woher ihr das Recht nehmt, euch in meine Angelegenheiten zu mischen. Glaubt ihr, ich reite aus Spaß eine Woche durch die Wüste, um dieses Tier zu stellen?«

»Ich weiß nicht, warum du irgendwas tust«, erwiderte Kahn wütend. »Ich weiß nur, dass ein Mann, der mit vergifteten Pfeilen auf Tiere schießt, nicht das Recht hat, sich Jäger zu nennen.«

»Ach nein? Meinst du nicht, dass das meine Sache ist?«

»Nicht, wenn ...«, begann Kahn zornig, aber diesmal trat Gonda rasch neben ihn und legte ihm beruhigend die Hand auf die Schulter. »Verzeih die Unbeherrschtheit meines Bruders, Fremder«, sagte er hastig. »Aber du musst ihn verstehen.« Er wies mit einer Kopfbewegung auf den Köcher am Sattel des Pferdes. »Es ist bei uns nicht üblich, mit vergifteten Pfeilen auf die Jagd zu gehen. Ein Mitglied unserer Sippe wäre fast gestorben, weil es sich an dem Pfeil verletzte, mit dem du geschossen hast.«

»Das wäre kaum geschehen, wenn es sich um seine Angelegenheiten gekümmert hätte, statt sich in Dinge zu mischen, die es nichts angehen«, erwiderte der Fremde eisig.
Gondas Gestalt versteifte sich und Yori sah aus den Augenwinkeln, wie sich Kahns Gesicht vor Zorn verzerrte und Berg die Hand auf den Obsidiandolch legte, den er im Gürtel trug. Auch der Fremde schien die stärker werdende Feindseligkeit zu spüren, die in der Luft lag, aber er machte keinen Versuch einzulenken, sondern fuhr fort: »Vielleicht erfüllt sich der Wunsch deines Bruders, alter Mann, und ich werde der Echse jetzt wirklich nicht mehr habhaft, obwohl ich es nicht glaube, denn bisher ist mir noch kein Tier entkommen. Ich bekomme immer, was ich haben will, weißt du? Aber wenn ich die Echse wirklich nicht mehr erwischen sollte, wäre es besser, wenn ihr nicht mehr hier wäret, wenn ich wieder komme, denn es könnte sein, dass ich mich dann für den Verlust, den ich durch eure Schuld erlitten habe, bei euch schadlos halte.«
»Es wäre besser, wenn du jetzt gehen würdest«, antwortete Gonda leise. »Die Regeln der Gastfreundschaft sind uns heilig, aber einer von uns ist durch deine Schuld zu Schaden gekommen und ich kann nicht für die Gefühle meiner Leute garantieren. Nimm das Wasser und geh.«
Der Fremde schürzte wütend die Lippen, starrte Gonda einen Herzschlag lang mit unverhohlenem Hass an und straffte die Schultern. »Willst du mir drohen, alter Mann?«, fragte er.
»Nein«, antwortete Gonda. »Ich will nur ...«
Der Schlag kam zu schnell, als dass Gonda noch Zeit gehabt hätte irgendwie zu reagieren. Der Riese stieß ein wütendes Knurren aus, schlug dem Sippenältesten die geballte Faust in den Leib und wirbelte mit einer blitzartigen Bewegung herum. Das Schwert schien wie von selbst in seine Hand zu springen.

Trotzdem war er zu langsam. Noch ehe Gonda, der sich keuchend krümmte und in die Knie ging, den Boden berührte, warfen sich Berg und Tura gleichzeitig auf den hünenhaften Fremden. Tura packte den Arm mit der Waffe und verdrehte ihn mit einem harten Ruck, der dem Mann das Gelenk gebrochen hätte, hätte er die Waffe nicht losgelassen. Gleichzeitig umspannten Bergs mächtige Arme seinen Körper von hinten und hielten ihn wie stählerne Klammern fest. Der Fremde bäumte sich auf. Ein wütender Tritt traf Tura in den Leib und schleuderte ihn davon; der Fremde wankte, warf sich blitzschnell herum und versuchte Berg wie ein lästiges Insekt abzuschütteln, aber der Griff des Jägers war zu fest. Berg wurde mitgerissen und fiel auf die Knie, ließ aber nicht los, sondern zerrte den Fremden mit sich zu Boden. Yori sah, wie sich Bergs mächtige Muskeln wie dicke, knotige Stricke spannten, als er versuchte, den Titanenkräften des Fremden standzuhalten.

Trotzdem hätte Berg den Kampf wahrscheinlich verloren, wären ihm nicht die anderen Sippenmitglieder zu Hilfe geeilt. Innerhalb von Augenblicken verschwand der Riese unter einem wahren Knäuel von Leibern und wenige Sekunden später lag er auf dem Boden, gehalten von einem Dutzend Armen.

Gonda richtete sich stöhnend auf. Aus seiner aufgeplatzten Lippe lief Blut und der Blick seiner Augen war glasig. Er wankte, als er auf den Fremden zuging.

»Aufhören!«, befahl er. »Lasst ihn los.«

Berg, der mittlerweile auf der breiten Brust des Fremden hockte und dessen Arme mit den Knien auf den Boden presste, warf dem Sippenältesten einen fast enttäuschten Blick zu. Aber er gehorchte, nachdem Gonda noch einmal eine knappe, befehlende Geste gemacht hatte, und auch Tura und die anderen standen nach kurzem Zögern auf und traten ein Stück zurück.

Der Riese richtete sich mit einem Ruck auf und funkelte Gonda an. »Das werdet ihr bereuen«, sagte er. »Niemand ...«
»Niemand«, unterbrach ihn Gonda kalt, »bricht ungestraft den Frieden dieses Lagers, Fremdling. Auch du nicht.« Er starrte den schwarzen Giganten für die Dauer eines Herzschlages eisig an, bückte sich nach dem Schwert, das Tura jenem entwunden hatte, und hielt es ihm hin. »Nimm«, drängte er. »Nimm deine Waffe und geh. Solange du es noch kannst.«
Der Fremde hielt seinem Blick eine endlose Sekunde lang stand, dann richtete er sich auf, riss Gonda die Waffe aus der Hand und schwang sich mit einer zornigen Bewegung in den Sattel.
»Behaltet euer Wasser«, grölte er. »Was ich brauche, nehme ich mir, ohne darum zu betteln oder mich beleidigen zu lassen. Und ihr werdet noch von mir hören.«
Mit einer brutalen Bewegung riss er sein Pferd herum, schlug ihm die Fersen in die Flanken und ritt los, so schnell, dass Tura sich mit einem hastigen Sprung zur Seite werfen musste, um nicht über den Haufen geritten zu werden. Rücksichtslos sprengte der Fremde durch das Lager und den Hang hinauf und verschwand im Unterholz.
Kahn sah ihm aus zusammengekniffenen Augen nach. »Das gefällt mir nicht«, murmelte er. »Wir hätten ihn nicht gehen lassen sollen. Er wird wieder kommen, Gonda. Und er wird Ärger machen.« Er seufzte: »Wie geht es dir? Bist du schlimm verletzt?« Gonda machte eine wegwerfende Geste und wischte sich mit dem Handrücken das Blut aus dem Gesicht. Seine geplatzte Lippe war geschwollen, hatte aber schon aufgehört zu bluten. Auch sein Blick ging in die Richtung, in der der Fremde verschwunden war, und auf seinen Zügen machte sich ein Ausdruck von Sorge breit. »Ich fürchte, du hast Recht«, pflichtete er Kahn leise bei. Plötzlich fuhr er herum und machte eine weit ausholende Bewegung, die das

ganze Lager einschloss. »Aber wir werden nicht mehr hier sein, wenn er kommt«, erklärte er mit veränderter Stimme. »Brecht das Lager ab. Wir ziehen noch heute weiter.«

Noch bevor die Sonne bis zum Zenit gestiegen und die Stunde der größten Hitze gekommen war, hatte die Sippe das Lager abgebrochen und ihre wenigen Habseligkeiten auf die Lastschlitten und die Packtaschen des halben Dutzend Mulis verteilt. Gonda wäre am liebsten sofort aufgebrochen, das sah man ihm an, aber sie alle waren erschöpft und übermüdet von einer Nacht ohne Schlaf und eine halbe Stunde Marsch in der glühenden Mittagssonne kostete mehr Kraft als drei Stunden zu einer anderen Tageszeit und so beschloss er, wenn auch widerwillig, den Aufbruch bis zum späten Nachmittag aufzuschieben und ihnen allen noch ein paar Stunden Schlaf oder wenigstens Ruhe zu gewähren.
Yori verstand nicht ganz, warum Gonda wegen eines einzigen Fremden so überhastet zum Weiterziehen drängte; im Grunde verstand sie nicht einmal, warum er das Lager überhaupt abbrechen und auch noch ihren letzten einigermaßen sicheren Wasserplatz verlassen wollte. Ja, der Mann war zornig gewesen und hatte Gonda offen gedroht, aber es war nur ein Mann, und auch wenn er ein Riese war, würde er kaum so tollkühn sein sich gegen die zwei Dutzend Mitglieder der ganzen Sippe zu stellen. Zumindest nicht offen.
Sie hätte Gonda gerne danach gefragt, aber wie jeder im Lager hatte er alle Hände voll zu tun zu packen und die Zelte abzubauen und später, als sie sich alle in den Wald zurückzogen, um in seinem Schatten die größte Hitze abzuwarten, fand sie nicht mehr den Mut, ihn im Beisein der ganzen Sippe anzusprechen. Aber sie glaubte zu spüren, dass der Reiter für Gonda mehr gewesen war als nur ein Fremder, der zufällig das Lager gefunden hatte, und dass Gondas Feindseligkeit

nicht nur auf der Tatsache beruhte, dass jener um ein Haar schuld am Tod eines Sippenmitgliedes gewesen wäre.
Der Tag schleppte sich träge dahin. Yori fühlte sich noch immer matt und die Hitze, die selbst hier im Wald beinahe unerträglich wurde, als die Sonne höher stieg und nur quälend langsam wieder am Himmel herabzuwandern begann, ließ ihre Glieder zusätzlich schwer werden. Aber sie war auch nicht müde genug um zu schlafen und zudem hatte ihre Mutter nicht zugelassen, dass sie ihr beim Abbau des Zeltes und beim Verladen half, sodass sie sich beinahe ausgeruht fühlte, und so lag sie länger als eine Stunde reglos und mit offenen Augen neben ihrer Mutter, die eingeschlafen war und Lana schützend an sich presste, starrte das Mosaik aus schattigen Blättern und stahlblauen, unregelmäßig geformten Flecken freien Himmels über sich an und versuchte, Ordnung in ihre Gedanken zu bringen; ein Vorhaben, das leichter gefasst als ausgeführt war. Es war zu viel geschehen, zu viel in zu kurzer Zeit, und vieles von dem, was sie erlebt hatte, wäre ihr noch vor Tagesfrist unmöglich erschienen.
Aber hatte sie es denn wirklich erlebt? Vorhin, als sie die Hand gehoben und die winzigen Bisswunden an ihrem Finger gesehen hatte, war sie überzeugt davon gewesen, dass alles wahr war und die Echse nicht nur im Traum zu ihr gesprochen hatte. Jetzt war sie gar nicht mehr so sicher: Die Bisswunden an ihrer Hand waren zwar echt und keine Einbildung, aber bei ruhiger Überlegung ließ sich auch eine andere Erklärung finden – vielleicht war der Salamander nichts als ein normaler Salamander gewesen, der sich in ihr Zelt verirrt und nach ihr gebissen hatte, und vielleicht hatte sie den Schmerz gefühlt und war davon aufgewacht, sodass sie das Tier hatte sehen können. Ihr vom Fieber gebeutelter Geist mochte sich den Rest der Geschichte dazuerfunden haben.

Wenigstens wäre es das, was Gonda behaupten würde, wenn sie ihm die Geschichte erzählte. Es gab keine sprechenden Tiere und sprechende Echsen schon gar nicht. Und obwohl sie lange dalag und jeden Gedanken einzeln und sorgfältig abwog, blieb tief in ihr die Überzeugung, dass wirklich alles wahr war.

Schließlich hielt sie es nicht mehr aus. Vorsichtig, um die anderen nicht zu wecken, erhob sie sich von ihrem Platz, stieg mit einem großen Schritt über Lana und ihre Mutter hinweg und ging zurück zum Waldrand. Gonda schlief zusammengerollt im Schutze der letzten Büsche, und als sie an ihm vorüberging, erhob sich ein Schatten neben ihm und sie erkannte Beren, den jüngsten Sohn des Sippenältesten. Er blinzelte und sein Blick wirkte für einen Moment verschleiert, als er sie ansah.

»Was ist?«, murmelte er verschlafen. »Wo willst du hin?«
Yori hob rasch den Zeigefinger an die Lippen und schüttelte den Kopf. »Nirgends«, sagte sie. »Ich habe etwas vergessen, das ist alles. Schlaf weiter.«

Beren sah sie misstrauisch an, zuckte aber dann mit den Achseln und ließ sich wieder zurücksinken; zu müde, um noch lange über den Zweifel, den Yoris Worte in ihm wachgerufen haben mochten, nachzudenken. Yori atmete erleichtert auf und ging weiter. Sie mochte Beren; so wie ihn eigentlich jedes Mitglied der Sippe wie einen Sohn oder Bruder liebte. Gondas Weib Andri hatte mit fast vierzig Jahren noch diesen Nachzügler bekommen und der schwarzhaarige Knabe war nicht einmal ein Jahr älter als Yori, aber bei dem, was sie vorhatte, konnte sie ihn nicht brauchen.

Sie blieb stehen, als sie die Mitte der Lichtung erreicht hatte, hob schützend die Hand über die Augen und sah sich um. Der Platz kam ihr größer vor als vorher, jetzt, wo die Zelte und Trockengestelle und der Pferch für die Mulis abgebaut

waren, und er wirkte auf eigentümliche Weise kalt und unwirtlich; einsam. Er war für Wochen ihre Heimat gewesen und jetzt, als sie ihn verlassen hatten, schien ein Teil seiner Seele fort zu sein, als wäre etwas von ihm gestorben.
Yori schüttelte den Gedanken ab, ging weiter und erreichte die Stelle, an der ihr Zelt gestanden hatte. Sein Abdruck war noch deutlich zu erkennen: ein nicht ganz makelloser Kreis von knapp fünf Metern Durchmesser, in dem der Boden so lange getreten und von zahllosen nackten Füßen festgestampft worden war, bis er hart wie Stein war. Fast kam ihr die Stelle vor wie eine Wunde, die sie dem Boden geschlagen hatten, aber sie wusste auch, dass er sich erholen würde, sobald sie fort waren. Sie blieben niemals lange genug an einem Fleck, um dem Ort, an dem sie sich niederließen, wirklich Schaden zuzufügen.
Eine Zeit lang ging Yori unschlüssig im Inneren des Kreises umher, blickte hierhin und dorthin und begann sich zu fragen, was sie überhaupt zu finden hoffte. Spuren waren – wenn es sie überhaupt gegeben hatte – nach dem Abbau des Lagers sicher keine mehr zu sehen. Sie blieb stehen, hob den Blick und ging dann zu dem niedrigen Gebüsch hinüber, das dort begann, wo die Rückseite des Zeltes gewesen war. Die Sträucher waren geknickt und zum Teil niedergetrampelt, aber die spitzen Dornen hatten verhindert, dass ihre Mutter und Lana zu tief in das Unterholz eingedrungen waren.
Irgendetwas lag zwischen den Büschen. Yori konnte es nicht genau erkennen, aber es war rot und klein und keine Pflanze. Ihr Herz begann zu klopfen. Eine bange Furcht breitete sich in ihr aus. Yori ließ sich in die Hocke sinken, zögerte einen kurzen, bangen Moment und bog die Zweige vorsichtig auseinander.
Das Tier lag einen knappen halben Meter vor ihr, nicht einmal zehn Schritte von der Stelle, an der ihr Nachtlager gewesen war, entfernt. Seine Augen standen weit offen und

schienen sie vorwurfsvoll anzublicken und die winzigen Füße waren von den Krämpfen, die es getötet hatten, zu Krallen verkrümmt. Seine Haut hatte ihren geheimnisvollen Schimmer verloren und wirkte jetzt blind und stumpf wie staubiges Wasser und aus seinem halb offen stehenden Maul war eine dunkle Flüssigkeit getropft und auf dem Boden eingetrocknet. Fast eine Minute lang starrte Yori das Tier an ohne sich zu rühren oder auch nur Atem zu holen. Dann begannen ihre Hände zu zittern. Sie schluchzte, ließ sich vollends auf die Knie fallen und nahm das Tier behutsam mit der rechten Hand auf. Die scharfen Dornen des Busches zerkratzten ihren Arm und hinterließen blutige Striemen auf ihrer Haut, aber das spürte sie gar nicht. Ihre Augen begannen zu brennen und salzige Tränen liefen über ihre Wangen. Das winzige Tierchen lag kalt und steif in ihrer Hand und fühlte sich an wie ein Stück Holz und es war trotz der verkrümmten Haltung, die die Qual verriet, unter der es gestorben war, noch immer wunderschön anzusehen. Es war der Salamander, der während der Nacht zu ihr gekommen war. Das Tier, das die Smaragdechse geschickt hatte, um ihr Leben zu retten. Es hatte seinen Auftrag erfüllt, aber es war selber an dem Gift gestorben, das es aus ihrem Körper gesogen hatte.

Yori weinte lautlos. Sie fühlte sich schuldig und für einen Moment konnte sie an nichts anderes denken als daran, dass eigentlich sie jetzt reglos und kalt daliegen müsste und nicht dieses wunderbare Tier. Zitternd hob sie es ans Gesicht, berührte seine kalte Haut mit den Lippen und legte es dann behutsam vor sich auf den Boden.

»Es ... es tut mir Leid«, flüsterte Yori. »Ich weiß, dass du mich nicht mehr hören kannst, armes, kleines Ding, aber du musst mir glauben, dass ich das nicht gewollt habe. Du ... du wolltest mir nur helfen und jetzt bist du tot. Ich wusste das nicht. Bitte glaube mir, dass ich es nicht wusste.«

»Was hast du nicht gewusst?«, fragte eine Stimme hinter ihr. Es war Beren.
Yori fuhr mit einem kaum unterdrückten Schreckenslaut herum, richtete sich auf und blinzelte, als das grelle Sonnenlicht wie ein glühendes Messer in ihre Augen stach.
»Was hast du nicht gewusst?«, fragte Beren noch einmal. »Und mit wem redest du da überhaupt?« Er beugte sich neugierig vor, erblickte den toten Salamander und verzog verblüfft das Gesicht. Yori versuchte sich so zu setzen, dass Beren das Tier nicht mehr sehen konnte, obwohl es schon viel zu spät war.
»Nichts«, stammelte sie rasch. »Ich ... habe nur so vor mich hin gemurmelt, das ist alles.« Sie versuchte zu lächeln, senkte den Blick und wischte sich mit einer schnellen Bewegung die Tränen aus dem Gesicht. »Es war wirklich nichts«, wiederholte sie noch einmal.
»So?«, machte Beren. Er sah sie scharf an, blickte dann noch einmal auf den toten Salamander hinab, schüttelte den Kopf und ließ sich vor Yori in die Hocke sinken. »Ist mit dir alles in Ordnung?«, fragte er besorgt. »Weißt du, für einen Moment hatte ich fast das Gefühl, dass du mit dem toten Lurch geredet hast.«
»Unsinn«, widersprach Yori, aber sie spürte selbst, wie wenig überzeugend sie war. Ihre Stimme schwankte noch immer. Sie hatte Mühe die Tränen zurückzuhalten.
»Was ist das überhaupt für ein Tier?«, murmelte Beren. Er beugte sich weiter vor, stützte sich mit der Linken ab und griff mit der anderen Hand nach dem Salamander. Yori unterdrückte im letzten Moment den Impuls seine Hand beiseite zu schlagen und sah weg.
Beren betrachtete den Lurch eingehend, ehe er ihn wieder zu Boden legte und sich die Hand an der Hose abwischte. »So einen Salamander habe ich noch nie gesehen«, sagte er. »Vielleicht sollten wir ihn Ferai zeigen. Oder meinem Vater.«

»Nein!«, entfuhr es Yori. Sie sah, wie zwischen Berens Brauen eine misstrauische Falte erschien, und am liebsten hätte sie sich auf die Zunge gebissen; sie hatte das Wort fast geschrien und Beren müsste schon blind und taub zugleich sein, wenn er noch immer nicht merkte, dass mit ihr etwas nicht stimmte. Aber er sah sie nur einen Herzschlag lang durchdringend an, zuckte dann mit den Schultern und stand auf.
»Wie du willst«, meinte er. »Ist ja schließlich auch nur ein Salamander. Aber du solltest nicht so lange in der Sonne bleiben. Es ist zu heiß hier und du bist noch lange nicht ganz gesund. Außerdem haben wir noch einen anstrengenden Tag vor uns. Komm – lass uns zurückgehen.«
Yori griff zögernd nach seiner hilfreich ausgestreckten Hand, stand auf und ging mit ihm zum Wald und zu den anderen zurück.

Die Sonne stand zwei Handbreit über dem Horizont, als sie aufbrachen. Es war noch immer so heiß wie an einem normalen Sommertag zur Mittagsstunde, aber niemand wagte es, Gonda zu widersprechen oder auch nur zu murren, als er das Zeichen zum Losmarschieren gab. Eine sonderbare Stimmung hatte von der ganzen Sippe Besitz ergriffen; Yori war nicht die Einzige, die die Besorgnis Gondas fühlte. Ihr Weggehen hatte eher den Anstrich einer Flucht als den eines normalen Aufbruches und Yori sah, wie Gonda seinen Bruder, Berg und Tura zur Seite nahm und mit leiser Stimme mit ihnen redete, kurz bevor sie das Tal verließen. Sie sahen alle vier immer wieder in die Richtung, in der der Fremde verschwunden war, und ihre Blicke waren sehr ernst.
Yori, ihre Mutter und ihre Schwester gingen in der Mitte der langen, weit auseinander gezogenen Kette, in der sie sich fortbewegten, zusammen mit den anderen Frauen und den kleineren Kindern, während die Männer Anfang und Abschluss bildeten. Es war die normale Art, in der sie sich immer

bewegten, solange es das Gelände zuließ, eine Marschordnung, die gleichermaßen dazu angetan war, rasch voranzukommen wie die schwächeren Mitglieder der Sippe vor einem überraschenden Angriff zu schützen. Yori war ein wenig verstimmt, dass sie in der Mitte gehen musste, als wäre sie ein kleines Kind; normalerweise war ihr Platz schon lange vorne, bei den Jägern, aber Gonda hatte sie zurückgeschickt und gemeint, dass sie noch zu schwach wäre und lieber bei ihrer Mutter bleiben sollte.

Sie hatten kaum Wasser. Die seichte Pfütze, die von der einst sprudelnden Quelle am Fuße der Felsen zurückgeblieben war, war leer gewesen, als sie das Tal verlassen hatten, aber die wenigen kümmerlichen Schlucke, die in ihren Wasserschläuchen waren, würden kaum ausreichen, den nächsten Tag zu überstehen. Und niemand, auch Gonda nicht, wusste genau, wohin sie gingen. Sie zogen weiter nach Westen, tiefer hinein in die Berge und in Gebiete, die vielleicht noch nie eines Menschen Fuß betreten hatte, und keiner von ihnen wusste zu sagen, ob die nächste Wasserstelle hinter der nächsten Biegung oder eine Million Meilen entfernt war. Yori fiel die Stille auf, in der sie sich fortbewegten. Sie sprachen nie viel, wenn sie auf Wanderschaft waren, um Kraft zu sparen und nicht noch mehr Aufmerksamkeit zu erregen, als es eine so große Gruppe ohnehin tat, aber jetzt hatte sich ein fast geisterhaftes Schweigen über der Sippe ausgebreitet. Selbst die Hufschläge der Mulis und das Geräusch ihrer Schritte schienen gedämpft und es war irgendetwas Bedrücktes an diesem Schweigen. Ein paar Mal, als Yori unversehens den Kopf wandte, fing sie einen fast feindseligen Blick von einem der anderen auf und einmal, als sie sich ein Stück von ihrer Mutter entfernte und in Ferais Nähe kam, die als Einzige nicht zu Fuß gehen musste und auf einem der Mulis ritt, sah sie einen beinahe hasserfüllten Ausdruck in deren Zügen.

Irgendetwas ist anders als sonst, dachte Yori bedrückt, ganz anders. Es war nicht das erste Mal, dass sie Not litten und Durst oder Hunger ertragen mussten, nicht einmal das erste Mal, dass sie auf der Flucht waren, aber sie hatte niemals eine Stimmung wie diese gespürt. Yori begann sich zu fragen, ob die anderen vielleicht ihr die Schuld an dem gaben, was auf sie zukommen mochte. Natürlich würde es niemand laut aussprechen, aber immerhin hatte alles durch sie angefangen. Hätte sie nicht versucht der Echse zu helfen, wäre der Reiter vielleicht niemals in ihr Lager gekommen; zumindest wäre er nicht im Zorn fortgeritten.

Stunde um Stunde marschierten sie nach Westen. Das Gelände stieg langsam, aber stetig an und im gleichen Maße, in dem die Felsen und Steine größer und der Boden härter und zerschrundener wurde, wurden Büsche und Bäume seltener; das Land verlor seinen grünen Anstrich und wurde grau, und als die Sonne sank, waren nur noch kärgliches Moos und graublaue Flechten unter ihren Füßen.

Aber auch nach Sonnenuntergang marschierten sie noch weiter. Yori war zum Umfallen müde und auch die anderen schleppten sich jetzt mehr voran, als dass sie gingen, aber Gonda ließ sie weitergehen, eine, zwei, schließlich drei Stunden, bis das Gelände so schwierig wurde, dass sie Halt machen mussten, wenn sie nicht Gefahr laufen wollten, sich im Dunkeln zu verletzen.

Sie lagerten auf einem schmalen, an drei Seiten von lotrecht aufsteigenden, grauen Wänden umgebenen Felsplateau, über das der Wind pfiff und in dessen Ritzen und Spalten drahtiges Moos wuchs. Gonda verbot ihnen ein Feuer zu entzünden, aber die meisten Mitglieder der Sippe waren ohnehin zu müde um an Essen zu denken oder gar noch die Kraft aufzubringen, miteinander zu reden.

Auch Yori bereitete sich auf dem felsigen Grund ein Lager aus Decken und Fellen, und obwohl sie noch immer aufgeregt war und das bange Gefühl in ihr eher zugenommen hatte, schlief sie beinahe augenblicklich ein.

Aber sie schlief nicht lange. Ein klarer, wolkenloser Nachthimmel spannte sich über ihr, als sie erwachte, und das Geräusch des Windes, der sich heulend und wimmernd an Felszacken und Graten brach und irgendwo über ihnen in den Bergen sein düsteres Lied sang, war lauter geworden. Es war noch immer warm, obwohl beinahe Mitternacht sein musste, und das Plateau war von den Lauten der Schlafenden erfüllt. Eines der Mulis stampfte unruhig, und als Yori sich behutsam herumdrehte und die Augen öffnete, erkannte sie, dass das Lager neben ihr leer war; ihre Schwester lag auf der Seite und schnarchte mit offenem Mund, aber ihre Mutter war verschwunden.

Yori setzte sich ganz auf, rieb sich mit dem Handrücken den Schlaf aus den Augen und sah sich um. Der Mond war nur als kaum fingerbreite Sichel am Himmel zu sehen und spendete kaum Licht, aber am Himmel strahlten und funkelten die Sterne, als wären sie darum bemüht, die schwache Leuchtkraft des Mondes auszugleichen, und Yori konnte das Plateau fast zur Gänze überblicken. Die meisten Mitglieder der Sippe schliefen, aber am anderen Ende des Felsbandes erkannte sie Schatten von drei, vielleicht vier Menschen, die sich dunkel und aufrecht gegen den Nachthimmel abzeichneten, und als sie lauschte, hörte sie den gedämpften Klang von Stimmen.

Yori war nicht sicher, aber es schien ihr, als wäre es keine normale Unterhaltung, die dort im Gange war. Die Stimmen erschienen ihr erregt, und als sie die Augen anstrengte und sich konzentrierte, sah sie, wie eine der Gestalten den Arm hob und eine rasche, zornige Geste machte.

Ein Streit?, dachte sie verwirrt. Sofort machte sich wieder das ungute, bohrende Gefühl von Schuld in ihrem Inneren breit. Sie hoffte inständig, dass sie sich täuschte, aber das ihrer Mutter und die erregten Stimmen, die sie hörte, sagten ihr überdeutlich, dass ihr Gefühl sie nicht getäuscht hatte, weder jetzt noch am Abend während des Marsches. Nach einem letzten, kurzen Zögern stand sie auf und ging leise zwischen den Schlafenden hindurch.

Es waren ihre Mutter, Gonda und sein Bruder Kahn, die am äußersten Ende des Plateaus saßen und miteinander redeten, und ein Stück abseits, als wäre sie so weit wie möglich von Naila fortgerückt, um den Bruch zwischen ihnen auch äußerlich sichtbar werden zu lassen, Ferai. Als Yori näher kam, erkannte sie einen fünften, etwas kleineren Schatten vor der Felswand: Beren. Er blickte direkt in ihre Richtung und lächelte freundlich, als er sie erkannte, gab aber keinen Laut von sich. Yori konnte nicht hören, was die Erwachsenen sagten, zumal Gonda beim Geräusch ihrer Schritte aufsah und mitten im Wort verstummte, aber der Ausdruck auf ihren Gesichtern war nicht zu verkennen: Sie *hatten* gestritten.

»Yori?«, fragte ihre Mutter erschrocken. »Was machst du hier? Warum schläfst du nicht?«

»Ich ... konnte nicht schlafen«, antwortete Yori verwirrt. »Ich bin aufgewacht und habe euch gehört und ...«

»Leg dich wieder hin«, sagte ihre Mutter. »Du brauchst deinen Schlaf. Wir haben einen harten Tag vor uns.«

»Warum lässt du sie nicht hier?«, mischte sich Ferai ein. »Sie kann ruhig hören, was ich zu sagen habe.«

Naila sah auf und setzte zu einer wütenden Entgegnung an, aber Gonda brachte sie mit einer zornigen Geste zum Verstummen. »Schweig, Naila«, sagte er. »Und du auch, Ferai. Und du, Yori, solltest besser tun, was deine Mutter sagt. Du wirst morgen alle Kraft brauchen, die du hast. Der Weg, der vor uns liegt, ist lang und anstrengend.«

Yori blickte nachdenklich von einem zum anderen. »Ihr habt euch gestritten, nicht?«, fragte sie leise. »Meinetwegen.«

»Unsinn«, widersprach Gonda, aber das Wort kam ein wenig zu schnell und zu bestimmt, um echt zu klingen.
»Ihr habt euch gestritten, weil ihr glaubt, dass alles meine Schuld ist«, behauptete Yori. »Ich ... ich habe es schon die ganze Zeit gemerkt.« Sie schwieg einen Moment, trat näher und ließ sich zögernd zwischen ihrer Mutter und Gonda nieder.
»Ich weiß, dass es so ist«, fuhr sie fort. »Vielleicht habt ihr sogar Recht. Wenn ... wenn ich nicht versucht hätte, der Echse zu helfen, dann wäre alles nicht passiert. Ich wäre nicht krank geworden und der Reiter wäre nicht gekommen.«
»Unsinn«, sagte Gonda noch einmal. »Dich trifft keine Schuld, Yori. Vielleicht war es sogar gut so, wie es gekommen ist. Wir hätten so oder so bald weiterziehen müssen, um eine neue Quelle zu finden.«
»Aber das ist nicht der alleinige Grund, aus dem wir aufgebrochen sind«, bemerkte Yori. Sie blickte erwartungsvoll von ihrer Mutter zu Gonda und zurück, aber beide wichen ihrem Blick aus. Ferai stieß einen zornigen Laut aus, schwieg aber, als Gonda sie warnend ansah.
Aber Yori ließ nicht locker. Sie konnte nicht länger so tun, als merke sie nichts. Irgendetwas ging hier vor, etwas, an dem sie stärker beteiligt war, als Gonda und ihre Mutter eingestehen wollten, und sie wollte jetzt wissen, was. »Wir sind nicht nur weitergezogen, weil die Quelle versiegt ist«, behauptete sie.
»Sag es ihr!«, verlangte Ferai. »Morgen früh erfährt sie es sowieso und warum soll sie nicht vor den anderen wissen, was sie angerichtet hat?«
»Sie hat nichts angerichtet, Ferai«, sagte Gonda scharf. »Vielleicht hat sie uns sogar geholfen, denn wenn der Fremde nicht ihrer Spur gefolgt wäre, hätten wir die Gefahr vielleicht nicht einmal erkannt.«

»Vielleicht hätte es auch gar keine gegeben«, zischte Ferai böse.
»Der Fremde?«, fragte Yori. »Ist es das? Ist er der Grund für diese ... Flucht?«
Gonda sah sie einen Moment ernst an. Dann nickte er. »Ja«, sagte er leise. »Ferai hat Recht – morgen bei Sonnenaufgang muss ich es so oder so allen sagen, warum sollst du es da nicht gleich erfahren? Aber das ist auch alles, womit sie Recht hat«, fügte er mit einem warnenden Seitenblick auf die Heilmutter hinzu, ehe er weitersprach. »Dieser Fremde war kein normaler Jäger, Yori«, erklärte er. »Du und die meisten der anderen sind zu jung, um sich daran zu erinnern, aber wir sind schon einmal auf Männer wie diesen gestoßen. Es ist lange her, aber nicht so lange, dass ich seinen Dialekt und die Art seiner Kleidung vergessen hätte. Der Reiter stammt aus Muurhat.«
»Muurhat.« Yori erschrak. »Du meinst, er ist ...«
»Ein Sklavenhändler«, sagte Ferai hart. »Ihr habt seine Worte gehört – er wird wieder kommen, hat er gesagt. Und es war keine leere Drohung.«
»Es ist nicht das erste Mal, dass ich solche Männer sehe«, sagte Naila leise. Sie lächelte auf sehr traurige Art, griff unter ihr Gewand und zog einen kleinen, in der Dunkelheit der Nacht silbern aufblitzenden Gegenstand hervor. Es war ein Anhänger, ein kleines, kunstvoll geschmiedetes Schmuckstück, an einer Seite durchbohrt, sodass man eine Kette hindurchziehen und es um den Hals tragen konnte. Es kam Yori auf sonderbare Weise bekannt vor und nach einem Moment fiel ihr auch ein, woher: Ihre Schwester trug ein Armband, auf dem dasselbe Symbol zu sehen war.
»Woher hast du das?«, fragte sie.
Ihre Mutter seufzte. »Ich fand es an der Stelle, an der Berg und Tura den Mann niedergerungen haben«, sagte sie. »Es gehört mir.«

»Dir?«, wiederholte Yori verwirrt.
»Jedenfalls hat es mir einmal gehört«, sagte Naila. »Dein Vater schenkte es mir, Yori, lange bevor du geboren wurdest. Zusammen mit dem Armband, das Lana trägt.« In ihren Augen glitzerten Tränen. »Die Männer, die uns damals überfielen, haben es gestohlen«, berichtete sie. »Und jetzt fand ich es wieder.«
»Dann ...« Yori begriff nur allmählich, was die Worte ihrer Mutter in letzter Konsequenz bedeuteten. »Dann ist es nicht nur ein Verdacht«, sagte sie.
»Nein.« Ferais Stimme klang hart. »Es sind die gleichen Männer, die deine Mutter überfielen und deinen Vater getötet haben. Sklavenjäger. Menschen, die Menschen fangen und mit ihnen handeln wie mit Tieren.«
»Ein Sklavenjäger«, wiederholte Yori flüsternd. Sie hatte den Schrecken, der im Klang dieses Wortes lag, noch nicht ganz begriffen, aber sie spürte, wie er langsam und wie eine eisige, tastende Hand in ihre Seele kroch. »Dann ... dann habe ich ...«
»Nichts«, unterbrach sie ihre Mutter. »Du hast nichts getan, wofür du dich schuldig fühlen müsstest, Yori.« Sie straffte die Schultern, legte Yori beruhigend die Hand auf den Unterarm und funkelte Ferai kampflustig an. »Warum ziehst du sie hinein, Ferai?«, fragte sie. »Musst du dich jetzt schon an Kinder halten, um einen Schuldigen zu finden, wo es keinen gibt?«
»An Kinder vielleicht nicht«, antwortete Ferai lauernd. »Aber vielleicht an ihre Mütter.«
»Schweig, Ferai!«, befahl Gonda wütend.
Aber Ferai schwieg nicht, sondern fuhr, leise und in lauerndem Tonfall, fort: »Ich habe dich gewarnt, Naila. Ich habe gesagt, dass du die Götter nicht lästern sollst. Vielleicht ist dies der Preis, den wir für dein Verhalten zu zahlen haben.«
»Ferai!«, sagte Gonda warnend. »Du wirst ...«

»Ich werde nicht länger schweigen, sondern sagen, was ich weiß«, schnappte Ferai wütend. Ihre Hand deutete zornig auf Yori, als wolle sie nach ihr schlagen. »Noch gestern zu dieser Stunde lag dieses Kind im Sterben und keine Medizin und kein Heilkundiger der Welt hätten es retten können. Tu nicht so, als wüsstest du das nicht, Gonda. Wir alle wissen, dass Yori nicht mehr leben dürfte und dass es nur eine Erklärung gibt, nämlich Hexerei oder schwarze Magie!«
Gonda beherrschte sich nur noch mit Mühe. Seine Stimme bebte, als er Ferai antwortete: »Was ist mit dir, Ferai? Willst du nicht begreifen, dass wir uns geirrt haben? Wir alle sind Menschen und können Fehler machen. Vielleicht hat der Reiter ein Pfeilgift benutzt, das wir nicht kennen, und vielleicht hat Yori einfach nur Glück gehabt. Hör auf Unsinn zu reden. Du weißt so gut wie ich, dass Naila keine Hexe ist!«
»Nein«, zischte Ferai. »Dann gib mir eine andere vernünftige Erklärung, Gonda! Oder du, Naila! Erkläre mir, wie man einen Toten vom Sterbebett aufstehen lässt, damit ich mein Wissen vermehren und der Sippe besser helfen kann. Vielleicht«, fügte sie noch böse hinzu, »bist du ja auch viel besser zur Heilmutter geeignet als ich. Du hast Gondas Worte ja gehört – ich werde alt und muss mich nach einer Nachfolgerin umsehen.«
»Hör auf!«, sagte Yori. Ihre Stimme zitterte und sie spürte, wie ihr schon wieder Tränen in die Augen schossen. Aber diesmal waren es Tränen des Zornes. »Meine Mutter ist keine Hexe. Was geschehen ist, hat nichts mit schwarzer Magie zu tun.«
Ferai lachte meckernd. »Was weißt du davon, du dummes Kind?«, fragte sie abfällig.
»Ich kann es erklären«, sagte Yori leise. »Meine Mutter ist keine Hexe, Ferai. Sie hat keinen Anteil an dem, was geschehen ist. Niemand hat die Götter gelästert oder irgendwelche Dämonen beschworen.«

»Sei still, Yori«, bat ihre Mutter, aber Yori dachte in diesem Moment gar nicht daran, den Mund zu halten und die Erwachsenen reden zu lassen, wie es sich gehört hätte.
»Vielleicht ist es meine Schuld, dass der Sklavenjäger unser Lager gefunden hat«, sagte sie zornig. »Und wenn es so ist, dann will ich gerne die Verantwortung dafür tragen. Aber meine Mutter kann nichts dafür, Ferai. Es war die Echse, die mich gerettet hat.«
Ferai blinzelte. »Wie?«
»Die ...« Yori stockte. Ohne sich umblicken zu müssen, spürte sie, wie Gonda, Beren und Kahn und auch ihre Mutter sie plötzlich anstarrten, und ihr kam eigentlich erst jetzt richtig zu Bewusstsein, was sie gerade gesagt hatte. Einen Moment lang blickte sie verstört zu Boden, dann schluckte sie den bitteren Kloß, der plötzlich in ihrer Kehle saß, tapfer hinunter und blickte Ferai ins Gesicht. Es fiel ihr schwer, dem Blick der Heilmutter standzuhalten, aber sie war schon zu weit gegangen, um jetzt noch einen Rückzieher machen zu können, und daher würde sie die Sache jetzt zu Ende bringen, so oder so.
»Es war die Echse«, wiederholte sie. »Die Smaragdechse, die ich am Rande der Wüste getroffen habe.«
»Yori, sei still!«, sagte ihre Mutter, aber Gonda hob rasch die Hand und schüttelte den Kopf.
»Lass sie reden, Naila«, sagte er. »Vielleicht hat sie uns etwas zu sagen, was wir wissen müssen.«
Yori sah ihn kurz und dankbar an. »Es war keine normale Smaragdechse«, begann sie. »Sie war viel größer als jede andere, die ich jemals gesehen habe, und wunderschön. Und sie hatte überhaupt keine Angst, obwohl es ein Mensch war, der sie gejagt und verletzt hatte. Ich ... ich habe zu ihr gesprochen und ich weiß, dass sie meine Worte verstanden hat.«
Ihre und die Seele des Tieres hatten miteinander geredet, als

sie sich in der Wüste gegenübergestanden hatten, und die Echse hatte ihr irgendetwas mitgeteilt, ein Wissen, das Yori jetzt noch nicht greifbar, aber tief in ihrem Inneren bereits vorhanden war. Aber das sprach sie nicht laut aus.
»Papperlapapp«, sagte Ferai. »Wer hätte je gehört, dass ...«
»Lass sie zu Ende erzählen, Ferai«, sagte Gonda und Ferai verstummte gehorsam.
Yori schwieg einen Moment. Es fiel ihr plötzlich schwer weiterzureden, und als sie es tat, musste sie mit jedem Wort kämpfen und sprach stockend und langsam. »In ... in der Nacht«, sagte sie, »nachdem ihr fort wart, ist ... ist sie wieder gekommen.«
»Die Echse?«, fragte Ferai hämisch. »Einfach so? Sie ist einfach ins Lager spaziert, ohne dass es einer von uns gemerkt hätte, wie?«
»Nicht sie selbst«, sagte Yori. »Ich ... ich weiß nicht, was ... was es war, aber ich ... ich habe ihre Stimme gehört. Sie hat mit mir gesprochen und sie hat gesagt, dass ... dass sie mir ein Leben schuldet und dass die Echsen unsere Freunde sind und dass sie mir helfen wird. Und dann hat sie den Salamander geschickt.« Yori sah aus den Augenwinkeln, wie sich Beren, der die ganze Zeit schweigend dabeigesessen und zugehört hatte, versteifte. Ein erstauntes Funkeln erschien in seinen Augen, aber er schwieg weiter.
»Was für ein Salamander?«, fragte Gonda, als sie nicht weitersprach.
»Ein ganz kleines Tier«, antwortete Yori. »Er war rot und gelb gestreift und gehörte zu einer Art, die ich nie vorher gesehen habe. Die Smaragdechse nannte ihn ihren kleinen Bruder und sagte, er würde das Gift aus meinem Blut verjagen.«
Ferai lachte hässlich, aber Gonda brachte sie mit einem zornigen Blick zum Schweigen. »Sprich weiter, Yori«, forderte er das Mädchen auf.

»Er ... er hat getan, was die Echse gesagt hat«, fuhr Yori fort. Sie merkte, dass sie drauf und dran war den Faden zu verlieren. Es kostete sie unendliche Mühe, wenigstens einigermaßen ruhig zu bleiben und weiterzusprechen: »Er hat mich gebissen, aber es hat kaum wehgetan. Danach bin ich eingeschlafen, aber als ich am Morgen wieder erwachte, war das Fieber fort.« Sie blickte auf und sah Gonda flehend an. »Bitte, Gonda, du musst mir glauben. Es war alles so, wie ich es erzählt habe. Ich habe nur nichts gesagt, weil ich Angst hatte, dass ihr mir sowieso nicht glauben würdet.«
»Da kannst du Recht haben«, versetzte Ferai. »Wer hat jemals eine solch verrückte Geschichte gehört? Sprechende Echsen. Das Kind lügt! Es hat sich alles ausgedacht, jetzt, in diesem Moment, um seine Mutter zu schützen.«
Gonda sah plötzlich nachdenklich aus. »Vielleicht«, murmelte er. »Aber vielleicht auch nicht. Ich erinnere mich, einmal von einem Reisenden gehört zu haben, dass es in den Sümpfen des Südens kleine Salamander geben soll, die die Gabe haben Gift zu neutralisieren und Krankheiten zu heilen.«
Ferai schnaubte. »Das stimmt«, sagte sie ärgerlich. »Es gibt diese Tiere, aber zehntausend Meilen von hier! Sie leben nicht in diesem Teil des Landes. Es ist zu heiß und zu trocken hier und selbst wenn ...«
»Aber er war da!«, begehrte Yori auf. »Er hat mich gebissen und das Gift aus meinem Blut gesaugt und er ist selbst daran gestorben. Ich fand seinen Leichnam heute Nachmittag, nachdem das Lager abgebaut war, nur wenige Schritte von der Stelle entfernt, an der unser Zelt gestanden hat.« Erregt beugte sie sich vor und hielt Ferai die rechte Hand hin. »Sieh doch selbst, wenn du mir nicht glaubst!«
Ferai schürzte die Lippen, beugte sich ein wenig vor und betrachtete flüchtig ihren Arm. »In der Tat«, sagte sie böse. »Da sind Spuren. Aber mir scheint, sie stammen eher von einem Stachelschwein als von einem Salamander.«

Yori stöhnte vor Enttäuschung und Zorn. Ferais gehässiger Tonfall war nur zu verständlich, denn ihr rechter Arm war bis über den Ellbogen hinauf zerschunden und zerkratzt, wo die Dornen des Gebüsches ihre Haut aufgerissen hatten. Selbst wenn Ferai die beiden winzigen punktförmigen Bisswunden in der Dunkelheit gesehen hätte, hätte sie sie kaum von den zahllosen anderen Kratzern und Rissen unterscheiden können.
»Das ... das ist passiert, als ich mich an den Büschen gekratzt habe«, sagte sie stockend. »Aber es ist alles wahr. Ich ... ich kann dir das Tier beschreiben, in allen Einzelheiten, und ...«
Sie brach ab. Ferai starrte sie kalt an und auf den Gesichtern von Gonda und ihrer Mutter war ein misstrauischer Ausdruck erschienen.
»Sei jetzt still, Yori«, sagte ihre Mutter leise. »Du machst alles nur noch schlimmer.«
»Aber sie sagt die Wahrheit«, sagte Beren ruhig.
Gonda atmete hörbar ein und starrte seinen Sohn an. »Was sagst du da?«, fragte er.
Beren rutschte aufgeregt ein Stück näher und deutete mit einer Kopfbewegung auf Yoris zerschundenen Arm. »Sie hat sich wirklich an einem Dornenbusch verletzt«, sagte er. »Ich war dabei. Und ich habe auch den Salamander gesehen. Er war tot und sah genauso aus, wie Yori ihn beschrieben hat. Rot und gelb gestreift und von einer Art, die ich nicht kenne.«
Einen Moment lang war es vollkommen still, dann gab Ferai einen zornigen Laut von sich und winkte ab. »Und wenn«, sagte sie. »Was beweist das? Nur, dass sie einen toten Salamander gefunden hat. Vielleicht ist ihr die ganze Geschichte erst eingefallen, als sie das Tier sah. Nein.« Sie schüttelte heftig den Kopf: »Ich bleibe dabei – was geschehen ist, ist die Strafe der Götter. Naila hat sie um ein Leben betrogen und sie werden sich vierundzwanzigfach zurückholen, was ihnen genommen wurde.« Gonda wollte sie

unterbrechen, aber Ferai ließ ihn nicht zu Wort kommen, sondern stand mit einer Bewegung auf, die ihrem Alter und ihrer gebrechlichen Erscheinung widersprach, und fuhr mit erhobener Stimme fort: »Nennt mich ruhig eine alte Närrin, wenn ich gegangen bin, aber ihr werdet noch an meine Worte denken. Die Götter lassen sich nicht betrügen und sie lassen es auch nicht zu, dass man ihnen ins Handwerk pfuscht. Vielleicht kann man sie überlisten, aber sie sind rachsüchtig. Ihr werdet es spüren.« Damit wandte sie sich um und ging, ohne Naila oder Yori noch Gelegenheit zu einer Entgegnung zu geben.
Yori wollte ihr folgen, aber Gonda hielt sie mit einem raschen Griff zurück. »Lass sie, Yori«, sagte er. »Sie ist eine alte Frau, die nicht anders kann. Sie ist nicht böse, wenn du das glaubst. Sie weiß es nur nicht besser.«
»Aber meine Mutter ist keine Hexe!«, beharrte Yori verzweifelt. »Es war alles so, wie ich es gesagt habe!«
»Vielleicht«, sagte Gonda, aber er sagte es in einem Ton, der mehr als alle Worte deutlich machte, wie er es wirklich meinte. »Vielleicht war es so, vielleicht anders. Das spielt jetzt keine Rolle mehr. Niemand macht dir oder deiner Mutter irgendeinen Vorwurf, Yori. Es ist nicht das erste Mal, dass wir vor den Menschenjägern fliehen müssen, und es wird nicht das letzte Mal sein. Aber wir haben eine gute Chance, unser Vorsprung ist ausreichend.« Er seufzte, drehte den Kopf und blickte einen Augenblick lang nach Westen. Die Berge erhoben sich wie eine unüberwindbare, schwarze Mauer vor ihnen in der Nacht.
»Wenn wir Wasser finden, ist alles gut«, murmelte er.
»Wohin gehen wir?«, fragte Yori leise. »Weißt du, was hinter diesen Bergen liegt?«
Gonda verneinte: »Das weiß niemand, jedenfalls niemand, mit dem ich je gesprochen habe. Wir waren nie so weit im Westen.«

»Und wenn wir ... wenn wir kein Wasser finden?«, fragte Yori stockend.
»Wir werden Wasser finden«, antwortete Gonda. »Es gibt Tiere in diesen Bergen und auch sie können ohne Wasser nicht leben. Im Frühjahr fließt das Schmelzwasser in breiten Bächen von ihren Gipfeln und man sagt, dass selbst ein Fluss tief unter dem Felsen hindurchfließt. Es gibt Wasser hier und wir werden es finden.«
Gonda lächelte zuversichtlich. Aber Yori spürte genau, dass er diese Worte nur gesprochen hatte, um sie und die anderen – und vielleicht auch sich selbst – zu beruhigen. Er lächelte noch immer, als er aufstand, um zu seinem Lager zurückzugehen, aber in seinen Augen war ein anderer Ausdruck, und als Yori ihn erkannte, erschrak sie zutiefst, weil es etwas war, was sie an Gonda noch nie gesehen hatte: Angst.

Am nächsten Morgen zogen sie noch vor Sonnenaufgang weiter. Die Dämmerung hatte die Nacht vertrieben und über den immer steiler ansteigenden Bergen lag ein grauer unwirklicher Schein, als sich die lange Kette von Menschen wieder in Bewegung setzte. Der Wind, der ihnen von den Gipfeln her in die Gesichter blies, war kühl und brachte ein wenig Erfrischung, aber der Himmel war schon jetzt, während der Dämmerung, von jener seltenen Klarheit, die große Hitze während des kommenden Tages versprach.
Obwohl sie alle noch müde und erschöpft vom vergangenen Tag und der viel zu kurzen Nacht auf dem felsigen Boden waren, ließ niemand einen Laut des Protestes hören. Sie würden nicht sehr lange marschieren können. Hier, in den Bergen, wo es keinen Schutz vor der sengenden Hitze der Sonne gab, mussten sie die wenigen halbwegs kühlen Stunden des frühen Morgens und Abends ausnutzen. Gegen Mittag würde das Gehen zur Qual werden.
Yori marschierte neben ihrer Mutter und vor ihrer Schwes-

ter, wie am Tage zuvor, aber diesmal war sie froh, diese Marschordnung einhalten zu dürfen; bei dem Gedanken, etwa weiter vorne und in Ferais Nähe gehen zu sollen, rebellierte etwas in ihr.

Das Gelände wurde schwieriger. Der Boden stieg immer steiler an und die Felsen, die sich immer wieder vor ihnen auftürmten und sie zu Umwegen oder halsbrecherischen Klettereien zwangen, wurden zahlreicher und größer. Mehr als einmal klaffte urplötzlich ein bodenloser Abgrund vor ihnen auf, sodass sie von ihrem ursprünglichen Weg abweichen oder gar die Strecke, die sie sich gerade hinaufgequält hatten, mühsam wieder zurückgehen mussten, um einen anderen Weg zu suchen, und als die Mittagsstunde herannahte, wuchs vor ihnen eine lotrechte, hundert oder mehr Manneslängen hohe Felswand empor, die sie zwang, im rechten Winkel von ihrem bisherigen Kurs abzuweichen. Aber sie spendete wenigstens Schatten, wenn es auch nur ein schmaler Streifen unmittelbar an ihrem Fuße war, und so konnten sie weitergehen, ohne sich wie die Tiere zwischen Felsen und Geröll verkriechen zu müssen, um die Zeit der größten Hitze abzuwarten.

Der Tag verging unendlich langsam. Yoris Wasservorrat schmolz unbarmherzig dahin, obwohl sie nur trank, wenn sie es gar nicht mehr aushielt und glaubte vor Durst verrückt werden zu müssen, und als die Abenddämmerung hereinbrach, war der Schlauch aus Ziegenleder an ihrem Gürtel bis auf ein paar kümmerliche Tropfen geleert.

Sie schliefen zwischen einer Gruppe gewaltiger, wie von einem Riesen im Spiel über den Hang verstreuter Felsen und diesmal waren sie alle zu müde und erschöpft, als dass es noch Gespräche oder einen neuen Streit gegeben hätte. Überhaupt hatte während des gesamten Marsches niemand mehr als das Allernötigste gesagt; auch Yori und ihre Mutter hatten nicht miteinander gesprochen, sondern waren nu

wortlos nebeneinander hergegangen. Reden kostete Kraft und Yori glaubte auch zu spüren, dass es sinnlos gewesen wäre, noch einmal auf das Thema vom vergangenen Abend einzugehen. Es war alles gesagt, was zu sagen gewesen war, und sie glaubten ihr nicht. So einfach war das.
Am nächsten Morgen war eines der Mulis tot. Das Tier hatte sich losgerissen und war, offensichtlich auf der Suche nach Wasser, in eine Felsspalte gestürzt. Seine Last musste auf die verbliebenen Tiere und die einzelnen Mitglieder der Sippe verteilt werden, wodurch die Bündel, die jeder Einzelne zu tragen hatte, noch schwerer wurden und das Marschtempo noch weiter sank.
Yori wusste, dass sie den Tag nicht mehr durchhalten würden. Niemand sprach es aus, aber wenn der Tag auch nur annähernd so heiß würde wie die vorhergehenden, dann würden spätestens zur Mittagsstunde die ersten Menschen zusammenbrechen. Yori hatte den letzten Rest ihres Wassers getrunken, als sie aufgewacht war, und so wie der ihre waren fast alle Wasserschläuche leer.
Sie zogen weiter, aber als hätte ein grausames Schicksal beschlossen, ihnen im wahrsten Sinne des Wortes noch mehr Steine in den Weg zu legen, stieg das Gelände jetzt noch steiler an und immer öfter türmten sich Barrieren aus Felsen und Geröll vor ihnen; sie schafften während der ersten zwei Stunden kaum zwei Meilen und vor ihnen war, so weit das Auge reichte, nichts, das irgendeine Erleichterung versprach.
Schließlich fanden sie eine Höhle. Sie bildete eine ausgezackte Öffnung in der Flanke der Wand, an der sie sich noch immer entlangbewegten, nicht viel größer als ein Mann und von unheimlichen Schatten und Dunkelheit erfüllt, aber dahinter lag eine geräumige, domartig gewölbte Halle, von deren Decke bizarre Steingewächse herabhingen. Es war nicht sehr viel kühler als draußen, aber die unmittelbare Glut der Sonne fehlte, und obwohl die Luft auch im Inneren des

Berges stickig und warm war, atmeten doch alle erleichtert auf, als sie die Höhle betraten.

Gonda rief die Sippe am Eingang zusammen, nachdem sie ihre Lasten abgelegt und ein wenig zu Atem gekommen waren. Es war dunkel in der Höhle, nur durch den Eingang fiel helles Sonnenlicht herein, sodass sich Gondas Gestalt als nachtschwarzer Schatten gegen den hellerleuchteten Hintergrund abzeichnete. Die gewölbte Decke des Felsendomes warf seine Stimme als Echo zurück. »Wir müssen beraten«, sagte er. »Ich habe mit Kahn gesprochen, was zu tun ist, und wir sind zu einem Schluss gekommen. Aber ich will eure Meinung dazu hören, ehe ich über unser weiteres Vorgehen entscheide.« Er schwieg einen Moment und sah nachdenklich von einem zum anderen.

Auch Yori blickte in die Runde. Der Ausdruck auf den zwei Dutzend Gesichtern, die sie umgaben, war überall gleich: Müdigkeit, Erschöpfung und Mutlosigkeit, aber hier und da glaubte sie auch eine schwache Spur von Zorn zu erkennen. Zorn worauf?

»Es gibt drei Möglichkeiten«, sagte Gonda nach einer Pause. »Wir können zurückgehen und versuchen, den Weißfelsen wieder zu erreichen. Die Quelle ist versiegt, aber wir werden vielleicht noch ein wenig Wasser finden. Doch ich weiß nicht, ob ihr alle noch die Kraft habt, den ganzen Weg zurückzugehen. Außerdem sind da noch die Sklavenjäger.«

»Wenn es sie wirklich gibt«, murrte eine Stimme.

Gonda runzelte die Stirn, ging aber nicht weiter auf den Einwurf ein. »Die zweite Möglichkeit«, fuhr er fort, »ist weiterzugehen. Aber ihr wisst alle, dass wir das nicht mehr schaffen. Das Gelände wird noch schwieriger werden und manche von euch haben jetzt schon kaum mehr Kraft zu gehen. Viele von uns würden sterben, wenn ich euch weitertriebe.«

Wieder schwieg er eine Weile und wieder sah sich Yori

insgeheim um. Ein bitterer Geschmack breitete sich auf ihrer Zunge aus. Eigentlich begriff sie – und nicht nur sie – erst jetzt, wie ernst die Lage war, in der sie sich befanden. Das hier war kein Spiel, nicht einmal mehr nur ein Abenteuer. Es ging ums nackte Überleben.

»Die dritte Möglichkeit«, sagte Gonda, »erscheint mir am vernünftigsten: Wir werden hier bleiben, in dieser Höhle. Es gibt hier wenigstens Schutz vor der Sonne. Die Jäger werden ausschwärmen und in verschiedenen Richtungen nach Wasser suchen. Der erste, der eine Quelle findet, kommt zurück und holt die anderen.«

Zustimmendes Murmeln wurde laut. Kahn, Tura, Berg, Handari und Irco hatten sich, während Gonda sprach, um ihn geschart und demonstrierten so, dass sie mit seinem Vorschlag einverstanden waren, und auch den anderen war klar, dass sie wahrscheinlich nur diese eine Möglichkeit hatten. Es war auch hier in der Höhle heiß, aber mit etwas Glück konnten sie noch einen, vielleicht zwei Tage durchhalten. Draußen unter der Sonnenglut würden die ersten sterben, noch bevor der Tag zu Ende war.

Auch Yori wollte sich zu den Jägern gesellen, wo ihr Platz war, aber Gonda wies sie mit einer knappen Geste zurück.

»Nein, Yori«, sagte er. »Du bleibst hier.«

»Aber ich ...«

»Keine Widerrede!«, sagte Gonda streng. »Es reicht, wenn wir sechs gehen. Finden wir kein Wasser, dann findest du auch keines.«

Yori widersprach nicht mehr. Gonda war viel zu müde, um sich auf eine lange Diskussion einzulassen, und verlegte sich aufs Befehlen. Und im Grunde war Yori sogar ganz froh, nicht wieder hinaus in die Hitze zu müssen.

»Gut«, sagte Gonda nach einer Weile, als sich kein Widerspruch regte. »Dann machen wir es so. Ihr bleibt hier, während wir versuchen eine Wasserstelle zu finden. Sind wir

bis morgen nicht wieder da, versucht ihr auf eigene Faust zurückzukehren. Lasst alles Gepäck hier und rettet nur euer Leben.«
»Und die Sklavenjäger?«, fragte eine Stimme.
Gonda schwieg einen Moment. »Vielleicht ist es besser, ein lebender Sklave als ein toter Freier zu sein«, murmelte er. »Und vielleicht sind sie längst weitergezogen. Niemand geht in diesen Teil der Berge, wenn er nicht muss.« Er versuchte zu lächeln, um sich und den anderen Mut zu machen, aber es gelang nicht ganz. »Wir werden Wasser finden«, sagte er. »Ihr werdet sehen. Und nun ist genug geredet. Ruht euch aus und schlaft. Aber stellt Wachen auf – für alle Fälle.«
»Du solltest hier bleiben«, sagte Yoris Mutter. »Es ist nicht gut, wenn ein Ältester seine Sippe verlässt. Wir brauchen dich hier.«
»Es gibt hier nichts für mich zu tun«, widersprach Gonda.
»Und draußen auch nicht«, sagte Naila. »Dein Bruder und die anderen sind mehr als genug, die Berge nach Wasser abzusuchen. Was sollen wir tun, wenn die Sklavenjäger kommen? Du kannst nicht alle Jäger fortschicken und die Frauen und Kinder schutzlos zurücklassen.«
»Warum wendest du dich nicht an deine Tochter?«, bemerkte Ferai böse. »Vielleicht bittet sie ihre Wunderechse um Hilfe.«
Naila wollte auffahren, aber Gonda verhinderte den drohenden Streit mit einer zornigen Handbewegung. »Keinen Laut!«, sagte er scharf. »Ich will nichts mehr davon hören, von keiner von euch, versteht ihr das? Ich verbiete euch miteinander zu reden während meiner Abwesenheit.«
Ferai funkelte ihn zornig an, sagte aber nichts mehr, sondern wandte sich um und schlurfte gebückt in den hinteren Teil der Höhle zurück, um im Dunkel zu verschwinden.
»Naila hat Recht, Gonda«, sagte Kahn. »Es wäre nicht gut, wenn wir alle gingen. Die Sippe braucht Schutz. Selbst wenn

die Sklavenjäger uns nicht verfolgen, kann es wilde Tiere geben. Tura wird nach Süden gehen, ich nach Norden und Berg weiter nach Westen, um Wasser zu suchen, das ist genug. Ihr anderen solltet hier bleiben.«
Gonda überlegte. Er wäre niemals von sich aus zurückgeblieben, aber er sah wohl auch ein, dass sein Bruder Recht hatte. Er war ein alter Mann von über sechzig Jahren und litt wie alle unter der Hitze und dem Durst.
»Bleib hier«, sagte Kahn noch einmal. »Wir drei gehen auf Wassersuche, und du und die anderen beschützen die Sippe.«
»Tu, was er sagt«, sagte Naila mit einem Kopfnicken. »Du gehörst zur Sippe.«
Gonda zögerte noch immer, aber schließlich nickte er doch. »Gut«, sagte er. »Ich bleibe. Gebt auf euch Acht, Tura, Berg und Kahn. Ich wünsche euch Glück. Und mögen die Götter mit euch sein.«
Kahn nickte steif und wandte sich ohne ein weiteres Wort um, um die Höhle zu verlassen. Berg und Tura folgten ihm. Ihre Gestalten schienen sich in der hitzeflimmernden Luft der Berge aufzulösen, als sie sich entfernten.
Yori sah ihnen einen Moment lang mit gemischten Gefühlen nach, ehe sie sich umdrehte und zu der Stelle zurückging, an der sie ihr Bündel abgeladen hatte. Ihre Schwester hatte sich bereits auf dem harten Boden zusammengerollt und schlief den Schlaf der Erschöpfung und ihre Mutter hockte, mit angezogenen Knien und den Kopf an einen Felsen gelehnt, stumm da und starrte vor sich hin. Yori wollte sie ansprechen, tat es aber dann doch nicht, sondern setzte sich so weit von ihr entfernt, dass ihre Gestalt nur noch als grauer Schatten in der künstlichen Dämmerung der Höhle zu erkennen war, ebenfalls auf den Boden. Sie rutschte einen Moment unruhig auf der Stelle herum und lehnte sich dann gegen eines der bizarren Felsgebilde, die aus dem Boden wuchsen. Der Stein war warm und Müdigkeit kroch wie eine

betäubende Woge in ihrem Körper empor. Ihre Lider wurden schwer, aber sie drängte die Müdigkeit zurück und zwang sich die Augen offen zu halten.
Es war sehr still in der Höhle, obwohl sich noch immer fast zwei Dutzend Menschen und ein halbes Dutzend Maulesel im Halbkreis beim Eingang drängten. Die meisten schliefen, manche lagen auch nur mit offenen Augen da und starrten vor sich hin. Einige redeten zwar miteinander, aber die gewölbte Decke und die Wände, die sich an drei Seiten in wogenden Schatten und ungewisser Dunkelheit verloren, schienen jeden Laut wie ein gewaltiger Schwamm aufzusaugen und es war Yori fast, als kröchen die Schatten langsam heran und drängten den Halbkreis blasser, gelber Helligkeit, der vor dem Eingang lag, Stück für Stück zurück. Beinahe, dachte sie, als lebe die Höhle und als versuche sie – oder der Geist, der von ihr Besitz ergriffen hatte – die fremden Eindringlinge zu vertreiben oder, wenn dies nicht ging, aufzusaugen und zu einem Teil ihrer Dunkelheit und Stille zu machen. Die Gestalten der Sippenmitglieder waren nicht mehr als blasse Umrisse, die allmählich an Substanz verloren. Yori schauderte. Natürlich war es Einbildung; an dieser Höhle war nichts Bedrohliches oder gar Übernatürliches. Das einzige, was echt war, war das Gefühl der Spannung, das sie spürte. Aber es war nichts, was mit dieser Höhle zu tun hatte. Es war die Sippe, jedes einzelne Mitglied, dessen Verzweiflung und Zorn sie spürte, ganz egal, was ihre Mutter und Gonda behaupteten. Yori wusste, dass alle anderen sie und Naila für ihr Schicksal verantwortlich machten, und sie fragte sich erneut, ob sie nicht sogar Recht hatten, ob nicht sie und ihre Mutter für all das verantwortlich waren.
Leise Schritte drangen in ihre Gedanken, und als sie aufblickte, sah sie Beren neben sich stehen. Sie lächelte flüchtig, machte eine einladende Handbewegung und wartete, bis

Gondas Sohn sich ihr gegenüber auf den Boden gesetzt hatte. Er sah so müde und abgekämpft aus wie die anderen, aber der Ausdruck in seinem Blick war nur Erschöpfung, kein Vorwurf oder gar Hass.
»Ich muss dir noch danken«, sagte Yori, »für gestern Abend. Du warst der Einzige, der zu mir gehalten hat.«
»Ich habe nur gesagt, was ich gesehen habe«, antwortete Beren. »Außerdem stimmt es nicht, was Ferai sagt – mein Vater weiß ganz genau, dass sie Unsinn redet.«
»Da ist er außer dir wohl der Einzige«, meinte Yori düster. »Sieh dich doch um – sie geben uns die Schuld. Und vielleicht haben sie sogar Recht damit.«
»Quatsch«, sagte Beren überzeugt. »Das Gegenteil ist der Fall – wenn der Sklavenjäger sich nicht aus lauter Zorn über die entkommene Echse selbst verraten hätte, dann wären sie vielleicht in ein paar Tagen über uns hergefallen und wir hätten nicht einmal gewusst, was los ist.« Er lächelte aufmunternd. »Mach dir keine Sorgen«, fuhr er fort. »Du wirst sehen – in ein paar Stunden kommt Tura mit einem Beutel voller Wasser zurück und alles ist gut. Er kann Wasser riechen, das weißt du doch.«
Yori ging nicht auf seine Worte ein. »Du glaubst mir auch nicht, nicht wahr?«, fragte sie leise.
»Ich weiß nicht«, murmelte Beren. »Ich habe den Salamander gesehen und ...« Er zögerte, beugte sich vor und hob einen kleinen Stein vom Boden auf, um damit zu spielen. »Ich würde dir gerne glauben«, sagte er schließlich. »Aber es fällt mir schwer, wenn ich ganz ehrlich sein soll. Eine sprechende Smaragdechse ...«
»Sie hat nicht gesprochen«, erklärte Yori. »Nicht ... nicht so wie du oder ich. Aber ich ... ich habe einfach gefühlt, dass sie mir etwas sagen wollte. Es war kein normales Tier.«
»Was denn dann?«, fragte Beren lächelnd. »Vielleicht die Königin der Echsen?«

Yori fuhr zusammen und Beren senkte schuldbewusst den Blick, als er begriff, dass er Yori unabsichtlich verletzt hatte.
»Verzeih«, sagte er. »Ich wollte dich nicht verspotten.«
»Schon gut«, antwortete Yori. »Ich kann verstehen, wenn du mir nicht glaubst. Ich glaube es ja selbst kaum. Aber es war so, wie ich gesagt habe, Beren. Wort für Wort.«
»Gewiss«, versicherte Beren, jedoch eine Spur zu schnell, wie Yori fand. »Aber es spielt auch keine Rolle mehr. Du darfst Ferai nicht zu ernst nehmen. Sie ist ein närrisches altes Weib, mehr nicht.« Er sprach jetzt genau wie sein Vater, fand Yori. Und genau wie er glaubte er ihr nicht, sondern hielt ihr Erlebnis für erlogen oder allenfalls für eine Fieberfantasie.
Ein Stein kollerte. Irgendwo in der Dunkelheit hinter Yori huschte etwas über den felsigen Boden, dann hörte sie das Scharren harter, horniger Krallen. Erschrocken setzte sie sich auf, fuhr herum und starrte aus zusammengekniffenen Augen in die Dunkelheit.
»Was war das?«, fragte Beren. Auch er hatte das Geräusch gehört und der Ausdruck von Erschöpfung auf seinen Zügen war dem von Anspannung gewichen. Seine Hand hatte sich in einer unbewussten Bewegung auf den Griff des Dolches gelegt.
Yori zuckte mit den Achseln und wollte antworten, aber in diesem Moment ertönte das leise Scharren erneut und für die Dauer eines Lidzuckens glaubte sie einen lang gestreckten Schatten zu erkennen, der sich schwarz gegen den dunklen Hintergrund der Höhle abhob. »Da ist doch was!«, stellte Beren fest. »Das ist ein Tier oder ...«
Yori brachte ihn mit einer hastigen Geste zum Verstummen und stand vorsichtig auf. Der Schatten war wieder da, gerade so deutlich, sie erkennen zu lassen, dass da vor ihr *irgendetwas* war, ohne dass sie indes sagen konnte, was. Ihr Herz begann schneller zu schlagen, aber es war keine Furcht, die

sie spürte. Es war seltsam, aber Yori wusste ganz genau, dass ihr der Schatten nichts Übles wollte.

Beren trat neben sie, legte die Hand auf ihren Unterarm und zog mit der anderen seinen Dolch. Seine Zunge fuhr nervös über die aufgesprungenen, rissigen Lippen. Yori drückte seine Hand mit der Waffe herab.

»Nicht«, sagte sie. »Es ist nicht gefährlich.«

Beren sah sie verwundert an, aber Yori gab ihm keine Gelegenheit, irgendetwas zu sagen oder zu tun. Vorsichtig stieg sie über den Felszacken hinweg, an dem sie gelehnt hatte, und ging auf den Schatten zu.

»Yori!«, keuchte Beren. »Was tust du?«

Yori machte eine unwillige Geste. »Sei still!«, befahl sie. »Komm von mir aus mit. Aber halt den Mund und weck die anderen nicht auf.« Sie ging weiter. Der Schatten vor ihr bewegte sich unruhig, huschte ein Stück zur Seite und entfernte sich dann wieder, verschwand aber nicht vollkommen. Kurz sah Yori einen lang gestreckten Körper, kräftige Pfoten und einen mächtigen, dreieckigen Schädel, in dem zwei große Augen wie geschmolzener Bernstein schimmerten.

Sie blieb einen Moment stehen, als Beren neben sie trat und sie fragend ansah, legte den Zeigefinger über die Lippen und ging weiter. Wieder huschte der Schatten vor ihnen davon und wieder blieb er hocken, ehe sie ihn ganz verlieren konnten.

»Was ist das?«, flüsterte Beren. Seine Stimme bebte.

Yori antwortete nicht. Sie hätte es ihm sagen können, aber ihre Erkenntnis erschien ihr im ersten Moment so verrückt, dass sie sich beinahe selbst weigerte es zu akzeptieren. Der Schatten vor ihr war eine Echse, ein gewaltiges, mehr als mannslanges Tier mit glühenden gelben Augen. Und Yori war sicher, dass seine Haut wie ein geschmolzener Smaragd geschimmert hätte, hätte sie es im hellen Sonnenlicht betrachten können.

»Geh nicht weiter«, flüsterte Beren, als sie seine Hand abstreifen und erneut auf das Tier zugehen wollte. Die Echse wandte den Kopf und sah ihn an und in ihren Augen schien es fast spöttisch aufzublitzen. »Du wirst dich verirren!«, keuchte Beren. »Es ... es kann eine Falle sein. Das Tier wird uns angreifen und ...« Er brach ab, als Yori einfach weiterging, ohne seine Worte zu beachten. Die Echse wartete, bis sie ganz nahe heran war, wandte sich dann mit einer fast lautlosen Bewegung um und huschte davon.
Yori folgte ihr. Beren rief irgendetwas, das sie nicht verstand, fluchte halblaut und lief hinter ihr her.
»Verdammt, wenn du schon nicht auf mich hörst, dann warte wenigstens auf mich«, sagte er, nachdem er sie eingeholt hatte. Aber Yori antwortete auch diesmal nicht, sondern beeilte sich, ihre Führerin nicht aus den Augen zu verlieren. Tiefer und tiefer drangen sie in die Höhle ein. Der Eingang schrumpfte hinter ihnen zusammen und war schließlich nicht mehr als ein münzgroßer Fleck gelber Helligkeit. Beren wurde zusehends nervöser, aber Yori achtete weder darauf noch auf seine Einwürfe, sondern folgte beharrlich dem Schatten, der lautlos vor ihnen über den felsigen Boden huschte.
Schließlich blieb die Echse stehen und auch Yori und Beren hielten an. Der massige Kopf des Tieres hob sich. Für einen Moment bohrte sich der Blick seiner großen, klugen Augen direkt in den Yoris und sie spürte eine Woge von Wärme und Zuneigung, ein Verstehen, das viel tiefer und umfassender war, als es Worte oder Gesten hätten vermitteln können; ein Gefühl von solcher Intensität, wie sie es zuvor nur in Gegenwart ihrer Mutter – und selbst da nur ganz selten – erlebt hatte. Sie schauderte.
»Yori!«, keuchte Beren. »Yori, hör doch!«
Es fiel Yori schwer ihren Blick von dem der Echse zu lösen. Langsam wandte sie den Kopf und sah Beren an. Das Gesicht

ihres Begleiters war vor Erregung gerötet. »Hörst du denn nichts?«, keuchte er.
Yori lauschte angestrengt. Sie wusste nicht, was Beren meinte, aber nach einigen Sekunden glaubte sie auch ein leises Murmeln und Rauschen zu hören, das aus der Tiefe der Höhle zu ihnen drang. »*Wasser!*«, jubelte Beren. »*Das ist Wasser, Yori!*«
Er hatte Recht. Jetzt, als Yori wusste, worauf sie zu achten hatte, spürte und hörte sie es ganz deutlich – ein kühler Hauch wehte ihnen aus der Tiefe entgegen und irgendwo vor ihnen plätscherte Wasser. Sehr viel Wasser.
»Da ist Wasser!«, sagte Beren noch einmal. Seine Stimme zitterte vor Erregung und schien fast umzukippen. »Yori, wir haben es geschafft. Wir haben Wasser gefunden!« Er fuhr herum, machte einen Schritt und blieb wieder stehen. »Bleib hier«, sagte er. »Ich hole die anderen!«
Beren lief los und Yori blieb allein zurück. *Wasser,* dachte sie. Sie waren gerettet, denn sie hatten Wasser gefunden.
Aber das stimmte ja gar nicht. Nicht *sie* hatten das Wasser gefunden, sondern die Echse. Es war kein Zufall, dass sie sie gesehen hatten. Das riesige Tier hatte sie hierher geführt, als wüsste es, wie dringend sie und die anderen das Wasser benötigten.
Mit einem Ruck wandte sie sich wieder um. Aber die Echse war verschwunden. Die künstliche Nacht der Höhle hatte ihre Gestalt aufgesaugt, als wäre sie nicht mehr als ein Trugbild gewesen. Und trotzdem wusste Yori, dass sie noch da war, ganz in ihrer Nähe. Ohne sie sehen zu müssen, spürte sie ihre Gegenwart. Sie spürte sie wie eine große, warme Hand, die sie hielt und beschützte. »Danke«, flüsterte sie. »Ich ... ich danke dir.«
Ihre Stimme rief hallende Echos in der Dunkelheit hervor und für einen Augenblick hörte es sich fast an, als antworte sie auf ihre Worte.

»Es war dieselbe Echse, die ich in der Wüste getroffen habe. Das weiß ich genau. Sie hat versprochen, dass sie da sein wird, wenn ich sie brauche, und sie hat ihr Versprechen gehalten, Gonda.« Yoris Stimme überschlug sich fast vor Aufregung. Sie hatte die Geschichte in den letzten Minuten zwanzigmal erzählt – jedem einzelnen Mitglied der Sippe –, und sie wurde nicht müde, es auch noch ein weiteres Mal zu tun, um Gonda endlich davon zu überzeugen, dass sie die ganze Zeit über die Wahrheit gesagt hatte.

Der Sippenälteste sah sie stirnrunzelnd an, sagte aber kein Wort, sondern tauschte nur einen raschen Blick mit Beren und nickte auffordernd, damit Yori weitersprach. Sie waren alle am Ufer des Sees zusammengekommen, nachdem sie Berens aufgeregte Rufe alarmiert hatten; jetzt waren die Männer und Frauen der Sippe im Kreis um den runden, vielleicht dreißig Meter durchmessenden See verteilt. Sie hatten Fackeln angezündet und die Dunkelheit war ein Stück zurückgewichen, umlagerte sie aber weiter wie eine schwarze, lichtschluckende Mauer.

»Sie muss gewusst haben, wie dringend wir Wasser brauchen«, fuhr Yori fort, als Gonda zu ihrer Enttäuschung nicht antwortete. »Und sie ist gekommen und hat mir die Quelle gezeigt. Mir und Beren.« Sie deutete aufgeregt auf Gondas Sohn und dann auf den flachen See, dessen Wasser im Licht der Fackeln schwarz wie geschmolzener Teer aussah. Das Wasser bewegte sich kaum, aber es war trotzdem so klar und frisch, als stamme es aus einer sprudelnden Quelle. Sie alle hatten getrunken und ihre Wasserschläuche und Flaschen gefüllt, und einige – vor allem die Kinder – nutzten die Gelegenheit, zum ersten Mal seit Monaten wieder ein Bad zu nehmen, auch wenn das Wasser des Sees eisig war.

»Glaubst du mir jetzt?«, fragte sie, als Gonda nicht antwortete, sondern nur versonnen tiefer in die Höhle hineinstarrte. »Es war kein Zufall, dass sie ausgerechnet jetzt zurückge-

kommen ist. Sie hat es versprochen und sie hat ihr Versprechen eingelöst. Genauso, wie sie versprochen hatte, mir das Leben zu retten.«
Gonda schwieg noch immer, aber nun ergriff Beren das Wort. »Ich war dabei, Vater«, sagte er. »Yori spricht die Wahrheit. Das Tier war wirklich da. Um ein Haar hätte ich es angegriffen, weil ich so erschrocken war.« Er lächelte verlegen, als Yori ihm einen bösen Blick zuwarf. »Es war eine Smaragdechse und es war die größte Smaragdechse, die ich jemals gesehen habe«, fuhr er fort. »Wenn der Fremde hinter diesem Tier her war, dann verstehe ich seinen Zorn beinahe. Seine Haut muss ein Vermögen wert sein.«
Gonda schwieg noch immer, aber auf seinem Gesicht war ein sehr, sehr nachdenklicher Ausdruck erschienen. Immer wieder sah er an Yori vorbei über den See, fast, als erwarte er, am anderen Ufer irgendetwas Bestimmtes zu entdecken. »Ich zweifle nicht daran, dass ihr die Echse gesehen habt«, sagte er schließlich. »Es kommt selten vor, aber sie leben manchmal auch in den Bergen und eine Höhle wie diese – noch dazu mit Wasser – bietet einen idealen Unterschlupf für alle möglichen Tiere. Ich hätte daran denken sollen. Wir müssen Wachen aufstellen, wenn wir noch länger hier bleiben.«
»Aber es war nicht *irgendein* Tier«, begehrte Yori auf. Ein Gefühl dumpfer Verzweiflung machte sich in ihr breit. Sie ahnte, dass Gonda ihr noch immer nicht glaubte. »Es war kein Zufall, Gonda!«, sagte sie überzeugt. »Was muss noch passieren, damit du mir glaubst?«
»Wer sagt, dass ich dir nicht glaube?«, entgegnete Gonda ruhig. Er sah sie fest an. Sein Gesicht blieb fast unbewegt, nur das Netzwerk feiner Fältchen rings um seine Augen vertiefte sich, als er ein Lächeln andeutete. »Aber du musst mir Zeit geben, über alles nachzudenken. Wenn das, was du erzählt hast, stimmt, dann kann es sehr wichtig sein, für uns alle. Nicht nur für dich.«

»Das ist Hexenwerk!«, mischte sich eine schrille Stimme ein. Yori sah auf und gewahrte Ferai, die unbemerkt herangekommen war und mit ihrer dürren Hand anklagend abwechselnd auf sie und ihre Mutter deutete. »Das Kind hat Recht, Gonda – was muss noch geschehen, bis du begreifst, dass es kein Zufall mehr ist?« Sie schlurfte näher, sah Naila hasserfüllt an und spie aus. »Hexe!«, zischte sie.
Gonda erbleichte. »Was fällt dir ein, Ferai?«, sagte er scharf. »Sei gefälligst still! Bist du verrückt geworden oder hat dir der Hass den Verstand umnebelt? Ohne Yori und die Echse würden wir jetzt verdursten!«
»Ohne sie wären wir gar nicht hier!«, behauptete Ferai.
»Ich sagte, du sollst still sein!«, sagte Gonda laut.
»Und ich sage, es ist Hexenwerk!«, erwiderte Ferai erregt. »Vielleicht stimmt die Geschichte ja, die sie erzählt, aber das wäre nur ein Beweis mehr! Jag sie davon, Gonda, oder wir alle werden sterben!« Sie hatte so laut gesprochen, dass ihre Worte überall in der Höhle zu hören waren, und Yori sah, wie sich aller Gesichter zu ihnen umwandten. Die Gespräche verstummten nach und nach und eine erwartungsvolle, angespannte Stille begann sich über dem See und den darum versammelten Menschen auszubreiten.
»Du bist närrisch, altes Weib«, sagte Naila. Sie sprach ganz leise und flüsterte fast, aber in ihrer Stimme war eine Härte, die Yori erschauern ließ. Sie verstand kaum, woher ihre Mutter die Kraft nahm, noch so ruhig zu bleiben. Sie selbst verspürte für einen Moment den fast unwiderstehlichen Wunsch, Ferai kurzerhand in den See zu werfen und sie auf diese Weise zum Schweigen zu bringen. Vielleicht hätte sie es sogar getan, wären ihre Mutter und Gonda nicht dabei gewesen.
»Ein närrisches altes Weib?«, wiederholte Ferai erbost. »Bin ich das? Oder hast du nur Angst, dass ich dich durchschauen könnte, Naila? Ich habe dir nie getraut und ich hatte Recht

damit. Unser Schicksal ist die Strafe der Götter für das, was du getan hast.«

Naila lachte böse. »Du bist wirklich nichts weiter als ein närrisches Weib, Ferai«, sagte sie. »Was soll ich getan haben? Du hast gehört, was Yori gesagt hat, und ich glaube ihr. Warum sollte sie eine so haarsträubende Geschichte erzählen, außer wenn sie wahr ist?«

Ferai schnaubte. »Sprechende Tiere, wie?«, sagte sie. »Wer hätte jemals davon gehört, dass ein Tier zu einem Menschen spricht oder umgekehrt?«

»Ich«, sagte Gonda plötzlich. »Und auch du, Ferai.« Ferai erbleichte. Offensichtlich hatte sie nicht damit gerechnet, dass Gonda so offen Nailas und Yoris Partei ergreifen würde. Bisher hatte er sich stets damit zufrieden gegeben, schlichtend in den Streit einzugreifen und Naila und Ferai gleichermaßen zur Ruhe zu ermahnen. Jetzt widersprach er der Heilmutter direkt und vor allen anderen. Yori war nicht sicher, ob es wirklich richtig war, was Gonda tat. In Ferais Augen musste sein Verhalten wie eine Demütigung wirken.

»Ich habe davon gehört«, wiederholte er. »Wir alle hier, Ferai. Du selbst hast es uns erzählt und ...«

»Geschichten«, winkte Ferai ab. »Das waren Geschichten, mehr nicht, Gonda. Nimmst du sie ernst? Ich hätte mehr Vernunft von dir erwartet als von einem Kind.«

»Es sind nicht nur Geschichten, und wenn du nicht vom Hass verblendet wärest, Ferai, würdest du es begreifen. Heißt es nicht, dass viele Menschen früher die Gabe hatten mit dem Drachenvolk zu reden und dass ihre und unsere Rasse einst als gleichberechtigte Völker auf der Welt gelebt haben?«

»Und daran glaubst du?« Ferai versuchte vergebens, ihren Worten einen möglichst überheblichen Klang zu verleihen. Sie begann den Boden unter den Füßen zu verlieren. Gonda griff sie aus einer Richtung an, aus der sie es nicht erwartet hatte.

»Vielleicht«, murmelte Gonda mit einem unsicheren Seitenblick auf Yori. »Es heißt auch, dass auch heute noch Menschen geboren werden, die über die Gabe verfügen, mit den Tieren zu reden.«

»Das Volk der Drachen ist ausgelöscht«, sagte Ferai überzeugt. »Es ist vergangen, so wie die Menschen, die damals mit ihm lebten. Wir sind nur ihre Nachkommen. Die Echsen, die heute noch leben, haben nichts mit dem stolzen Volk der Drachen zu tun, so wenig wie wir mit dem der Drachenreiter, Gonda.«

Vielleicht würde der Streit jetzt endgültig zum Ausbruch kommen; Yori fühlte, dass die Kraft ihrer Mutter sich zu beherrschen nahezu erschöpft war und dass auch Ferai diesmal nicht nachgeben würde, nicht jetzt, nachdem sich Gonda so offen gegen sie gestellt hatte. Ferai und Naila hatten sich niemals gut verstanden und die Heilmutter hatte die vergangenen beiden Tage genutzt, geschickt Stimmung gegen sie und Yori zu machen.

Und es schien ihr zumindest zum Teil gelungen zu sein. Menschen, die Not litten, waren immer rasch dabei einen Sündenbock zu suchen. Man litt leichter, wenn es jemanden gab, den man dafür verantwortlich machen konnte.

Aber Ferai kam nicht dazu, zu einem weiteren Angriff anzusetzen, denn in diesem Augenblick erscholl vom Eingang her ein scharfer Ruf. »Berg kommt zurück!«, rief eine Stimme. »Und Tura! Er ist verletzt!«

Gonda fuhr erschrocken zusammen. »Verletzt?«, murmelte er verstört. »Verdammt, da ist etwas passiert! Kommt!«

Der Streit war vergessen, wenigstens für den Moment. Geführt von Gonda und Beren eilte die Sippe zum Eingang zurück und drängte sich vor der schmalen, lichterfüllten Öffnung im Felsen. Auch Yori blinzelte in das helle, nach der Schwärze der Höhle ungewohnte Sonnenlicht und versuchte einen Blick nach draußen zu erhaschen, wich aber wie

die anderen hastig zurück, als Berg mit weit ausgreifenden Schritten herankam. Er ging gebückt und stark nach vorne geneigt, denn er trug Tura wie eine leblose Last auf den Schultern. Bergs jüngerer Bruder schien ohne Bewusstsein zu sein und Yori sah, dass sein Gesicht rot war vom Blut, das aus einer breiten Platzwunde an seiner Stirn rann.
Berg taumelte mehr in die Höhle, als dass er ging. Sein nackter Oberkörper glänzte vor Schweiß und sein Atem ging keuchend und stoßweise. Seine Füße waren blutig und zerschunden; er musste rücksichtslos über die scharfkantigen Felsen gerannt sein, um so schnell wie möglich zur Höhle zurückzukommen. Und zumindest auf dem letzten Stück des Weges hatte er Tura getragen.
Hilfreiche Hände streckten sich Berg entgegen, nahmen ihm den reglosen Körper Turas ab und stützten ihn, als er vor Erleichterung taumelte und fast gefallen wäre. Tura wurde ein Stück in die Höhle hineingetragen und behutsam auf ein Lager aus Fellen gebettet.
»Bringt Wasser!«, befahl Gonda. »Wascht ihn und lasst ihn trinken, so viel er will!«
Berg sah mit gelinder Verwunderung auf, als Andri und Ferai neben dem Lager seines Bruders niederknieten und Andri einen prall gefüllten Wasserschlauch an dessen Lippen setzte, während die Heilmutter daran ging, sein Gesicht mit einem angefeuchteten Lappen abzuwischen und sich um die Wunde zu kümmern.
Gonda reichte Berg wortlos einen zweiten Schlauch. Er griff mit zitternden Fingern danach, trank lange und ausgiebig und schüttete sich schließlich den Rest des Wassers über Kopf und Schultern, als Gonda aufmunternd nickte.
»Wasser«, stöhnte er. »Ihr habt ... Wasser!«
»Mehr als genug«, antwortete Gonda. »Aber davon später, Berg. Was ist geschehen?«
Berg seufzte, warf den geleerten Schlauch zu Boden und sah

besorgt zu seinem Bruder hin. »Die Sklavenjäger«, murmelte er. »Du hattest Recht. Gonda. Sie sind auf unserer Spur. Ich habe sie gesehen, weniger als eine Wegstunde von hier.«
»Die Sklavenjäger!«, entfuhr es Gonda. »Haben sie dich entdeckt?« Berg verneinte. »Ich fürchte, das war auch gar nicht nötig«, sagte er. »Sie sind auf unserer Spur und sie werden uns unweigerlich finden.«
»Unserer Spur?«, fragte Gonda zweifelnd.
Berg nickte düster. »Sie haben Hunde, Gonda. Sie werden uns aufspüren. Sie kommen nur langsam voran, aber ehe die Sonne untergeht, sind sie hier.«
»Wie viele sind es?«, fragte Gonda.
Berg überlegte einen Moment. »Vielleicht zwanzig«, sagte er dann. »Kaum mehr.«
»Dann kämpfen wir!«, sagte Beren. »Das sind nicht allzu viele und außerdem sind wir mit der Überraschung zusätzlich im Vorteil ...«
»Sei still, Beren«, befahl Gonda unwillig. »Du weißt nicht, was du redest.«
»Aber wir ...«
»Dein Vater hat Recht, Beren«, sagte Berg ernst. »Sie sind weniger als wir, aber es sind zwanzig Krieger mit Pferden und Waffen und Rüstungen. Hast du schon vergessen, dass wir alle gerade mit einem Einzigen fertig geworden sind? Sie würden uns töten.«
»Was ist los mit dir?«, schnappte Beren wütend. »Hast du Angst?« Berg nickte ungerührt. »Ja. Du nicht?«
»Genug jetzt!«, befahl Gonda. Er warf seinem Sohn einen letzten, warnenden Blick zu, drehte sich um und fuhr mit erhobener Stimme fort: »Packt alles zusammen und beladet die Mulis. Nehmt so viel Wasser mit, wie ihr tragen könnt, und lasst lieber etwas anderes dafür zurück. Rasch. Wir haben keine Minute zu verlieren.«
Die meisten Mitglieder der Sippe entfernten sich, um dem

Befehl zu folgen, nur Yori und Beren blieben bei Berg und Gonda stehen und Gonda schien nichts dagegen zu haben.
Berg trat leise hinter Ferai und sah über ihre Schulter ins Gesicht seines Bruders. Jetzt, als die Heilmutter das Blut von seinen Zügen gewischt und die Wunde notdürftig versorgt hatte, sah man, dass er weniger schwer verletzt war, als es im ersten Moment den Anschein gehabt hatte.
»Was ist geschehen?«, fragte Gonda leise, als Berg sich wieder aufrichtete. »Waren das die Sklavenjäger?«
Berg schüttelte den Kopf. »Nein. Ich fand ihn nicht weit von hier, und ehe er das Bewusstsein verlor, konnte er mir noch sagen, was ihm zugestoßen war.«
»Und?«, fragte Gonda ungeduldig, als Berg nicht weitersprach.
Berg druckste herum. Sein Blick ging an Gonda vorbei und bohrte sich in das Schwarz der Höhle. »Die ... Sklavenjäger sind noch nicht alles, Gonda«, sagte er, ohne den Sippenältesten anzusehen. »Es kommt noch schlimmer.«
»Was willst du damit sagen?«, fragte Gonda alarmiert.
Berg seufzte. »Tura ist nach Süden gegangen, wie Kahn gesagt hat, aber er ist nach wenigen Meilen umgekehrt, weil man diesen Weg nicht nehmen kann.« Wieder sprach er nicht weiter und wieder lief ein rasches, nervöses Zucken über sein Gesicht. »Er hat Spuren gefunden, Gonda. Die Spuren eines Bergdrachen. Deshalb ist er wie von Sinnen zurückgelaufen und gestürzt.«
Gonda schwieg eine endlose Weile und Yori spürte, wie sich die kalte Hand der Furcht um ihre Seele legte. *Ein Bergdrache!*, dachte sie entsetzt. Sie hatte nie ein solches Tier zu Gesicht bekommen; niemand aus der Sippe hatte das. Es gab nur wenige Menschen, die eine Begegnung mit einem Bergdrachen überlebt hatten und davon berichten konnten.
»Bist du sicher?«, fragte Gonda schließlich. Seine Stimme klang flach und gezwungen ruhig.

Berg deutete mit einer Kopfbewegung auf seinen Bruder.
»Tura ist sicher«, sagte er. »Und er täuscht sich selten im Spurenlesen.«
»Dann ... dann ist das ein Grund mehr sofort aufzubrechen«, sagte Gonda stockend. »In welcher Richtung hast du die Sklavenjäger gesehen?«
»Östlich. Ich bin nach Westen gegangen, aber eine Meile entfernt ist eine Stelle, von der aus man den Hang bis zum Tal hinab überblicken kann.«
»Hast du Kahn gesehen?«, fragte Gonda.
Berg schüttelte den Kopf. »Nein. Aber wir werden ihn treffen, wenn wir aufbrechen. Er ist nach Norden gegangen, und dies ist sowieso die einzige Richtung, die uns bleibt.«
Yori atmete erschrocken ein. »Aber im Norden ...«
»Ich weiß, was im Norden liegt«, unterbrach Gonda sie. »Aber wir haben keine Wahl. Wir können nicht hier bleiben und wir können auch nicht zurück. Geh endlich zu deiner Mutter und hilf ihr!«
Yori blickte den Stammesältesten für die Dauer eines Herzschlages an und wollte widersprechen, nickte aber dann doch gehorsam. Als sie sich umwandte, begegnete sie Ferais Blick. Für einen Moment glaubte sie beinahe, eine Spur von Triumph in ihren Augen zu erkennen.
Als sie dieses Mal weiterzogen, war es wirklich eine Flucht. Sie hatten die Zelte und den größten Teil ihrer Habseligkeiten in der Höhle zurückgelassen, gut versteckt, damit die Verfolger, die die Höhle zweifellos finden und untersuchen würden, sie nicht entdeckten und sie vielleicht später zurückkommen und sie holen konnten, aber eigentlich doch mit der Gewissheit nichts davon jemals wieder zu sehen. Yori hatte gespürt, wie schwer es ihrer Mutter gefallen war, den größten Teil ihres ohnehin geringen Besitzes aufzugeben, denn es waren Dinge, an denen ihr Herz hing; wer wenig hat, der weiß dieses wenige eben umso mehr zu schätzen.

Aber es ging jetzt, auch wenn es bisher niemand laut ausgesprochen hatte, nur noch um das nackte Überleben und jeder wusste, wie verzweifelt gering ihre Chance war, den Verfolgern zu entkommen. Auf den Mulis ritten jetzt die Kinder und Tura, der wohl aufgewacht war, aber fieberte; der Sturz war wohl doch schlimmer gewesen, als sie geglaubt hatten. Die Flüchtenden hatten keine Zeit zu verlieren und dort, wo es das Gelände zuließ, bewegten sie sich im Laufschritt voran.

Schon bald gesellte sich der Durst wieder als treuer Begleiter zu ihnen. Sie alle hatten getrunken, so viel sie überhaupt konnten, aber die Sonne, die unbarmherzig vom Himmel brannte, dörrte ihre Körper aus und sie mussten sparsam mit ihren Wasservorräten umgehen, denn keiner wusste, wann und ob sie überhaupt eine weitere Wasserstelle finden würden.

Am späten Nachmittag trafen sie auf Kahn. Der Jagdmeister war so weit gegangen, wie er konnte, ohne auf Wasser oder irgendetwas anderes als Felsen und unfruchtbare Hänge zu treffen, aber er hatte einen Pass entdeckt, der höher in die Berge hinauf und mit etwas Glück vielleicht über den Kamm führte.

Gonda erlaubte ihnen nicht die geringste Pause. Er und die anderen Jäger wechselten sich darin ab, ein Stück hinter der Sippe zu gehen und nach den Verfolgern Ausschau zu halten, aber seine anfeuernde Stimme schien allgegenwärtig, und wann immer einer ins Stolpern kam und fiel oder einfach vor Erschöpfung aufgeben wollte, war er zur Stelle und half ihm auf oder redete ihm geduldig zu. So wie die beiden Tage zuvor liefen sie bis lange nach Dunkelwerden und rasteten erst, als ein Weitergehen nur noch unter Gefahr für Leib und Leben möglich war. Zumindest was das Nachtlager anging, schien die Natur an diesem Abend ein Einsehen mit ihnen zu haben: Sie fanden einen tiefen, an allen Seiten von

senkrechten, mehr als zehn Meter hohen Wänden eingeschlossenen Kessel, der groß genug zum Lagern war und gleichermaßen Schutz vor Entdeckung wie vor dem Wild bot. Es gab nur einen einzigen Zugang, eine schmale, V-förmige Felsspalte, die im Notfall leicht zu verteidigen sein würde.
Während Gonda die Wachen einteilte, bereiteten die anderen ihre Lager vor. Niemand dachte an Essen an diesem Abend; sie konnten kein Feuer entzünden, ohne den Menschenjägern ihren Standort zu verraten, und wie an den Tagen zuvor waren die meisten ohnehin so müde, dass sie nahezu auf der Stelle einschliefen.
Yori, ihre Schwester und ihre Mutter lagerten ein Stück abseits der anderen Frauen, dicht bei den Mulis und im Schutz eines überhängenden Teiles der Felswand, die sich wie ein natürliches Dach über ihnen erstreckte.
Nach und nach wurde es still. Das leise Getrappel von Füßen und Hufen verklang, und auch die geflüsterten Gespräche, die den Kessel anfangs noch mit einem Chor wispernder Echos erfüllten, verstummten allmählich, als die Anstrengungen des Tages ihren Preis forderten und die Männer und Frauen einer nach dem anderen in Schlaf versanken. Auch Yori streckte sich lang auf dem weichen Lager aus, das ihre Mutter für sie bereitet hatte, aber sie fand keinen Schlaf und so setzte sie sich nach einer Weile wieder auf, rutschte vorsichtig ein Stück zurück und lehnte sich gegen den Felsen. Es war warm. Der Wind konnte sie hier im Schutze des Kessels nicht erreichen und die Felsen hatten die Hitze des Tages gespeichert und kühlten nur langsam wieder ab. Yoris Kehle war trocken und schmerzte vor Durst, obwohl sie erst kurz vor dem Schlafengehen getrunken hatte. Aber der Marsch durch die Sonnenglut ließ ihre Körper fast fünfmal so viel Flüssigkeit verbrauchen wie normal. Sie beugte sich vor, streckte die Hand nach dem Wasserschlauch aus, führte

die Bewegung jedoch nicht zu Ende. Sie mussten sparsam sein, obwohl ihre Schläuche fast noch ganz gefüllt waren, und sie konnten kaum ein zweites Mal damit rechnen, ein solches Glück zu haben wie heute. So zog sie die Hand nach kurzem Zögern zurück und lehnte sich wieder gegen den Felsen.

»Trink ruhig, wenn du durstig bist.«

Yori sah auf und blickte ins Gesicht ihrer Mutter. Sie hatte sich auf die Seite gedreht und die Hände wie ein Kissen unter den Kopf geschoben. »Trink ruhig«, sagte sie noch einmal. »Es kommt auf einen Schluck mehr oder weniger jetzt nicht mehr an.«

Die Art, in der sie sprach, stimmte Yori traurig, ohne dass sie genau sagen konnte, warum. Zögernd beugte sie sich vor, nahm den Wasserschlauch nun doch auf und löschte ihren Durst. Anschließend hielt sie ihn ihrer Mutter hin, aber diese schüttelte nur den Kopf, seufzte leise und stemmte sich auf den rechten Ellbogen hoch.

»Was hast du damit gemeint: Es kommt nicht darauf an?«, fragte Yori leise.

»Wir werden es nicht schaffen«, antwortete ihre Mutter nach einer Weile. Sie setzte sich ganz auf, lehnte sich wie Yori an den Felsen und zog die Knie an den Körper. Ihre Hand wies nach Norden. »Die Berge sind zu hoch, Yori. Und unsere Verfolger haben Pferde. Selbst wenn wir den Vorsprung, den wir jetzt noch haben, halten, holen sie uns in wenigen Stunden ein, sobald wir offenes Gelände erreichen.«

»Vielleicht geben sie auf, wenn es ihnen zu lange dauert«, sagte Yori.

»Aufgeben?« Ihre Mutter schüttelte traurig den Kopf. »Diese Männer geben nicht auf, Yori. Niemals.«

Yori schauderte. Aus der Stimme ihrer Mutter sprach keine Angst, aber es war ein Unterton von Verbitterung darin, der sie frösteln ließ.

»Du redest, als ... als würdest du sie genau kennen«, sagte sie stockend.
Wieder dauerte es einen Moment, ehe ihre Mutter antwortete, und als sie es tat, überzeugte sie sich erst mit einem Blick davon, dass Lana fest schlief und nichts von ihrer Unterhaltung hörte. »Ich kenne sie, Yori«, sagte sie. »Es sind ja dieselben Männer, die deinen Vater getötet haben.«
»Wirklich dieselben Männer?«, entfuhr es Yori. Ihre Mutter sah sie warnend an und machte eine Geste leiser zu sein und Yori fuhr mit gedämpfter Stimme, aber noch immer sehr aufgeregt, fort: »Wirklich dieselben? Du meinst, der Reiter, der in unser Lager kam, war dabei, als ... als ...«
»Jawohl«, sagte Naila mit einem raschen, traurigen Lächeln. Sie schwieg einen Moment, griff unter ihr Gewand und zog einen kleinen Anhänger hervor. Ihre Augen schimmerten, während ihre Finger mit einer Bewegung, die beinahe liebkosend wirkte, über die verzierte Oberfläche des kleinen Schmuckstückes tasteten. »Ich glaube kaum, dass es alle dieselben Männer sind«, fuhr sie fort. »Dieser Zufall wäre doch etwas zu groß. Aber es waren Männer wie sie, Yori, Sklavenhändler aus Muurhat, die die Karawane überfielen, in der wir reisten. Und der Mann, der Gonda geschlagen hat, war bei ihnen. Ich ... war mir erst nicht sicher, aber ich habe ihn erkannt. Das hier«, sie hob die Hand mit dem Amulett, »war der endgültige Beweis.«
Sie schwieg einen Moment. Ein Schatten huschte über ihr Gesicht. Die Erinnerung an diese Geschehnisse schien ihr große Qual zu bereiten, als hätte sie in all den Jahren nichts von ihrem Schrecken verloren. »Sie haben fast alle getötet und die, die überlebten, wurden als Sklaven verschleppt. Damals bin ich ihnen entkommen, weil Gonda und sein Bruder mich fanden, aber heute wird niemand da sein, der uns helfen kann, Yori.«
»Wir werden es schaffen«, widersprach Yori, aber sie tat es

nicht aus Überzeugung, sondern nur um überhaupt etwas zu sagen und das Gefühl der Mutlosigkeit und Verzweiflung, das in ihr hochzusteigen begann, nicht übermächtig werden zu lassen.
Ihre Mutter antwortete nicht und für eine Weile saßen sie einfach stumm nebeneinander an den Felsen gelehnt und hingen jede für sich ihren Gedanken nach. Für ihre Mutter, das begriff Yori plötzlich, musste all dies doppelt schlimm sein. Für sie waren es nicht nur irgendwelche Sklavenjäger, vor denen sie davonliefen, sondern die Männer, denen sie schon einmal mit knapper Not entronnen war. Der Gedanke ließ Yori frösteln. Sie glaubte nicht, dass sie die Gefühle ihrer Mutter in vollem Umfang nachempfinden konnte. Aber es musste irgendwie so sein, als wären die Gespenster der Vergangenheit wieder auferstanden. Eine schreckliche Vorstellung. Ob Ferai oder Gonda überhaupt begriffen, wie ihre Mutter litt?
»Du hast mir niemals davon erzählt«, sagte Yori plötzlich. »Du hast mir nie erzählt, wie mein Vater war.« Es war kein Vorwurf in ihrer Stimme. Sie hatte ihren Vater nie gekannt und eigentlich war das Wort »Vater« für sie ein ganz normales Wort, ohne irgendeine tiefere Bedeutung. Es klang nichts in ihr an, wenn sie an ihren Vater dachte – weshalb auch? Es war das erste Mal, dass ihr solche Gedanken kamen; und plötzlich hatte sie das Gefühl, bisher um irgendetwas Wichtiges, Schönes betrogen worden zu sein.
»Er war ein wunderbarer Mann, Yori«, antwortete ihre Mutter. Sie sah sie nicht an, sondern blickte unverwandt zum Himmel empor und Yori sah, wie sich das Licht der Sterne auf einer einzelnen, glitzernden Träne brach, die über Nailas Wange rann, und als sie weitersprach, war ihre Stimme ganz leise und so, als rede sie mit sich selbst, nicht mit ihr. »Ich war nicht sehr viel älter als du, als ich ihn kennen lernte, und ich liebte ihn vom ersten Augenblick an. Er war der einzige

Mensch auf der Welt, den ich jemals wirklich geliebt habe. Außer dir und Lana, natürlich.«
»Und ... Lanas Vater?«, fragte Yori leise.
»Das war etwas anderes«, antwortete Naila. »Ich habe ihn gern gehabt und er war sehr gut zu mir, aber ...« Sie brach ab, atmete hörbar ein und nahm einen kleinen Stein vom Boden auf. »Vielleicht bist du noch zu jung, aber eines Tages wirst du verstehen, was Liebe bedeutet, Yori. Sie kann etwas Wunderbares sein, aber sie kann dir auch das Herz brechen.«
Nailas Worte lösten ein sonderbares Gefühl in Yori aus. Sie spürte, wie sehr ihre Mutter unter den Erinnerungen litt, die die Worte wachgerufen hatten, und sie wollte irgendetwas sagen oder tun um sie zu trösten, aber sie konnte es nicht.
»Er stammte aus dem Norden«, fuhr Naila nach einer langen Pause fort. »Aus einer der großen Städte am Rande des ewigen Eises. Wir waren auf dem Weg in seine Heimat, als die Karawane überfallen wurde. Wäre es nicht geschehen, dann wärest du in einer richtigen Stadt aufgewachsen, Yori. Du hättest eine Schule besucht und schöne Kleider getragen. Wir hatten große Pläne mit dir. Du solltest alles haben, was deinem Vater und mir nicht vergönnt gewesen war.«
Yori dachte einen Moment über diesen Gedanken nach, aber sie glaubte nicht, dass ihr ein solches Leben gefallen hätte. Sie liebte die Freiheit, die endlosen Steppen und Wälder, die die Heimat der Sippe waren, und obwohl das Leben eines Nomaden oftmals hart und entbehrungsreich war, konnte sie sich doch kein anderes vorstellen. »Wer war er?«, fragte sie. »Ein Prinz oder König?«
Ihre Mutter lächelte sanft. »Nein, Yori, nichts von alledem. Ich habe ihn niemals danach gefragt, aber ich glaube, er war in seiner Heimatstadt sehr angesehen, und vielleicht war er auch reich. Als er zu uns kam, brachte er ein Dutzend Pferde und eine Schatulle voller Edelsteine mit und gab sie meinem Vater.«

Yori verstand nicht gleich. »Du meinst, er hat dich *gekauft*?«, fragte sie.
Wieder lächelte ihre Mutter dieses seltsame, verzeihende Lächeln. »Man könnte es so nennen«, gestand sie. »Dort, wo ich herkomme, ist es üblich, dass ein Mann dem Vater der Frau, die er begehrt, ein Geschenk macht, und je angesehener er ist, desto wertvoller sind die Geschenke, die er bringt. Aber es wäre gar nicht nötig gewesen. Ich wäre ihm auch gefolgt, wenn er als Bettler vor unserer Tür erschienen wäre. Bis ans Ende der Welt, wenn er es verlangt hätte. Und selbst darüber hinaus. Als er starb, da wollte auch ich nicht mehr leben. Hätte es dich nicht gegeben, hätte ich mich in meinen Dolch gestürzt um ihm zu folgen.«
»Warum bist du nicht zurückgegangen, nachdem Gonda und Kahn dich gefunden haben?«, fragte Yori.
»Wohin? Es gab keinen Ort, an den ich gehen konnte, Yori«, antwortete ihre Mutter. »Meine Eltern waren wieder sehr arm, nachdem sie die Schätze deines Vaters für die Tilgung ihrer Schulden aufgebraucht hatten, und sie waren froh, dass ich nicht mehr bei ihnen war und sie ein Maul weniger zu stopfen hatten. Und die Familie deines Vaters kannte mich nicht. Ich wäre als Fremde vor ihr erschienen und wahrscheinlich hätte sie mich davongejagt. Bestenfalls hätte sie mir wie einem Bettler ihre Großmut erwiesen. Außerdem gab es noch dich. Du warst noch fast ein Säugling und eine Frau und ein kleines Kind können nicht allein tausend Meilen weit reisen.« Plötzlich lächelte sie. »Es war gut so, wie es gekommen ist, Yori. Das Schicksal geht oft sonderbare Wege, aber es steht uns Menschen nicht zu, darüber zu urteilen, ob es gut oder schlecht ist.«
»Jetzt redest du wie Ferai«, sagte Yori.
»Ich weiß. Sie und ich, wir sind uns ähnlicher, als du glaubst. Sie weiß es und deshalb hasst sie mich auch.«
Ähnlich, dachte Yori verstört. Sie versuchte vergebens zu

begreifen, was ihre Mutter meinte. Ferai und Naila waren die unterschiedlichsten Menschen, die sie überhaupt kannte. Und plötzlich sollten sie sich ähnlich sein? Ferai war nichts als eine verbitterte alte Frau, die vom Leben enttäuscht war und einer Vergangenheit nachtrauerte, die sie vielleicht hätte haben können, aber niemals gehabt hatte. Eine Außenseiterin. »Das verstehe ich nicht«, gestand sie.
»Das brauchst du auch nicht«, antwortete Naila. »Jedenfalls jetzt noch nicht. Ich ...«
Das Jaulen eines Hundes drang durch die Nacht. Naila verstummte und Yori konnte trotz der Dunkelheit erkennen, wie ihre Mutter erbleichte. »Die Sklavenjäger!«, flüsterte sie.
Yori saß einen Moment wie versteinert da. Ein eisiger Schreck lähmte sie; für die Dauer eines Herzschlages war sie unfähig irgendetwas anderes zu tun, als abwechselnd ihre Mutter und die schwarze Mauer der Nacht jenseits des Lagers anzustarren. Dann ertönte der Laut ein zweites Mal und das Geräusch riss Yori so abrupt aus ihrer Erstarrung, wie es sie zuvor gelähmt hatte.
Mit einer einzigen, beinahe lautlosen Bewegung raffte sie ihre Waffen zusammen, sprang hoch und rannte mit ausgreifenden Schritten durch das Lager. Noch im Laufen warf sie den Köcher über die Schulter und band den Gürtel mit der Dolchscheide um.
Sie war nicht die Einzige, die den Hund gehört hatte; die meisten Mitglieder der Sippe waren vor Erschöpfung in einen tiefen Schlaf gefallen, aus dem sie wahrscheinlich nicht einmal ein viel größerer Lärm geweckt hätte, aber nahezu gleichzeitig mit ihr langten Kahn, Irco und auch Beren an dem schmalen Spalt im Felsen an, der den einzigen Zugang zu ihrem Lager bot. Wenige Augenblicke später hörte sie hastige Schritte und eine gebückte Gestalt rannte mit wehenden weißen Haaren von Osten her auf den Kessel zu. Gonda. Yori erinnerte sich, dass er selbst die erste Wache übernom-

men hatte. Er musste das Lager verlassen haben, um nach den Verfolgern Ausschau zu halten.
Gonda überwand die letzten Meter mit drei, vier ausgreifenden Schritten, wich am Eingang ein Stück zur Seite und ließ sich auf ein Knie sinken. Sein Atem ging schwer und auf seinem Gesicht und seinem Oberkörper glänzte Schweiß. Das weiße Haar klebte in nassen Strähnen auf seiner Stirn.
»Was ist passiert?«, fragte Kahn. Er sprach leise, aber seine Stimme hatte jenen aufgeregten Flüsterton, der fast genauso weit zu hören war wie ein normal gesprochenes Wort. »Kommen sie?«
Gonda nickte und fuhr sich mit dem Handrücken über das Gesicht, um den Schweiß fortzuwischen. Er war so schnell gelaufen, dass er Mühe hatte, überhaupt Luft zum Reden zu bekommen. »Nur ... zwei«, sagte er schwer atmend. »Ich bin zurückgegangen, um sie auszukundschaften. Berg hatte Recht – sie lagern weniger als zwei Stunden hinter uns. Ihre Feuer sind weithin sichtbar. Aber sie sind auf die gleiche Idee gekommen wie ich. Sie haben zwei Mann vorausgeschickt, um nach uns zu suchen. Sie haben Hunde.«
»Haben sie dich gesehen?«, fragte Kahn besorgt.
Gonda schüttelte den Kopf. »Ich glaube nicht«, antwortete er. »Aber die Hunde haben unsere Witterung aufgenommen. Sie werden uns finden.«
Fast wie um seine Worte zu bestätigen, erscholl in diesem Moment zum dritten Mal dieses helle, wolfsähnliche Heulen, gefolgt von einem aufgeregten Gebell und einem hellen Laut, als klapperte Metall auf Stein.
»Wir müssen die Kundschafter überwältigen«, sagte Gonda. »Ich glaube nicht, dass sie wissen, wie dicht sie uns schon auf den Fersen sind. Wäre es so, dann hätte der Trupp kaum ein Lager aufgeschlagen, sondern wäre längst über uns hergefallen. Aber wenn die beiden Kundschafter uns entdecken und zurückreiten ...«

Er sprach nicht weiter, aber Yori und die anderen wussten auch so, was er meinte. Wenn die beiden Reiter das Lager sahen und entkamen, dann war es aus.
Yori kniete nieder und begann wortlos ihren Bogen zu spannen. Neben ihr tat es ihr Beren gleich, während Kahn mit einer fast versonnenen Geste seinen Dolch aus dem Gürtel zog und prüfend mit dem Daumen über die Schneide fuhr. Der rasiermesserscharf geschliffene Feuerstein blitzte und funkelte im Sternenlicht wie Stahl. Aber Yori machte sich in diesem Punkt nichts vor. Ihre Waffen waren gut für ihre Zwecke – die Jagd oder den Kampf gegen wilde Tiere –, gegen die Waffen der Sklavenjäger waren sie jämmerlich. Die Männer hatten Dolche und Schwerter aus Stahl, an denen ihre Steinklingen zerbrechen mussten wie Glas. Einen offenen Kampf durften sie nicht riskieren.
Gonda blickte kurz in Yoris Richtung und runzelte die Stirn, als er sie und Beren erkannte. Der Gedanke, die beiden Kinder dabeizuhaben, wenn es zum Kampf kam, schien ihm nicht zu gefallen. Aber er sagte nichts, sondern wandte sich mit einer Geste an Irco: »Wecke Handari und Berg«, sagte er. »Aber gib Acht, dass die anderen nichts merken. Es hat keinen Zweck, wenn wir sie in Angst versetzen, ehe es nötig ist. Und ihr anderen geht wieder zurück.« Sie gehorchten.
Yori verspürte seltsamerweise überhaupt keine Angst – alles, was sie fühlte, war eine starke Erregung, verbunden mit einer fast übernatürlichen Ruhe; ein Gefühl, das dem glich, das sie hatte, wenn sie ein besonders gefährliches oder misstrauisches Tier beschlich. Ihre Hand spannte sich fest um den Bogen. Das polierte Eibenholz fühlte sich fest und glatt unter ihren Fingern an, und der Gedanke bewaffnet zu sein und sich zur Wehr setzen zu können hatte etwas Beruhigendes. Sie presste sich gegen den Felsen, sodass sie – wenigstens auf den ersten Blick – nicht gesehen werden konnte, und legte mit ruhiger Hand einen Pfeil auf die Sehne.

»Beren, Yori«, flüsterte Gonda irgendwo neben ihr. »Achtet auf die Hunde. Ihr müsst sie mit dem ersten Schuss treffen. Um die Reiter kümmern wir uns.«
Yori nickte, obgleich Gonda die Bewegung sicher nicht sehen konnte. Beren und sie waren die Einzigen, die daran gedacht hatten, ihre Bogen mitzubringen, und Beren stand ohnehin in dem Ruf, der beste Bogenschütze der Sippe zu sein, und Yoris Hand war fast ebenso sicher.
Sie war erleichtert, nicht auf einen Menschen schießen zu müssen; gleichzeitig sträubte sich etwas in ihr beim Gedanken ein unschuldiges Tier töten zu sollen. Aber sie wusste, dass sie es tun musste, wenn sie und alle anderen überleben wollten.
Eine Zeit lang war die Nacht noch von hastigen Schritten und hin und her huschenden Schatten erfüllt, dann war Stille.
Yori wartete. Die Hunde bellten nicht mehr und sie war nicht sicher, ob die Geräusche, die sie zu hören glaubte, nun von den Reitern verursacht wurden oder ihrer eigenen überreizten Fantasie entsprangen. Die Sekunden reihten sich zu Minuten. Die Zeit schien stillzustehen und es kam Yori vor, als vergingen Stunden, bis endlich Hufschläge durch die Nacht drangen und der Schatten eines Reiters am Ende der schmalen Schlucht erschien, die in ihr Versteck hineinführte. Lautlos spannte sie ihren Bogen. Die Spitze des Pfeiles richtete sich auf den struppigen, kleinen Schatten, der neben dem des Reiters auftauchte. Aber sie schoss noch nicht. Der Reiter hielt an. Hinter ihm erschien ein weiterer Reiter mit Hund. Einer der Hunde stieß ein tiefes, drohendes Knurren aus.
Yoris Herz hämmerte. Ihre Finger spannten sich um den Schaft des Pfeils und zogen ihn zurück, bis sein gefiedertes Ende ihr rechtes Ohr berührte. Der Hund knurrte lauter und Yori glaubte trotz der großen Entfernung und der Dunkel-

heit zu erkennen, wie sich sein Fell sträubte. Eines der Pferde begann unruhig zu schnauben. Wenn schon nicht ihre Herren – die Tiere spürten die Falle, in die sie liefen. Einer der Reiter stieß ein einzelnes, dumpf klingendes Wort in einem fremden Dialekt aus. Sein Begleiter antwortete in derselben Sprache. Metall glitt scharrend über Leder und Holz, als die beiden Männer ihre Schwerter zogen und gleichzeitig die großen, runden Schilde von ihren Sätteln lösten.
Dann ritten sie weiter. Auch die Hunde bewegten sich wieder und der Pfeil in Yoris Hand folgte dem schwarzen Schatten neben dem rechten Pferd. Auf der anderen Seite der Schlucht zielte Beren auf den zweiten Hund. Yori sah Beren nicht, aber sie spürte ihn; jede einzelne seiner Bewegungen. Sie waren so oft zusammen auf der Jagd gewesen, dass sie genau wusste, was er tat.
Sie wartete. Ihr Arm begann vor Anstrengung zu schmerzen, aber sie ließ die Sehne nicht los, sondern wartete mit angehaltenem Atem, während die beiden Reiter und die Hunde näher kamen. Die Tiere knurrten. Stein und Sand knirschten unter ihren harten Pfoten und Yori sah das Blitzen ihrer schrecklichen Fänge im Sternenlicht. Ein eisiger Schauer lief über Yoris Haut, als sie die Hunde genauer sah. Sie hatte Tiere wie diese schon einmal gesehen und sie hatte genug über sie gehört – es waren keine normalen Hunde, sondern Ungeheuer, gewaltige, schwarze Bestien, die speziell für die Jagd auf Menschen abgerichtet worden waren; Mordmaschinen auf vier Beinen, die einen erwachsenen Menschen in Sekundenschnelle in Stücke reißen konnten und sich im Kampf in einen wahren Blutrausch steigerten, in dem sie oft genug ihre eigenen Herren anfielen. Yori spürte eine Woge von Widerwillen und Verachtung für die beiden Reiter. So sehr sie der Anblick der beiden Bluthunde erschreckte, empfand sie doch keinen Hass. Die Tiere konnten letztlich nichts dafür; sie waren zu dem gemacht worden, was sie

waren. Aber sie empfand Ekel vor den Menschen, die sich solcher Bestien bedienten.

»Jetzt!«, schrie Gonda.

Es ging alles unglaublich schnell; und doch schien die Zeit stillzustehen in diesen wenigen Sekunden. Zwei dunkle Schatten erschienen über dem Rand der Felsen rechts und links der Schlucht und sprangen mit weit ausgebreiteten Armen auf die beiden Reiter herab. Eines der Pferde bäumte sich auf, brach zusammen und riss seinen Reiter und Berg, der sich von oben auf sie geworfen hatte, mit sich; der andere Reiter versuchte sein Schwert hochzureißen und fiel aus dem Sattel, als Irco wie ein gewaltiger schwarzer Raubvogel auf ihn herabstürzte. Gleichzeitig ertönte das helle Sirren einer Bogensehne. Ein Blitz zuckte durch die Schlucht, raste schneller, als das Auge ihm zu folgen vermochte, auf einen der Hunde zu und traf ihn mit tödlicher Präzision.

Das Tier bäumte sich auf. Ein heller, unglaublich qualvoller Ton entrang sich seiner Brust. Yori sah alles mit fantastischer Klarheit, obwohl sich das ganze Geschehen in der Dauer eines Lidzuckens abspielte: die geweiteten, schreckerfüllten Augen des Hundes, den mörderischen Schlag, der durch seinen Leib ging, als ihn der Pfeil traf, den Ausdruck von Furcht in seinem Blick, als sein primitiver Verstand begriff, dass er sterben würde, das Zucken seiner Pfoten, die plötzlich nicht mehr die Kraft hatten, das Gewicht seines Körpers zu tragen – das alles und noch viel mehr; und alles, was sie fühlte, war Schrecken und Abscheu und der Gedanke, dass dieses Tier keinen Anteil an dem Geschehen hatte, in das es hineingezogen worden war, und dass sie nicht das Recht hatten es zu töten.

Sie verjagte den Gedanken und schoss. Aber noch bevor ihre Finger die Sehne losgelassen hatten, spürte sie, dass sie den Pfeil verrissen hatte. Das Geschoss jagte auf den zweiten Hund zu, schrammte über seinen Rücken und zerbrach

klappernd an der gegenüberliegenden Felswand. Der Hund jaulte erschrocken, fuhr auf der Stelle herum und verschwand mit gewaltigen Sätzen in der Dunkelheit.
Yori griff hastig nach ihrem Köcher. Beren fluchte, sprang hinter seiner Deckung hervor und jagte einen Pfeil hinter dem fliehenden Tier her; aber es war nicht mehr als ein Ausdruck seines Zornes. Der Pfeil verfehlte den Hund und prallte irgendwo in der Dunkelheit gegen die Felsen.
Der Kampf war vorbei, als Yori ihren Bogen senkte und sich zu Gonda und den anderen umwandte. Gonda, Irco und Handari hielten einen der Reiter, während Berg den zweiten gepackt hielt und seine Arme mit den gewaltigen Pranken gegen den Leib drückte. Das gestürzte Pferd war wieder aufgestanden und scharrte nervös am Boden.
»Hört auf, wehrt euch nicht«, erklärte Gonda, »dann geschieht euch auch nichts.«
Einer der beiden Reiter stellte seine Gegenwehr ein. Der zweite, der, den Berg gepackt hatte, konnte sich ohnehin kaum rühren und auf einen stummen Wink Gondas hin lockerte Berg seinen Griff ein wenig, sodass der Mann wenigstens wieder einigermaßen atmen konnte.
»Ich sehe, ihr seid vernünftig«, stellte Gonda fest. »Wir tun euch nichts, solange ihr nicht schreit oder zu fliehen versucht. Versprecht ihr das?«
Die beiden Männer nickten, wenn auch zögernd, und Gonda atmete sichtbar auf. Yori wusste, wie zuwider es ihm war zu kämpfen; sie hatte ihn oft genug reden hören, wie sinnlos es sei, wenn Menschen einander Gewalt antäten. »Gut«, sagte er. »Bringt sie ins Lager. Beren und Yori nehmen die Pferde.«
»Einer der Hunde ist entkommen«, sagte Beren ruhig.
Gonda fuhr wie von der Tarantel gestochen herum, starrte seinen Sohn an und ballte zornig die Fäuste. »Stimmt das?«
»Es stimmt«, sagte Yori hastig. »Beren kann nichts dafür. Ich habe danebengeschossen. Es ... es tut mir Leid.«

»Danebengeschossen?«, wiederholte Gonda ungläubig. »Auf diese kurze Entfernung?«
»Es ... es tut mir Leid«, stotterte Yori. »Ich ...«
Gonda brachte sie mit einer zornigen Geste zum Schweigen. »Davon wird es auch nicht besser!«, sagte er wütend. »Weißt du überhaupt, was du angerichtet hast? Er wird zum Lager zurücklaufen! Yori, ich hätte nicht übel Lust ...«
»Ich werde ihn verfolgen«, mischte sich Beren ein. »Er kann noch nicht weit gekommen sein. Yori hat ihn verletzt.«
»Du wirst nichts dergleichen tun«, antwortete Gonda. »Was geschehen ist, ist schlimm genug. Ich habe keine Lust auch noch nach dir suchen zu müssen!« Seine Augen flammten und er schrie fast. »Verdammt, was ist in dich gefahren, Yori? Glaubst du, das hier wäre ein Spiel? Diese Männer werden uns töten, wenn sie uns erwischen, begreifst du das?«
Yori senkte betreten den Blick. Sie wollte etwas sagen, aber ihre Kehle war wie zugeschnürt und vermutlich war es auch besser, wenn sie schwieg und Gonda nicht noch mehr reizte.
»Wir reden später noch einmal darüber«, grollte der Sippenälteste. »Wenn es ein Später für uns gibt. Jetzt nehmt die Pferde und kommt!« Er fuhr herum und ging hinter Berg und den anderen her. Yori atmete erleichtert auf. Sie hatte Gonda noch nie so wütend erlebt wie in diesem Moment. Mit gesenktem Blick wandte sie sich um, ging auf eines der Pferde zu und ergriff seinen Zügel. Das Tier scheute, aber nur für einen Moment, dann senkte es vertrauensvoll den Kopf und ließ es zu, dass sie seine Nüstern streichelte.
»Was ist eigentlich in dich gefahren, Yori?«, fragte Beren. Er hatte die Zügel des zweiten Pferdes ergriffen und war neben sie getreten, hatte aber gewartet, bis sein Vater und die anderen außer Hörweite waren. »Warum hast du nicht richtig geschossen?«
»Das habe ich«, widersprach Yori schwach.
»Das hast du nicht«, sagte Beren zornig. »Ich habe dich

beobachtet. Du hast gezögert und dann hast du absichtlich schlecht gezielt. Erzähl mir nicht, dass du auf diese kurze Entfernung wirklich versehentlich danebengeschossen hast. Du wolltest ihn verfehlen!«

Yori blickte an Beren vorbei auf den Hund, den er selbst erschossen hatte. Der Schaft des Pfeiles ragte aus seiner Brust und in seinem schwarzen Fell sammelte sich dunkles, glitzerndes Blut. Die noch im Tod weit aufgerissenen Augen schienen sie anklagend anzustarren. »Das wollte ich nicht«, hauchte sie leise und ohne Beren anzusehen. »Jedenfalls ... jedenfalls nicht absichtlich.«

»Nicht absichtlich?«, wiederholte Beren.«Was soll das heißen?«

»Ich ...« Yori seufzte, sah ihn an und senkte erneut den Blick. »Er hat mir Leid getan«, flüsterte sie. »Ich weiß, dass es dumm war, aber ... ich konnte es einfach nicht.«

»Dumm?« Beren lachte hart. »Das war mehr als nur dumm, Yori. Wenn ich du wäre, dann würde ich das niemandem erzählen. Vor allem meinem Vater nicht.«

»Du ... wirst ihm nichts sagen?«

»Ich werde ihm sagen, was ich gesehen habe«, antwortete Beren. »Dass du zu schnell geschossen und den Hund verfehlt hast. Was du ihm erzählst, ist deine Sache.« Damit wandte er sich um und ging an Yori vorbei, so schnell, dass sie keine Gelegenheit hatte noch etwas zu sagen.

Die gesamte Sippe war auf den Beinen, als Yori und Beren ins Lager zurückkamen. Sie führten die beiden Pferde zum anderen Ende des steinernen Runds und banden sie in der Nähe der Mulis an, dann gingen sie zurück. Die beiden Gefangenen saßen, an Händen und Füßen gebunden, in der Mitte eines weiten Kreises feindselig starrender Gesichter. Berg hatte sich drohend hinter ihnen aufgebaut und eines der erbeuteten Schwerter in die Hand genommen, aber Yori hatte das Gefühl, dass er die beiden Fremden eher beschützte als bewachte. Die Feindseligkeit, die den Gefangenen entgegenschlug, war beinahe greifbar, Yori war sich nicht sicher, ob die Sippe die beiden Männer nicht schlichtweg gelyncht hätte, wären Gonda und Berg nicht gewesen. Diese beiden Gefangenen gehörten zu den Männern, derentwegen sie dieses Martyrium auf sich genommen hatten; derentwegen sie beinahe gestorben waren. Auch sie selbst spürte ein Gefühl tiefen Grolles, als sie auf die beiden Männer zutrat, und ein rascher Blick zur Seite zeigte ihr, dass sich Berens Gesicht verhärtet hatte. In seinen Augen glomm ein Feuer, das Yori erschreckte; er sah plötzlich viel älter aus, als er war.

»Also«, begann Gonda, »ich habe es euch schon einmal gesagt und ich sage es noch einmal: Wir tun euch nichts, wenn ihr vernünftig seid. Ihr werdet mir ein paar Fragen beantworten, und wenn ihr die Wahrheit sagt, habt ihr nichts von mir oder irgendeinem von uns zu befürchten.«

Einer der beiden starrte ihn trotzig an und schürzte die Lippen, der andere senkte den Blick und versuchte in eine halbwegs bequeme Stellung zu rutschen, was Berg dazu veranlasste, ihm einen rohen Stoß in den Rücken zu versetzen.

»Berg!«, tadelte Gonda scharf. »Nicht!« Er schüttelte den Kopf, trat dichter an die beiden Männer heran und musterte sie einen Augenblick lang.

»Ihr gehört zu den Sklavenjägern«, sagte er schließlich. »Wie viele seid ihr und was habt ihr vor?«

Natürlich bekam er keine Antwort. Die beiden schwiegen verstockt und Gonda fuhr fort: »Ihr könnt ruhig reden. Das meiste wissen wir ohnehin schon. Wir wollen uns nur ein genaueres Bild machen.«

»Was weißt du, alter Narr?«, höhnte einer der beiden, der größere, der, den Berg aus dem Sattel gerissen und bezwun-

gen hatte. Er blutete aus einer Platzwunde an der Stirn und quer über seine linke Wange lief eine weiße, gezackte Narbe, als hätte vor Jahren einmal jemand versucht sein Gesicht aufzuschneiden.
Berg gab ein drohendes Knurren von sich und hob die Hand, aber wieder hielt ihn Gonda mit einem raschen Kopfschütteln zurück. »Keine Gewalt, Berg«, sagte er. »Wir sind nicht besser als sie, wenn wir sie schlagen, um die Wahrheit aus ihnen herauszuholen.« Zu dem Gefangenen gewandt fuhr er fort: »Wir wissen, dass euer Lager kaum zwei Stunden hinter uns ist, und wir wissen, dass ihr uns an Zahl ungefähr gleich seid. Wir wissen auch, dass ihr Sklavenjäger aus Muurhat seid.«
»Und?«, fragte der Gefangene. »Was nutzt dir das, du alter Narr? Bevor die Sonne das nächste Mal untergeht, bist du tot. Ich werde dir selbst die Kehle durchschneiden. Ich freue mich schon darauf.«
Gonda beachtete seine Worte gar nicht. Der Mann hatte versucht möglichst überheblich zu klingen, aber die Furcht ließ seine Stimme zittern und sein Blick war nicht annähernd so kalt, wie er es wohl gewollt hatte.
»Warum jagt ihr uns?«, fragte Gonda. »Wir haben euch nichts getan und wir haben nichts, was der Mühe wert wäre uns tagelang zu verfolgen.«
»Ihr habt euch«, erwiderte der Mann trotzig. »Ein Greis wie du hat keinen Wert, aber die meisten anderen werden einen guten Preis auf dem Sklavenmarkt bringen.«
»Und was bekommst du dafür?«, fragte Gonda.
Der Gefangene blinzelte, neigte den Kopf auf die Seite und blickte verwirrt zu ihm empor.
»Willst du mich kaufen?«, fragte er.
Gonda verneinte: »Bestimmt nicht. Ich frage mich nur, was einen Mann dazu bringen mag sein Leben zu riskieren. Nur eine Hand voll Gold?«

»Es ist kein Risiko, ein paar vertrottelte Nomaden zu fangen«, sagte der Mann hämisch.
»Findest du?«, entgegnete Gonda. »Immerhin haben wir dich und deinen Kameraden. Wir könnten euch töten.«
»Vielleicht. Aber dann würde Rongos euch alle umbringen. So ist unser Gesetz, alter Mann: zehn Leben gegen eines von uns. Weißt du das nicht?«
Ein kurzes, wütendes Zucken lief über Gondas Züge. Aber er beherrschte sich und sprach mit erzwungener Ruhe weiter. »Doch, das weiß ich«, sagte er. »Und das ist auch der einzige Grund, weshalb ihr noch lebt. Trotzdem wäre es besser, wenn du antworten würdest. Ich kann nicht für meine Leute garantieren. So mancher von ihnen wäre lieber tot als versklavt. Was habt ihr vor? Wie weit werdet ihr uns in die Berge folgen?«
»Soweit es nötig ist«, antwortete der Gefangene. »Ihr werdet nicht mehr weit kommen, nicht in eurem Zustand und zu Fuß. Früher oder später kriegen wir euch doch – warum gebt ihr nicht auf?«
»Wie viel Wasser habt ihr?«, fragte Gonda.
»Genug.« Der Mann lachte hämisch. »Auf jeden Fall mehr als ihr.«
»Warum verschwendest du deine Zeit mit diesem Narren?«, fragte Ferai schrill. »Außer weiteren Beleidigungen wirst du nichts aus ihm herausbekommen, Gonda. Lass uns verschwinden.«
Gonda nickte, richtete sich auf, fuhr sich mit dem Handrücken über die Augen und seufzte. »Du hast Recht«, meinte er ohne die Heilmutter anzusehen. »Wir verschwenden kostbare Zeit.«
Er deutete auf die beiden Gefangenen. »Bindet sie noch mehr und legt sie so hin, dass ihre Leute sie finden. Und dann packt eure Sachen. Wir müssen fort. Wir haben im Höchstfall vier Stunden.«

»Vier Stunden nur?«, fragte Ferai. »Wieso? Es ist nicht einmal Mitternacht.«
»Einer der Hunde ist entkommen. Er wird zurücklaufen und dieser Rongos müsste schon ein kompletter Narr sein um nicht zu wissen, was das bedeutet«, antwortete Gonda.
Yori erschrak, aber zu ihrer Erleichterung gab der Sippenältste keine weiteren Erklärungen ab und auch Ferai beließ es bei einem zornigen Kopfschütteln und stellte keine weiteren Fragen.
In aller Hast begannen sie das Lager abzubauen. Auf Gondas Befehl hin blieb auch noch der Rest ihrer ohnehin zusammengeschmolzenen Habe zurück; nur die Decken, ihre Waffen und Lebensmittel und die Wasservorräte durften sie zusammensuchen und mitnehmen.
Wenig später brachen sie auf. Sie verließen den Talkessel auf demselben Weg, auf dem sie gekommen waren, schlugen einen engen Bogen nach Westen und wandten sich dann wieder in nördliche Richtung, parallel zu den Berggipfeln und auf den Pass zu, den Kahn entdeckt hatte. Die beiden Gefangenen blieben, sorgsam gefesselt und geknebelt, im Felskessel zurück. Gonda hatte einen der Pferdesättel so am Eingang der schmalen Schlucht deponiert, dass er nicht zu übersehen war und ihre Leute sie auch wirklich fanden und sie nicht etwa am nächsten Tag verdursteten oder in der Sonnenhitze starben.
Stunde um Stunde gingen sie durch die Nacht. Mond und Sterne spendeten ein wenig Licht, sodass es nicht vollkommen dunkel war, aber ihr Marsch war trotzdem von einer quälenden Langsamkeit; Yori hatte das Gefühl, kaum von der Stelle zu kommen, und es hätte sie nicht einmal gewundert, plötzlich wieder am Eingang des Felskessels zu stehen, aus dem sie losgezogen waren. Das Gelände stieg unaufhaltsam an und jeder Schritt kostete mehr Kraft als der vorhergehende. Felsen und breite, jäh aufklaffende Spalten ver-

sperrten ihnen immer wieder den Weg und die Dunkelheit ließ Hindernisse, die am Tage kaum der Rede wert gewesen waren, zu lebensgefährlichen Fallen werden. Trotz der Pferde und der Mulis, auf denen sie jetzt, nachdem sie praktisch keine Lasten mehr zu tragen hatten, wechselweise reiten konnten und so ihr Tempo nicht mehr den Langsamsten anzupassen brauchten, legten sie in vier Stunden kaum mehr als dieselbe Anzahl von Meilen zurück. Yori war nicht die Einzige, die bald vor Schwäche und Erschöpfung zu taumeln begann, aber Gonda gestattete ihnen nicht die geringste Pause. Die Sklavenjäger mussten längst gemerkt haben, was geschehen war, und wenn ihr Anführer nur halb so intelligent war, wie Gonda zu glauben schien, dann waren sie bereits wieder auf ihrer Spur. Yori ertappte sich immer öfter dabei, wie sie sich im Laufen umsah und den Hang hinter sich misstrauisch musterte.

Als die Morgendämmerung kam, waren sie alle am Ende ihrer Kräfte. Der Hang wurde steiler und einmal konnten sie nur mit knapper Not einer Gerölllawine ausweichen, die sich unter den Schritten der Pferde und Maulesel löste und donnernd zu Tal krachte. Der Lärm musste meilenweit zu hören sein, aber das spielte jetzt schon kaum mehr eine Rolle. Wenn die Sonne aufgegangen und es ganz hell geworden war, würden die Sklavenjäger sie ohnehin sehen; obwohl der Berg immer steiler wurde und mehr und mehr Felsen und Geröllfelder ihnen das Vorankommen erschwerten, bot er doch kaum Deckung: Einem Mann mit einigermaßen scharfen Augen konnten die zwei Dutzend Menschen gar nicht entgehen. Yoris einziger Trost war, dass den Verfolgern ihre Pferde nicht viel nutzen würden. Solange das Gelände so schwierig blieb, würden auch sie nicht viel schneller vorankommen.

Als die Sonne aufging, gestattete ihnen Gonda eine kurze Rast. Yori ließ sich erschöpft dort niedersinken, wo sie

gerade stand, trank ein paar Schlucke Wasser und legte den Kopf gegen einen Felsen. Sie fühlte sich so müde wie nie zuvor in ihrem Leben und es brauchte fast ihre ganze Kraft überhaupt noch die Augen offen zu halten.
Sie blieb einen Moment reglos so hocken, aber die Müdigkeit wurde von Sekunde zu Sekunde schlimmer und schließlich stand sie wieder auf, um nicht doch noch einzuschlafen. Sie durfte es nicht, denn sie wusste, dass das Weitergehen danach nur umso schwerer sein würde. Viele der anderen waren eingeschlafen, so wie sie sich im ersten Moment hingelegt oder gesetzt hatten, direkt auf dem felsigen Boden. Es sieht aus, dachte Yori schaudernd, als wären sie bereits tot. Auch ihre Mutter und ihre Schwester schliefen, eng aneinander gekauert und in einer unbequemen, halb sitzenden, halb liegenden Position. Yori betrachtete sie aus entzündeten Augen und für einen Moment spürte sie fast so etwas wie Neid, während sie ihre jüngere Schwester ansah. Sie hatte sich eng an ihre Mutter geschmiegt und auf ihren Zügen lag ein Ausdruck von Vertrauen, das durch absolut nichts zu erschüttern zu sein schien. Sie selbst kannte dieses Gefühl kaum. Natürlich liebte sie ihre Mutter und ihre Mutter liebte sie und trotzdem war das Verhältnis, das sie zueinander hatten, niemals so tief und voller Wärme gewesen wie das, das zwischen ihrer Mutter und Lana herrschte. Ihre Mutter konnte nichts dafür – Yori war schon als ganz kleines Kind sehr selbstständig gewesen und es war sicher kein Zufall, dass sie trotz ihrer Jugend bereits als vollwertiger Jäger in den Kreis der Erwachsenen aufgenommen worden war. Aber vielleicht, dachte sie, während sie die beiden aneinander geklammert schlafenden Gestalten betrachtete, hatte sie für diese Selbstständigkeit einen Preis bezahlen müssen, den sie jetzt erst so langsam abschätzen konnte. Ihre Schwester war das genaue Gegenteil von ihr und nicht nur äußerlich. Lana war wortkarg und – selbst für ihre zehn Jahre

– noch sehr hilflos und unselbstständig; Naila bemutterte sie, wo sie nur konnte, und im Gegensatz zu Yori ließ Lana es geschehen und verlangte sogar danach. Vielleicht war das der Grund, weshalb sich Yori nicht besonders mit ihrer Schwester verstand.
Yori verjagte den Gedanken, nahm ihren Bogen auf und ging langsam ein Stück des Weges zurück zum anderen Ende des Lagerplatzes. Sie war nicht die Einzige, die nicht schlief oder ausruhte – Gonda, Kahn, Berg und Tura hatten sich zu einer kleinen Gruppe zusammengefunden und redeten leise miteinander. Yori konnte ihre Worte nicht verstehen, aber es war nicht schwer zu erraten, worüber sie sprachen. Yori zögerte einen Moment, ging dann weiter und blieb zwei Schritte vor dem Sippenältesten stehen.
»... dagegen!«, sagte Berg gerade. Yori sah, dass seine Wangen vor Erregung gerötet waren. Seine mächtigen Hände waren zu Fäusten geballt und unter seiner Haut spannten sich die Muskeln wie dicke, knotige Stricke. »Du hetzt sie zu Tode, Gonda. Die Frauen und Kinder werden sterben, wenn du sie weiterjagst.«
»Aber es ist Wahnsinn zu kämpfen«, widersprach Gonda.
»Es ist ein ebensolcher Wahnsinn weiterzufliehen«, entgegnete Berg zornig. »Keiner von uns hat noch die Kraft einen weiteren Tag durchzuhalten.«
»Und du glaubst, sie hätten die Kraft zu kämpfen?« Gonda schüttelte zornig den Kopf. »Es sind zwanzig Krieger, Berg. Und nicht alle von uns sind so stark wie du.«
»Wir könnten ihnen eine Falle stellen«, wandte Tura ein. »Wenn es uns gelingt sie in einen Hinterhalt zu locken wie die beiden heute Nacht ...«
»Das war etwas anderes«, unterbrach ihn Gonda. »Wir hatten den Vorteil der Überraschung auf unserer Seite und wir waren in der Überzahl. Diesmal wissen sie, wo wir sind, und wahrscheinlich rechnen sie mit einem Hinterhalt. Es

wird ein Blutbad geben, wenn wir zu kämpfen versuchen. Wir sind keine Krieger.«
»Sie töten uns sowieso«, versetzte Berg zornig, »entweder gleich oder später. Und die, die sie nicht töten, sind auch nicht besser dran. Ich habe keine Lust als Sklave in einem Bergwerk zu arbeiten oder den Rest meines Lebens auf einer Galeere zu verbringen. Lieber sterbe ich im Kampf und nehme noch ein paar von diesen Hunden mit.«
Gonda blickte ihn traurig an. »Du sprichst sehr leichtfertig vom Sterben, Berg«, erklärte er ernst.
Berg schnaubte. »Nur, wenn man mich dazu zwingt.«
»Warum stimmen wir nicht ab?«, fragte Tura. »Frage die Sippe, Gonda, frage jeden Einzelnen und entscheide dann.«
»Soll ich Frauen und Kinder fragen, ob sie gegen Krieger kämpfen wollen?«, schnappte Gonda. »Was ihr vorschlagt, ist Wahnsinn! Willst du deinem Weib ein Schwert in die Hand drücken und sie mit einem Mann fechten lassen, Tura?«
Tura schwieg betroffen, aber sein Bruder wischte Gondas Worte mit einer zornigen Handbewegung beiseite. »Natürlich nicht«, sagte er wütend. »Niemand spricht davon, dass die Frauen und Kinder kämpfen sollen.«
»Lass sie weitergehen«, sagte Tura. »Wir Männer bleiben zurück und versuchen sie aufzuhalten.«
»Wir sind nur sieben!«, sagte Gonda aufgebracht, »und ...«
»Acht.« Yori trat rasch einen Schritt vor und hob ihren Bogen. »Wir sind acht, Gonda. Ich ziele ebenso gut wie ihr. Und mit Beren und Alys sind wir zehn.«
Gonda machte eine zornige Geste. »Schweig, Yori. Ich glaube, du weißt nicht, worüber du sprichst. Geh zu deiner Mutter zurück und ruh dich aus.«
»Aber sie hat Recht«, sagte Berg. »Sie ...«
»Sie ist ein Kind!«
Berg schüttelte stur den Kopf. »Sie ist ein besserer Bogen-

schütze als du und ich, und dein Sohn und der Ircos sind es ebenfalls. Wenn wir es geschickt anstellen und sie in eine Falle locken, können wir sie in die Flucht schlagen, Gonda! Wir haben gar keine andere Wahl.«
Gonda wollte widersprechen, senkte aber dann den Blick und seufzte hörbar. »Das ist doch Wahnsinn«, murmelte er.
»Natürlich ist es das«, antwortete Tura. »Aber es ist unsere einzige Chance. Berg und ich haben über alles gesprochen. Eine halbe Stunde zurück ist eine Stelle, die für einen Hinterhalt wie geschaffen ist. Und ich glaube nicht, dass diese Sklaventreiber tapfere Krieger sind. Wenn sie merken, dass wir es ernst meinen, dann werden sie fliehen.«
»Und wenn nicht?«, fragte Gonda leise.
Tura schwieg, aber Yori wusste die Antwort auch so. Sie alle wussten sie: Wenn die Sklavenjäger nicht flohen oder wenn es ihnen nicht gelang sie zu besiegen oder sie wenigstens zurückzuschlagen, dann würden sie sterben.
Plötzlich war ihr kalt.

Als Yori zurückkehrte, schlief ihre Mutter zusammengerollt unter ihrer Decke den tiefen Schlaf der Erschöpfung, und obwohl es gerade jetzt tausend Dinge gegeben hätte, über die Yori mit ihr sprechen wollte, weckte sie sie doch nicht auf, sondern blieb nur einen Moment lang neben ihrem Lager stehen und beobachtete sie. Nailas Gesicht war bleich und eingefallen, aber das waren die Gesichter aller in den letzten Tagen; die Strapazen, die sie hatten erdulden müssen, waren an keinem von ihnen spurlos vorübergegangen. Und doch war der Schmerz in Nailas Gesicht tiefer und irgendwie anders als der, den Yori in den Zügen der meisten anderen las. Die Augen hinter Nailas geschlossenen Lidern bewegten sich hektisch hin und her und ihr Atem ging viel schneller, als es bei einem Schlafenden normal gewesen wäre; und unregelmäßig dazu. Für einen Moment verspürte Yori nichts

als Mitleid mit ihr; doch dann fühlte sie einen langsam stärker werdenden Zorn: Mehr als zehn Jahre hatten sie bei der Sippe gelebt und jetzt, gerade jetzt, im Augenblick der allergrößten Gefahr, trat ihr Anderssein deutlicher und schmerzhafter zutage als je zuvor. Naila schien sich sogar äußerlich verändert zu haben. Die Erschöpfung hatte ihre schmalen und irgendwie verwundbareren Züge deutlicher erkennbar werden lassen, ebenso ihre hellere Haut, die feingliedrigere Art ihrer Finger und Hände. Nein, dachte Yori bitter, sie gehörten nicht zur Sippe. Sie hatten niemals dazugehört, weder ihre Mutter noch sie.
Als Yori sich umdrehte, blickte sie in Berens Gesicht. Der jüngste Sohn Gondas war unbemerkt hinter sie getreten und Yori fragte sich, wie lange er schon hier stand und sie beobachtete.
»Was willst du?«, fragte sie, viel schärfer als nötig und so laut, dass sie selbst zusammenfuhr und hastig zu ihrer Mutter hinabsah. Naila bewegte sich unruhig; ihre Hände spielten nervös am Saum der zerschlissenen Decke, in die sie sich gewickelt hatte, aber sie wachte nicht auf.
»Sie sprechen vom Kämpfen«, murmelte Beren. Sein Blick war traurig. »Mein Vater ist noch dagegen, aber Berg und Tura haben fast alle Jäger auf ihrer Seite. Ich fürchte, sie werden versuchen die Sklavenjäger mit Gewalt zurückzutreiben. Es ... wird viele Tote geben.«
»Und jetzt glaubst du, ich wäre schuld daran, wie?«, schnappte Yori. »Weil ich den Hund habe entkommen lassen?« Ihre Worte taten ihr fast im selben Augenblick schon wieder Leid. Sie waren dumm und ungerecht – Beren war vielleicht einer der wenigen im Lager, die noch völlig auf ihrer und der Seite ihrer Mutter standen. Aber irgendetwas, ein Funke dieses albernen, kindischen Stolzes, der ihr schon mehr als einmal großen Ärger eingetragen hatte, hielt sie davon ab sich bei ihm zu entschuldigen.

Stattdessen drehte sie sich mit einem Ruck um, ging an Beren vorbei und lief mit schnellen Schritten den Hang hinab, zurück in die Richtung, aus der sie gekommen waren. Beren zögerte einen Moment, dann folgte er ihr, aber als Yori seine Schritte hörte, beschleunigte sie ihre eigenen noch, sodass er laufen musste um sie einzuholen.

Sie hatte den Lagerplatz bereits hinter sich gelassen, als Beren sie erreichte. Mit einer groben Bewegung packte er sie am Arm und versuchte sie herumzureißen, aber er schien vergessen zu haben, wie stark sie war. Yori riss sich mit einer zornigen Bewegung los, funkelte ihn wütend an und blieb nun doch stehen.

»Was willst du?«, fragte sie, noch immer wütend, aber nicht mehr ganz so wie zuvor.

»Nichts«, antwortete Beren verstört. »Nur ...«

»Wenn du nichts willst«, unterbrach Yori ihn spitz, »dann verstehe ich nicht, warum du mir nachrennst. Ich finde, ich bin schon alt genug, um ein paar Schritte allein gehen zu können.«

»Ich ... ich wollte nur mit dir reden, das ist alles«, murmelte Beren. Mit einem Male machte er einen sehr hilflosen Eindruck, und Yori begriff, dass ihre so vollkommen unbegründete Feindseligkeit ihn völlig aus dem Konzept gebracht hatte. Wahrscheinlich war er wirklich nur zu ihr gekommen um mit ihr zu reden; einfach nur so, weil man eben in Augenblicken wie diesen manchmal einen Menschen brauchte, mit dem man reden konnte. Sie sollte sich darüber freuen, statt ihn anzufeinden.

»Entschuldige«, sagte sie halblaut und ohne ihn anzusehen. »Aber ich bin ...«

Beren winkte ab. »Das ist schon in Ordnung«, unterbrach er sie. »Wir sind alle ein bisschen gereizt im Augenblick.« Er seufzte. »Ist ja auch kein Wunder.«

Yori nickte, starrte einen Moment zu Boden und schoss

einen kleinen Stein mit dem Fuß davon. »Glaubst du wirklich, dass es zum Kampf kommen wird?«, fragte sie.
»Ja«, antwortete Beren ohne lange nachzudenken. »Wir können ihnen nicht mehr lange davonlaufen. Mein Vater weiß das und die meisten anderen auch. Und keiner von uns wird sich freiwillig in Ketten legen und als Sklave verschleppen lassen.«
Yori blickte ihn einen Moment lang ernst an, dann wandte sie sich um und ging weiter. Beren folgte ihr. Sie hatten sich schon ein gutes Stück vom Lager entfernt und befanden sich auf dem Grunde einer schmalen, auf der einen Seite vom Berg und auf der anderen von zyklopisch aufeinander getürmten Fels- und Geröllmassen gebildeten Schlucht. Vorhin, als sie hier heraufgezogen waren, hatten sie nicht viel von der Umgebung wahrgenommen, denn es war Nacht gewesen, aber jetzt erkannte Yori, dass dies wohl die Stelle sein musste, die Berg gemeint hatte. Eine Hand voll entschlossener Bogenschützen, die sich in den Felsen verbargen, konnten hier in der Tat eine ganze Armee aufhalten.
Aber es würde doch nicht klappen: Sie waren keine Krieger und sie konnten es nicht einmal sein, wenn man sie dazu zwang.
»Wir sollten nicht so weit gehen«, mahnte Beren leise, als hätte er ihre Gedanken gelesen.
Yori nickte, blieb stehen und sah über die Schulter zurück. Die Schlucht machte an dieser Stelle eine Biegung, sodass das Lager nicht zu sehen war, und Yori bemerkte erst jetzt, dass sie sich schon ein gutes Stück entfernt hatten; viel weiter, als sie bisher geglaubt hatte. Der Boden stieg von hier aus zum Lager steil an und sie würden sich jeden Schritt, den sie bis jetzt talwärts getan hatten, fünfmal so mühsam wieder hinaufkämpfen müssen. Trotzdem blieb sie noch stehen, als Beren sich gänzlich umwandte und mit einer Kopfbewegung lagerwärts deutete.

»Beren.«
Er sah sie an und der Ernst in ihrer Stimme ließ auch ihn plötzlich sehr nachdenklich werden.
»Ja?«
»Bevor ... wir zurückgehen«, stammelte Yori leise, »möchte ich eine Antwort von dir. Eine ehrliche Antwort.«
»Und worauf?«, fragte Beren ebenso leise.
»Glaubst du auch, dass es meine Schuld ist?«, fragte Yori. »Meine und die meiner Mutter?«
»Das ist doch Unsinn«, antwortete Beren, eine Spur zu schnell und zu laut, wie sie fand. »Du ...«
»Ich meine es ernst«, beharrte Yori. »Fast alle glauben es, auch wenn sie es nicht offen sagen, und ich glaube, seit wir das Wasser gefunden haben, noch mehr. Glaubst ... du es auch?«
Beren schwieg einen Augenblick und in dem Blick, mit dem er sie maß, lag ein Ausdruck, den Yori nicht zu deuten imstande war.
»Nein«, versicherte er schließlich. »Ich weiß, dass es nicht so ist. Und das ist die Wahrheit.« Er lächelte. »Können wir jetzt zurückgehen?«
»Ja«, antwortete Yori. »Und ich ...«
»Still!« Beren brachte sie mit einer hastigen Handbewegung zum Schweigen, duckte sich erschrocken und spähte aus zusammengekniffenen Augen die Schlucht hinab.
»Was ist los?«, fragte Yori erschrocken.
»Hörst du nichts?«, erwiderte Beren. »Das ... das sind Pferde!«
Yori lauschte konzentriert. Im ersten Moment hörte sie nichts außer ein leises, metallisches Klappern, das Echo eisenbeschlagener Pferdehufe in den steil aufsteigenden Felswänden, und dazwischen Murmeln und Stimmen, Rufe ...
»Die Sklavenjäger!«, keuchte Beren. Er fuhr herum, packte

ihr Handgelenk und zerrte sie in eine Felsspalte am Rande des Pfades.
Mit angehaltenem Atem warteten sie. Die Hufschläge kamen rasch näher und schon nach wenigen Augenblicken tauchten die ersten Reiter in dem finsteren Schatten am unteren Ende der Schlucht auf. Ein heiseres Bellen erklang, dann knallte eine Peitsche, ein Pferd wieherte.
»Das sind sie!«, keuchte Beren. »Sie sind da, Yori!« Er fuhr halb hoch und sank mit einer hilflosen, fahrigen Bewegung wieder zurück. »Sie ... sie müssen wie die Teufel geritten sein. Wir müssen die anderen warnen!«
Er wollte erneut aufspringen um seine Worte unverzüglich in die Tat umzusetzen, aber diesmal riss Yori ihn in die Deckung zurück.
»Bist du verrückt?«, keuchte sie. »Die sehen dich, ehe du drei Schritte gemacht hast.« Sie deutete in die Schlucht hinaus um ihre Worte zu unterstreichen. Es war hier noch immer nicht richtig hell und am Grund der schmalen Schlucht herrschte beinahe noch Nacht. Aber es waren gut fünfzig Schritte bis zu der Biegung, hinter der Beren dann außer Sicht wäre – unmöglich, so weit zu kommen.
Beren riss seine Hand los. »Und was willst du tun?«, zischte er. »Hier sitzen bleiben und warten, bis sie unsere Leute alle umgebracht haben? Wir müssen sie warnen!«
Yori überlegte fieberhaft. Die Felsspalte, in die Beren sie hineingezerrt hatte, endete nach ein paar Schritten vor einer fast senkrechten, gut sieben oder acht Meter aufsteigenden Wand, aber darüber gab es einen schmalen, felsigen Sims, breit genug, um darauf stehen oder hocken zu können.
»Warte hier«, entschied sie. »Ich versuche sie abzulenken. Sobald du mein Zeichen hörst, rennst du los. Vielleicht kommst du durch, solange sie sich auf mich konzentrieren.« Sie wartete nicht, bis Beren Zeit und Gelegenheit gefunden hatte ihr zu widersprechen oder sie gar zurückzuhalten,

sondern stand auf, huschte zum Ende der Spalte und begann unverzüglich die Felswand hinaufzuklettern.
»Yori – bei allen Göttern! Was hast du vor?«, keuchte Beren. Yori antwortete gar nicht, sondern konzentrierte sich darauf, mit Fingern und Zehen nach winzigen Vorsprüngen und Rissen in der Wand zu tasten und sich weiter an der Wand emporzuziehen.
»Verdammt noch mal, komm zurück!«, keuchte Beren. »Du bist verrückt! Die bringen dich um!«
Sie hörte, wie er unter ihr rumorte, und plötzlich tastete seine Hand nach ihrem Fuß. Yori knurrte ungeduldig und trat ihm herzhaft auf die Finger. Beren fluchte wieder, unternahm jedoch keinen weiteren Versuch sie zurückzuhalten.
Langsam, aber stetig stieg Yori höher. Es ging besser, als sie geglaubt hatte. Trotzdem war sie vollkommen außer Atem, als sie den schmalen Sims erreichte. Mit einer letzten Anstrengung zog sie sich hinauf, ließ sich auf die Knie sinken und hielt aus brennenden Augen nach den Sklavenjägern Ausschau.
Sie erschrak. Die Reiter befanden sich kaum mehr als zwanzig Schritte unterhalb ihrer Position – ihr blieb allerhöchstens noch eine Minute, wenn sie Beren helfen wollte!
Mit zitternden Fingern nahm sie den Bogen von der Schulter, legte einen Pfeil auf die Sehne und schoss ohne lange zu zielen.
Der Pfeil zerbarst eine Manneslänge vor dem vordersten Reiter auf dem steinernen Boden, aber die Wirkung war fast größer, als wenn sie getroffen hätte. Zwei, drei der Männer schrien erschrocken, ein Pferd bäumte sich auf und warf einen Reiter ab und einer der Hunde begann wie wild zu kläffen. Yori schickte ein Stoßgebet zum Himmel, dass Beren den richtigen Moment abwarten und loslaufen würde, solange die Reiter abgelenkt waren.

»Verdammt noch mal, was geht da vorne vor?«, dröhnte eine Stimme durch die Dunkelheit. »Ihr sollt Ruhe halten, Kerle!« Das Geräusch rasender Hufschläge wurde laut, dann entstand eine quirlende Bewegung zwischen den schwarzen Schatten, die die Schlucht ausfüllten. Ein Pferd galoppierte heran und wurde von seinem Reiter mit einer brutalen Bewegung zum Stehen gebracht. »Was ist hier los?«, dröhnte die Stimme erneut.

Yori erschrak, als sie die Stimme erkannte. Es war die des Mannes, der in ihr Lager gekommen war, des Mannes, mit dem alles angefangen hatte.

Sie vertrieb den Schrecken, der von ihr Besitz zu ergreifen drohte, richtete sich ganz auf dem schmalen Felssims auf und legte einen zweiten Pfeil auf die Sehne.

»Keinen Schritt weiter da unten!«, rief sie, so laut sie konnte. »Der Nächste, der einen Schritt macht, stirbt!«

Ein zorniges Brüllen antwortete ihr. Ihre Augen begannen sich allmählich an die Dunkelheit zu gewöhnen und sie erkannte mehr Einzelheiten: Die Reiter waren zum Stehen gekommen und ihre geordnete Formation hatte sich in ein heilloses Durcheinander verwandelt. Aber sie machte sich keine Illusionen. Alles, was sie erreichen konnte, war die Menschenjäger einige Augenblicke lang aufzuhalten. Vielleicht lange genug, dass Beren entkommen und die anderen warnen konnte.

»Wer wagt es, sich Rongos in den Weg zu stellen?«, brüllte der breitschultrige Riese. »Du musst ...« Er verstummte. Ein ungläubiges Keuchen kam über seine Lippen.

»Ein Kind!«, entfuhr es ihm. »Du ... du bist doch diese Göre aus dem Lager, oder? Komm sofort da runter, ehe ...«

»Ich denke nicht daran, Rongos«, unterbrach ihn Yori. »Aber ich warne dich – ich schieße jeden aus dem Sattel, der versucht weiterzureiten.«

Für einen Moment war es vollkommen still. Rongos blickte

starr und mit unbewegtem Gesicht zu ihr hinauf und Yori erwiderte seinen Blick genauso ruhig. Wenigstens versuchte sie es. Die Spitze des Pfeiles, der noch immer auf der gespannten Sehne ihres Bogens lag, war genau auf Rongos' breite Brust gerichtet. Auf diese kurze Distanz hätte nicht einmal ein weit schlechterer Schütze ein so großes Ziel verfehlt. Auch Rongos musste das wissen.
»Nein«, sagte er schließlich.
Yori blinzelte. »Was meinst du damit?«, fragte sie.
Der Sklavenjäger lachte rau. »Ich meine, dass ich dir nicht glaube, Kleine. Du wirst nicht schießen.«
»Bist du sicher?«
Rongos nickte. »Ich bin sicher. Du wirst nicht auf einen Menschen schießen, das weiß ich.«
»Versuch es!«, drohte Yori. »Reite weiter und probiere es aus, Rongos.«
»Das werde ich ganz bestimmt nicht tun, du Rotznase«, antwortete Rongos ruhig. »Ich weiß etwas Besseres. *Schießt sie herunter!*«
Die letzten Worte hatte er geschrien und plötzlich war die Nacht voller schwirrender Bogensehnen und tödlicher, schlanker Schatten, die zu Yori hinaufrasten. Sie schrie vor Schreck, ließ den Pfeil von der Sehne fliegen und warf sich zur Seite. Rechts, links, über und unter ihr prallten Pfeile gegen den Felsen und zerbrachen und eines der Geschosse schrammte schmerzhaft und heiß ihre Schulter.
Die Wucht des Aufpralls ließ sie fast hinunterstürzen. Im letzten Moment klammerte sie sich fest, fand irgendwo Halt und zog sich wieder auf das Felsband hinauf. Wieder surrten die Bogensehnen, aber im Gegensatz zu den Sklavenjägern bot Yori gegen den dunklen Hintergrund der Felswand ein schlechtes Ziel und diesmal kam kein Pfeil auch nur in gefährliche Nähe.
Yori stemmte sich keuchend auf Hände und Füße, tastete

nach ihrem Bogen und lief geduckt und so schnell, wie das auf dem unsicheren Untergrund überhaupt möglich war, los. Unter ihr begann Rongos zu brüllen. Schatten erfüllten die Schlucht mit quirlender Bewegung und fluteten wie eine finstere Woge auf den Fuß der Felshalde zu.
Yori lief, so schnell sie konnte. Unter ihr steigerte sich Rongos' Gebrüll zu einem hysterischen Kreischen und sie hörte, wie mindestens einer, wahrscheinlich aber gleich mehrere seiner Krieger die Felsen zu ersteigen begannen.
Die Wand zu ihrer Linken machte plötzlich einen Knick und Yori fand sich am Fuße einer breiten, steil in die Höhe ragenden Geröllhalde wieder. Ohne lange nachzudenken begann sie hinaufzusteigen, verlor aber schon nach wenigen Schritten auf dem losen Untergrund den Halt und fiel, wobei sie sich Hände und Knie aufriss. Verzweifelt stemmte sie sich hoch und lief weiter, etwas vorsichtiger diesmal und mit ausgebreiteten Armen, um wie eine Seiltänzerin das Gleichgewicht zu halten. Trotzdem fiel sie immer wieder hin und mehr als einmal rutschte sie ein gutes Stück des Weges, den sie mühsam hinaufgetorkelt war, wieder zurück.
Als sie das Ende der Geröllhalde fast erreicht hatte, hörte sie die Schritte. Vielleicht warnte sie auch ein Instinkt, ein Geruch; irgendetwas – Yori spürte einfach, dass hinter ihr jemand war. Blindlings und ohne wirklich zu denken ließ sie sich zur Seite kippen, drehte sich noch im Fallen herum und riss den Bogen mit beiden Händen über den Kopf.
Die Bewegung rettete ihr das Leben. Ein Krieger hatte sie eingeholt, während sie sich den Geröllhang hinaufgequält hatte – und er zögerte keine Sekunde, Rongos' Befehl auszuführen! Sein Schwert zuckte in einer blitzschnellen Bewegung herab, zerbrach Yoris Bogen und schlug wenige Zentimeter neben ihrer linken Wange Funken aus dem Stein. Sie schrie vor Angst, trat nach seinen Beinen und brachte ihn aus dem Gleichgewicht. Der Mann fiel, aber er griff noch im

Stürzen nach ihrem Fuß und umklammerte mit brutaler Kraft ihr Gelenk.
Yori warf sich mit einer verzweifelten Bewegung herum. Die Furcht gab ihr noch einmal neue Kraft. Sie krallte die Finger in den Boden, stemmte sich hoch, trat blindlings hinter sich und spürte, dass sie traf. Ein zorniger Schrei erscholl. Die Hand löste sich von ihrem Fuß, dann hörte sie einen dumpfen Aufprall und das Geräusch kollernder Steine. Sie versuchte aufzustehen, verlor auf dem losen Geröll abermals den Halt und schlug sich Hände und Knie blutig, als sie hinfiel.
Aber auch ihr Verfolger kam nicht besser voran. Er musste mindestens doppelt so viel wiegen wie sie und Steine und Geröll lösten sich unter seinem Gewicht immer schneller. Er versuchte aufzustehen, glitt wieder aus und rutschte mit haltlos rudernden Armen drei, vier Meter zu Tal, ehe es ihm endlich gelang, seinen Sturz zu bremsen. Yori hatte sich wieder aufgerafft und taumelte verzweifelt weiter. Immer wieder fiel sie hin, aber auch ihrem Verfolger erging es nicht besser und der Abstand zwischen ihnen blieb jetzt ungefähr gleich. Das letzte Stück des Weges kroch sie auf Händen und Knien.
Dann hatte sie das Geröllfeld hinter sich und unter ihren Füßen war endlich wieder fester Boden. Sie richtete sich auf, sah sich hastig um und rannte los, so schnell sie konnte. Ihr Herz jagte. Jeder einzelne Atemzug schnitt wie ein Messer in ihre Kehle und sie spürte, wie ihre Kraft mit jedem Schritt nachließ. Vor ihr lag eine Kraterlandschaft, durchzogen von breiten, gezackten Rissen, die den Felsen wie erstarrte Blitze spalteten; und als Yori zurückblickte, sah sie, wie der Krieger sich keuchend aufrichtete und sein Schwert hob. Die Waffe blitzte unter den schräg einfallenden Strahlen der Sonne.
Der Anblick gab Yori noch einmal neue Kraft. Sie lief schneller, setzte mit einem verwegenen Sprung über einen

Felsen und taumelte weiter. Hinter ihr erklang ein wütender Schrei. Metall schlug gegen Felsen und das Trappeln harter Stiefelsohlen übertönte ihre eigenen keuchenden Atemzüge. Sie spürte, wie ihre Beine schwer wurden, als wäre irgendwo in ihr eine Schleuse geöffnet worden, durch die ihre Lebenskraft entwich. Die letzten Tage hatten mehr von ihr verlangt, als sie gespürt hatte. Bisher hatte ihr die Furcht noch zusätzliche Kraft verliehen, aber selbst diese geheimen Reserven waren jetzt erschöpft. Sie taumelte. Für einen Moment verschleierte sich ihr Blick; ihr wurde schwindelig.
Irgendwo vor ihr war ein Schatten, ein schmaler, ausgezackter Durchgang zwischen den Felsen, der in ein Tal münden mochte. Yori taumelte auf den Einschnitt zu und schlüpfte hinein und schrie vor Schreck und Enttäuschung auf.
Es war eine Falle. Der Berg war an dieser Stelle geborsten, als wäre er von einem gewaltigen Axthieb getroffen worden, und der Spalt führte anscheinend endlos weit ins Innere des Felsens – aber er lief vor ihr schmal zusammen und wurde schon nach wenigen Schritten so eng, dass sich nicht einmal ein Kind hätte hindurchzwängen können!
Yori fuhr herum, machte einen Schritt und hob mit einer unbewussten Bewegung schützend die Arme vor das Gesicht, als der Krieger hinter ihr auftauchte. Sie hatte keine Zeit mehr davonzulaufen.
Der Mann kam keuchend heran, blieb wenige Schritte vor ihr stehen und hob sein Schwert. Ein schadenfrohes Lächeln verzerrte seine Lippen, als er sah, dass ihm sein Opfer jetzt nicht mehr entkommen konnte.
»Habe ich dich endlich, du kleines Biest«, triumphierte er. »Diesmal entkommst du mir nicht mehr.« Er lachte hässlich, schob das Schwert in den Gürtel zurück und kam mit wiegenden Schritten näher.
Yori wich zurück, bis sie mit dem Rücken gegen den harten Felsen stieß. Ihre Hand schmiegte sich um den Griff des

schmalen Steindolches, der in ihrem Gürtel steckte. Sie wusste, wie sinnlos es im Grunde war sich zu wehren – der Mann war viel stärker als sie und er war wütend und würde sich wahrscheinlich einen Spaß daraus machen, sie umzubringen. Aber sie war entschlossen, ihr Leben so teuer wie möglich zu verkaufen.
»Wehr dich ruhig«, grinste der Sklavenjäger böse. »Aber damit erreichst du ...«
Einer der Schatten hinter ihm bewegte sich. Ein Stein kollerte. Der Krieger hielt inne, drehte misstrauisch den Kopf – und schrie gellend auf. Er versuchte noch sein Schwert zu ziehen, aber die Bewegung war viel zu langsam; seine Hand erreichte den Griff der Waffe nicht einmal.
Ein smaragdgrüner Blitz löste sich aus den Schatten der Felsen, schoss mit einem ungeheuer kraftvollen Satz auf ihn zu und riss ihn um. Aus dem Schreckensschrei des Mannes wurde ein entsetztes Brüllen. Irgendetwas prallte dumpf gegen den Felsen; laut und hart und so, als schlüge Fleisch auf Stein oder Metall. Die gewaltigen Kiefer der Echse schlossen sich mit einem fürchterlichen Krachen, einem Laut, als schlüge eine riesige Bärenfalle zusammen. Der Krieger bäumte sich auf und begann mit den Fäusten auf den geschuppten Leib der Echse einzuhämmern. Aber in seinen Bewegungen lag keine Kraft mehr.
Yori taumelte. Erleichterung, Schrecken und Schwäche wallten in einer betäubenden Woge in ihr hoch. Das Tal begann sich vor ihren Augen zu drehen. In ihrem Mund war plötzlich ein bitterer Geschmack wie nach Galle und Erbrochenem und sie spürte, wie ihre Knie weich wurden und endgültig unter dem Gewicht ihres Körpers nachgaben. Müde hob sie die Hand, um sich abzustützen, aber ihre Finger glitten haltlos an der glatten Felswand ab. Sie sah nur noch wie durch einen wogenden, immer dichter werdenden Nebel.

Die Smaragdechse wich um einen Schritt von ihrem Opfer zurück. Der Mann war gestürzt und blutete stark. Seine Schreie waren zu einem mühsamen Stöhnen geworden und seine Bewegungen waren fahrig und unkontrolliert. Er versuchte sein Schwert zu ziehen, aber seine Hand schien nicht mehr die nötige Kraft dazu zu haben.
Die Echse starrte ihn an, wich ein weiteres Stück zurück und drehte sich in einer schlängelnden Bewegung zu Yori um. Ihr gewaltiger, schuppengepanzerter Schwanz zuckte; nur einmal und in einer fast spielerisch wirkenden Bewegung. Der Sklavenjäger schrie noch einmal auf.
Aber das hörte Yori schon nicht mehr. Sie hatte endgültig das Bewusstsein verloren.

Das Erste, was sie spürte, als sie erwachte, war Wärme; eine trockene, erstickende Wärme, die ihren Körper wie eine zähe Masse umhüllte und das Atmen schwer machte. Sie lag bäuchlings auf dem Felsen. Ihr Gesicht tat weh, wo sich kleine Steinchen und Staub in ihre Haut gedrückt hatten. Ihre Gedanken formten sich nur träge und für einen kurzen Moment hatte sie Schwierigkeiten, sich überhaupt darauf zu besinnen, wo sie war und wie sie hierher gekommen war – und warum.
Sie drehte den Kopf, hob müde die Lider und blinzelte, als das helle Sonnenlicht in ihre Augen stach. Sie lag noch an derselben Stelle, an der sie gestürzt war, aber die Sonne war weitergewandert und erreichte mit ihren Strahlen jetzt auch die Felsspalte, in die Yori sich geflüchtet hatte. Es war heiß und Yori verspürte einen nahezu unerträglichen Durst. Gleichzeitig wunderte sie sich, dass sie noch lebte. Dem Stand der Sonne nach zu urteilen musste sie längere Zeit bewusstlos hier oben gelegen haben – sicher Zeit genug für Rongos, um noch einen seiner Männer zu ihr heraufzuschicken.

Aber er hatte es wohl doch nicht getan. Etwas Hartes scharrte ganz in Yoris Nähe über den Felsen, und als sie erschrocken den Kopf wandte, blickte sie direkt in ein Paar funkelnder, bernsteingelber Augen, die sie aus einem starren Reptiliengesicht ansahen. Es war die Smaragdechse, also dasselbe Tier, dem sie den Pfeil aus der Schulter geschnitten hatte, das ihr den kleinen, roten Salamander geschickt – und ihr jetzt erneut das Leben gerettet hatte, als Rongos' Mann hinter ihr her gewesen war.

Yoris Erinnerungen kamen erst in diesem Moment vollständig zurück. Sie fuhr hoch, drehte sich mit einem Ruck herum und unterdrückte im letzten Augenblick einen Schreckensschrei, als sie den reglosen Körper des Kriegers wenige Schritte vor sich liegen sah.

Der Mann war tot. Der Fels, auf dem er lag, war dunkel von seinem Blut und seine Hand umklammerte noch den Griff des Schwertes, das er versucht hatte zu ziehen. Yori bemühte sich vergebens ihren Blick von dem seiner weit geöffneten, starren Augen zu lösen. Etwas Seltsames, Unbekanntes breitete sich in ihr aus, eine Art von Furcht, wie sie sie zuvor noch nie empfunden hatte. Der Mann hatte sie verfolgt und bis hierher gejagt um sie zu töten und eigentlich hätte sie Triumph oder wenigstens Erleichterung empfinden müssen, aber alles, was der Anblick in ihr auslöste, waren Angst und ... ja, beinahe Abscheu.

Mühsam löste sie sich von dem schrecklichen Anblick, setzte sich ganz auf und sah wieder die Echse an.

Das riesige Tier hockte einen knappen Meter neben ihr, reglos wie eine gewaltige, aus Stein gemeißelte Statue. Nur in seinen Augen war Leben.

»Du ... du hast mich gerettet«, sagte Yori. Ihre Stimme klang spröde. »Du hast mir zum zweiten Mal das Leben gerettet. Ich ... ich danke dir.«

Sie kam sich beinahe albern vor, aber sie war fast enttäuscht,

als das Tier nicht antwortete, sondern sie nur weiter stumm mit seinen großen, klugen Augen musterte.
Es war wie beim ersten Mal, draußen am Rand der Wüste. Ihre Blicke trafen sich und wieder hatte Yori das Gefühl eine lautlose Stimme zu vernehmen, Worte, die sie nicht verstehen konnte und die doch irgendetwas in ihr berührten, etwas, das so tief in ihr verborgen lag, dass sie bisher nicht einmal einen Zipfel des Geheimnisses gelüftet hatte. Es waren keine Worte, nicht einmal eine Geste, sondern etwas, für das Yori keinen Ausdruck fand, eine Art der Verständigung, die vollkommen anders war als alles, was sie kannte. Endlose Minuten lang saßen sie nur da, blickten sich an und irgendetwas in Yoris Seele verband sich mit der Seele der Echse.
Schließlich erwachte das Tier mit einem leisen, seufzenden Laut aus seiner Erstarrung, hob den Kopf und begann langsam davonzukriechen. Das Sonnenlicht spiegelte sich auf seiner schuppengepanzerten Haut und ließ smaragdfarbene Blitze um seinen Körper huschen, sodass es aussah, als trüge es einen flimmernden Mantel aus Licht. Kurz bevor es den Felsspalt verließ, wandte es noch einmal den Kopf und blickte Yori an.
Und dieses Mal verstand Yori, was es sagte. Es war dieselbe wortlose Stimme, die sie schon einmal gehört hatte, in der Nacht, als sie fiebernd in ihrem Zelt lag und glaubte sterben zu müssen, und diese Stimme sagte nur einen einzigen Satz:
Meine Schuld ist getilgt, Menschenkind.
Dann ging die Echse.
Yori blickte ihr nach, bis sie in den Schatten der Felsen verschwunden war. Alles in ihr schrie danach, aufzuspringen und dem Tier zu folgen, hinter ihm herzulaufen und ihm all die Fragen zu stellen, die ihr auf der Zunge brannten, aber sie war unfähig sich zu bewegen. Ihre Glieder versagten ihr auch den kleinsten Dienst und selbst das Atmen fiel ihr

schwer. Erst als das Tier verschwunden war, fiel die Lähmung von ihr ab.
Yori hatte plötzlich das Gefühl, erst jetzt tatsächlich zu erwachen. War das alles wirklich geschehen? Ein Blick auf ihre zerschundenen Hände und Füße, der Durst und die Schmerzen in ihren Gliedern und der Körper des toten Kriegers am Eingang der Felsspalte sagten ihr eindeutig, dass alles wahr war und sich so abgespielt hatte, wie sie sich erinnerte, und doch versuchte sie für Augenblicke sich an den Gedanken zu klammern, dass alles nur ein Traum war. Es war unmöglich.
Und doch war es geschehen ...
Yori atmete tief und hörbar ein, stand auf und ging mit zitternden Knien auf den leblosen Krieger zu. Plötzlich hatte sie das Bedürfnis zu rennen, einfach loszulaufen, ganz gleich wohin, nur um von diesem schrecklichen Ort und dem Toten fortzukommen, aber sie kämpfte das Gefühl tapfer nieder, blieb neben dem Toten stehen und bückte sich nach seinem Schwert.
Ihre Hand zitterte, als sie die Waffe aus seinen erstarrten Fingern löste und an sich nahm. Das Schwert war fast so lang wie ihr Arm und sehr schwer und sie kam sich vor wie ein Leichenfledderer, als sie die Waffe unter ihren Gürtel schob und weiterging.
Die Sonne stand hoch am Himmel, fast im Zenit, und Yori begriff mit plötzlichem, neuem Schrecken, dass sie noch länger bewusstlos gewesen sein musste. Und die ganze Zeit über hatte die Echse stumm neben ihr gesessen und über sie gewacht ...
Sie versuchte den Gedanken zu verscheuchen und ging schneller weiter. Die Luft über den Bergen flimmerte vor Hitze und die Schlucht, in der Rongos und seine Männer aufgetaucht waren, lag jetzt im hellen Sonnenlicht da, als sie die Geröllhalde erreichte und stehen blieb.

Von Rongos und seinen Männern war keine Spur mehr zu sehen. Die Schlucht war leer, als wären die zwei Dutzend Männer nicht mehr als ein böser Spuk gewesen und nur der zerbrochene Pfeil auf dem Felsen bewies, dass sie nicht geträumt, sondern alles wirklich erlebt hatte.
Wo waren sie? Rongos musste gemerkt haben, dass der Mann, den er zu ihr heraufgeschickt hatte, nicht zurückgekommen war.
Die Erkenntnis traf sie wie ein Schlag ins Gesicht.
Es gab nur eine einzige Erklärung dafür, dass die Sklavenjäger von ihr abgelassen hatten ...
Yori schrie auf, blickte einen Herzschlag lang aus schreckgeweiteten Augen zum Ende der Schlucht und rannte los. Ihre Füße glitten auf dem losen Geröll der Halde aus; sie fiel, überschlug sich ein paar Mal und sprang wieder auf, fiel wieder hin und schlitterte in einer Lawine aus Steinen und Staub hinab. Ein harter Schlag traf ihre Schulter und ein scharfkantiger Stein schrammte über ihr Gesicht, aber das spürte sie in diesem Augenblick kaum. Sie rutschte weiter, prallte schmerzhaft auf dem felsigen Boden der Schlucht auf und zog den Kopf zwischen die Schultern, als ein Regen von Steinen und Felstrümmern rings um sie niederprasselte. Ohne auf die Gefahr zu achten, in der sie sich befand, sprang sie auf die Füße und rannte los. Sie schrie vor Angst und Schmerz und in den kurzen Pausen, in denen sie Atem schöpfte, lauschte sie verzweifelt auf eine Antwort. Aber es kam keine. Das Tal war still. Still wie ein gewaltiges, steinernes Grab. Yori rannte wie nie zuvor in ihrem Leben. Die Schlucht schien kein Ende zu nehmen, und noch bevor sie die Hälfte hinter sich gebracht hatte, raste ihr Herz, als wolle es zerspringen. Sie bekam kaum noch Luft und ihre Beine schienen mit jedem Schritt schwerer zu werden. Aber sie rannte weiter, lief wie von Sinnen, bis sie das Ende der Schlucht erreicht hatte.

Sie hatte sich auf einiges gefasst gemacht, doch was sie vor sich sah, war viel schlimmer. Tausendmal schlimmer.
Es war ein ungleicher Kampf gewesen, bei dem der Sieger von vornherein festgestanden hatte, aber die Sippe musste sich bis zum letzten Moment gewehrt haben. Der Boden war übersät mit zerbrochenen Waffen und da und dort gewahrte sie große, dunkle Flecken auf dem Stein.
Zwei der Mulis waren tot, getroffen von Pfeilen, die ihr eigentliches Ziel verfehlt hatten, und am anderen Ende des Kampfplatzes lag ein verendetes Pferd, dicht daneben eine verkrümmte, reglose Gestalt in schwarzem Leder – einer der Sklavenjäger, der im Kampf gefallen und von seinen eigenen Leuten wie ein toter Hund einfach liegen gelassen worden war.
Zwei, drei Minuten lang blieb Yori reglos stehen und versuchte das Gefühl eisiger Kälte, das plötzlich in ihr emporkroch, zu verdrängen. Ihre Knie zitterten so stark, dass sie sich einen Moment gegen den Felsen lehnen und Kraft schöpfen musste.
Die Spuren des Kampfes mehrten sich, als sie weiterging: zerbrochene Pfeile, Fetzen von Stoff und Leder, ein aufgeschlitzter Wassersack, ein Büschel Haare, an dem Blut klebte – Yori sah alles mit fast übernatürlicher Klarheit, obwohl sie verzweifelt versuchte, die Augen vor der Wahrheit zu verschließen. Ein durchdringender, süßlicher Geruch hing wie ein Pesthauch in der Luft, und das Geräusch des Windes schien die Grabesstille, die sich über dem Berg ausgebreitet hatte, noch zu betonen.
Dann fand sie die Toten.
Es waren vier – Tura, Andri, Uram und Ferai. Tura war an einer Wunde gestorben, die er sich im Kampf zugezogen hatte, während die drei Frauen von den Sklavenjägern offensichtlich hinter den Felsen geschleift und dort erschlagen worden waren ...

Irgendetwas schien in Yori zu zerbrechen, während sie dastand und auf die bleichen Gesichter der drei Frauen herabsah, mit denen sie am Morgen noch geredet hatte. Sie waren alt und auf dem Sklavenmarkt nicht mehr zu verkaufen und so hatte Rongos sie kurzerhand getötet. Einfach so, dachte Yori bitter, als wären sie Dinge, lebloser Besitz, mit dem er nach Belieben verfahren konnte ... Sie weigerte sich einfach zu glauben, dass Menschen so brutal und mitleidlos sein konnten, obwohl sie es mit einem anderen Teil ihres Denkens längst begriffen hatte. Die Kälte in ihrem Inneren nahm zu, aber es waren jetzt nicht mehr nur Schrecken und Angst, die sie frieren ließen, sondern noch etwas anderes, Neues, etwas, vor dem sie fast selbst erschrak und das doch immer stärker wurde. Ohne dass sie es überhaupt merkte, legte sich ihre Hand um den Griff des erbeuteten Schwertes und drückte zu, so fest, dass es wehtat.
Als sie sich umdrehte, wuchs ein Schatten zwischen den Felsen empor und vertrat ihr den Weg. Yori stieß einen kleinen, erschrockenen Schrei aus, prallte instinktiv zurück und zog das Schwert halb aus dem Gürtel, ehe sie die Gestalt erkannte.
Es war Beren. Aber wie hatte er sich verändert! Die Ärmel seines hellbraunen Jagdgewandes waren zerrissen und sein linker Arm hing steif und nutzlos herab. Sein Gesicht war über und über mit Schmutz und Blut verschmiert und in seinem Blick war ein unheimliches Flackern wie bei einem Wahnsinnigen. Seine rechte Hand umklammerte einen Dolch. Sein Atem ging keuchend und stoßweise, als wäre er bis zur totalen Erschöpfung gerannt.
»Beren!«, rief Yori mit einer Mischung aus Erleichterung und Schrecken. »Du lebst! Den Göttern sei Dank!«
Beren taumelte. Seine Hand fuhr mit einer haltlosen, rudernden Bewegung durch die Luft; der Obsidiandolch entglitt seinen Fingern und zerbrach auf dem Boden. Yori trat

erschrocken auf Beren zu, blieb aber wieder stehen, als er zurückprallte und nach ihr schlug.
Der Blick seiner Augen schien geradewegs durch sie hindurchzugehen und es war ein Ausdruck von Furcht und Grauen darin, der Yori abermals frösteln ließ. Er schien sie überhaupt nicht zu erkennen. »Beren!«, wiederholte sie verwirrt. »Ich bin es – Yori! Erkennst du mich nicht?«
Beren stöhnte. »Geh weg«, keuchte er. »Geh ... geh weg!«
»Aber ich bin es doch, Yori!«, sagte Yori verzweifelt. »Beren, was ist denn nur geschehen? Erkennst du mich denn nicht mehr?«
Wieder versuchte Beren nach ihr zu schlagen, als sie auf ihn zutrat, aber diesmal wich Yori nicht zurück, sondern fing sein Handgelenk mit einer geschickten Bewegung auf, hielt es fest und versetzte ihm mit der anderen Hand einen leichten Schlag ins Gesicht. Beren schrie auf, krümmte sich wie unter Schmerzen, fiel auf die Knie und begann haltlos zu schluchzen.
Aber sein Blick war klar, als er den Kopf hob und Yori ansah. »Yori!«, wimmerte er. »Du lebst! Du ... ich dachte, sie hätten dich auch getötet, und ... und dann ... sie sind gekommen und ...« Er stammelte, verbarg das Gesicht in den Händen und begann erneut zu schluchzen.
Yori ließ sich vor ihm auf die Knie sinken. Beren weinte hemmungslos und laut, und ohne dass es Yori zuerst merkte, füllten sich auch ihre Augen mit Tränen. Plötzlich warf sie sich vor, klammerte sich an Beren und presste sich an ihn, so fest sie konnte. Zorn und Verzweiflung verschwanden und das Einzige, was sie jetzt noch fühlte, war Schmerz, ein grenzenloser, tiefer Schmerz von nie gekannter Intensität. Minutenlang saßen sie so da, allein gelassen, einer an den anderen geklammert, und weinten, dann löste sich Beren behutsam aus Yoris Umarmung, schob sie ein kleines Stück von sich fort und fuhr sich mit der Hand über das Gesicht.

»Ich ... ich dachte, du wärst tot«, hauchte er. Er weinte noch immer, aber er tat es jetzt lautlos. Die Tränen malten bizarre Spuren in den Schmutz auf seinem Gesicht.
»Einer von Rongos' Männern hat mich gejagt«, antwortete Yori. Das Sprechen bereitete ihr Mühe. In ihrem Hals saß ein bitterer, schmerzender Kloß und die Tränen, denen sie einmal freien Lauf gelassen hatte, hörten jetzt nicht mehr auf zu fließen. Sie hatte immer gedacht, dass Weinen erleichterte, aber das tat es nicht. Nicht jetzt. Trotzdem konnte sie nicht aufhören. »Ich ... bin ihm entkommen, aber ich war bewusstlos, bis ... bis gerade«, fuhr sie stockend fort. »Was ... was ist geschehen?«
Ein Schatten huschte über Berens Gesicht. »Wir haben gekämpft«, antwortete er dumpf. »Wir haben uns gewehrt, aber sie waren ... zu viele. Tura haben sie erschlagen und Berg und Irco sind schwer verwundet worden. Mich haben sie liegen gelassen, weil sie glaubten, ich wäre tot. Aber ich war nur bewusstlos.«
Er sprach nicht weiter. Sein Gesicht zuckte, als die Bilder, die er gesehen hatte, noch einmal vor seinen Augen abliefen.
»Und ... die anderen?«, fragte Yori.
»Die meisten sind verletzt«, antwortete Beren. »Aber nicht schwer.« Er lachte bitter und wieder liefen Tränen aus seinen Augen. »Diese Teufel haben darauf geachtet, keinen zu schwer zu verwunden«, sagte er. »Schließlich wollen sie sie verkaufen und ein verletzter Sklave hat weniger Wert.« Sein Blick heftete sich auf die leblosen Körper von Tura und der drei alten Frauen, und als er weitersprach, war der Schmerz aus seiner Stimme verschwunden und hatte einem neuen, harten Klang Platz gemacht. »Ich werde sie töten, Yori. Ich werde ihnen folgen und sie umbringen, jeden einzeln, wenn es sein muss.«
Yori schwieg. Berens Worte ließen sie schaudern. Noch vor wenigen Augenblicken hatte sie ebenso gedacht, und wäre

vorhin nicht er, sondern einer der Sklavenjäger hinter ihr aufgetaucht, dann hätte sie wahrscheinlich das Schwert gezogen und versucht ihn zu töten. Aber jetzt, als sie Berens Worte hörte und in sein verdrecktes, vom Weinen gerötetes Gesicht blickte, wusste sie plötzlich, wie falsch dieser Gedanke gewesen war.
»Weißt du, wohin sie gegangen sind?«, fragte sie.
Beren nickte. »Zurück«, antwortete er. »Ich habe gehört, wie Rongos zu einem seiner Männer sagte, dass sie zurück zur Höhle wollten um ihre Wasservorräte aufzufrischen. Und dann weiter nach Osten, zurück nach Muurhat. Zum Sklavenmarkt.« Er starrte sie an, blickte einen Moment auf das Schwert in ihrem Gürtel und ballte die Faust. »Aber so weit werden sie nicht kommen«, sagte er leise. »Es ist ein weiter Weg bis Muurhat und ich werde ihnen folgen.«
»Und dann?«, fragte Yori leise. Sie wusste, wie sinnlos es war, in diesem Moment mit Beren zu reden, aber sie tat es trotzdem. Sie waren Kinder, obwohl sie in der Sippe wie Erwachsene behandelt worden waren und beinahe auch so gelebt hatten, und sie konnten nicht gegen zwanzig Krieger kämpfen. Nicht einmal gegen zwei. »Was willst du dann tun?«, fragte sie.
»Sie befreien!« antwortete Beren zornig. »Meinen Vater und deine Mutter und die anderen befreien, Yori. Ich lasse nicht zu, dass sie wie Tiere auf dem Markt feilgeboten und verkauft werden! Ich werde kämpfen!«
»Du weißt, dass du das nicht kannst«, sagte Yori sanft. »Du würdest alles nur schlimmer machen.«
»Und was soll ich tun?«, schnappte Beren. Seine Stimme bebte; er schrie fast. »Vielleicht weggehen und so tun, als wäre nichts geschehen? Ich werde kämpfen, Yori, und wenn du mir nicht dabei helfen willst, dann gehe ich eben allein. Es ist ein sehr weiter Weg bis in den Osten. Sie sind fremd hier und kennen die Wälder und Steppen in diesem Teil des

Landes noch weniger als ich. Ich werde es tun, und wenn es das Letzte ist, was ich tue! Diese Mörder haben meine Mutter umgebracht und ich will, dass sie dafür bezahlen!«
»Indem du sie tötest?« Yori schüttelte sanft den Kopf. Sie sah, dass Beren ihre Worte gar nicht hörte, aber sie sprach trotzdem weiter: »Sei vernünftig, Beren. Wir leben beide nur noch, weil wir Glück gehabt haben. Du ...«
Beren unterbrach sie mit einer wütenden Bewegung und stand auf. Sein Gesicht flammte vor Zorn. »Du musst mir nicht helfen«, erklärte er eisig. »Ich kann auch allein gehen. Ich brauche keine Hilfe. Von niemandem. Bleib doch, wenn du Angst hast!«
Yori seufzte. »Ich will dir ja helfen, Beren«, beteuerte sie. »Aber nicht so. Was du vorhast, ist falsch. Falsch und unmöglich. Wir sind nur zwei, und selbst wenn wir mehr wären, könnten wir deinen Vater und die anderen nicht mit Gewalt befreien.«
»Weißt du eine bessere Lösung?«, fragte Beren zornig.
Yori stand ebenfalls auf, sah ihn einen Herzschlag lang ernst an und blickte dann an ihm vorbei zu den Felsen hinauf. Sie war nicht ganz sicher, aber für einen winzigen Moment glaubte sie, einen smaragdgrünen Blitz zwischen den grauen Steinen zu erkennen.
»Vielleicht«, flüsterte sie. »Vielleicht weiß ich eine Lösung.«
Beren sah sie misstrauisch an. »Was meinst du damit?«, fragte er. Statt zu antworten zog Yori das Schwert aus dem Gürtel und reichte es ihm. »Nimm«, sagte sie, als Beren zögerte nach der Waffe zu greifen. »Du kannst es besser brauchen als ich.«
Beren nahm das Schwert langsam an sich, drehte es ein paar Mal in den Händen und sah sie wieder an. »Was hast du vor?«, fragte er.
»Ich ... ich weiß es selbst nicht genau«, murmelte Yori. »Vielleicht ... vielleicht haben wir eine Chance, aber wenn, dann ...« Sie brach ab, atmete hörbar ein und sah Beren dann

fest in die Augen. »Geh zurück zur Höhle, Beren«, sagte sie mit veränderter Stimme. »Folge ihnen, aber versprich mir nichts Unüberlegtes zu tun. Gib mir zwei Tage Zeit.«
»Wozu?«, fragte Beren.
»Bitte, versprich es mir«, bat Yori ohne auf seine Frage zu antworten. »Versuche nicht mir zu folgen, sondern geh zurück. Bleibe auf ihrer Spur und behalte sie im Auge, aber unternimm nichts. Nicht vor morgen Abend.« Es fiel ihr schwer weiterzusprechen, und als sie es tat, erschrak sie fast selbst vor ihren Worten. »Wenn ich ... wenn ich bis dann nicht zurück bin, dann tu, was du willst«, schloss sie stockend. Beren starrte sie an, aber Yori wartete nicht, bis er eine weitere Frage stellen konnte, sondern wandte sich rasch um und lief mit ausgreifenden Schritten auf die Stelle zu, an der sich das Licht der Sonne auf smaragdgrünem Horn gebrochen hatte.

Die Sonne war höher gestiegen und sandte ihre sengenden Strahlen jetzt nahezu senkrecht vom Himmel. Es war heiß, unerträglich heiß. Der Felsen unter Yoris Füßen glühte und die Luft war so trocken, dass ihre Kehle bei jedem Atemzug schmerzte. Yori wusste längst nicht mehr, wo sie war, und sie hätte den Rückweg nicht einmal dann gefunden, wenn sie noch die Kraft dazu gehabt hätte. Sie war höher in die Berge gestiegen, vielleicht höher als jemals ein Mensch vor ihr, und das Tal war hinter ihr zurückgefallen und zu einem Teil der bizarren Landschaft aus Hitze und Steinen geworden, durch die sie sich schleppte. Ein paar Mal war ihr übel vor Schwäche und Durst geworden und sie hatte sich auf einen Felsen gesetzt und wenige Augenblicke ausgeruht, aber nur, bis sie wieder in der Lage war aufzustehen und weiterzugehen. Ihr Verstand hatte sie die Hoffnung – wenn es überhaupt eine gewesen war – längst aufgeben lassen, aber irgendetwas in ihr trieb sie weiter und brachte sie dazu, immer wieder neue, verborgene Kräfte zu mobilisieren, wenn sie glaubte nicht weiterzukönnen. Was sie weitertrieb, war nicht viel mehr als der Instinkt eines Tieres, eines verwundeten Tieres, der ein Wesen sich auch dann noch weiterschleppen ließ, wenn schon längst keine Hoffnung mehr bestand.

Vor Yori lag eine Spalte, eine kaum meterbreite, gezackte Vertiefung im Boden, die sie unter normalen Umständen mit einem Schritt überwunden hätte. Aber jetzt, geschwächt und müde, wie sie war, schien sie ihr zu einem unüberwindbaren Hindernis zu werden. Sie blieb stehen, fuhr sich mit der Zunge über die rissigen, aufgesprungenen Lippen und versuchte Kraft für den Sprung zu sammeln. Es fiel ihr schwer, unendlich schwer. Ihre Beine schienen Zentner zu wiegen und Himmel und Berge begannen sich vor ihren Augen zu drehen und einen wilden, unkontrollierten Tanz aufzuführen. Yori wankte, atmete hörbar und mühsam ein und legte alle Kraft, die ihr verblieben war, in diesen einzigen Schritt.

Sie schaffte es, aber als sie den Spalt überwunden hatte, gaben ihre Knie endgültig nach und sie fiel nach vorne. Sie versuchte den Sturz mit den Händen aufzufangen, aber ihr Körper wog mit einem Male Tonnen. Ein stechender Schmerz zuckte durch ihre Handgelenke; sie stürzte, prallte mit der Stirn gegen einen Stein und blieb einen Moment benommen liegen, ehe es ihr gelang die schwarzen Schleier vor ihren Augen zu vertreiben.

Als sie den Blick hob, saß die Echse vor ihr. Sie erschien Yori viel größer als zuvor und das grellweiße Licht der Sonne umgab ihren Körper jetzt wirklich mit einem Mantel aus smaragdfarbenen Blitzen. Yori versuchte sich hochzustemmen, aber sie hatte keine Kraft mehr und sank erschöpft zurück. Die Echse kam mit einer schlängelnden Bewegung näher. Ihr geschupptes Maul war nur wenige Zentimeter vor

Yoris Gesicht und in den bernsteinfarbenen Augen stand eine Mischung aus Sorge und Tadel geschrieben.
Was willst du, Menschenkind? fragte sie in Yoris Gedanken. *Warum folgst du mir und bringst dein eigenes Leben dabei in Gefahr?*
Yori wollte antworten, aber ihre Stimme versagte ihr den Dienst und vor ihren Augen begannen wieder schwarze und graue Schleier zu tanzen. Sie spürte, wie der Sog der Bewusstlosigkeit stärker wurde, einer Bewusstlosigkeit, die in den endlosen Schlaf übergehen würde, wenn sie ihr nachgab.
Die Echse kam noch näher. Ihre Zunge tastete wie eine streichelnde Hand über Yoris Wangen, berührte ihre geschlossenen Augenlider und fuhr über ihre Stirn und die Schläfen.
Die Berührung war auf sonderbare Weise wohltuend. Die Schmerzen und der unerträgliche Durst vergingen und Yori verspürte eine seltsam wohltuende Wärme in ihren Gliedern. Das Gefühl hielt nur einen kurzen Moment an, aber als der Durst und die Schwäche wiederkamen, waren sie längst nicht mehr so schlimm wie zuvor und Yori hatte wenigstens die Kraft sich aufzusetzen und zu sprechen.
»Ich ... danke dir«, sagte sie. »Ohne deine Hilfe wäre ich gestorben.«
Nicht zum ersten Mal, antwortete die Echse. *Doch täusche dich nicht. Ich habe nur die verborgenen Kräfte deines eigenen Körpers geweckt, aber sie werden nicht lange vorhalten. Warum folgst du mir? Du wirst sterben, wenn du nicht zurückgehst. Dies hier ist meine Welt. Du kannst in ihr nicht leben, so wenig wie ich in deiner. Was willst du?*
»Deine Hilfe«, murmelte Yori fast unhörbar. Warum fiel es ihr plötzlich so schwer zu sprechen? Sie hatte sich auf dem Weg hierher jedes Wort zurechtgelegt, das sie sagen wollte, jeden einzelnen Satz, jede Silbe hundertmal überlegt. Aber plötzlich war alles wie weggewischt. Sie fühlte sich leer und

ausgebrannt und war nur noch verzweifelt. »Ich ... ich bin gekommen, um dich um Hilfe zu bitten«, flehte sie. »Noch einmal.«
Ich sagte dir, dass meine Schuld getilgt ist, antwortete die Echse. *Ich schuldete dir ein Leben, Menschenkind, und du hast es bekommen. Mehr als einmal.*
»Ich weiß«, flüsterte Yori. Ihre Augen brannten, aber es waren nicht allein die Hitze und das grelle Licht. »Ich weiß, dass ich nichts fordern kann«, fuhr sie fort. »Du hast mehr getan, als du hättest tun müssen, und ich ... ich ...« Sie brach ab, ballte in hilfloser Verzweiflung die Fäuste und sah die Echse aus tränenerfüllten Augen an. »Bitte, hilf mir«, flehte sie. »Hilf mir noch ein einziges Mal und ich werde tun, was immer du verlangst. Die ... die Sklavenjäger haben meine Familie gefangen und ... und ...«
Und du willst, dass ich dir helfe sie zu befreien. Ist es das, weswegen du gekommen bist?
Yori nickte. Sie wollte etwas sagen, aber sie konnte es nicht. Ihre Kehle war wie zugeschnürt.
Selbst wenn ich es wollte, Menschenkind, was könnte ich tun? sagte die Echse sanft. *Ich bin nur ein Tier. Soll ich gegen Menschen eures Volkes kämpfen?*
»Du bist nicht nur ein Tier!«, widersprach Yori verzweifelt. »Wenigstens kein gewöhnliches. Du bist anders als die anderen Tiere. Du ... du bist ... du bist ein Drache. Du bist eine vom alten Volk der Drachen.«
So hast du es also erkannt, erwiderte die Echse. In ihrer Stimme war keine Spur von Überraschung, sondern nur ein Klang, als hätte sie endlich etwas gehört, worauf sie schon lange gewartet hatte. *Ich sehe, dass ich mich nicht in dir getäuscht habe.* Sie schwieg einen Moment, bewegte sich scharrend zur Seite und blieb so sitzen, dass Yori im Schatten ihres gewaltigen Körpers lag. *Du hast Recht, Menschenkind,* fuhr sie fort. *Ich bin kein gewöhnliches Tier, so wenig wie du*

ein gewöhnlicher Mensch bist. Es war kein Zufall, dass wir uns getroffen haben. Ich habe dich gesucht.
»Mich?«, murmelte Yori verwirrt.
Dich oder jemanden wie dich, das bleibt sich gleich.
»Dann sind die alten Legenden wahr?«, fragte Yori. »Es sind nicht nur Märchen, die man den Kindern erzählt?«
Es sind Legenden, doch jede Legende besitzt einen wahren Kern. Es gab eine Zeit, kleines Menschenkind, in der die Menschen und die Drachen als Freunde auf dieser Welt lebten, ein jeder als Herrscher über seinen Teil. Es ist wahr, doch es ist lange her. So lange, dass die Erinnerung aus den Herzen der Menschen gewichen ist und sie den Glauben daran verloren haben. Sie halten es für ein Märchen und erzählen es ihren Kindern um sie zu erfreuen. Aber manchmal, vielleicht nur einmal in tausend Jahren, wird noch ein Mensch geboren, der die Gabe hat, die Sprache der Tiere zu verstehen. Einer vom alten Volk.
»Du meinst, ich ... ich wäre ... ich sollte ...«, stotterte Yori.
Das Blut der Drachenreiter fließt in deinen Adern, Menschenkind, sagte die Echse ruhig. *Du und ich, wir sind gleich. Nicht nur ich bin anders als die anderen, auch du bist es. Du bist wie ich – Wesen eines Volkes, das vor Ewigkeiten unterging. Es ist die Wahrheit. Erforsche deine Seele und du wirst es erkennen.*
»Aber ... warum?«, flüsterte Yori verstört.
Warum? Es gibt keinen Grund. Die Natur kennt kein Warum und die Wege des Schicksals sind oft rätselhaft. Vielleicht gibt es einen Grund, dass ich all die Jahrtausende gewartet habe und dass manchmal ein Mensch wie du geboren wird, doch wenn, so ist er mir bisher verborgen geblieben. Glaube übrigens nicht, dass du besser bist als deine Brüder und Schwestern, nur weil du anders bist. Du kannst nichts für deine Gabe. Sie wurde dir geschenkt und es gibt darum keine Rechte, die du daraus ableiten könntest, vergiss das niemals.

»Dann bist du wirklich ein Drache?«, murmelte Yori. »Einer aus dem alten Volk der Drachen?« Es war keine Frage. Im Grund hatte sie es die ganze Zeit über gewusst, nur war dieses Wissen irgendwo tief in ihr verborgen gewesen und ihrem bewussten Denken verschlossen. Sie hatte es gespürt, im selben Augenblick, als sie zum ersten Mal in die Augen dieses gewaltigen, prachtvollen Tieres geblickt hatte. Und sie hatte auch die Verwandtschaft gefühlt, das unsichtbare, mit Worten nicht zu beschreibende Etwas, das sie miteinander verband. Das ihre *Schicksale* miteinander verband. Untrennbar verband.

»Du bist ihre Königin«, murmelte sie. »Du ... du hast den Salamander geschickt, damit er mir hilft, und ...«

Und er gab sein eigenes Leben, um das deine zu retten, unterbrach die Echse sie. *Du hast Recht – es steht in meiner Macht, über meine Brüder und Schwestern zu gebieten, aber es steht nicht in meiner Macht, ihre Leben zu opfern, wie es mir beliebt. Ich kann dir nicht helfen.*

Yori stöhnte vor Enttäuschung und Hilflosigkeit, aber gleichzeitig wusste sie auch, dass die Echse Recht hatte. Sie konnte nicht von ihr verlangen, ihre Brüder und Schwestern zu opfern, um *Menschen* zu retten.

Die Echse berührte sie sanft mit dem Maul an der Schulter, als fühle sie ihren Schmerz und wolle ihn so lindern. *Du musst das verstehen, Menschenkind,* sagte sie traurig. *Wäre es umgekehrt, würdest du auch nicht anders handeln. Und selbst wenn ich es wollte, könnte ich es nicht. Wir sind nicht mehr viele. Wir könnten nicht gegen die Männer kämpfen, die deine Familie verschleppt haben, selbst wenn wir es wollten.*

»Aber du musst mir helfen!«, rief Yori verzweifelt. Sie wusste genau, dass es sinnlos war, dass sie etwas Unmögliches verlangte, und trotzdem sprach sie weiter: »Sie werden sie töten, Echse, töten oder ... oder als Sklaven verkaufen und ...« Sie brach ab, sank kraftlos nach vorne und begann wieder zu weinen, lautlos und mit einem Gefühl qualvoller, immer stärker werdender Hilflosigkeit.

Plötzlich hörte sie auf zu weinen, richtete sich auf, wischte mit der Hand die Tränen vom Gesicht und sah die Echse fest an.

«Es gibt eine Möglichkeit«, sagte sie. »Wenn du wirklich die Königin der Drachen bist und über sie gebietest, dann gibt es einen Weg.« Der Blick der goldgelben Reptilienaugen wurde hart. *Willst du das wirklich?* fragte die Echse. *Ich habe befürchtet, dass du dieses Ansinnen stellen würdest, aber gehofft, dass du es lassen würdest.* Yori wollte antworten, aber die Echse ließ sie nicht zu Wort kommen. *Du weißt es nicht, aber das Volk der Drachenreiter ging unter, weil es seine Grenzen nicht mehr kannte und nach dem Unmöglichen trachtete, Menschenkind, und vielleicht wird einst auch dein jetziges Volk den gleichen Weg gehen, wenn es nicht lernt, Gewalt und Hass aus seinem Herzen zu vertreiben. Willst du wirklich, dass es wieder so wird wie damals? Willst du die Gewalt, die den Untergang unserer Völker heraufbeschwor, wieder in die Welt hinaustragen?*

»Nein«, flüsterte Yori. »Aber ich kann auch nicht zulassen, dass meine Familie verschleppt wird. Ich ... ich werde tun, was immer du willst, hinterher. Töte mich, wenn du glaubst, dass ich ... dass ich meine Gabe falsch nutze, aber hilf mir.« *Du dummer, kleiner Mensch,* sagte die Echse sanft. *Wie viele haben schon geglaubt, die Kräfte des Bösen nur einmal entfesseln zu können um sich ihrer zu bedienen, und sie alle sind daran zugrunde gegangen. Du kannst das Böse nicht einfach benutzen, um Böses zu bekämpfen, denn es liegt in seiner Natur, die zu zerstören, mit denen es zusammenkommt.*

»Dann sei du mein Wächter!«, bat Yori. »Bleib in meiner Nähe und ... und töte mich meinetwegen, wenn du spürst, dass ich beginne die Kontrolle zu verlieren.«

Du sprichst sehr leichtfertig vom Töten, Mensch, sagte die Echse. *Und selbst, wenn ich es wollte, könnte ich es nicht. Nicht, wenn das Böse einmal die Herrschaft über dich errungen hat.*
»Das wird es nicht!«, entgegnete Yori überzeugt. »Ich weiß es. Ich bin stark genug, um ...«
Nur die allerwenigsten sind stark genug um sich selbst zu besiegen, unterbrach die Echse sie.
»Ich bin es«, sagte Yori. »Ich muss es einfach sein. Bitte! Bitte, hilf mir!«
Die Echse sah sie lange an und wie schon einmal hatte Yori das Gefühl, von dem Blick ihrer Augen bis auf den tiefsten Grund ihrer Seele durchdrungen zu werden.
Ich glaube fast, du könntest es, sagte die Echse schließlich. *Aber du bist es, die die letzte Entscheidung fällen muss. Wenn du glaubst, stark genug zu sein, dann werde ich dir helfen. Aber wenn du ihm gegenüberstehst, bist du allein. Keine Macht der Welt kann dir helfen, denn du wirst gegen dich selbst kämpfen müssen. Glaubst du, dass du stark genug bist? Glaubst du das wirklich?*
»Ich glaube es«, antwortete Yori fest.
Dann folge mir.

Die Fackeln bewegten sich wie ein Zug großer, roter Leuchtkäfer durch die Nacht und mit dem Wind, der sich gedreht hatte und nun direkt in Yoris Richtung blies, wehten die gedämpften Geräusche einer großen Anzahl von Menschen und Tieren heran. Es war dunkel geworden, schon vor Stunden, und mit der Nacht war ein Hauch von Kühle gekommen. Trotzdem war der Fels noch immer so heiß, dass es Yori unmöglich war länger als ein paar Augenblicke reglos auf derselben Stelle zu liegen und sie sich immer wieder hin und her bewegte.
Die Sklavenjäger und ihre Gefangenen waren nicht mehr

sehr weit von ihrem Ziel, der Höhle, entfernt – kaum eine Stunde, wenn sie ihr Tempo beibehielten – und Yori beobachtete sie schon eine ganze Weile, hielt jedoch einen respektvollen Abstand zu ihnen – und vor allem den Hunden. Solange der Wind gegen sie stand, bestand zwar kaum die Gefahr, dass die Tiere ihre Witterung aufnahmen, aber Yoris Respekt vor den riesigen, schwarzen Bluthunden war doch gewaltig und sie war lieber ein bisschen zu vorsichtig. Überdies bestand kaum die Gefahr, die Spur der Sklavenjäger zu verlieren. Sie hatte den besten Führer, den sie sich nur wünschen konnte.
»Wie lange dauert es noch?«, fragte sie leise.
Einer der schwarzen Schatten hinter ihr bewegte sich raschelnd; Mondlicht spiegelte sich auf glänzenden Schuppen und in großen, bernsteinfarbenen Augen. Die Echse hatte sie auf verborgenen Pfaden hierher geführt, wie sie es versprochen hatte, und es waren Wege gewesen, die schneller und einfacher zu gehen waren als die, die die Reiter und ihr Tross nehmen mussten. Sie hatte Yori auch zu verborgenen Wasserstellen geführt, sodass sie ihren Durst löschen konnte und das Gehen nicht mehr ganz so mühsam war. Die Berge waren nicht tot, ganz und gar nicht. Während des vergangenen Tages hatte Yori begriffen, dass sie eine eigene, völlig in sich geschlossene Welt bildeten, in der es Nahrung und Wasser in Hülle und Fülle gab. Man musste nur wissen, wo man danach zu suchen hatte.
Nicht mehr lange, wisperte die Stimme der Drachenkönigin in ihren Gedanken. *Er hat meinen Ruf vernommen. Der Bergdrache kommt.* Ein schwacher Schimmer von Furcht machte sich in Yori breit, als sie die Worte hörte. Für einen Moment suchte sie die samtene Dunkelheit hinter sich mit Blicken ab, jederzeit darauf gefasst, einen gigantischen, schwarzen Schatten auftauchen zusehen. Aber da war nichts. Sie war allein mit der Echse.

Geduld, Yori. Er wird kommen. Du darfst keine Angst haben.
Yori nickte. Keine Angst ... Das war leicht gesagt. Am Mittag, als sie oben in den Bergen mit der Echse gesprochen hatte, da hatte sie auch wirklich geglaubt, ihre Furcht bezwingen zu können. Jetzt war sie gar nicht mehr so sicher.
Sie wandte sich wieder um, rutschte auf der glatten Oberfläche des Felsens in eine bequemere Position und blinzelte zu der Kette flackernder roter Lichter hinüber, die sich in einer durchbrochenen, vielfach gewundenen Schlangenlinie den Hang hinunter und auf sie zu bewegte. Der Wind trug das Geräusch von Hufschlägen und das heisere Bellen eines Hundes zu ihr.
Du bist wirklich entschlossen es zu tun? fragte die Echse. Yori sah auf und musterte sie wortlos. Es war nach langer Zeit das erste Mal, dass die Echse von sich aus das Wort ergriff – sie hatten während des gesamten Weges hierher geredet und Yori hatte viel über das Volk der Drachen und die Zeit der Drachenreiter erfahren, viel mehr, als sie richtig verstehen konnte, aber die Echse hatte niemals von sich aus gesprochen, sondern stets nur geantwortet, wenn Yori ihr eine Frage gestellt hatte. Und sie hatte längst nicht alle Fragen beantwortet. *Noch ist Zeit es dir zu überlegen. Wenn du ihm gegenüberstehst, ist es zu spät, Menschenkind.* Ein bitterer Geschmack breitete sich auf Yoris Zunge aus. Angst. Sie hatte Angst, panische Angst und allein der Gedanke an das, was sie tun wollte, ließ alles in ihr rebellieren. Aber sie durfte keine Angst haben. Wenn sie Furcht zeigte – oder auch nur spürte –, würde er sie töten.
Sie nickte. »Ich muss es tun«, murmelte sie.
Ich weiß, erwiderte die Echse. Ihre Stimme klang traurig. *Du bist sehr mutig, Menschenkind, und das ist gut so. Er wird deine Seele erforschen, und nur wenn du wirklich stark bist, wird er dir gehorchen.* Yori antwortete nicht und auch die Echse sprach nicht weiter. Was zu sagen war, war längst

gesagt worden, und alles, was ihr jetzt noch zu tun blieb, war zu warten.

»Weißt du, wo ... Beren ist?«, fragte sie nach einer Weile.

Die Echse antwortete nicht und Yori spürte, wie sie mit Sinnen, die den Menschen auf immer verschlossen und rätselhaft bleiben mussten, in die Nacht hinaus lauschte. Seit sie zusammen waren, ging eine seltsame Veränderung mit Yori vor: Sie fühlte sich mit jedem Augenblick stärker mit dem gewaltigen Tier verbunden und sie spürte seine Nähe jetzt nicht nur, wenn sie es sah oder mit ihm redete.

Er ist nicht weit von hier, sagte die Echse nach einer Weile. *Er hat sich verborgen und wartet ein kleines Stück des Weges vor uns. Sein Herz ist voller Zorn. Das ist nicht gut.*

Yori überlegte einen Moment. Sie war nicht überrascht, dass Beren die Sklavenjäger eingeholt hatte – allein und voller Hass, wie er war, würde er keine Rücksicht mehr auf sich selbst nehmen. Und sie war nicht sicher, ob er das Versprechen, das er ihr gegeben hatte, auch wirklich halten würde.

»Kannst du mich zu ihm bringen?«, bat sie.

Ja. Folge mir.

Die Echse huschte davon und verschmolz mit der Nacht, aber Yori musste sie nicht sehen, um zu wissen, wo sie war. Lautlos erhob sie sich und folgte ihr trotz der Dunkelheit so sicher, als wäre es heller Tag. Sie wandten sich ein kurzes Stück nach Osten, dann in die entgegengesetzte Richtung, direkt auf die Reiter und ihre Gefangenen zu. Nach einer Weile blieb die Echse stehen und wartete, bis Yori neben sie getreten war.

Beren ist hier, bemerkte sie. *Direkt hinter jenen Felsen. Seine Gedanken sind voller Hass und Gewalt. Schick ihn fort.*

Plötzlich glaubte Yori einen neuen, nervösen Klang in den Worten der Echse zu hören. Irgendwo in ihrer Nähe, hinter und über ihr, knackte etwas; ein Laut, als stöhne der Fels unter einem ungeheuren Gewicht. Yoris Herz begann zu

rasen. Sie widerstand im letzten Augenblick der Versuchung sich umzudrehen und in die Dunkelheit zu starren.
Schick ihn fort, drängte die Echse noch einmal und jetzt war Yori sicher, Furcht in ihrer Stimme zu hören. *Rasch, ehe es zu spät ist! Der Bergdrache kommt!*
Yori nickte, ging mit schnellen Schritten um die Echse herum und trat gebückt zwischen den Felsen hindurch, die sie ihr bezeichnet hatte. Beren war da, wie die Echse gesagt hatte. Er hockte geduckt im Schutze eines gewaltigen Steinbrockens, der messerscharfe Kanten aufwies, starrte gebannt nach Westen und umklammerte das Schwert, das Yori ihm gegeben hatte, mit beiden Händen. Als er ihre Schritte hörte, fuhr er erschrocken herum und verkrampfte sich.
»Beren!«, sagte Yori hastig. »Du musst fort. Schnell!«
»Yori?« Berens Blick flackerte und es war dasselbe unheimliche Feuer in seinen Augen, das sie früher am Tag schon einmal gesehen und sie so erschreckt hatte. Er musste halb wahnsinnig vor Durst und Erschöpfung sein, wenn er den ganzen Tag über gelaufen war, um hierher zu kommen. »Wo kommst du her? Wo warst du?«
»Jetzt ist keine Zeit dir alles zu erklären«, sagte Yori hastig. Sie trat zu ihm, drückte seine Hand mit dem Schwert herunter und deutete mit einer Kopfbewegung nach Osten, in die Richtung, in der die Höhle lag. »Geh!«, sagte sie. »Ich flehe dich an, Beren, geh. Schnell! Lauf weg, so schnell du kannst!«
Beren streifte ihre Hand mit einer wütenden Bewegung ab, trat einen Schritt zurück und funkelte sie zornig an. »Was soll das?«, fragte er. »Wo kommst du her und was ...«
»Bitte, Beren, frag jetzt nicht!«, unterbrach Yori ihn. »Du musst weg. Du ... du hast mir versprochen, vorerst nichts zu tun, und ich flehe dich an, halte dein Versprechen oder wir werden alle sterben.«
Einen Herzschlag lang musterte Beren sie aus brennenden Augen.

Trotz der Dunkelheit sah Yori, wie erschöpft und müde er war. Selbst wenn er ihre Worte vernahm, war er wahrscheinlich kaum noch in der Lage klar zu denken.
»Was redest du da?«, fragte er. »Du gehst, bleibst stundenlang weg und kommst wieder, ohne ein Wort der Erklärung, und jetzt verlangst du, dass ich die Sippe im Stich lasse und gehe?« Er lachte krächzend. »Du musst von Sinnen sein, Yori. Ich werde hier warten, bis sie heran sind, und dann werde ich diesen Teufel Rongos aus dem Sattel schießen, und wenn es das Letzte ist, was ich tue!«
Yori rang verzweifelt die Hände. »Bitte, Beren«, flehte sie. »Frag jetzt nicht, sondern ...«
Zu spät, Menschenkind, flüsterte die Echse in Yoris Gedanken. *Der Bergdrache ist da.*
Yori fuhr mit einem halb unterdrückten Schreckenslaut herum. Auf dem Felsen über ihr war ein massiver, im sanften Sternenlicht dunkelgrün schimmernder Schatten erschienen. Yori spürte die Erregung der Echse.
»Was ... was ist das?«, krächzte Beren. »Das ist doch ...«
Yori fuhr entsetzt herum. »*Flieh!*«, schrie sie. »*Bei den Göttern, Beren, lauf weg!*«
Aber es war zu spät. Ein dunkles Mahlen und Knirschen drang durch die Nacht, als Steinbrocken und Felsen unter tonnenschwere Panzerplatten gerieten und zermalmt wurden. Der Schatten der Smaragdechse verschwand und machte einem anderen, gigantischen, schwarzen Etwas Platz.
Beren schrie, aber seine Stimme ging in einem ungeheuren Grollen unter, als sich der Bergdrache hinter dem Felsen erhob und mit einer schwerfälligen Bewegung zu seiner vollen Größe aufrichtete.
Es war, als wäre die Nacht lebendig geworden. Er war groß, ungeheuer *groß,* ein Gigant aus lebender Schwärze und Klauen und gewaltigen, hornigen Stacheln und Panzerplatten. Beren schrie vor Entsetzen und Furcht, prallte rücklings

gegen einen Felsen und schlug die Hände vor das Gesicht und auch Yori taumelte wie unter einem Hieb zurück, als das Wesen näher kam; eine gewaltige Woge aus Schwarz und gestaltgewordener Wildheit, die sich wie eine Lawine auf sie und Beren zu bewegte und sie zu verschlingen drohte. Sie stolperte, verlor das Gleichgewicht und stürzte rücklings zu Boden. Angst, panische Angst stieg in ihr hoch und wischte jedes vernünftige Denken beiseite. Der Drache knurrte. Sein gewaltiger Schädel pendelte wie der Kopf einer angreifenden Schlange hin und her und der Blick seiner Augen richtete sich abwechselnd auf Beren und sie, als wäre er sich noch nicht ganz schlüssig, welches Opfer er zuerst verschlingen sollte. Er spürte ihre Angst, ihre und die Berens, und er reagierte darauf, wie es Drachen seit Urzeiten taten: mit Zorn und Wildheit.
Beren schrie immer lauter vor Entsetzen und der Drache spürte seine Furcht und antwortete mit einem drohenden Zischen. Sein gewaltiger Rachen öffnete sich und gab den Blick auf handlange, furchtbare Reißzähne frei.
Ein schlanker, dunkelgrüner Schatten tauchte zwischen den gewaltigen Vordertatzen des Drachen auf, huschte an Yori vorbei und sprang Beren an: die Smaragdechse. Ihr Schwanz schlug aus, wie Yori es schon einmal gesehen hatte, am Morgen, als die Echse gegen den Krieger kämpfte, aber diesmal war die Bewegung nicht so voller Zorn und Kraft, sondern beinahe sanft; nicht viel mehr als ein Streicheln. Beren seufzte, sank nach vorne und blieb reglos liegen.
Du darfst keine Angst haben, Menschenkind, wisperte eine Stimme in Yoris Gedanken. *Nur wenn du dich selbst besiegst, wird er dir dienen. Denke an die, die du retten willst!*
Yori richtete sich zitternd auf. Ihre Gedanken und Gefühle waren in Aufruhr, aber sie kämpfte dagegen an, drängte die Furcht zurück und zwang sich zur Ruhe, sie kämpfte mit einer Kraft, die nicht nur aus ihr selbst heraus kam, sondern

sich von außen mir der ihren vereinigte. Sie spürte, wie ihr fremde Energien zuflossen, wie sich der Wille der Smaragdechse mit dem ihren vereinigte, und sie fühlte die Ruhe und Weisheit dieses uralten, guten Wesens wie eine beschützende Hand. Es war der schwerste Kampf ihres Lebens, denn wie es die Echse vorausgesagt hatte, war sie es selbst, mit der sie rang, waren es Angst und Entsetzen, die aus ihrer eigenen Seele emporstiegen und ihre Gedanken zu verwirren suchten. Es war schwer, unglaublich schwer, aber Yori gewann. Langsam kämpfte sie die Angst nieder, vertrieb sie Furcht und Entsetzen. Eine seltsame, fast übernatürliche Ruhe ergriff von ihrem Geist Besitz, und als sie nach Sekunden, die ihr wie Stunden vorkamen, die Augen öffnete und zu dem gewaltigen schwarzen Drachen über sich aufsah, hatte er aufgehört zu knurren und starrte sie bloß an.
Vorsichtig richtete sich Yori auf. Ihr Blick hing wie gebannt an den faustgroßen, dunklen Augen des Bergdrachens. Sie fühlte seine Wildheit, den uralten, stets bereiten Zorn, der sich über Tausende von Jahren in seinem Inneren aufgestaut hatte, ein Zorn, der nicht aus seiner Seele kam, sondern nur eine Antwort auf die Gefühle war, die er empfing.
Die Smaragdechse hatte es ihr erklärt, aber Yori begriff erst in diesem Moment wirklich, wie die Worte gemeint waren: Der Drache war nicht böse. Die Wildheit und Mordlust, die man ihm nachsagte, waren nicht seine eigenen Gefühle, sondern nur ein Spiegelbild dessen, was ihm begegnete. Und Yori wusste jetzt auch, was die Echse gemeint hatte, als sie sagte, Yori müsse sich selbst besiegen, denn genau wie sie blickte der Drache nicht nur in Yoris Augen, sondern tiefer, er erforschte die verborgensten Winkel ihrer Seele und suchte, tastete nach der dunklen Seite ihres Ichs und lauschte auf das, was ihm ihre Erinnerungen und Gefühle, ihre Sehnsüchte und Wünsche erzählten.
Für endlose Minuten standen sie sich reglos gegenüber, Yori

und der Drache, ein Kind und ein Grauen erregendes Wesen, wie es sie auf der Welt kein zweites Mal gab, und eines spürte die Gefühle des anderen.
Schließlich hatte der Drache seine Musterung beendet. Sein riesiger, horngekrönter Schädel senkte sich weiter herab, bis seine Augen auf einer Höhe mit Yoris Augen waren. Was Yori sah, war ... Alter. Sie sah in Augen, an denen die Jahrhunderte vorübergezogen waren wie Sekunden, die Dinge geschaut hatten, die kein Mensch sich auch nur ausmalen konnte, und in denen ein Sehnen und der Schmerz über einen Verlust geschrieben stand, den Yori nicht einmal zu erahnen imstande war. Der Drache war *alt*. Er hatte eine Welt gesehen, in der Menschen und Drachen Freunde gewesen waren, und er hatte sie verloren und Tausende und Abertausende von Jahren nichts als Furcht und Zorn und Abscheu empfangen. Er war auf der Suche gewesen, auf der Suche nach einem Menschen wie ihr, einem Menschen, der ihm nicht nur Hass und Schrecken entgegenbrachte, sondern ihn als das begriff, was er war: ein denkendes, fühlendes Wesen.
Langsam hob Yori die Hand und berührte sein Maul. Seine Haut war rissig und kalt und hart wie Stahl, und Yori fühlte, wie das gigantische Wesen unter ihrer Berührung erschauerte, obwohl es sie kaum spüren konnte.
Der Drache stieß ein tiefes, vibrierendes Grollen aus und senkte den Kopf noch weiter und Yori ging mit langsamen Schritten um seinen Schädel herum, setzte einen Fuß auf die schartigen Panzerplatten hinter seiner Schläfe und schwang sich mit einer entschlossenen Bewegung in seinen Nacken.

Die Reiter und ihre Gefangenen waren im Laufe der letzten halben Stunde beständig näher gekommen. Das flackernde Licht ihrer Fackeln huschte wie tastende Leuchtfinger vor ihnen her und kündete ihr Nahen schon lange an, bevor sie

um die Biegung des Weges kamen. Geräusche wehten durch die Nacht wie ein Chor unheimlicher, düsterer Stimmen: Hufschläge, die auf dem harten Felsen seltsam hell und gläsern klangen, das Knarren von Leder und das Schnauben der Pferde, Hundegebell und leise Worte, die einzeln nicht zu verstehen waren, dann und wann ein Stöhnen und ein Laut, der wie das Knallen einer Peitsche klang, und alles wurde untermalt und begleitet vom Wind, der ein an- und abschwellendes Klagelied dazu zu singen schien. Yori wartete. Sie hatte Beren sicher zwischen den Felsen zurückgelassen, nachdem sie sich davon überzeugt hatte, dass er nicht ernsthaft verletzt war und nach einer Weile wieder erwachen würde, und war mit dem Drachen hierher zur Höhle gekommen. Sie wartete geduldig und ruhig und voller Entschlossenheit. Die Nacht schien dunkler geworden zu sein, seit sie hierher gekommen war. Der Drache war unsichtbar, trotz seiner Größe zu einem Teil der Felswand geworden, in deren Schatten sie standen und dem Näherkommen der Reiter zusahen, und die Dunkelheit schien selbst die Geräusche, die das gewaltige Wesen dann und wann verursachte, aufzusaugen, als hätten sie nun die gleichen Kräfte, die sie und die ihren bisher bekämpft hatten, auf ihrer Seite.
Das Flackern von Licht am Ende der Schlucht wurde heller und dann erschien der erste Reiter: eine schwarze, drohende Silhouette gegen den rotorangen Hintergrund des Feuerscheines. Hinter ihm erschien ein zweiter Reiter, dann ein dritter und vierter und hinter diesem begann eine lange Kette gebückt gehender Gestalten. Yori spürte einen Anflug von Zorn und Trauer und der Drache reagierte mit einem dunklen, drohenden Grollen auf ihre Gefühle. Das Geräusch war nicht laut und doch vibrierte es dumpf durch Yoris ganzen Körper und erinnerte sie daran, dass sie sich ihrem Zorn nicht hingeben durfte.
Behutsam legte sie die Hand auf den gewaltigen Schädel des

Drachen und streichelte ihn. Er konnte die Berührung durch die Panzerplatte nicht spüren, aber er beruhigte sich trotzdem, als Yori den Zorn unterdrückte und sich wieder auf die näher kommenden Reiter konzentrierte. Die Entfernung zwischen ihnen und der Höhle betrug weniger als hundert Schritte und doch schienen Ewigkeiten zu vergehen, bis sie weiter herankamen.

Einer der Hunde begann zu jaulen. Er konnte den Drachen nicht sehen und der Wind stand so, dass er auch seine Witterung nicht aufnehmen konnte, aber er schien die Nähe des Giganten zu fühlen. Eine zornige Stimme erklang, dann knallte eine Peitsche, doch das Jaulen des Hundes hörte nicht auf und nach wenigen Augenblicken fielen auch die anderen Tiere ein.

Der Drache bewegte sich unruhig und wieder brachte Yori ihn zur Ruhe. Sie waren jetzt eng verbunden und Yori spürte die Unruhe und Ungeduld des riesigen Wesens so deutlich, als wären es ihre. Vielleicht war es wirklich so; vielleicht, dachte sie, waren sie in diesem Moment nicht mehr zwei, sondern nur noch ein Wesen, das nur noch zufällig in zwei verschiedenen Körpern wohnte.

Sie wartete. Schließlich kam der Trupp heran und die Reiter bildeten auf dem freien Platz vor der Höhle mit ihren Fackeln in der Hand einen rot flammenden unregelmäßigen Kreis, in dessen Mitte sich die etwa zwei Dutzend Menschen der Sippe zusammendrängten, müde, erschöpft und voller Angst und Hoffnungslosigkeit. Yori sah, dass viele von ihnen verletzt waren und Verbände trugen; und Berg und Irco lagen auf einfachen, roh aus Leder und Stoff zusammengebauten Bahren und mussten getragen werden. Das rote Licht der Fackeln reichte noch nicht ganz bis zu Yori heran, sodass sie selbst alles überblicken und sehen konnte, ohne ihrerseits von den Reitern entdeckt zu werden. Der Anblick krampfte irgendetwas in ihr zusammen und für einen winzigen Mo-

ment spürte sie wieder einen Hauch des kalten Zornes vom Morgen; aber sie ließ es nicht zu, dass das Gefühl Macht über ihre Gedanken gewann, sondern drängte es zurück und wartete. Sie war ganz ruhig, beinahe gelassen, und so wie sie stand der Drache still; er atmete nicht einmal.
Der Kreis aus Fackeln löste sich auf, als die Reiter nacheinander aus den Sätteln stiegen. Yori konnte sehen, dass sie vor Erschöpfung wankten. Ein paar von ihnen wollten unverzüglich zur Höhle eilen, wohl um Wasser zu holen, aber ihr Anführer rief sie mit einem scharfen Befehl zurück und deutete auf die Gefangenen.
Ketten klirrten. Einer der Männer ließ seine Peitsche knallen. Ein matter Schmerzensschrei antwortete ihm und eine der gebückten Gestalten brach zusammen und blieb wimmernd liegen.
Yori berührte die Schläfe des Drachen. »Geh«, bat sie leise. Der Boden erzitterte unter dem Gewicht des Giganten, als dieser sich mit einem einzigen machtvollen Schritt aus dem Dunkel der Felsen löste und in den Feuerschein der Fackeln hinaustrat.
Für eine halbe Sekunde schien die Zeit stillzustehen. Ein halbes Dutzend von Rongos' Männern sah direkt in ihre Richtung und Yori hatte niemals im Leben einen Ausdruck größeren Unglaubens und tieferen Entsetzens gesehen als in ihren Gesichtern. Plötzlich war es still, vollkommen still. Selbst das Wimmern des Windes hatte für einen Moment innegehalten. Und dann brach die Panik los. Die Hunde jaulten auf und stoben davon, Männer schrien und Pferde bäumten sich auf, warfen ihre Reiter ab oder schlugen nach allen Seiten wild aus. Der schmale Platz vor dem Höhleneingang, auf dem gerade noch entsetzte Erstarrung geherrscht hatte, schien plötzlich in einer Explosion von Lärm und Bewegung zu vergehen. Rongos' Männer vergaßen ihre Gefangenen. Die, die noch auf dem Rücken der Pferde

saßen, rissen die Tiere herum und sprengten in kopfloser Panik davon, andere versuchten ihre Pferde zu erreichen oder liefen blindlings los und auch die Mitglieder der Sippe stoben auseinander, als wäre eine unsichtbare Faust unter sie gefahren.

Nur Rongos und zwei oder drei seiner Getreuen flohen nicht. Das Pferd des Sklavenhändlers bäumte sich wild auf, als es den Drachen sah, aber Rongos brachte es mit einem brutalen Ruck am Zügel zur Ruhe. Seine Hand zuckte zum Schwert und zog es heraus. »Bleibt hier!«, brüllte er. »Ich befehle euch zu bleiben. Ich töte jeden, der zu fliehen versucht.«

Seine Stimme ging fast im Toben und Schreien von Menschen und Tieren unter, aber trotzdem reagierten die meisten seiner Männer auf die Worte. Nur ein paar liefen weiter oder ließen ihren losgaloppierenden Pferden freien Lauf. Welche Angst mussten sie vor diesem Mann haben, dachte Yori, dass ein einziger Befehl von ihm ausreichte sie selbst gegen einen Bergdrachen antreten zu lassen?

»Kommt zurück!«, rief Rongos. »Es ist nur ein Tier und wir ...«

Er brach ab, als der Drache mit einer schwerfällig wirkenden Bewegung noch etwas weiter in das Licht trat, und seine Augen weiteten sich ungläubig, als er die Gestalt in dessen Nacken sah. »Was ...«, keuchte er. »Aber das ... das ist doch ...« Seine Lippen zitterten. Seine Hand schien plötzlich nicht mehr die Kraft zu haben das Schwert zu halten; die Waffe entglitt seinen Fingern und schlug klirrend auf dem Boden auf.

Yori sah schweigend auf ihn hinunter. Von ihrem Platz im Nacken des Giganten aus überragte sie Rongos um mehr als das Doppelte und mit einem Male kam er ihr klein und erbärmlich vor. Vergebens suchte sie in ihrem Inneren nach irgendeiner Spur des Zornes, den sie noch am Morgen empfunden hatte. Er war nicht mehr da. Alles, was sie jetzt noch empfand, waren Trauer und eine tiefe, grenzenlose Verachtung.

Rongos hatte sich endlich wieder in der Gewalt. Mit einem harten Ruck riss er den Kopf seines Pferdes herum und versuchte das Tier auf den Drachen zugehen zu lassen. Aber das Pferd weigerte sich, obwohl die stählerne Trense grausam in seine Lefzen schnitt und sie bluten ließ. Yori konnte die Angst des Tieres fühlen.

Die Furcht in Rongos' Blick machte erst ungläubiger Überraschung, dann einem Ausdruck langsam stärker werdenden Zornes Platz.

»Wer bist du?«, fragte er kalt. »Wer bist du und was willst du von mir ...« Wieder stockte er, blickte Yori einen Moment lang mit erneuter Verwunderung an und fuhr dann in verändertem, beinahe lauerndem Tonfall fort: »Ich kenne dich doch. Du bist doch diese Göre, die ...«

»Ich bin Yori«, unterbrach Yori ihn ruhig. »Und du hast Recht. Wir haben uns schon dreimal gesehen: damals, als ich die Echse von deinem Pfeil befreit hatte, in unserem Lager und heute Morgen oben in den Bergen. Dein Krieger hat versagt, Rongos. Er sollte mich töten, aber ich lebe und ich bin hier, um meine Sippe zu befreien. Nimm deine Männer und geh und niemandem wird ein Leid geschehen.«

Rongos schluckte. Nervös wandte er den Kopf und blickte sich um. Die meisten seiner Krieger waren zurückgekommen und manche hatten sogar ihre Waffen aufgehoben, aber die Zeichen der Angst waren unübersehbar. Sie waren keine kleine Armee mehr, sondern nur noch ein Haufen verängstigter Menschen. Aber selbst wenn Rongos so fühlte wie seine Männer, ließ er sich doch nichts anmerken. Im Gegenteil. Jetzt, da der erste Schrecken vorüber war, gewann er seine Überheblichkeit rasch zurück. Seine Stimme klang beinahe so fest wie gewohnt, als er sich wieder an Yori wandte.

»Ich weiß nicht, wie du dir das gedacht hast«, sagte er, »aber du solltest nicht zu sehr auf dieses Tier vertrauen. Einmal hast du Glück gehabt, aber das muss nicht immer so sein.«
Für einen Moment wusste Yori nicht, welches Gefühl stärker in ihr war: ihre Verachtung oder die Bewunderung, die sie Rongos – widerwillig – für seinen Mut zollen musste.
»Geh«, sagte sie noch einmal. »Geh, Rongos, solange noch Zeit ist. Ich weiß nicht, wie lange ich ihn noch zurückhalten kann.«
Wie um ihre Worte zu bestätigen, stieß der Drache ein tiefes, drohendes Grollen aus. Yori spürte die Wogen von Furcht und Hass, die von allen Seiten her auf ihn niedergingen, und sie fühlte, wie er von Augenblick zu Augenblick unruhiger und nervöser wurde.
Rongos' Pferd tänzelte nervös. »Du bist größenwahnsinnig, du rotznasige Göre, wie?«, zischte Rongos. »Ich will dich lehren, mit ...«
»Tu es nicht, Rongos«, unterbrach ihn Yori. Ihre Stimme zitterte vor Anstrengung. Auf ihrer Stirn stand kalter, klebriger Schweiß. Der Hass und die Furcht ringsum wurden stärker, jetzt, nachdem der erste Schrecken auch von Rongos' Männern gewichen war. Sie dachten an Gewalt und Kampf und der Drache fing ihre Gefühle wie ein gewaltiger Brennspiegel auf und erwiderte sie tausendmal stärker und wilder. Sein Schwanz begann nervös zu peitschen und der gewaltige Schädel zitterte zwischen Yoris Schenkeln. Yori legte die Hände auf seine Schläfen und versuchte, stärker mit ihm zu verschmelzen, eins mit seinem Geist zu werden, um die Wogen negativer Gefühle, die von allen Seiten auf ihn einschlugen, abzufangen, aber sie spürte, dass sie nicht stark genug war.
»Geh«, flüsterte sie noch einmal. »Nimm deine Männer und geh, Rongos. Werft die Waffen fort und geht oder er ... er wird euch alle töten!«

Rongos lachte hässlich, wandte sich im Sattel um und hob die Hand. »Greift an!«, befahl er. »Tötet sie beide!«
Aber keiner seiner Männer gehorchte dem Befehl. Der eine oder andere machte zwar einen zaghaften Schritt oder hob das Schwert oder den Bogen, aber niemand machte ernsthaft den Versuch das gigantische Wesen anzugreifen.
»Was ist mit euch?«, schrie Rongos. »Habt ihr Angst? Sie ist nur ein Kind, verdammt! *Greift an!*«
Der Drache stieß ein markerschütterndes Brüllen aus, einen Laut, der die Berge zum Erzittern zu bringen schien und als tausendfaches Echo von den Felswänden zurückhallte. Erst einer, dann mehr und mehr von Rongos' Männern schleuderten ihre Waffen fort und wandten sich um um zu fliehen.
»Kommt zurück!«, kreischte Rongos. »Ich befehle es euch! Ich bin euer Herr! Kommt zurück!«
Aber niemand gehorchte ihm mehr. Der Drache brüllte erneut und auch die letzten Krieger vergaßen ihre Furcht vor Rongos und flohen, erfüllt von panischer Angst und Entsetzen.
Rongos fuhr mit einem wütenden Schrei herum. Sein Gesicht war verzerrt und der Ausdruck in seinen Augen war der eines Wahnsinnigen. »Dann eben allein!«, keuchte er. »Niemand stellt sich gegen Rongos, ohne dafür mit dem Leben zu bezahlen. Auch du nicht!« Mit einer blitzschnellen Bewegung riss er den Bogen von der Schulter, zerrte einen Pfeil aus dem Köcher an seinem Sattel und legte ihn auf die Sehne. Der Drache bäumte sich auf. Yoris Willen wurde ausgelöscht wie eine Kerzenflamme vom Sturm und plötzlich war alles, was sie spürte, Hass und Zorn, eine ungeheure, tobende Woge von Zorn, die den Drachen erfüllte und in eine reißende Bestie verwandelte; Rongos' eigene Gefühle, die den Geist des Drachen erfüllten und tausendfach verstärkt auf ihn zurückschlugen. Der gigantische Leib des Drachen

zuckte wie in einem Krampf. Seine furchtbaren, dreifingrigen Krallen packten in einer unglaublich schnellen, peitschenden Bewegung zu. Rongos schrie und fiel. Der Bogen zerbrach in seinen Händen. Das Pferd, dessen Sattel plötzlich leer war, bäumte sich auf, fuhr mit einem panischen Wiehern herum und jagte davon. Wieder zuckte der Körper des Drachen wie unter Schmerzen und diesmal verlor Yori den Halt und stürzte kopfüber von seinem Nacken. Hart schlug sie auf dem felsigen Boden auf, blieb für die Dauer eines Atemzuges benommen liegen und begann dann hastig von dem Drachen wegzukriechen.

Der Drache tobte. Das Tal erzitterte unter seinen stampfenden Schritten, seinem Brüllen und den Schwanzschlägen, mit denen er Felsbrocken und Steine zertrümmerte, und Yori spürte den Zorn und die Wut des Drachen wie flüssiges Feuer in sich. Sie waren noch immer verbunden und sie empfand die Gefühle des Drachen, seinen Zorn, diesen grenzenlosen, durch nichts zu besänftigenden Zorn, der in ihr bohrte und fraß und sie vor Angst schreien ließ. Sie spürte kaum, wie kräftige Hände nach ihr griffen und sie auf die Füße zerrten, fort von dem tobenden Giganten, der wie ein gewaltiger, zorniger Gott am Ende des Tales wütete und seinen Zorn in die Nacht hinausschrie.

Jemand berührte sie an den Schultern und eine Stimme nannte ihren Namen, aber es war Yori unmöglich den Blick vom Ende des Tales zu wenden. Langsam, ganz langsam nur hörte der Drache auf zu toben. Sein Kopf pendelte noch immer wild hin und her und aus seiner Brust drangen dunkle, heiser klingende Laute, aber Yori spürte, wie die mörderische Wut allmählich aus ihm wich und jener dumpfen Verzweiflung Platz machte, die sein Leben bestimmte. Schließlich, irgendwann nach Ewigkeiten, wie es Yori erschien, richtete er sich mit einem dumpfen Grollen auf und blickte noch einmal in ihre Richtung. Er war viel zu weit

entfernt, um noch mehr als ein gigantischer, schwarzer Schatten zu sein, aber Yori fühlte den Blick seiner Augen und sie fühlte auch die Enttäuschung und die grenzenlose Verbitterung, die er aussagte.
Sie hatte versagt. Sie hatte ihm und der Echse ein Versprechen gegeben, das sie nicht gehalten hatte. Sie hatten Freundschaft und Liebe haben wollen und alles, was sie ihnen gegeben hatte, war neuer Hass und neues, sinnloses Töten. Sie fühlte sich schuldig.
Langsam wandte sich der Drache um und ging, aber Yori blickte ihm noch lange nach, auch als er längst verschwunden und selbst das Geräusch seiner stampfenden Schritte in der Nacht verklungen war. Erst dann drehte auch sie sich um.
Sie war nicht mehr allein. Gonda stand hinter ihr, daneben ihre Mutter und ein Stück hinter ihnen – und noch immer mit von Unglauben gezeichneten Gesichtern – die anderen Mitglieder der Sippe.
Plötzlich fiel Yori die Stille auf. Niemand sprach und mit einem Male wurde sie sich der Tatsache bewusst, dass sie es war, auf die sich alle Blicke richteten. Sie wollte etwas sagen, aber ihre Stimme versagte ihr den Dienst und sie brachte nur ein mühsames Keuchen hervor. Sie wankte, machte einen Schritt und wäre gestürzt, hätte ihre Mutter sie nicht im letzten Moment aufgefangen.
»Yori!«, flüsterte sie. »Du lebst! Du lebst und bist gesund. Ich ... ich dachte, du ... du wärst ...« Sie sprach nicht weiter, und als Yori den Blick hob und in ihr Gesicht schaute, sah sie, dass ihre Mutter weinte. Aber es waren Tränen der Freude.
»Was war das?«, murmelte Gonda. Seine Stimme klang fremd: flach und beinahe ohne Ausdruck, als rede er im Schlaf, und sein Gesicht war starr und so bleich wie Schnee. »Bei allen Göttern, Yori, was ... was ist geschehen? Dieses Tier war ... war ein Drache. Ein Bergdrache. Und du hast

ihn geritten!« Er atmete hörbar ein, schüttelte immer wieder den Kopf und sah Yori aus starren, unnatürlich geweiteten Augen an. »Was ist geschehen?«, fragte er noch einmal.
»Später«, murmelte Yori. »Ich erkläre es dir, aber ... später.«
Mit einem Mal war sie müde, unendlich müde. Die Umarmung ihrer Mutter war warm und tat gut und Yori fühlte, wie ihre Glieder schwer wurden und eine wohltuende, betäubende Schwäche Besitz von ihrem Körper ergriff.
Ihre Mutter hob sie hoch, presste sie an sich und strich ihr mit der Hand über das Haar. »Ja, später«, sagte sie. »Du hast genug Zeit uns alles zu erklären, mein Liebling. Jetzt schlaf. Ruh dich aus und schlaf. Es wird alles wieder gut, du wirst sehen. Es wird alles wieder so, wie es früher war.«
Aber das stimmte nicht. Die Gefahr war zwar vorüber, aber Yoris Leben hatte sich verändert und würde nie mehr so werden, wie es gewesen war; Yori wusste es und sie wusste auch, dass ihre Mutter es wusste. Sie würden die Kranken gesund pflegen und diese Berge verlassen und vielleicht würden sie sogar irgendwo Wasser finden und wieder leben können wie zuvor, aber für sie, Yori, würde die Welt anders sein.
Als ihre Mutter sich umdrehte und sie forttrug, öffnete sie noch einmal die Augen und blickte in die Richtung zurück, in der der Drache verschwunden war, und für den Bruchteil einer Sekunde glaubte sie ein smaragdgrünes Blitzen in der Schwärze der Nacht zu erkennen. Dann war es verschwunden.
Ja, dachte sie noch einmal, kurz bevor sie einschlief, die Welt würde anders sein, vom heutigen Tage an. Für sie und für die Drachen.
Und vielleicht, wenn sie sich Mühe gaben, sogar besser.

Der Winter war gekommen und wieder gegangen und wie in jedem Jahr waren auf die langen und dunklen Monate

Tage erster zaghafter Wärme und noch blassen, aber mit jedem Tag an Macht gewinnenden Sonnenscheins gefolgt und unten in den Tälern und Ebenen machte sich jetzt sicher bereits der Frühling bemerkbar, um die Menschen in den Städten und Dörfern für die endlosen Wochen voller Kälte und Finsternis zu entschädigen. Hier oben, in den Bergen, hatte der kalte Bruder des Sommers noch Schnee und vereiste Bäche wie einen eisigen Gruß zurückgelassen. Tagsüber war es auch hier bereits warm, aber mit dem ersten Grau der Dämmerung kehrten regelmäßig Kälte und eisiger Wind zurück und der Schnee, den die Sonne während des Tages geschmolzen hatte, fiel von neuem. Und für Yori sollte ein zweites, noch größeres Abenteuer beginnen ...

Die Wolken hingen so tief, dass es aussah, als müssten sie jeden Moment an den scharfkantigen Berggipfeln zerplatzen. Der Wind, der beständig von Osten blies, schmeckte bitter und roch nach Kälte und Einsamkeit und die letzte Nacht, die Yori nur im Schutze eines überhängenden Felsens und Kaleighs verbracht hatte – und dabei hatte Kaleigh selbst vor Kälte gezittert und sich wohl eher an *ihr* gewärmt als umgekehrt –, war ihr viel kälter vorgekommen als die vorhergehenden. Vielleicht war es wirklich so, wie sie schon ein paar Mal mit plötzlichem Schrecken gedacht hatte: Vielleicht ritt sie wieder tiefer in die winterlichen Regionen hinein und nicht endlich aus ihnen hinaus.

Sie hatte sich verirrt und trotz ihrer Jugend war Yori doch vernünftig genug, sich in diesem Punkt nichts vorzumachen. Sie war vom Weg abgekommen, nachdem sie die Brücke unten im Tal eingestürzt vorgefunden und versucht hatte, einen anderen Weg über den Fluss zu finden, anstatt zu den Bauersleuten zurückzureiten, deren Gastfreundschaft sie die letzten zwei Wochen in Anspruch genommen hatte, und hier darauf zu warten, dass sich das Wetter besserte und Männer kamen um die Brücke zu reparieren.

Das war der erste Fehler gewesen.
Der zweite war, dass sie auch nach zwei Tagen, als sie den Fluss, dem sie bis dahin wie einem stummen Wegweiser gefolgt war, längst aus den Augen verloren hatte und die Landschaft, durch die sie ritt, immer bizarrer und unwirtlicher wurde, die mahnende Stimme in ihrem Inneren ignoriert und sich immer noch eingebildet hatte, nur stur nach Osten reiten zu müssen, um wieder auf bewohntes Land und Menschen zu treffen.
Nun, vielleicht mochte diese Überlegung sogar richtig sein, aber vorläufig schien es noch in weiter Entfernung zu liegen – die einzigen Lebewesen, denen Kaleigh und sie bisher begegnet waren, waren ein paar Krähen gewesen, die schimpfend und krächzend vor ihr und ihrem Reittier geflüchtet waren.
Seither bewegte sie sich zwar weiter nach Osten und somit wohl in die richtige Richtung, aber sie hatte längst die Orientierung verloren und irgendwann, vor zwei oder auch schon vor drei Tagen, hatte sie auch den Punkt überschritten, an dem ein Umkehren noch möglich gewesen wäre.
Nein – es gab für Yori nur eine Möglichkeit: nach Osten zu ziehen, irgendwie zwischen den Gipfeln der gewaltigen, eisgekrönten Berge hindurch, die die Welt vor ihr begrenzten; oder, wenn es sein musste, auch darüber hinweg. Sie würde Tage verlieren, wenn sie jetzt umkehren und versuchen würde, den Weg zum Fluss und der Straße zurück zu finden; und sie war sich nicht einmal sicher, dass ihr dies überhaupt gelingen würde.
Yori war eine gute Fährtenleserin und das Leben bei den Nomaden, bei denen sie aufgewachsen war, hatte sie gelehrt, auch auf Zeichen und Hinweise der Natur zu achten, die andere nicht einmal dann bemerkt hätten, wenn sie mit der Nase darauf gestoßen worden wären.
Trotzdem hatte sie sich hoffnungslos verirrt, denn die weiße,

von Wind und heulenden Gespenstern beherrschte Welt der Berge war ganz anders als die, die sie kannte; es war wirklich eine andere Welt, nicht nur ein unbekannter Teil des Landes. Was jetzt noch eine glatte, bis zum Horizont reichende Ebene war, konnte sich am nächsten Morgen in ein Labyrinth aus Eisschluchten und Abgründen verwandelt haben; wo gestern noch ein Pass gewesen war, mochte sich heute eine Mauer aus Eis und Schnee auftürmen. Wind, Schnee und Lawinen veränderten die Umgebung ständig und es gab – mit Ausnahme der Berge selbst und nicht einmal da aller – nichts, was Bestand oder irgendeine feste Form zu haben schien. Kaleigh und sie mochten die einzigen Lebewesen im Umkreis vieler Tagesreisen sein, aber es war, als lebten dafür die Berge selbst auf geheimnisvolle Weise.

Yori seufzte tief, zog den pelzgefütterten Überwurf ein wenig enger um die Schultern zusammen und tätschelte gedankenverloren die schuppige Flanke Kaleighs. Die gewaltige Laufechse stieß ein tiefes, zufriedenes Knurren aus, aber Yori wusste, wie entkräftet und müde Kaleigh in Wahrheit war. Das Tier litt viel stärker als sie selbst unter der Kälte. Jeder Schritt, bei dem seine schuppengepanzerten Klauen tief in den eisigen Schnee eindrangen, bedeutete eine Qual für Kaleigh, jeder weitere Tag, den sie in den Bergen verbrachten, eine unsägliche Tortur. Yori machte sich Vorwürfe, Kaleigh dieser ganz und gar unnötigen Strapaze ausgeliefert zu haben, nur weil sie ihre Ungeduld nicht hatte bezähmen und wenige Tage warten können.

Aber auch für solche Einsichten war es zu spät.

Yori hob den Kopf und blinzelte zur Sonne hinauf. Der Himmel war grau und niedrig und bewölkt, aber die glühende gelbe Scheibe dort oben war trotzdem gut zu erkennen und ihr Licht und ihre Farbe täuschten eine Wärme vor, die es gar nicht gab.

Yori wusste trotz allem, dass sie nicht wirklich in Gefahr

waren. Die Bauersleute hatten ihr Proviant für mehrere Wochen mitgegeben, und was Kaleigh betraf, so wurde ihrer Rasse nachgesagt, das Leben von neunmal neun Katzen zu haben. Yori hatte niemals gehört, dass eine Laufechse an Entkräftung oder gar Hunger gestorben wäre.
Trotzdem hatte sie einen guten Teil der letzten Tage damit verbracht, sich selbst für ihre Dummheit und Ungeduld zu verfluchen.
Als sie den Blick senkte, sah sie die Spur.
Sie begann irgendwo links jenseits der Schneewehe, der sie die letzte Stunde gefolgt war, kreuzte ihren Weg nahezu im rechten Winkel und verschwand auf der anderen Seite hinter der Kuppe eines niedrigen Hügels, dessen kantige Konturen Yoris geschultem Blick verrieten, dass sich gefährliche Grate und Spalten unter der trügerischen weißen Decke verbergen mochten. Es war die Spur eines Menschen.
Eines Menschen dazu, der – wenn Yori jemals gelernt hatte, Spuren zu lesen und zu deuten – am Ende seiner Kräfte sein musste und sich nur noch dahinschleppte.
Kaleigh, die ihre plötzliche Erregung spürte, blieb stehen und hob witternd den Kopf. Der Blick ihrer kleinen, goldgelb gesprenkelten Augen glitt misstrauisch über die weiße Monotonie der Landschaft. Ein tiefes, vibrierendes Grollen drang aus der Brust des pferdegroßen Reptilienwesens.
»Ruhig, Kaleigh«, sagte Yori leise. »Es ist alles in Ordnung. Keine Gefahr.«
Kaleigh begann unruhig mit den Pfoten im Schnee zu scharren, gab aber keinen weiteren Laut mehr von sich. Nach einer Weile stieg Yori von ihrem Rücken, ging ein paar Schritte voraus und blieb dicht vor der Fährte im Schnee stehen.
Sie war noch frisch, eine viertel, höchstens eine halbe Stunde alt, und wer immer hier entlanggekommen war, musste, obgleich am Ende seiner Kräfte, doch sehr schnell gelaufen

sein. Und es war auch die Spur eines sehr kleinen Menschen; eines Kindes oder einer zart gebauten, sehr leichten Frau.
Trotzdem ging Yori zu Kaleigh zurück, löste den Bogen von ihrem Sattelgurt und spannte mit vor Kälte klammen Fingern die Sehne, ehe sie sich abermals umwandte und der Spur folgte. Kaleigh knurrte und wollte ihr nachlaufen, aber als Yori rasch die Hand hob, blieb das kluge Tier wieder stehen. Ein kurzes, aber heftiges Gefühl von Wärme durchflutete Yori. Es tat gut, einen Freund in der Nähe zu wissen, auch wenn es nur ein Tier war.
Während sie den Hügel hinauflief, legte sie einen Pfeil an die Sehne. Sie rechnete nicht damit, angegriffen zu werden – wer auch immer diese Spuren hinterlassen hatte, war wohl kaum noch in der Verfassung irgendjemanden anzugreifen; und Menschen, die sich in einer Umgebung wie dieser trafen, würden wohl ohnehin froh sein, überhaupt ein lebendes Wesen zu sehen. Aber sie hatte auch gelernt, mit jeder Überraschung zu rechnen. Ohne diese Vorsicht würde sie wohl kaum mehr leben.
Die Spuren verliefen auf der anderen Seite des Hügels weiter, bogen plötzlich nach rechts ab und verschwanden in einer schmalen, von eisglitzernden Felswänden gebildeten Schlucht. Yori blieb stehen, sah sich noch einmal misstrauisch um und lief dann rasch weiter.
Es wurde dunkel um sie herum, als sie in den Felsspalt trat, denn er war sehr hoch und seine Wände neigten sich gegeneinander, sodass der Himmel zu einem dünnen, grauen Strich wurde. Weil Yori an das grelle, vom Schnee zusätzlich reflektierte Licht gewöhnt war, war sie für Sekunden nahezu blind.
Aber dafür hörte sie das Schluchzen. Das Geräusch war sehr leise, sodass sie im ersten Moment nicht einmal sicher war, ob es nicht bloß das Heulen des Windes war, das ihre überreizten Nerven zu etwas machten, was es in Wahrheit

gar nicht gab. Doch dann bewegte sich einer der formlosen Schatten vor ihr und das Schluchzen wurde lauter. Plötzlich erkannte Yori, was sie vor sich hatte.
Mit einem Sprung war sie neben dem verkrümmten Körper, legte den Bogen aus der Hand und kniete im Schnee nieder. Es war ein Kind. Ein Mädchen von zehn, höchstens elf Jahren, blond und in einen dicken, fellgefütterten Ledermantel gehüllt. Die Hände und das Gesicht waren blau vor Kälte und als Yori es behutsam auf den Rücken drehte und seine Stirn berührte, spürte sie, dass es hohes Fieber hatte.
Das Mädchen öffnete bei der Berührung von Yoris Händen die Augen, aber sein Blick war verschleiert. Seine Augen glänzten fiebrig und Yori bezweifelte, dass die Kleine sie überhaupt wahrnahm.
»Hab keine Angst«, sagte sie leise. »Ich helfe dir, Kleines.«
Sie hatte nicht damit gerechnet, dass das Mädchen überhaupt auf den Klang ihrer Stimme reagieren würde, aber für einen Moment wurde der Blick der dunkelbraunen Augen klar.
Alles, was Yori darin las, war Angst. Eine so grenzenlose Angst, wie sie sie noch niemals im Blick eines Menschen gesehen hatte.
»Chtona«, flüsterte das Mädchen. »Chtona.«
»Ich ... ich verstehe dich nicht«, sagte Yori hilflos. »Was meinst du? Ist das dein Name?«
Das Mädchen schüttelte den Kopf. Plötzlich gruben sich seine kleinen Hände so fest in Yoris Arme, dass sie vor Schmerz zusammenzuckte und nur mit Mühe den Impuls unterdrücken konnte die Hände der Kleinen beiseite zu schlagen.
»Sie kommen«, wimmerte das Mädchen. »Sie holen mich!«
»Niemand wird dich holen«, widersprach Yori heftig, obwohl sie sich natürlich im Klaren darüber war, wie unsinnig diese Behauptung war. Sie wusste weder, was sich hinter dem

Wort *Chtona* verbarg, noch, wer dieses Mädchen war und vor wem und seit wann sie davongelaufen war. Aber darauf kam es im Moment wohl auch nicht an. Wichtig war nur die Kleine zu beruhigen und von hier wegzubringen.

Entschlossen hängte sie sich den Bogen über die Schulter, stand auf und hob das Mädchen auf die Arme. Sie erschrak, als sie spürte, wie leicht das Kind war. Es wog trotz der schweren Winterkleidung, die es trug, kaum mehr als eine Puppe.

Als sie sich umwenden und aus der Schlucht gehen wollte, begann das Mädchen wie besessen um sich zu schlagen und zu schreien. »Nicht zurück!«, kreischte es. »Sie kommen! Sie werden mich holen!«

Yori bog den Kopf zur Seite, um nicht ins Gesicht getroffen zu werden. Obwohl sie mindestens doppelt so stark war wie das Kind, musste sie all ihre Kräfte aufbieten, um das Mädchen zu halten. Wovor auch immer es geflohen sein mochte – es schien halb wahnsinnig vor Furcht.

»Sie kommen!«, schrie es immer wieder. »Nicht zurück! Sie kommen!«

»Verdammt, niemand wird dir etwas tun, solange ich bei dir bin!«, sagte Yori heftig. »Beruhige dich! Du bist in Sicherheit!«

Das Mädchen schrie und tobte weiter, als hätte es die Worte gar nicht gehört. Schließlich verstärkte Yori ihren Griff und schüttelte die widerspenstige Kleine so lange, bis sie wenigstens aufhörte wild um sich zu schlagen.

Yori blieb einen Moment stehen, verlagerte das Gewicht des Kindes auf ihren Armen und presste es eng an sich. »Beruhige dich«, sagte sie mit sanfter, tröstender Stimme. »Du bist gerettet. Ich werde ein Feuer machen und dir zu essen geben und danach erzählst du mir alles – einverstanden?« Sie versuchte zu lächeln, als das Mädchen den Kopf hob und sie schüchtern ansah, aber entweder gelang es ihr nicht oder das

Kind war von Furcht geradezu besessen – jedenfalls lag in seinem Blick noch immer nichts als grenzenloses Entsetzen.
»Wer sind diese Chtona, vor denen du solche Angst hast?«, fragte sie. »Tiere? Raubtiere, die hier in den Bergen leben?«
Natürlich antwortete das Mädchen nicht und Yori hatte auch gar nicht damit gerechnet. Es kam ihr vor allem darauf an, das Vertrauen des Kindes zu gewinnen. Mit ihm zu sprechen war vielleicht das beste Mittel, ihm zu beweisen, dass sie nicht sein Feind war.
»Halt dich an mir fest«, sagte sie. »Wir gehen zurück zu Kaleigh und dann suchen wir uns einen Ort, an dem wir Feuer machen können. Was hältst du davon?«
Das Mädchen schwieg noch immer und starrte sie nur aus großen, vor Furcht dunklen Augen an. Yori fragte weiter: »Wie heißt du?«
»Maja«, antwortete das Mädchen leise. »Ich bin ... Maja, Ians Tochter.«
Yori lächelte erleichtert. Die erste Hürde war genommen, das spürte sie. Maja schien wenigstens begriffen zu haben, dass sie ihr nichts zuleide tun würde. Sie ging weiter und Maja begann fast sofort wieder zu zittern. Beruhigend strich ihr Yori über das Haar.
»Du brauchst keine Angst zu haben«, sagte sie. »Ich bin ...«
Hinter ihr kollerte ein Stein. Maja fuhr wie unter einem Hieb zusammen und klammerte sich mit aller Kraft an Yoris Hals. Eine Sekunde später ertönte ein zweites, helleres Poltern, gefolgt von einem Rascheln, als stürze eine Schneewehe zusammen.
Yori blieb stehen, drehte sich um und spähte misstrauisch in den Felsspalt zurück. Die schmale Schlucht lag leer und verlassen da wie zuvor und Yori wusste auch, dass sie es gespürt hätte, wenn außer ihr und Maja noch jemand anwesend gewesen wäre. Und doch – bewegte sich nicht einer der dunklen Schatten am jenseitigen Ende des Spaltes?

Aber das war unmöglich. Die Wände der kleinen Schlucht waren von einem Panzer aus Eis überzogen und so glatt wie Glas. Niemand hätte unbemerkt daran hinabklettern können und es gab weit und breit nichts, was auch nur einem Hund hätte Deckung bieten können, geschweige denn einem Menschen. Oder einem Chtona – was immer das war.

Doch kaum hatte sie dies gedacht, bewegte sich der Schatten erneut und von jenseits des Hügels erklang plötzlich ein tiefes, zorniges Brüllen – die Stimme Kaleighs, die eine Gefahr witterte und sie warnen wollte.

Vorsichtig setzte Yori Maja zu Boden, nahm ihren Bogen vom Rücken und legte einen Pfeil an die Sehne. Bei der Vorstellung, dass sie vielleicht hier stand und auf einen Felsen zielte, der aus der Wand gebrochen war, kam sie sich beinahe albern vor – aber zugleich glaubte sie auch zu spüren, dass das, was da am anderen Ende der Schlucht lauerte, alles andere als ein Felsen war.

»Bleib hinter mir, Maja«, sagte sie leise. »Was immer auch passiert.« Maja antwortete nicht, aber Yori spürte, wie sich ihr kleiner Körper Schutz suchend an sie presste – und mit einem Mal hatte sie Angst. Unbeschreibliche Angst. Bei den Göttern, sie war selbst beinahe noch ein Kind und nun stand sie hier, nur mit einem leichten Jagdbogen und einem Messer bewaffnet, vielleicht einer Gefahr gegenüber, die das Kind hinter ihr fast in den Wahnsinn getrieben hatte!

Der Schatten bewegte sich erneut und Yori blieb keine Zeit mehr darüber nachzudenken, ob sie nun zur Heldin geboren war oder nicht.

Im ersten Moment glaubte sie einen Menschen zu erblicken, aber dieser Eindruck verschwand rasch, als sich das Wesen aufrichtete und mit gleitenden Schritten auf sie zukam.

Die Kreatur – es fiel Yori schwer, das Wesen anders zu benennen – war nicht größer als sie selbst und dabei so dünn, dass sie schon beinahe lächerlich aussah.

Aber nur beinahe.
Ihr Gesicht war flach und irgendwie noch unfertig, als hätte jemand einen Klumpen Ton genommen und die rohen Züge eines Menschen hineingearbeitet, ohne sich indes die Mühe zu machen das Werk jemals fertig zu stellen. Die Stirn war flach und stark nach hinten gewölbt, die Augen – ganz kleine, helle Augen, in denen eine boshafte Intelligenz zu schlummern schien – lagen unter mächtigen Knochenwülsten verborgen und der Mund war nur ein lippenloser Schlitz, der das Gesicht wie eine Narbe in zwei ungleiche Hälften teilte. Die Haut war grob und sah eigentlich eher aus wie Fels, schrundig und zerrissen und von zahllosen hässlichen Geschwüren und Pusteln übersät, und die Hände ...
Die Hände waren ein Albtraum. Yori unterdrückte einen Schreckenslaut, als das Wesen näher kam und sie die fürchterlichen, hornigen Schaufeln erkennen konnte, die es dort hatte, wo bei einem Menschen Hände gewesen wären. Ihre Kanten waren messerscharf. Sie sahen kräftig genug aus, um damit Felsen zu zerbrechen.
Yori wartete, bis das Ungeheuer auf drei, vier Schritte herangekommen war, dann hob sie den Bogen und legte einen Pfeil an die Sehne. »Bleib stehen«, rief sie laut. »Ich bin nicht dein Feind, aber ich schwöre dir, dass ich schießen werde, wenn du nur einen Schritt näher kommst.«
Sie hatte nicht damit gerechnet – aber entweder verstand die Kreatur ihre Worte wirklich oder sie registrierte zumindest ihren drohenden Klang, denn sie blieb tatsächlich stehen und starrte Yori aus ihren kleinen, tückischen Augen an.
»Geh zurück«, flüsterte Yori, so leise, dass (wenigstens hoffte sie es) nur Maja ihre Worte verstehen konnte. »Ganz langsam. Wenn wir aus der Schlucht heraus sind, läufst du los.« Gleichzeitig machte sie einen Schritt zurück, zielte jedoch unverwandt weiter auf das Gesicht des Ungeheuers.
Der Chtona – Yori zweifelte kaum mehr daran, dass das

Wesen ihr gegenüber ein Chtona war – gab einen leisen, knurrenden Laut von sich. Er blieb aber reglos stehen, als Yori drohend den Bogen noch ein Stück weiter hob. Dabei ließ er jedoch ein Geräusch hören, das Yori einen eisigen Schauer über den Rücken jagte. Es klang wie ein Lachen. Ein böses, schadenfrohes Lachen.
Sie spürte die Gefahr im letzten Augenblick, aber ihre Reaktion kam zu spät.
Unmittelbar neben ihr teilte sich die Felswand.
Wo gerade noch massiver Stein gewesen war, gähnte plötzlich ein mannshohes, finsteres Loch, aus dem Steine und Schnee wie pulverfeines Eis quollen. Ein furchtbares, felsiges Gesicht erschien im blassen Licht der Felsspalte und dann griffen zwei riesige Schaufelhände nach Yori, rissen ihr den Bogen aus den Händen und zerbrachen ihn. Gleichzeitig stieß der Chtona vor ihr einen triumphierenden Schrei aus und warf sich mit weit ausgebreiteten Armen nach vorne.
Yori hörte, wie Maja wie von Sinnen schrie, prallte zurück und glitt auf dem vereisten Boden aus. Sie fiel, rollte sich zur Seite um dem angreifenden Ungeheuer auszuweichen und hörte erneut einen gellenden Schrei Majas.
Plötzlich ertönte ein heller, peitschender Laut und mit einem Male waren andere Stimmen da. Ein Pferd wieherte zornig und im Hintergrund hörte man Kaleighs wütendes Kampfgebrüll. Der Chtona fuhr mitten im Lauf herum und verlor dadurch das Gleichgewicht. Er stolperte, fiel gegen die Wand und stemmte sich mit einer ungemein schnellen Bewegung wieder in die Höhe.
Erneut ertönte der peitschende Knall einer Bogensehne und plötzlich bäumte sich der Chtona auf, prallte abermals gegen den Felsen und versuchte mit verzweifelten Bewegungen den Pfeil zu packen, der zwischen seinen knochigen Schulterblättern herausragte. Eine Sekunde später zischte ein zweiter Pfeil heran und schmetterte ihn endgültig zu Boden.

»Zur Seite, Kind!«
Yori reagierte auf den Befehl ohne lange zu überlegen. Hastig sprang sie beiseite und presste sich gegen den Fels, um den drei großen, in dicke Fellmäntel gehüllten Gestalten Platz zu machen, die sich an ihr vorbeidrängten um mit gezückten Schwertern in den Höhleneingang zu laufen. Ein gellender, unmenschlicher Schrei erklang aus dem Inneren des Berges, dann harte, klackende Schritte, wie von Füßen aus Horn, die aber rasch im Inneren der Höhle verklangen. Wenige Augenblicke später tauchten die drei Bewaffneten wieder aus dem Berg auf. Der grimmige Ausdruck auf ihren Zügen verriet Yori, dass ihr Opfer ihnen entkommen war. Aus irgendeinem Grund, den sie sich selbst nicht zu erklären vermochte, war sie beinahe froh darüber.
Mittlerweile waren noch mehr Männer in dem schmalen Felsspalt aufgetaucht, bis die kaum mannsbreite Kluft regelrecht von Menschen überquoll. Yori schätzte, dass außer den dreien, die den Chtona getötet und das zweite Ungeheuer verjagt hatten, noch ein gutes Dutzend Männer gekommen war – die meisten ähnlich wie Maja in schwarze, fellgefütterte Ledermäntel gekleidet, einige aber auch nur in Fell oder viel zu dünne Sommermäntel gehüllt. Alle waren bewaffnet. Einer von ihnen hob den Arm und gab einen kurzen, befehlenden Laut von sich, auf den hin die anderen ihre Schwerter und Äxte wegsteckten und sich aus der Klamm zurückzogen. Dann drehte er sich zu Yori um, maß sie mit einem langen, abschätzenden Blick von Kopf bis Fuß und fragte: »Wer bist du, Kind?«
»Mein Name ist Yori«, antwortete sie und fügte, obwohl sie wusste, dass sie sich damit nur schaden konnte, in patzigem Tonfall hinzu:
»Und ich bin kein Kind.«
»Yori, so«, murmelte der Mann in einer Art, als versuche er dem Wort irgendeinen vertrauten Klang abzugewinnen. Es

schien ihm nicht zu gelingen. Abermals schwieg er für endlose Sekunden und sah Yori nur an und sie nutzte ihrerseits die Gelegenheit, ihr Gegenüber genauer in Augenschein zu nehmen.
Der Mann war sehr groß; sein hageres Gesicht und seine sehnigen Hände verrieten große Kraft und Zähigkeit. Er hatte hellblondes, beinahe weißes Haar, das bis auf die Schultern fiel, einen säuberlich gestutzten Kinnbart in derselben Farbe; seine Augen sahen aus wie die Majas. Yori wusste sofort, dass sie dem Vater des Kindes gegenüberstand.
»Mein Name ist Ian«, sagte er schließlich. »Was tust du hier? Weißt du nicht, dass es gefährlich ist, sich allein in diesem Teil der Berge herumzutreiben?«
»Warum sagst du das nicht deiner Tochter, Ian?«, fragte Yori. Ians überhebliche Art begann sie zu ärgern. Sie war es nicht gewohnt, dass man in dieser Weise mit ihr sprach. Dort, wo sie herkam, zeigte man Respekt vor Fremden, auch wenn es sich um Kinder handelte.
Seltsamerweise lächelte Ian nur über ihre herausfordernden Worte, steckte nun endlich auch sein eigenes Schwert in den Gürtel und hob die Hand, um sie an der Schulter zu berühren. Yori wich einen halben Schritt zurück und Ian führte die Bewegung nicht zu Ende. Seine hellblonden Augenbrauen zogen sich ärgerlich zusammen, aber er ging mit keinem Wort auf Yoris Benehmen ein.
»Wir müssen machen, dass wir hier wegkommen«, sagte er. »Es ist nicht sicher genug hier. Du wirst uns begleiten.«
»Wer sagt das?«, fragte Yori ärgerlich.
»Ich«, antwortete Ian kühl. »Meinetwegen kannst du auch bleiben. Aber die Chtona werden wieder kommen, sobald sie sich von ihrem Schrecken erholt haben, Kind. Sie haben schon viel größere Gruppen als unsere angegriffen.«
Er schien noch mehr sagen zu wollen, aber in diesem Mo-

ment drängte sich eine kleine, blondhaarige Gestalt durch die Reihe der Männer hinter ihm und zupfte ihn an seinem Mantel. Ian senkte mit deutlichem Unmut den Blick. Sein Gesicht nahm einen strengen, strafenden Ausdruck an, als er auf seine Tochter herabsah, aber Yori spürte die Erleichterung, die er in Wahrheit empfand.
»Yori hat mir das Leben gerettet«, sagte Maja. »Wenn sie nicht gekommen wäre, wäre ich erfroren. Oder die Chtona hätten mich geholt.«
»Stimmt das?«, fragte Ian, wieder an Yori gewandt.
Majas Worte entsprachen vielleicht nicht ganz der Wahrheit, denn Yori hatte im Grunde nicht mehr getan, als die Ungeheuer wenige Sekunden aufzuhalten. Aber andererseits hatte sie mit eigenen Augen gesehen, wie schnell sich die Chtona zu bewegen vermochten. Sie nickte.
»Ich danke dir, Yori«, sagte Ian ernst. »Aber das ist nur ein Grund mehr, dass du mit uns kommst. Dieser Teil der Berge ist nicht sicher genug. Du wirst uns ins Lager begleiten. Dort reden wir miteinander.«
Yori nickte zögernd. Obwohl Ian langsam und mit ruhiger Stimme sprach, glaubte sie trotzdem, einen gehetzten Unterton in seinen Worten zu spüren. Und allein die Erinnerung an das grässliche, felsige Gesicht, das plötzlich wie aus dem Nichts aufgetaucht war, reichte aus, um auch den letzten Rest von Zweifeln zu beseitigen.
»Ich muss Kaleigh holen«, meinte sie. »Dann begleite ich euch.«
»Kaleigh?« Ian runzelte die Stirn. »Dann gehört dir also dieses Ungeheuer dort unten am Weg?«
»Kaleigh ist kein Ungeheuer«, erwiderte Yori beleidigt.
Ian machte eine Bewegung mit der Hand, als wolle er ihre Worte beiseite fegen. »Nein, sicher nicht«, sagte er mürrisch. »Es hat nur drei meiner Männer verletzt, sonst nichts.«
»Sie lässt sich von niemandem anfassen«, erklärte Yori. »Aber

sie ist ein sehr zutrauliches Tier und tut keiner Fliege etwas zuleide, solange man sie nicht reizt.«
Ians Gesichtsausdruck blieb weiterhin mürrisch, aber in seinen Augen blitzte es kurz und beinahe amüsiert auf. »Dann geh und hole dein zutrauliches Tier«, sagte er spöttisch, »ehe es noch mehr von uns außer Gefecht setzt. Und beeile dich. Wir müssen im Lager sein, ehe die Sonne untergeht.«

Sie erreichten das Lager mit dem letzten Licht des Tages. Der Weg war sehr weit gewesen – Yori hätte niemals geglaubt, an einem Tag so weit reiten zu können, und selbst Kaleigh, die sonst keine Müdigkeit kannte, keuchte vor Erschöpfung, als sie in der Mitte des Dutzends Berittener schließlich einen Hang hinunter und auf das Tor zu ritten. Sie hatten nicht eine einzige Pause gemacht und dazu noch ein mörderisches Tempo angeschlagen, zumal in einer Umgebung wie dieser. Die Pferde dampften in der Kälte und die Gesichter der Männer um Yori waren grau vor Überanstrengung. Im Grunde war ihr Weg hierhin kein Ritt gewesen, sondern eine verzweifelte Flucht. Yori fragte sich nur, wovor.
Das, was Ian so harmlos mit dem Wort *Lager* bezeichnet hatte, entpuppte sich beim Näherkommen als eine gewaltige, nur zum Teil von Menschenhand geschaffene Festung. Ihre Mauer war gut zwölf Manneslängen hoch und erstreckte sich zwischen den Flanken zweier nahezu senkrecht emporsteigender Felswände. Yori sah schon von weitem das Blitzen von Metall, das bewaffnete Wachen hinter ihren Zinnen verriet. Als sie näher kamen, erscholl ein schmetterndes Posaunensignal jenseits der Mauer und kurz darauf wurde das eiserne Tor geöffnet, das als einzige Öffnung die Wand durchbrach. Eine Abteilung Bewaffneter sprengte auf die schneebedeckte Ebene hinaus und kam ihnen entgegen.

Yori spürte deutlich die Erleichterung, die durch die Reihen ihrer Begleiter ging, als sie die Reiter erblickten.
Ian, der bisher neben ihr geritten war – ohne indes während des ganzen Tages auch nur ein Wort mit ihr zu wechseln –, gab seinem Pferd ein letztes Mal die Sporen und ritt schneller. Yori sah, wie er auf einen der aus der Festung aufgetauchten Reiter zuhielt, dort angekommen sein Pferd mit einem harten Ruck zügelte und Maja, die er die ganze Zeit unter seinem Mantel an die Brust gepresst hatte, in dessen Arme legte. Dann wendete er sein Pferd, kam jedoch nicht zurück, sondern blieb stehen und wartete auf die anderen.
Kaleigh begann unruhig zu knurren, als sie durch das Tor ritten und sie die Nähe zahlreicher fremder Menschen und Tiere witterte. Yori tätschelte ihr beruhigend den Hals. Es war wirklich so, wie sie es Ian gesagt hatte – Kaleigh war im Grunde ihres Herzens gutmütig wie alle Angehörigen des Drachenvolkes, aber sie war jetzt auch erschöpft und müde und gereizt und litt vermutlich Schmerzen und – auch das war etwas, was ihrer ganzen Rasse zu eigen war, wenn auch kaum ein Mensch noch um dieses Geheimnis wusste – sie spürte ganz genau den Schrecken und das Misstrauen, die ihr Anblick unter den Menschen verbreiteten. Und sie reagierte darauf.
»Halt dein Tier im Zaum«, sagte Ian warnend. »Wir sind den Anblick berittener Drachen nicht gewohnt, weißt du?«
»Kaleigh ist kein Drache«, widersprach Yori, aber dann bemerkte sie das freundliche Lächeln in Ians Augen und begriff, dass er es nur gut gemeint hatte. Tatsächlich hatte sich bereits eine große Menschenmenge um sie herum gebildet. Die meisten hielten respektvoll Abstand und nur einige neugierige Kinder versuchten sich ihr und ihrem sonderbaren Reittier zu nähern – natürlich nur, um sofort von ihren Eltern wieder zurückgezogen und gescholten zu werden. Die

Anzeichen von Erschrecken und Angst waren dabei nicht zu übersehen.
»Kaleigh ist müde«, sagte Yori. »Habt ihr einen Stall, in den ich sie bringen kann?«
Ian überlegte einen Moment, dann nickte er, wandte sich im Sattel um und deutete auf ein niedriges, strohgedecktes Gebäude unweit der Mauer. »Der Stall dort drüben steht leer«, sagte er. »Vielleicht ist es besser, wenn sie nicht mit den Pferden zusammenkommt.«
Und mit den Männern, die sie füttern und pflegen, fügte Yori in Gedanken hinzu, denn das war es, was Ian eigentlich hatte sagen wollen. Sie war enttäuscht und niedergeschlagen. Aber was hatte sie erwartet? Es war überall das Gleiche, ganz egal, wohin und zu wem sie kamen. Die Menschen fürchteten die großen Echsen und begegneten ihnen allenfalls mit Neugier und Misstrauen, in der Regel aber mit Furcht und Schrecken; und meistens – fast immer – erwuchs daraus schon nach kurzer Zeit Hass. Selbst ihr Anblick, wenn sie auf Kaleighs Rücken saß, weckte allerhöchstens Erstaunen. Niemals Zutrauen.
»Bring sie fort«, sagte Ian und seine Stimme war so sanft und warm, als hätte er Yoris Gedanken erraten und verstanden. Vielleicht war es aber auch nicht sehr schwer, sie auf ihrem Gesicht abzulesen. Sie war viel zu müde, um ihre Züge noch unter Kontrolle zu halten.
Yori wandte sich mit einem stummen Nicken um, ritt quer über den Platz auf den Stall zu und kletterte aus dem Sattel. Die Männer und Frauen wichen respektvoll vor Kaleigh zur Seite und tief in ihrem Inneren konnte Yori spüren, wie die Laufechse immer nervöser und gereizter wurde. Sie beeilte sich die Stalltür zu öffnen und Kaleigh mit einem scharfen Zungenschnalzen hereinzurufen.
Der Stall musste wirklich schon seit langer Zeit leer stehen, denn die Anzeichen des Verfalls waren unübersehbar. Nur

eine der acht oder zehn hölzernen Boxen war noch so weit erhalten, dass sie Kaleigh hineinführen und ihre Kette an einem Stützpfeiler festhaken konnte. Sie blieb neben dem Tier stehen, tätschelte seine hornige Schnauze und versuchte das Chaos aus Gefühlen hinter ihrer Stirn zu beruhigen.
Nach einer Weile gelang es ihr und sie spürte, wie auch Kaleigh sich beruhigte, aber es kostete sie unendliche Überwindung. Manchmal – in Augenblicken wie diesen, die leider in letzter Zeit immer häufiger wurden – empfand sie ihre Begabung als Fluch. Aber vielleicht war sie sich bisher auch nur nicht darüber im Klaren gewesen, was es hieß die Verantwortung für *zwei* Leben zu tragen.
Die Tür wurde geöffnet und wieder geschlossen, und als sie sich umwandte, erkannte sie Ian, der hereingekommen war und zwei Schritte hinter ihr stand um abwechselnd sie und ihr Tier zu mustern.
»Brauchst du irgendetwas für sie?«, fragte er. Seine Stimme klang freundlich und der angespannte, ja beinahe verbissene Ausdruck war von seinen Zügen gewichen. Es war, als sei irgendetwas Finsteres, vielleicht auch nur Furchtsames von ihm abgefallen, im selben Augenblick, in dem er sich wieder in der sicheren Festung befand. »Wasser oder Fleisch?«, fügte er hinzu.
Yori schüttelte den Kopf. »Sie frisst nur alle paar Wochen etwas«, sagte sie. »Und Wasser speichert sie ebenso lange. Alles, was sie jetzt braucht, ist ein wenig Ruhe.«
Ian nickte, als hätte sie ihm nur etwas gesagt, was er im Grunde wusste und bloß im Augenblick vergessen hatte. Zögernd kam er näher, hob die Hand, und als Yori aufmunternd nickte, legte er die Finger auf Kaleighs schuppengepanzertes Maul. »Eigentlich ist sie ein schönes Tier«, sagte er. »Aber es muss sehr schwer sein, sie zu reiten. Wie hast du sie gezähmt?«
»Ich habe sie nicht gezähmt«, sagte Yori. Die Antwort kam

heftiger, als sie es beabsichtigt hatte. Ihr scharfer Ton tat ihr sofort Leid und so fügte sie erklärend hinzu: »Kaleigh und ich sind Freunde. Sie würde nie einen Menschen gegen ihren Willen auf sich reiten lassen.«

Abermals nickte Ian verstehend, dann wandte er sich mit einem Ruck um und rüttelte prüfend an der Kette, mit der Kaleigh angebunden war. Er schien damit zufrieden zu sein und Yori ließ ihm – wenigstens für den Moment – diese Illusion.

Die Kette hatte allerhöchstens symbolische Bedeutung. Wenn Kaleigh wirklich *wollte,* würde sie den armdicken Stützbalken wie einen dürren Ast zerbrechen und dieses Gebäude schlichtweg niedertrampeln um hinauszukommen. Aber das brauchte Ian ja nicht unbedingt zu wissen.

»Wenn du hier fertig bist, möchte ich gerne, dass du mich ins Wohnhaus begleitest«, sagte Ian plötzlich. »Meine Frau und ich wollen uns bei dir dafür bedanken, dass du Maja gerettet hast. Und dann müssen wir reden.«

Es war das zweite Mal, dass er diese geheimnisvolle Andeutung machte, und wie beim ersten Mal spürte Yori, dass es mehr als eine bloße Redewendung war. Wenn Ian *reden* sagte, dann meinte er etwas ganz Bestimmtes. Und sie hatte das ungute Gefühl, dass es nichts Angenehmes war.

Yori verabschiedete sich mit einem letzten Streicheln von Kaleigh und wollte an Ian vorbeigehen, aber Majas Vater streckte rasch die Hand aus und hielt sie am Arm zurück. Sein Griff war sehr fest, aber irgendwie spürte Yori, dass er ihr nicht wehtun wollte.

»Noch etwas«, sagte er. »Ich möchte, dass du das weißt, ehe wir gehen, Yori. Meine Frau und ich sind dir sehr dankbar für das, was du für Maja getan hast, das musst du mir glauben.« Damit ließ er Yoris Hand los, wandte sich um und stürmte so schnell aus dem Gebäude, dass es schon fast einer Flucht gleichkam.

Verstört starrte Yori ihm nach. Sie verstand jetzt gar nichts mehr. Aber das ungute Gefühl in ihr wurde noch stärker.
Kaleigh begann zu knurren und Yori beeilte sich, ebenfalls den Stall zu verlassen und aus ihrer unmittelbaren Nähe zu kommen, ehe ihre Gefühle auf die Echse übergriffen und sie restlos nervös machen konnten.
Sie musste länger in dem verlassenen Stall gewesen sein, als sie geglaubt hatte, denn als sie ins Freie trat, war die Sonne untergegangen und die Nacht hatte sich wie eine schwarze Decke über den Bergen ausgebreitet.
Trotzdem war das Lager fast taghell beleuchtet. In der Mitte des gewaltigen, rautenförmigen Platzes, um den herum sich die einzelnen Gebäude gruppierten, brannte ein mächtiges Lagerfeuer und auch hinter den doppelten Zinnen der riesigen Wehrmauer leuchteten helle Flammen. Warmes Licht drang aus den Fenstern und Türen der Häuser. Yori hatte selten eine Stadt gesehen, die so verschwenderisch beleuchtet war. Dabei musste Brennholz hier oben kostbarer sein als Gold. Nun, zumindest ermöglichte ihr diese Festbeleuchtung sich Ians *Lager* etwas genauer anzusehen.
Es war, wie sie bereits beim ersten Blick gedacht hatte, in Wirklichkeit kein Lager, sondern eine Bergfestung, die geschickt und mit großer Kunstfertigkeit in einem steil aufragenden, wohl hundert Klafter hohen Felsen errichtet worden war. Zu beiden Seiten wurde sie von riesenhaften Quermauern begrenzt; sie war so groß wie eine Stadt. Yori schätzte, dass sich selbst jetzt noch weit über hundert Menschen allein auf dem kopfsteingepflasterten Innenhof aufhielten und in den taghell erleuchteten Häusern mussten noch viel mehr sein. Ja, das Lager war in jeder Hinsicht eine Festung. Jemandem, dessen Auge weniger geschult war als das ihre, wäre es vielleicht nicht aufgefallen, aber Yori erkannte beinahe auf den ersten Blick, dass auch die einzelnen Häuser – ausnahmslos aus Stein gebaut und zusätzlich

mit kleinen vergitterten Fenstern versehen – jedes für sich eine kleine Trutzburg waren.
Es waren gut zwei Dutzend dieser großen, rechteckigen Klötze, die offensichtlich nicht nach Gesichtspunkten der Schönheit, sondern einzig nach praktischen Erwägungen geplant und gebaut worden und zum Teil durch überdachte Brücken und Laufstege untereinander verbunden waren. Manche umgaben brusthohe, mit spitzen, nach außen geneigten Eisenklingen gekrönte Mauern. Im hinteren Teil des Lagers, jenseits des Feuers, sodass Yori hinter dem grellorangefarbenen Licht nur seine Umrisse erkennen konnte, erhob sich ein mächtiger steinerner Turm, wie die Mauer von Zinnen gekrönt. Dahinter konnte man die Schatten von Wächtern erkennen und der Hof selbst war von einem Muster gerader, sich kreuzender Linien durchzogen, als befände sich unter dem Kopfsteinpflaster ein Labyrinth von Gräben. Angesichts der riesigen Mauern, die das Tal zu beiden Seiten hin abschlossen, erschien ihr der Gedanke beinahe lächerlich; Ians *Lager*-Festung war ganz so erbaut, dass seine Bewohner sich im Falle eines Angriffs bis zuletzt wehren konnten.
Sie dachte nicht weiter darüber nach und beeilte sich zu Ian zu kommen, der ein Stück vorausgegangen und stehen geblieben war um auf sie zu warten. Sie würde die Antworten auf alle diese Fragen früh genug bekommen. Und vielleicht auch Antworten auf solche, die sie gar nicht gestellt hatte.
Eine Woge behaglicher Wärme empfing sie, als sie hinter Ian in eines der quaderförmigen Gebäude trat. Wie alle war es hell erleuchtet und nach seinem abweisenden Äußeren war Yori von der Behaglichkeit des Raumes, in den Ian sie führte, angenehm überrascht. Auf dem Steinboden lag ein Teppich aus Schaffell und an der Rückwand loderte ein gewaltiges Kaminfeuer. Die Luft roch nach gebratenem Fleisch und heißer Suppe und wie zur Antwort auf diese verlockenden

Düfte begann ihr Magen zu knurren; so laut, dass Ian lächelte und Yori beschämt den Blick senkte.
»Setz dich dort an den Tisch«, sagte Ian mit einer einladenden Geste auf einen großen, von einem guten Dutzend hölzerner Stühle umgebenen Tisch. »Ich bringe dir zu essen.«
»Ich ... bin nicht sehr hungrig«, sagte Yori, aber eigentlich nur, um sich über den peinlichen Moment hinwegzuhelfen. Es war eine glatte Lüge; sie hatte seit dem vergangenen Abend nichts mehr gegessen und starb fast vor Hunger.
»Unsinn«, widersprach Ian. »Ich bin hungrig und du bist ebenso weit geritten wie ich, also musst du auch Hunger haben. Es ist noch Zeit, bis die anderen kommen, also setz dich dorthin und warte.«
»Welche anderen?«, fragte Yori. Aber Ian tat, als hätte er die Frage gar nicht gehört, und verließ den Raum durch eine zweite Tür. Yori setzte sich gehorsam auf den Platz, den Ian ihr zugewiesen hatte.
Schon nach wenigen Augenblicken wurde die Tür erneut geöffnet, aber es war nicht Ian, der mit dem Essen zurückkam, sondern ein Junge von ungefähr siebzehn, achtzehn Jahren, in ein schmuckloses schwarzes Gewand gekleidet und barfuß. Seinem Haar und seinen Augen nach war er ein Sohn Ians. An seiner linken Seite glänzte ein mächtiges, beidseitig geschliffenes Schwert, das er nicht in einer Scheide, sondern nur in einem dünnen, eisernen Ring trug, den er durch den Gürtel gezogen hatte.
Der Junge blieb einen Moment lang unter der Tür stehen, warf sie dann mit einer unnötig heftigen Bewegung hinter sich zu und kam näher, wobei sein Blick nicht von Yoris Gesicht wich. Yori fühlte sich unter diesem Blick unwohl. Von der Sanftmut und Freundlichkeit Ians war bei dem Jungen nichts zu spüren.
Um seinen Mund lag ein verbissener, hochmütig wirkender Zug. Yori glaubte nicht, dass sie ihn mögen würde.

»Du bist das Mädchen, das auf diesem Ungeheuer geritten ist«, begann er, nachdem er an den Tisch getreten war und sich mit einer bewusst lässigen Geste auf seine Kante gestützt hatte.
Yori schluckte die scharfe Antwort hinunter, die ihr auf der Zunge lag.
»Mein Name ist Yori«, sagte sie, so ruhig sie konnte – es war nicht *sehr* ruhig –, »und wer bist du?«
»Ferro«, antwortete der Junge. »Ich bin Majas Bruder, Ians ältester Sohn. Ich soll mich um dich kümmern, bis Vater mit den anderen zurückkommt.«
»Ich brauche keine Gesellschaft«, erwiderte Yori ärgerlich. »Und wenn ihr Angst habt, dass ich weglaufe, kann ich euch beruhigen. Dazu bin ich viel zu müde.«
»Niemand läuft von hier weg«, sagte Ferro.
»Außer deiner Schwester«, fügte Yori boshaft hinzu. Es bereitete ihr regelrecht Vergnügen zu sehen, dass Ferro bei ihren Worten zusammenfuhr und sich seine Miene verdüsterte.
»Maja ist ein dummes Kind, das nicht weiß, was es tut«, sagte er unwillig. »Und die Wache, die ihre Pflicht vernachlässigt hat und sie entkommen ließ, wurde bestraft.«
Er setzte sich nun doch, lehnte sich zurück und verschränkte die Arme vor der Brust. »Den Trick mit dem Drachen musst du mir verraten«, fuhr er fort. »So ein Reittier würde mir schon gefallen.«
»Warum gehst du nicht in den Stall und versuchst es einfach?«, fragte Yori schnippisch. »Wenn du hinterher noch lebst, sage ich dir, was du falsch gemacht hast.«
Ferro lachte, aber es klang weder sehr echt noch sehr amüsiert und Yori spürte, dass er wütend wurde. Ferro war ein sehr reizbarer junger Mann, das hatte sie schnell bemerkt. Vielleicht tat sie gut daran, erst einmal seine Rolle hier in der Festung in Erfahrung zu bringen, ehe sie sich ihn zum

Feind machte. Einen Moment lang starrte sie ihn noch an, dann drehte sie sich mit einem heftigen Ruck auf dem Stuhl herum und blickte in die Flammen des Kaminfeuers.
Allmählich machte sich die Wärme angenehm bemerkbar. Das Gefühl klammer Kälte, das ihr in den letzten Tagen zu einem so treuen Begleiter geworden war, dass sie es schon beinahe gar nicht mehr bewusst wahrgenommen hatte, wich aus ihren Gliedern und machte einer Woge prickelnder, aber auf sonderbare Weise beinahe wohltuender kleiner Stiche Platz, die rasch durch ihren Körper liefen. Einen Moment lang genoss sie es ganz, die streichelnde Wärme auf dem Gesicht zu fühlen, dann stand sie auf, öffnete die Schnalle ihres Mantels und streifte ihn von den Schultern. Eigentlich kam ihr erst jetzt zu Bewusstsein, dass sie das Kleidungsstück seit mehr als einer Woche nicht ausgezogen hatte. Mit einem Male fühlte sie sich schmutzig.
Als sie sich wieder setzte, begegnete sie Ferros Blick. Auf den Zügen des Jungen hatte sich ein Lächeln ausgebreitet, das Yori ganz und gar nicht gefiel.
»Du bist ja eine richtige Schönheit«, sagte er grinsend. »Hätte ich bei einer Amazone, die auf einem Drachen durch die Berge reitet, gar nicht erwartet.«
Eine Sekunde lang war Yori ernsthaft versucht den Mantel wieder anzuziehen, um Ferros anzüglichen Blicken zu entgehen, aber dann wurde ihr klar, wie albern ein solches Benehmen gewesen wäre. Außerdem hätte er es als eine Niederlage ihrerseits gedeutet und diesen Triumph gönnte sie ihm nicht.
Gottlob kam in diesem Moment Ian zurück, eine hölzerne Schale mit dampfender Suppe in der rechten und einen mächtigen Laib Brot in der linken Hand. Ferro nahm hastig die Füße vom Tisch und legte die Hände auf den Schoß. Seine zur Schau gestellte Überheblichkeit bekam sichtlich einen Dämpfer.

»Ich sehe, dass ihr euch schon bekannt gemacht habt«, sagte Ian, während er die Suppe und das Brot vor Yori auf dem Tisch ablud. »Das ist gut. Ich bin sicher, dass ihr euch rasch anfreunden werdet.«
Ferro begann abermals zu grinsen. Yori biss sich auf die Zunge um nicht irgendetwas zu sagen, was ihr hinterher vielleicht Leid tun könnte, griff nach dem Löffel, den Ian ihr reichte, und tat so, als konzentrierte sie sich die nächsten zehn Minuten voll und ganz auf ihr Essen.

Die *anderen*, von denen Ian und Ferro gesprochen hatten, kamen nach einer halben Stunde. Es waren acht Männer und eine Frau, die schweigend und ohne anzuklopfen eintraten und auf Ians stummes Kopfnicken hin Platz nahmen, und Yori hatte das sichere Gefühl, dass sie es hier nicht mit irgendwelchen Verwandten Ians oder x-beliebigen Leuten aus dem Lager zu tun hatte, sondern mit wichtigen Personen. Sie besaß keine allzu große Erfahrung im Umgang mit Menschen, aber sie wusste trotzdem, dass man es denen, die jeden Tag Verantwortung zu tragen und wichtige Entscheidungen zu fällen hatten, anmerkte; irgendwie. Und diesen Leuten merkte man es an.
Als Letzte trat eine dunkelhaarige, höchstens dreißigjährige Frau in den Raum, die geradewegs auf sie zuging und die völlig verblüffte Yori so heftig in die Arme nahm und herzte, als habe sie eine verlorene Tochter wieder gefunden. Dann begriff sie: Diese Frau war niemand anderes als Majas Mutter. Geduldig ließ Yori die – ihrer Meinung nach – völlig übertriebenen Liebesbezeugungen über sich ergehen, löste sich schließlich mit sanfter Gewalt aus dem Griff der Frau und trat einen halben Schritt zurück. Ians Frau blickte sie mit strahlenden Augen an, aber es war auch eine ganz leise Spur von Trauer in ihrem Blick. Oder war es Mitleid? Yori konnte sich das Gefühl nicht erklären, aber mit einem Male

musste sie an die Worte denken, die Ian drüben in Kaleighs Stall gesagt hatte. Sie schauderte.

»Setz dich wieder«, sagte Ian und Yori gehorchte. Mit einem Male hatte sie das unangenehme Gefühl, im Mittelpunkt zu stehen. Selbst der Ausdruck in Ferros Augen hatte sich verändert.

»Meine Freunde und ich«, begann Ian mit einer Geste, die alle Versammelten einschloss, »sind so etwas wie die Führer des Lagers. Ich habe sie alle zusammenkommen lassen, weil wir mit dir reden und darüber entscheiden müssen, was mit dir zu geschehen hat.«

»Zu geschehen?« Yori runzelte die Stirn und warf einen hilflosen Blick in die Runde. »Ich verstehe nicht«, meinte sie. »Ich will doch nichts von euch; allenfalls ein Nachtlager für mich und mein Tier und jemanden, der mir den Weg aus den Bergen heraus zeigt.«

»Ich fürchte, so einfach ist das nicht, Kind«, meldete sich der Mann neben Ian zu Wort. Er lächelte freundlich, als er Yoris erschrockenen Blick bemerkte, und hob die Hand, als sie eine Frage stellen wollte. »Du kannst nicht einfach morgen früh auf dein Tier steigen und davonreiten. Das kann niemand. Die Berge sind zu dieser Zeit des Jahres zu gefährlich. Du hast erlebt, was passiert ist.«

»Ich bin es gewohnt, auf mich aufzupassen«, antwortete Yori, aber Ian brachte sie mit einem energischen Kopfschütteln zum Verstummen.

»Harot hat vollkommen Recht, Yori«, sagte er ernst. »Du würdest den Tag nicht überleben, glaube mir. Solange der Schnee nicht geschmolzen ist, ist es Selbstmord, das Lager zu verlassen. Die Chtona töten alles, was sich nur regt. Keiner von uns versteht, wie du so tief in ihr Gebiet eindringen konntest ohne überfallen zu werden. Wahrscheinlich hast du nur Glück gehabt. Aber wenn wir dich jetzt gehen ließen, wäre das Mord.«

Yori wollte widersprechen, aber dann tat sie es doch nicht. Ians Worte hatten die Erinnerung an die beiden schrecklichen Albtraumwesen erneut in ihr geweckt und für einen kurzen, fürchterlichen Moment glaubte sie noch einmal direkt in das geborstene Felsengesicht des Chtona zu blicken.
»Vielleicht hast du Recht, Ian«, sagte sie leise. »Mein Tier und ich sind erschöpft. Ein paar Tage Rast werden uns beiden gut tun. Wie lange wird es dauern, bis der Schnee schmilzt?«
Ian hob die Schultern. »Wer kann das wissen?«, sagte er. »Eine Woche, zwei, drei – kaum länger. Aber das ist es nicht allein.« Er brach ab, starrte einen Moment auf seine Hände und sah dann wieder Yori an. »Erzähl uns von dir, Yori«, sagte er. »Wer bist du? Woher kommst du und wohin willst du? Und wie kommt es, dass du eine Laufechse reiten gelernt hast?«
Das ist eine Menge Fragen auf einmal für jemanden, der mir nur seine Dankbarkeit bezeugen will, dachte Yori alarmiert. »Ich ... komme aus dem Norden«, sagte sie deshalb ausweichend.
»Ich war auf dem Weg nach Osten, zur Küste und zu den Eisigen Inseln.«
»Zur Küste?«, mischte sich Ferro ein. »Hier entlang?«
»Ich habe mich verirrt«, gestand Yori. »Die Brücke über den Taufluss war eingestürzt und ich wollte nicht warten, bis sie repariert würde.«
»Und da hast du versucht den Weg abzukürzen«, sagte Ian kopfschüttelnd. »Du bist nicht der Erste, der diesen Fehler begangen hat. Unsere Berge sind gefährlich, gerade jetzt. Schon so mancher Reisende ist nie zurückgekommen von seiner *Abkürzung*.«
Yori schwieg. Es wäre ziemlich albern gewesen sich verteidigen zu wollen. Und Ian meinte seine Worte auch nicht als Vorwurf, das spürte sie. Er stellte nur fest.

»Ein Mädchen auf einem Drachen«, murmelte Harot plötzlich. »Ich habe davon gehört. Yori – so heißt du doch?«
Yori nickte und der Mann fuhr, noch immer in dem gleichen, nachdenklichen Ton fort: »Ja, das war der Name. Man erzählte von einem Kind, das die wilden Echsen zu zähmen weiß und mit ihnen redet. Ich habe das nicht geglaubt, aber jetzt, wo ich es selbst sehe ... Man nennt dich Drachenkind, nicht wahr?«
Yori nickte abermals. Sie begann sich immer unbehaglicher zu fühlen. Nicht, dass diese Männer nicht wissen durften, wer sie war, denn das war weder geheim noch in irgendeiner Weise interessant, aber das Gespräch nahm immer mehr die Form eines Verhörs an.
»Manche nennen mich so«, entgegnete sie mit einiger Verspätung. »Aber ich finde den Namen albern. Ich heiße Yori.«
»Warum hast du dein Volk verlassen?«, fragte der Mann weiter. »Man sagt, dass du bei den Nomaden gelebt hast, oben in den Wüsten des Nordens.«
»Ich habe ... Geschäfte im Osten«, sagte Yori ausweichend. Die Ausrede klang alles andere als glaubwürdig, das war ihr klar, aber was sie wirklich auf den Eisigen Inseln suchte, ging hier nun wahrhaftig niemanden etwas an.
»Geschäfte?« Ferro gab sich keine Mühe den hämischen Klang in seiner Stimme zu dämpfen. »Du? Ein Kind?«
»Ferro!«, sagte Ian scharf. »Schweig!«
Ferro gehorchte, wenn auch mit einem trotzigen Blick in die Richtung seines Vaters, und Ian fuhr fort: »Es geht uns nichts an, warum du deine Leute verlassen hast. Das Problem, Yori, ist, dass du nun hier bist.«
»Ich werde euch nicht zur Last fallen«, sagte Yori beinahe hastig. »Ihr braucht mir nicht einmal zu essen zu geben. Ich habe genügend Nahrungsmittel bei mir um für mich selbst zu sorgen und Kaleigh braucht erst in einigen Wochen wieder zu essen. Gebt mir eine Kammer oder einen Sack mit

Stroh, damit ich bei Kaleigh schlafen kann, und ich werde gehen, sobald der Schnee geschmolzen ist.«

Ian lächelte, aber es wirkte traurig. »Du verstehst noch immer nicht, Yori«, sagte er. »Es geht nicht um das bisschen Essen, das dein Tier und du brauchen.«

»Um was dann?«, fragte Yori.

Ian wich ihrem Blick aus, als er antwortete, und sie glaubte geradezu zu sehen, wie schwer ihm jedes einzelne Wort fiel. »Du hast einen weiten Weg hinter dir, Yori«, entgegnete er. »Und auch dein Volk ist viel in der Welt herumgekommen, wenn du wirklich bei den Nomaden aufgewachsen bist. Hast du jemals von dieser Stadt oder unserem Volk gehört?«

Yori verneinte und Ians Lächeln wurde noch eine Spur trauriger. »Siehst du«, meinte er. »Genau das ist es. Niemand hat je von uns gehört und niemand darf je erfahren, dass es diese Stadt gibt.«

Er schwieg einen Moment und plötzlich fiel Yori auf, wie still es in dem großen Raum geworden war. Selbst das Knacken der brennenden Holzscheite wirkte gedämpft. Eine furchtbare Ahnung stieg in ihr auf.

»Was willst du damit sagen, Ian?«, fragte sie. Ihre Stimme bebte.

Ian atmete hörbar ein. »Die einzige Hoffnung«, sagte er, »die unser Volk hat zu überleben ist die, dass niemand von seiner Existenz weiß. Draußen in der Welt glaubt man, dass dieser Teil der Berge unzugänglich sei und niemand hier leben könne. Würde bekannt werden, dass es uns und unsere Stadt gibt, dann würden sie kommen und alles vernichten.«

Yori starrte ihn an, und als sie begriff, was er mit seinen Worten sagen wollte, hatte sie für eine Sekunde das Gefühl, dass ihr Herz stehen blieb.

»Du weißt, was das heißt, nicht wahr?«, fragte Ian sanft.

Yori nickte. »Das heißt«, sagte sie stockend und plötzlich

hatte sie einen bitteren Geschmack im Mund und das Gefühl, einen dicken, stacheligen Kloß verschluckt zu haben, der jetzt in ihrer Kehle saß und sie am Reden hinderte, »das heißt, dass ihr ... mich nicht wieder weglassen könnt.«
»Genau das heißt es«, sagte Ferro hart.
Sein Vater sah wütend auf. »Ferro, schweig!«, befahl er. »Noch ist nichts entschieden. Dieses Mädchen hat deiner Schwester das Leben gerettet, vergiss das nicht. Sie ist nicht unser Feind.«
»Das habe ich auch nicht behauptet«, widersprach Ferro trotzig. »Aber es spielt auch keine Rolle. Freund oder Feind, das Gesetz gilt für alle gleich.«
Yori sah auf und setzte zu einer Antwort an, aber erneut glaubte sie eine lautlose, innere Stimme zu hören, die ihr riet besser still zu sein. Was sie hier beobachtete, war weit mehr als ein Streit zwischen Vater und Sohn. Sie sah genau, wie sich aller Blicke abwechselnd auf Ferro und Ian richteten. Die Spannung war beinahe mit Händen zu greifen.
»Dein Sohn hat Recht, Ian«, sagte einer der anderen plötzlich. »Das Gesetz gilt für alle gleich.«
»Was nicht heißt, dass es gut ist«, antwortete Ian. Aus irgendeinem Grund schien er zornig zu sein. Yori hatte plötzlich den Eindruck, nur Zeuge von einem winzigen Ausschnitt eines Streites zu sein, der schon seit langer Zeit zwischen diesen Männern bestand.
»Es hat das Bestehen unserer Stadt seit vielen Generationen gesichert«, sagte einer der Männer. »Ist das kein ausreichender Beweis, Ian?«
»Nein«, rief Ian. »Das ist es nicht und du weißt es, Kato. Dieses Mädchen –« Er deutete auf Yori, sah den dunkelhaarigen Mann aber weiter fest an. »– hat sein eigenes Leben riskiert, um das meiner Tochter zu retten. Glaubst du, so etwas täte ein *Feind*?«
Kato seufzte. »Du hast es selbst gesagt, Ian – das Leben deiner

Tochter. Vielleicht bist du in diesem Falle nicht der Richtige um zu entscheiden.«
»Was soll das heißen?«, fragte Ian zornig.
»Das soll heißen«, antwortete der Mann, den Ian zuvor als Harot angesprochen hatte, »dass wir deine Gefühle verstehen und respektieren, Ian, aber ...«
»Ich bin euer Führer«, unterbrach ihn Ian scharf, aber Harot ließ sich davon nicht beeindrucken.
»Unser *gewählter* Führer«, bestätigte er. »Aber nur so lange, wie du nicht gegen die Interessen unseres Volkes handelst, Ian. Tust du es, dann haben wir die Pflicht, dir den Gehorsam zu verweigern.«
Ians Gesicht verlor alle Farbe, aber in diesem Moment hob einer der Männer die Hand und begann zu reden, ehe es zum Streit zwischen Ian und Harot kommen konnte. »Ich finde, Ian hat vollkommen Recht«, sagte er. »Erinnerst du dich, Harot, an die Kunde von dem Mädchen, das sie Drachenkind nennen? Du hast sie selbst erzählt. Es hieß, sie sei freundlich zu jedermann und ohne Falsch.«
Harot fegte die Bemerkung mit einer wütenden Geste beiseite. »Das steht hier nicht zur Debatte«, erwiderte er. »Wir reden über das Gesetz, das seit Menschengedenken gilt und unser Volk beschützt hat, solange es existiert.« Plötzlich wurde er lauter. »Glaubst du, dass ich Ian nicht verstehen kann? Auch ich habe ein Kind und auch ich wäre überglücklich, wenn jemand für meine Tochter getan hätte, was Yori für Ians Tochter getan hat. Aber das ist es ja gerade. Ich will Ian doch nicht angreifen oder gar seine Stellung als unser Oberhaupt anzweifeln; aber muss ich euch erklären, was geschehen wird, wenn man draußen in der Welt erfährt, dass es uns gibt?«
Niemand antwortete auf diese Worte und selbst Ian senkte nach einer Weile betreten den Blick und starrte an Yori vorbei ins Leere. Wieder senkte sich für endlose, quälende

Sekunden eine fast unheimliche Stille über den Raum. Schließlich brach Yori selbst dieses immer bedrückender werdende Schweigen.
»Ich würde bestimmt nichts sagen«, meinte sie zögernd. »Ich weiß nicht, wovor ihr solche Angst habt und warum ihr euch versteckt, aber ich schwöre euch, dass ich für alle Zukunft schweigen werde. Ich werde vergessen, dass es diese Stadt überhaupt gibt, darauf gebe ich euch mein Wort.« Ihre Stimme zitterte und sie spürte, dass sie nahe daran war, in Tränen auszubrechen. Und dabei hatte sie das Gefühl, die wahre Tragweite dessen, was sie gerade gehört hatte, noch gar nicht begriffen zu haben.
»Du redest Unsinn, Kind«, sagte Harot beinahe sanft. Yori wollte auffahren, aber Ian hinderte sie mit einem raschen, warnenden Kopfschütteln daran. Er seufzte hörbar.
»So einfach ist das nicht, Yori«, sagte er. »Wir müssen weiter darüber reden, aber du wirst nach dem anstrengenden Ritt müde sein. Warum legst du dich nicht hin und schläfst dich erst einmal gründlich aus?« Plötzlich lächelte er. »So, wie die Dinge liegen, musst du so oder so noch ein paar Tage hier bleiben, wenigstens so lange, bis der Schnee geschmolzen ist.«
Yori starrte den großen, blonden Mann wortlos an. Dann erhob sie sich und ging aus dem Zimmer. Das Letzte, was sie von der Versammlung sah, war Ferros schadenfrohes Grinsen.

Es wurde eine unruhige Nacht für Yori. Ianna – Majas Mutter – war kurz nach ihr aus dem Versammlungsraum gekommen und hatte sie in ein Zimmer geführt, in dem ein frisch bezogenes Bett bereitstand, und nach anfänglichem Sträuben hatte sie sich überreden lassen ihre Kleider auszuziehen und unter die warmen Decken zu kriechen. Ianna war wieder gegangen und für eine Weile war Yori ernsthaft in

Versuchung gewesen wieder aufzustehen und in den Stall hinüberzugehen, um die Nacht in Kaleighs Gesellschaft zu verbringen; bei der einzigen Freundin, die ihr in einer Welt voller Feinde geblieben war. Aber sie wusste auch, dass das Tier ihren Schmerz fühlen und rasend werden würde, und so blieb sie liegen.
Außerdem stellte das weiche Bett nach einer Woche, die sie auf hartem Fels oder eisigem Schnee geschlafen hatte, einen geradezu unglaublichen Luxus dar.
Bald machten sich die Strapazen der vergangenen Tage bemerkbar und Müdigkeit schlug wie eine schwere Woge über ihr zusammen. Trotzdem konnte sie nicht richtig schlafen. Zu vieles ging ihr durch den Kopf und jedes Mal, wenn sie gerade eingeschlafen war, ließen furchtbare Visionen von Gefängnissen, Kerkern und schrecklichen, unmenschlichen Wesen mit Felsgesichtern und furchtbaren Schaufelhänden sie wieder aufschrecken. Es war die längste Nacht ihres Lebens, und als es mit dem ersten Licht des neuen Tages an ihrer Tür klopfte und Ian eintrat ohne eine Antwort abzuwarten war sie so benommen vor Müdigkeit, dass sie ihn im ersten Moment kaum erkannte.
Ian war nicht allein. Seine Frau Ianna und Maja waren bei ihm, und bevor Maja die Tür hinter sich schloss, erhaschte Yori einen flüchtigen Blick auf Ferro, der draußen auf dem Flur stand, zu ihrer Erleichterung aber nicht mit hereinkam. Benommen setzte sie sich auf, schob sich eine Haarsträhne aus der Stirn und erwiderte Majas freundliches Lächeln, ehe sie ihren Vater ansah.
Ian sah so müde und übernächtigt aus, wie Yori sich selbst fühlte. Tiefe, dunkle Ringe lagen unter seinen Augen und seine Hände zitterten ganz leicht, als er sich auf den Rand ihres Bettes setzte und mit einer vertraulichen Geste nach Yoris Hand griff. Seine Haut fühlte sich kalt an und war sehr blass.

»Nun?«, begann Yori. »Habt ihr ... weiter beraten?«
Ian nickte. »Die ganze Nacht hindurch«, erwiderte er. »Bis jetzt.«
»Und zu welchem Ergebnis seid ihr gekommen?«, fragte Yori, obgleich sie die Antwort im Voraus zu wissen glaubte. Ian zog seine Hand aus der ihren zurück. »Noch zu keinem«, sagte er, jedoch etwas zu schnell, wie Yori fand. »Vorerst wirst du hier bleiben müssen, schon allein des Wetters und der Chtona wegen. Aber noch ist nichts endgültig entschieden.« Er versuchte aufmunternd zu lächeln – es gelang ihm nicht ganz – und wechselte abrupt das Thema. »Aber ich bin nicht gekommen, um dir das zu sagen«, fuhr er fort, »sondern um dich abzuholen. Ianna hat ein kräftiges Frühstück vorbereitet, und wenn du willst, zeige ich dir danach die Stadt. Du bist doch bestimmt neugierig, oder?«
Das war Yori ganz und gar nicht und sie hatte auch keinen Hunger. Außerdem ärgerte sie der Ton, den Ian plötzlich ihr gegenüber anschlug. Sicher war sie noch lange keine Erwachsene. Aber sie war auch nicht mehr das naive Kind, als das er sie plötzlich zu betrachten schien. Doch dann erwiderte sie sein Lächeln und hielt sein Benehmen seiner Müdigkeit zugute. Und nach einer endlos langen Nacht ohne Schlaf, während der sie im Bett gelegen und die Sekunden gezählt hatte, bis es endlich hell wurde, war es vielleicht wenigstens eine Abwechslung sich die Stadt anzusehen.
Ian und seine Frau drehten sich höflich weg und unterhielten sich miteinander, während sie aufstand und sich nach der sauberen Kleidung bückte, die Ianna schon am Abend zuvor für sie bereitgelegt hatte, während Maja stehen blieb und sie mit kindlicher Neugier anstarrte.
Einen Moment lang ärgerte Yori sich fast über das Kind, doch dann erwiderte sie sein Lächeln, schloss rasch die letzte Spange ihres Kleides und zerzauste Maja mit der Linken das Haar.

»Du bist hübsch«, sagte Maja plötzlich. »Nur ein bisschen zu kräftig für ein Mädchen.«

»Maja«, sagte ihre Mutter strafend, aber Yori winkte rasch ab.

»Das kommt daher, dass ich wie ein Junge aufgewachsen bin, weißt du«, erklärte sie.

»Wie ein Junge?« Maja zog die Nase kraus. »Das verstehe ich nicht.«

»Nun, ich musste jagen und kämpfen und arbeiten lernen, lange bevor ich so alt war wie du«, erklärte Yori. »Das müssen alle Mädchen dort, wo ich aufgewachsen bin.« Plötzlich spürte sie den Schmerz, den diese Worte für sie mit sich brachten, und hielt abrupt inne. Sie verscheuchte den Gedanken an ihr Zuhause und die Sippe, so gut es ging. Aber es ging nicht sehr gut.

»Das ist aber sehr traurig«, sagte Maja. »Jagen und kämpfen und arbeiten – ich spiele lieber.«

»Maja, es reicht jetzt«, mischte sich Ianna ein. »Geh hinaus und warte unten auf uns.« Sie wartete, bis Maja ihre Worte befolgt und das Zimmer verlassen hatte, dann wandte sie sich mit einem entschuldigenden Lächeln an Yori. »Es tut mir Leid, Yori. Aber sie ist eben noch ein Kind.«

»Ich habe eine Schwester ungefähr im selben Alter«, antwortete Yori und Ianna schien diese Antwort zu genügen, denn sie ging nicht weiter auf das Thema ein, sondern griff plötzlich in ihre Schürze und zog einen kleinen, glitzernden Gegenstand hervor.

»Das hier habe ich gefunden, als ich deine Kleider waschen wollte«, erklärte sie. »Es gehört dir.«

Yori erschrak, als sie das kleine, silberne Amulett in Iannas Hand erkannte. Mit einer hastigen Bewegung griff sie zu, schloss die Faust um das Schmuckstück und presste es an die Brust.

»Es bedeutet dir sehr viel«, meinte Ianna.

Yori hörte die Frage, die sich hinter diesen Worten verbarg, sehr wohl, aber sie tat so, als hätte sie sie nicht bemerkt, und steckte das Amulett nach kurzem Zögern in eine Tasche ihres Kleides. Ianna besaß genügend Feingefühl keine weiteren Fragen zu stellen.

Sie verließen die Kammer und gingen hinunter in den großen Raum, in dem am Abend zuvor die Versammlung getagt hatte. Jetzt saßen nur Maja und Ferro einsam an dem großen Tisch und warteten darauf, dass Ianna das Frühstück auftrug. Yori wich Ferros Blick aus und setzte sich auf den Stuhl, der am weitesten von Ians Sohn entfernt war. Ian bemerkte es und runzelte die Stirn, sagte aber kein Wort.

Das Frühstück verlief schweigend und in gedrückter Stimmung. Einzig Maja plapperte die ganze Zeit munter vor sich hin und sprang auf, kaum dass sie ihren Teller geleert hatte. Yori sah ihr nach und schüttelte kaum merklich den Kopf, als Maja laut verkündete, sie werde nun hinausgehen um zu spielen. Es fiel ihr schwer zu glauben, dass das dasselbe Kind sein sollte, das sie gestern mehr tot als lebend im Schnee gefunden hatte.

Ian bemerkte ihren Blick und sagte: »Du kannst gut mit Kindern umgehen, scheint mir. Gibt es viele Kinder in deiner Sippe?«

Yori antwortete nicht gleich. Ian hatte wieder das angesprochen, was sie sich gerade mit aller Macht zu vergessen bemühte. »Nein«, sagte sie nach einer Weile. »Wir ... waren nicht viele.«

»Waren?« Ian sah sie neugierig an. »Gibt es deine Sippe nicht mehr? Was ist geschehen?«

»Nichts«, antwortete Yori, die sich eine Närrin schalt, nicht besser auf ihre Worte zu achten. »Ich habe ... mich versprochen. Warum ist Maja weggelaufen?«, fügte sie hastig hinzu, um Ian keine Gelegenheit zu geben, weiter in sie zu dringen. Ian zuckte die Schultern. »Sie ist ein Kind«, sagte er, »und

Kinder laufen manchmal weg. Es war nicht ihre Schuld, sondern höchstens unsere. Wir hätten besser auf sie Acht geben sollen. Und du? Bist du auch weggelaufen?«
Er stellte die Frage so schnell und so beiläufig, dass Yori um ein Haar darauf geantwortet hätte. Im allerletzten Moment biss sie sich auf die Zunge, beugte sich tief über ihren Teller und tat, als sei sie ganz mit dem Essen beschäftigt.
Aber Ian gab nicht auf. Er wartete geduldig, bis sie den Blick wieder hob. »Was ist geschehen, Yori?«, fragte er dann sehr leise, aber auch sehr bestimmt. »Du brauchst keine Angst zu haben. Wir sind deine Freunde, glaube mir.«
Yori glaubte ihm. Darum ging es gar nicht. Aber was sollte sie ihm schon antworten? Dass sie davongelaufen war, weil sie es einfach nicht ertragen hatte wie eine Aussätzige behandelt zu werden, selbst von denen, die ihre Freunde waren? Das wäre nicht die Wahrheit gewesen. Dass man sie davongejagt hatte, weil die Menschen, die sie aufgezogen hatten, sie plötzlich fürchteten? Oder dass sie gegangen war, um einer Hoffnung nachzujagen, die so schwach war wie die Schale eines Schwalbeneis? Nichts von alledem hätte wirklich der Wahrheit entsprochen. Und doch war auch nichts davon wirklich falsch.
»Du willst also nicht darüber reden«, sagte Ian nach einer Weile und nickte. »Gut. Es ist deine Sache. Und wir haben genug Zeit, uns über alles zu unterhalten.« Er unterdrückte ein Gähnen, rieb sich mit Daumen und Zeigefinger der Rechten über die Augen und stand plötzlich auf.
»Komm mit«, sagte er. »Ich zeige dir das Lager.«

Im hellen Licht des Tages wirkten die Steinhäuser der Felsenstadt nicht mehr ganz so abweisend und kantig wie bei Nacht. Die Feuer waren erloschen und der Geruch nach verkohltem Holz war jetzt am Morgen klarer Schneeluft gewichen, sodass Yori sich trotz ihrer Müdigkeit sonderbar

frisch und beschwingt fühlte. Obwohl sie eigentlich nur mitgekommen war, um Ian nicht zu enttäuschen, schlug sie das, was sie zu sehen bekam, doch bald so in seinen Bann, dass sie Ians Worten und Erzählungen gespannt lauschte und für eine Weile beinahe vergaß, dass sie im Grunde eine Gefangene war.
Die Stadt war noch größer, als sie am Abend zuvor angenommen hatte. Der durch die beiden Wehrmauern abgegrenzte Teil des Lagers maß sicherlich eine halbe Meile und jetzt, als sie mehr Einzelheiten erkennen konnte, sah sie, dass sich die Felsenstadt nicht nur auf die zwei Dutzend gewaltiger, steinerner Quader beschränkte, sondern eine Anzahl kleinerer Häuser auch direkt in die Felswände hineingebaut worden war. Dazwischen gähnten zahllose runde Löcher im Berg, wie die Eingänge von Höhlen, aber von zu perfekter Form um auf natürliche Weise entstanden zu sein. Sie schätzte, dass das Lager mindestens fünfhundert Bewohner haben musste – mehr als manche richtige Stadt außerhalb der Berge, durch die sie gekommen war. Yori fragte sich, wie hier oben für eine so große Anzahl von Menschen genügend Nahrungsmittel bereitgestellt werden konnten, aber Ian antwortete auf ihre entsprechende Frage nur lächelnd: »Lass dich nicht von dem täuschen, was du auf dem Weg hierher gesehen hast. Die Sommer sind zwar kurz hier, aber das Land ist sehr fruchtbar. Und wenn die Pässe schneefrei sind, schicken wir Leute in die Städte hinab um alles einzukaufen, was wir brauchen.«
Yori sah auf. »Die Pässe?«
Ian lächelte sanft. »Oh«, sagte er, »ich weiß, was du jetzt denkst, kleine Yori – aber glaube mir, es ist unmöglich. Keiner von uns ist jemals aus den Bergen entkommen und viele haben es vergebens versucht.«
»Das kann nicht sein«, widersprach Yori überzeugt. »Du belügst mich, Ian. Irgendwie müsst ihr schließlich ...«

»... in die Städte kommen, um Essen und all das einzutauschen, was wir zum Leben benötigen, meinst du?«, unterbrach sie Ian und schüttelte den Kopf. »Nein. Wir haben Mittelsmänner, Leute, die unsere Steine an einem bestimmten Ort in den Bergen abholen und Waren dafür hinterlegen.«
»Und ihr habt keine Angst, dass sie euch betrügen oder euren Männern auflauern oder ...«
»... oder dass die, die wir schicken, einfach dort bleiben, um den Händlern in die Freiheit zu folgen«, führte Ian den Satz zu Ende. Er seufzte.
»Meinst du nicht, jeder von uns hätte nicht schon tausendmal darüber nachgedacht? Sie würden uns nicht betrügen, Yori, denn es wäre ein schlechtes Geschäft, bei dem sie nur *einmal* Gewinn machen könnten. Und die, die wir aussenden, sind nie allein. Wir schicken immer drei oder vier Männer, die aufeinander Acht geben.« Er seufzte und schüttelte abermals den Kopf. »Nein, Yori. Schlag dir diesen Gedanken aus dem Kopf. Zu viele haben es schon versucht. Nicht alle sind zurückgekehrt. Aber keiner hat den Weg in die Freiheit gefunden ...«
Die Erklärung klang nicht ganz überzeugend, fand Yori, aber sie beließ es dabei und stellte keine weiteren Fragen mehr, bis sie am anderen Ende der Stadt angelangt waren und am Fuße des riesigen Steinturmes standen, der ihr schon am Vorabend aufgefallen war. Sie sah jetzt, dass er nicht direkt an der hinteren Wehrmauer, sondern zwei Pfeilschussweiten davon entfernt erbaut worden war. Recht sonderbar für eine Verteidigungsanlage und so fragte sie Ian nach dem Zweck des riesigen Gebäudes.
Zum ersten Mal, seit sie mit ihrer Besichtigung begonnen hatten, zögerte Ian merklich, auf eine ihrer Fragen zu antworten. Drei, vier endlose Sekunden lang blickte er sie durchdringend an, dann gab er sich sichtlich einen Ruck,

drehte sich um und bedeutete ihr mit einer Geste ihm zu folgen.
Verwirrt – aber auch ein bisschen besorgt – trat Yori hinter ihm durch das gewaltige, offen stehende Tor.
Sie sah gleich, dass sie sich getäuscht hatte. Der Turm gehörte nicht zu den Verteidigungsanlagen der Stadt, sondern musste zu etwas anderem dienen – wozu, konnte sie allerdings nicht auf Anhieb erkennen. Innen gab es keine Zwischendecken oder Etagen, dafür aber ein sinnverwirrendes Durcheinander von Trägern, Balken, gewaltigen Zahnrädern und anderen technischen Konstruktionen. Mannsdicke Ketten und ein ganzes Gewirr enggeflochtener Seile hingen herab und verschwanden in einem riesigen Loch im Boden. Verstört und verunsichert blieb Yori stehen. Mit wachsendem Unbehagen sah sie sich um. Ein dumpfes, an- und abschwellendes Dröhnen drang an ihr Ohr und die Luft schmeckte bitter, wie nach trockenem Staub. In dem Gerüst von Balken und Trägern über ihr arbeiteten Männer. Yori konnte aber nicht erkennen, was sie genau taten. Plötzlich erklang ein schrilles Pfeifen und zwei der riesigen Zahnräder hoch über ihrem Kopf begannen sich gegeneinander zu drehen.
»Was ... was ist das hier?«, fragte sie stockend. Ihre Stimme klang ihr selbst fremd. Die finstere Weite des Turmes schien alle Laute zu verschlucken, um sie erst nach sekundenlanger Verzögerung verändert wiederzugeben.
»Warte«, sagte Ian. »Ich zeige dir alles.«
Yori fasste sich gehorsam in Geduld. Die beiden Zahnräder über ihren Köpfen drehten sich weiter und Yori sah jetzt, dass sie eine der Ketten, die straff gespannt in der gewaltigen Grube verschwanden, in die Höhe zogen. Das dauerte mindestens fünf Minuten, dann tauchte aus dem Dunkel des Schachtes ein Schatten auf und bald konnte man eine Art rechteckigen, hölzernen Korb erkennen, der an der Kette in

die Höhe glitt und dann zur Seite geschwenkt wurde, um mit einem Ruck wenige Schritte von Ian und ihr entfernt auf dem Boden aufgesetzt zu werden. Eine Tür wurde geöffnet und ein halbes Dutzend Männer traten aus dem Korb heraus. Sie waren bis auf kurze, lederne Hosen nackt und so mit Staub und Schmutz bedeckt, dass ihre Haut schwarz zu sein schien. Drei von ihnen schleppten Körbe, in denen es gelblich leuchtete, aber sie gingen zu schnell an Yori vorbei, als dass sie hätte erkennen können, was sie da trugen.
Der Korb war offensichtlich erwartet worden. Ohne dass Yori es überhaupt gemerkt hatte, war ein weiteres halbes Dutzend Männer hinter sie und Ian getreten, genauso gekleidet wie die anderen, nur mit dem Unterschied, dass diese Männer sauber waren.
Ian hob abwehrend die Hand, als der Erste in den hölzernen Kasten steigen wollte. »Wir fahren allein«, sagte er. »Ihr könnt hier warten. Ich schicke den Korb wieder herauf, sobald wir unten sind.«
Gebückt trat er durch die niedrige Tür, drehte sich um und lächelte aufmunternd, als Yori zögerte. »Nur keine Angst«, sagte er. »Der Korb ist sicher. Es kann gar nichts passieren.«
Yori zögerte noch immer, aber dann nahm sie all ihren Mut zusammen, atmete hörbar ein und trat neben Ian in das absonderliche Gefährt. Er schloss die Tür, trat einen Schritt zurück und zog an einer Schnur, die von der Decke herabhing. Wenige Augenblicke später spürte Yori deutlich einen Ruck und der hölzerne Käfig glitt ein Stück in die Höhe, schwenkte über die Mitte des Schachtes und begann schaukelnd in die Tiefe zu sinken. Yori suchte rasch an der Wand nach festem Halt, während Ian so sicher auf dem schwankenden Boden stand, als hätte er massiven Fels unter sich.
Das graue Dämmerlicht, das im Innern des Turmes geherrscht hatte, blieb rasch hinter ihnen zurück und für endlose Minuten glitten sie durch rabenschwarze Finsternis.

Dann sah Yori ein blasses, flackerndes, gelbes Licht durch die Ritzen im Boden und wenig später wich die Dunkelheit einer angenehmen, gelben Helligkeit, die von überallher zugleich zu kommen schien. Es wurde auch merklich wärmer.
Die Fahrt schien kein Ende zu nehmen. Yori schätzte, dass sie mindestens eine halbe Meile weit in die Erde eingedrungen sein mussten, ehe endlich wieder fester Boden unter dem Korb zu sehen war, aber selbst dann schienen noch Ewigkeiten zu vergehen, bis sie mit einem Ruck aufsetzten und Ian die Tür öffnete. Ihre Knie waren weich, als sie hinter ihm aus dem Käfig trat.
Ian ging noch einmal hinein und zog an der Schnur, die von der Decke hing. Wenige Augenblicke später spannte sich die Kette erneut und die hölzerne Kabine verschwand rasselnd und klirrend in die Höhe. Yori schaute ihr so lange nach, bis sie in der gelblichen Helligkeit des Schachtes verschwunden war. Obwohl der Aufenthalt in der Kabine wahre Höllenqualen für sie bedeutet hatte, fühlte sie sich auch jetzt, wieder auf festem Boden, auf sonderbare Weise verloren.
Ian registrierte ihren Blick. »Nur keine Angst«, sagte er lächelnd. »Sie wird wieder da sein, wenn wir zurück sind.«
Yori fühlte sich keineswegs beruhigt, aber sie wollte nicht, dass Ian zu deutlich sah, wie verunsichert und ängstlich sie war, und so bemühte sie sich zu lächeln und ging neben ihm durch den Stollen. Der Gang mündete schon nach wenigen Schritten in eine große, kreisrunde Höhle, von der zahlreiche andere Stollen abzweigten. Auch diese waren von gelblichem, sonderbar warmem Lichtschein erfüllt, der aus dem Nichts zu kommen schien. Das Licht erinnerte Yori an etwas, aber sie wusste nicht genau, an was.
Sie verfolgte den Gedanken auch nicht weiter, denn die Höhle bot einen geradezu fantastischen Anblick. Vier oder fünf Männer standen in ihrer Mitte und sortierten Steine,

die in flachen Holzkarren herbeigebracht worden waren, in andere Karren oder Körbe. Das dumpfe Dröhnen, das Yori schon oben im Turm gehört hatte, hatte sich hier unten zu einem monotonen Hämmern gesteigert, das den Fels unter ihren Füßen erbeben zu lassen schien.
Ian blieb stehen, sah sich einen Moment unschlüssig um und deutete dann auf den nächstgelegenen Tunnel. »Dort entlang.«
Yoris Herz begann vor Erregung heftig zu klopfen, während sie Ian in den Stollen folgte. Er war größer, als es von außen den Anschein gehabt hatte: Der schmale Gang erweiterte sich schon nach wenigen Schritten zu einem hohen, gewölbten Tunnel, der von dem gleichen geisterhaften, gelben Schein erhellt war wie das übrige unterirdische Labyrinth. Der Boden war glatt, als sei er sorgsam poliert worden, und manchmal kamen sie an Stellen vorbei, an denen andere, niedrigere Stollen vom Hauptgang abzweigten. Aus manchen klang Summen oder ein helles, unregelmäßiges Scheppern, als schlügen eiserne Pickel auf den Fels, aber Yori fiel auch auf, dass viele davon zugemauert worden waren. Sie fragte Ian nach dem Grund, bekam jedoch keine Antwort.
Nach einer Weile wurden die Stimmen und das Hämmern vor ihnen lauter und schließlich machte der Stollen einen scharfen Knick und sie erreichten sein Ende. Einer der niedrigen Holzkarren stand da, schon halb mit Felsbrocken beladen, und eine große Anzahl Männer war damit beschäftigt, mit stählernen Harken oder langen Brecheisen Stück für Stück aus der Wand zu klopfen. Zwischen dem grauschwarzen Fels blitzte es immer wieder hellgelb auf, aber Yori vermochte noch immer nicht zu erkennen, wonach die Männer hier im Berg so eifrig suchten. Zu ihrer Verwunderung waren außer den Bergleuten auch drei Bewaffnete da, Männer, die trotz der schweißtreibenden Hitze hier unten Kettenhemd, Harnisch und Helm trugen und mit Schwer-

tern und großen, eisenbeschlagenen Schilden bewaffnet waren.
Ian gebot ihr mit einer Geste zurückzubleiben, ging zu einem der Männer und wechselte ein paar Worte mit ihm. Yori hatte das sichere Gefühl, dass der Mann keineswegs erfreut war über das, was Ian ihm sagte, denn sein Gesicht, schwarz von Gesteinsstaub und eingetrocknetem Schweiß, verfinsterte sich vor Unmut. Ian beendete die aufkommende Diskussion mit einer entschiedenen Handbewegung, drehte sich um und winkte Yori zu ihm zu kommen. Neugierig gehorchte sie.
Ian sah sie beinahe erwartungsvoll an und Yori fragte: »Was tut ihr hier, Ian? Schürft ihr nach Gold?«
Ian lächelte. »Nicht ganz«, antwortete er. »Schau.« Seine Hand wies nach vorne, dorthin, wo zwei Männer gerade damit beschäftigt waren mit einer Eisenstange einen gewaltigen, sicherlich vier oder fünf Zentner schweren Brocken aus der Wand zu brechen. Polternd fiel der Fels zu Boden und trieb die Bergleute zurück, doch als sich der Staub gelegt hatte, sah Yori, dass hinter dem Fels eine Ader eines hellgelb leuchtenden Steines zum Vorschein gekommen war.
Die Bergleute reagierten mit großem Hallo und Freudengeschrei, aber als einer von ihnen hinzutreten wollte, scheuchte Ian ihn mit einer Handbewegung zurück und winkte stattdessen Yori heran. Behutsam beugte er sich vor, zog seinen Dolch aus dem Gürtel und löste einen besonders großen Brocken aus dem gelben Fels. Er leuchtete und flimmerte in seiner Hand wie eine kleine Sonne, war aber eiskalt, als Yori ihn behutsam berührte.
»Das hier ist es, wonach wir suchen«, erklärte er. »Kein Gold. Dies hier ist tausendmal wertvoller als Gold.«
Verwirrt strich Yori abermals mit den Fingerspitzen über den glatten, leuchtenden Stein und sah Ian an. »Aber was ist das?«
Ian lächelte erneut, streckte die Linke aus und ließ sich von

einem der Männer einen kleinen Hammer geben, mit dem er behutsam auf den Stein zu schlagen begann. Die ersten vier oder fünf Schläge blieben erfolglos, aber dann hörte Yori ein leises Knirschen und der Stein brach wie eine Eierschale auseinander. Unter dem fingerdicken Gesteinspanzer kam ein tropfenförmiger, leuchtend roter Kristall zum Vorschein.
Yori hätte um ein Haar aufgeschrien, als sie endlich begriff, was Ian da in der Hand hielt. »Ein Blutstein!«, keuchte sie. »Das ist ... das ist ein Blutstein, Ian!«
»Ich weiß.« Ian lächelte. »Wir schürfen sie hier. Aber wir haben Glück gehabt; einen so großen Stein findet man nur alle paar Monate.« Er hob den Kristall mit spitzen Fingern vor die Augen, begutachtete ihn einige Sekunden lang und reichte ihn dann einem der Bergleute. »Das ist ein guter Fund, Scoroll«, sagte er. »Ich werde dafür sorgen, dass deine Männer ihren Anteil davon bekommen.«
Er wandte sich wieder an Yori und fuhr fort: »Ich sehe, dass du weißt, was ein Blutstein ist.«
Ob sie es *wusste?!* Natürlich wusste Yori, was ein Blutstein war; jedermann wusste es, obwohl sie noch nie zuvor einen zu Gesicht bekommen hatte. Das hatte beinahe niemand, ausgenommen Könige und Herzöge und vielleicht einige sehr reiche Kaufleute in den großen Städten des Ostens, die selbst so reich wie Könige oder noch reicher waren. Blutsteine waren die wertvollsten Edelsteine, die es gab, und es hieß, dass um den Besitz eines einzigen schon Kriege geführt worden seien.
Aber das war nicht der Grund, weshalb sie Ian voller Schrecken anstarrte. Reichtum hatte sie niemals interessiert, nicht einmal beeindruckt. Aber so, wie sie von diesen kleinen, unglaublich kostbaren Steinen gehört hatte, kannte sie auch die Geschichten, die man sich um ihre Herkunft erzählte. Niemand wusste, woher sie kamen, wo sie gefunden wurden

und wer sie schürfte. Manchmal wurden welche an den großen Höfen feilgeboten, manchmal tauchten sie einfach auf, ohne dass irgendjemand zu sagen wusste, woher sie stammten. Vielleicht war das Geheimnis um die Herkunft der Blutsteine das einzige *wirkliche* Geheimnis auf der Welt, ein Rätsel, das alle Könige und Herrscher und Abenteurer, die danach geforscht hatten, nicht zu lösen in der Lage gewesen waren.
Und *sie* hatte die Antwort vor sich, im wahrsten Sinne des Wortes zum Greifen nahe.
Plötzlich spürte sie wieder den harten, stacheligen Kloß im Hals, und ohne dass sie sich dagegen wehren konnte, füllten sich ihre Augen mit heißen Tränen.
»Du hast mich belogen, Ian«, sagte sie. »Ihr ... ihr habt längst entschieden heute Nacht.«
Ian wich ihrem Blick aus, aber sie wusste die Antwort auch so. Was für eine Närrin war sie doch gewesen, ihm auch nur ein Wort zu glauben! Ian hatte ihr das größte Geheimnis seines Volkes gezeigt, so freimütig, wie man einem lieben Gast seinen Garten oder ein schönes Gemälde gezeigt hätte.
»Ihr werdet mich nicht wieder weglassen«, murmelte sie, als Ian auch nach langer Zeit noch nicht sprach. »Nicht wahr? Du wusstest es schon heute Morgen. Du ... du hättest mich nie mit hierher genommen, wenn du vorgehabt hättest mich wieder gehen zu lassen.«
»Es ist das Gesetz«, murmelte Ian. »Du musst das verstehen.«
»Welches Gesetz?« Yori schrie es fast, sodass sich zwei, drei Männer in ihrer unmittelbaren Nähe herumdrehten und sie verwundert ansahen.
»Welches Gesetz?«, wiederholte sie erregt. »Eures? Ich gehöre nicht zu euch. Eure Gesetze gehen mich nichts an.«
»Das Gesetz sagt, dass jedermann willkommen ist, der unseren Schutz und unsere Hilfe benötigt«, sagte Ian leise. Es klang wie eine Entschuldigung. »Unsere Tore stehen jedem

offen, Yori. Aber nur in eine Richtung. Jedermann kann hinein, doch niemand darf hinaus. Das ist unser Gesetz. Es wurde nie gebrochen, solange unsere Stadt besteht. Was glaubst du, würde geschehen, wenn das hier bekannt würde?« Er seufzte, schüttelte ein paar Mal den Kopf und ging vor Yori in die Hocke, sodass sein Gesicht plötzlich unter dem ihren war und er zu ihr aufsehen musste. »Du musst das verstehen, kleine Yori«, sagte er. »Sie würden von überallher kommen, aus allen Teilen der Welt. Abenteurer, Verzweifelte, arme und reiche Männer, Krieger ... Könige würden ganze Heere aussenden, um in den Besitz dieser Mine zu gelangen. Es würden Kriege geführt werden. All das hier würde zerstört werden und unser Volk untergehen.«
»Und ... und wenn ich dir mein Ehrenwort gebe, niemals auch nur *ein* Wort darüber zu reden?«, fragte Yori stockend, obwohl sie ganz genau wusste, wie sinnlos es war.
Ian schüttelte bedauernd den Kopf. Er wirkte mit einem Male sehr ernst, aber auch traurig. »Ich glaube dir, Yori«, sagte er. »Wir alle glauben dir. Aber das Gesetz gilt für jeden. Wenn wir einmal beginnen auch nur eine Ausnahme zu machen, dann ist das der Anfang vom Ende. Bitte, sieh das ein.«
Er streckte die Hand aus um Yori an der Schulter zu berühren, aber sie wich rasch einen Schritt zurück und sah ihn aus brennenden Augen an. »Ich wollte, ich wäre nie hierher gekommen«, sagte sie mühsam. Sie konnte kaum sprechen. Ihr Hals schmerzte und sie spürte, dass sie gleich in Tränen ausbrechen würde wie ein kleines Kind.
»Ist das deine Dankbarkeit, Ian?«, fragte sie mit tränenerstickter Stimme. »Das alles ist nur passiert, weil ich deine Tochter gerettet habe. Ich ... ich wollte, ich hätte es nie getan. Hätte ich sie doch den Chtona überlassen, dann wäre ich jetzt noch frei!«
Der Ausdruck von Trauer in Ians Blick vertiefte sich. »Das meinst du nicht im Ernst«, sagte er sanft.

Yori senkte den Blick. Natürlich meinte sie es nicht im Ernst und Ian wusste das. Aber sie war verzweifelt, verzweifelt und hilflos und voller Wut. Sie hatte das Bedürfnis, irgendetwas zu nehmen und zu zerschlagen, und vermutlich hätte Ian sie sogar gewähren lassen. Aber was hätte es schon genutzt?
»Ich werde nicht hier bleiben«, sagte sie heftig. »Ich werde fliehen, Ian, bei der ersten Gelegenheit.«
»Niemand flieht von hier«, sagte Ian leise. »Dass Maja weglaufen konnte, war der Fehler einer Wache. Er wird sich nicht wiederholen. Viele von denen, die hier leben, kamen auf dieselbe Weise zu uns wie du, Yori. Und viele haben mir wie du ins Gesicht gesagt, dass sie fliehen würden, sobald sich eine Möglichkeit dazu ergäbe. Es ist keinem gelungen. Und die meisten sind glücklich geworden hier bei uns. Du wirst sehen, das Leben hier bietet auch schöne Seiten.«
»Das werde ich nicht!«, widersprach Yori zornig. »Ich bleibe nicht, Ian. Wenn es sein muss, dann erkämpfe ich mir meinen Weg in die Freiheit. Ihr könnt Kaleigh und mich nicht aufhalten!«
Ian seufzte. »Sei doch vernünftig, Yori«, sagte er. »Ich weiß, dass dein Drache ein sehr starkes Tier ist. Ich bin sogar sicher, dass es dir gelingen würde, mit Gewalt aus dem Lager auszubrechen. Aber das würde alles nur noch schlimmer machen. Wir würden dich einholen und stellen und wir müssten dir wehtun und dein Tier wahrscheinlich töten. Willst du das?«
Yori starrte ihn an, sagte aber kein Wort mehr. Ian hatte Recht, mit jedem einzelnen Wort. Er durfte sie gar nicht hier weglassen, ganz gleich, wie oft sie ihre Verschwiegenheit beteuerte und wie sehr er ihr auch vertraute. Und es wäre auch sinnlos fliehen zu wollen. Sie kannte sich in diesen Bergen nicht aus, und selbst wenn es anders gewesen wäre und es die Chtona nicht gäbe, würden sie sie einholen. Sie hatte die Furcht in den Augen der Männer und Frauen hier

gesehen, als sie auf Kaleighs Rücken durch das Tor ritt. Sie würden die erste sich bietende Gelegenheit ergreifen Kaleigh zu töten. Einfach, weil sie Angst vor ihr hatten.
Aber sie sprach nichts von alledem aus, sondern wandte sich mit einem Ruck um. Und auch, während sie zurück zum Förderkorb gingen und wieder ans Tageslicht hinauffuhren, sagte sie kein Wort.
Den ganzen Tag über nicht mehr.

Der Wind blies Kälte und Schnee, der so fein war wie Staub, über die Mauer und die Berge im Westen schienen hinter einem grauen Mantel verschwunden zu sein, der ihre Konturen verwischte und sie wie schlafende Märchenriesen aussehen ließ. Der Himmel war grau und während der letzten drei Tage und Nächte hatte es beinahe ununterbrochen geschneit. Es war, als käme der Winter noch einmal zurück, statt endlich dem Frühjahr zu weichen. Yori vergrub fröstelnd die Hände in den Manteltaschen, warf einen letzten Blick auf die schneebedeckte Ebene vor der Wehrmauer hinab und machte sich auf den Weg zur Treppe. Sie war länger als eine Stunde hier oben gewesen und die Kälte war durch ihre Kleider gekrochen und hatte ihre Glieder steif werden lassen.
Es gab hier oben nichts mehr für sie zu sehen.
Es war seltsam – obwohl sie genau gewusst hatte, wie sinnlos es war, war sie tief enttäuscht. Dieser Abschnitt der hinteren Festungsmauer war der letzte gewesen, den sie sorgfältig untersucht hatte. Sie hatte die letzten drei Tage mit nichts anderem zugebracht, als die Festung von einem Ende zum anderen ganz genau in Augenschein zu nehmen. Aber das Ergebnis war überall dasselbe gewesen – es gab nichts, wo auch nur eine Maus hätte hindurchschlüpfen können; geschweige denn ein Mädchen auf dem Rücken einer Laufechse.

Ein Posten kam ihr entgegen, lächelte freundlich und trat zur Seite, um Platz auf der schmalen Holztreppe zu machen. Jedermann hier war freundlich zu ihr und erst am Abend zuvor hatte sie ein Gespräch zwischen Ian und Ianna belauscht, dem sie entnommen hatte, dass Ian ganz genau wusste, *warum* Yori seit drei Tagen ruhelos durch das gesamte Lager streifte und beinahe jeden Stein herumdrehte. Er schien nicht einmal etwas dagegen zu haben.

Und jetzt, nachdem Yori alles abgesucht hatte, wusste sie auch, warum. Wahrscheinlich war Ian der Meinung, dass sie umso eher aufgeben würde, je rascher sie einsah, dass ein Entkommen wirklich unmöglich war.

Zumindest in diesem Punkt irrte er sich. Yori war mehr denn je entschlossen zu fliehen. Sie wusste zwar noch nicht, wie, aber irgendwie, irgendeines Tages würde sich eine Gelegenheit bieten, dessen war sie sicher.

Sie erreichte den Hof und ging zu dem verlassenen Stall hinüber, in dem Kaleigh auf sie wartete. Als sie die Tür öffnete, hörte sie eine Stimme. Yori erschrak, war mit einem großen Schritt im Stall und fuhr zusammen, als sie die kleine blondhaarige Gestalt sah, die vor Kaleigh stand und ihre mächtige Schnauze mit der Hand tätschelte. »Maja«, rief sie erschrocken, eilte zu ihr und zog das Kind ein Stück zurück. Kaleigh zischte, aber es war ein freundliches, wenn auch ein wenig enttäuschtes Zischen und Maja bedachte sie mit einem vorwurfsvollen Stirnrunzeln, als Yori ihre Hand losließ und vor ihr in die Hocke ging.

»Das darfst du nicht tun, Maja«, sagte Yori erschrocken. »Kaleigh ist ein sehr starkes Tier, weißt du? Sie könnte dich verletzen, ohne es zu wollen.« Genau genommen könnte Kaleigh ihr nur im Spiel den Arm abbeißen, aber das sagte Yori lieber nicht. Sie wollte Maja nicht unnötig erschrecken. »Aber sie ist sehr freundlich«, widersprach Ians Tochter. »Ich habe mit ihr gesprochen. Sie mag mich. Und ich mag sie

auch.« Sie runzelte die Stirn. »Du sprichst doch auch mit ihr und sie tut dir nichts.« Einen Moment lang war Yori verwirrt, dann lachte sie. »Das ist etwas anderes«, sagte sie.
Majas Stirnrunzeln vertiefte sich. »Ja?«, fragte sie. »Warum?«
Yori seufzte, stand wieder auf und trat an Kaleighs Seite. Die riesige Laufechse begrüßte sie mit einem Schnauzenstoß, der ihr den Atem nahm. Tief in sich spürte Yori eine Woge warmer Freude – Kaleighs Gefühle, die sich mit einem Teil ihrer eigenen Seele verbanden. Selbst nach so langer, gemeinsam verbrachter Zeit wusste Yori nicht, wie das eigentlich möglich war.
»Du hast nicht geantwortet«, sagte Maja nach einer Weile. Yori sah auf, blickte das Mädchen an und seufzte. *Warum eigentlich nicht?*, dachte sie. Vielleicht waren in einer Welt voller Feinde ein Tier und ein Kind noch die einzigen Freunde, die sie hatte. »Das ist eine lange Geschichte«, sagte sie. »Und so ganz verstehe ich sie selbst noch nicht. Ich kann mit den Tieren reden, weißt du? Nicht so wie du oder dein Vater, sondern ...« Sie stockte, suchte einen Moment nach den richtigen Worten und rettete sich in ein Lächeln. Wie sollte sie etwas erklären, was sie selbst nicht wirklich verstand? Sie hatte schon immer sehr gut mit Tieren umgehen können, besser als jeder andere in ihrer Sippe, und irgendwann einmal, vor etwas mehr als drei Jahren, hatte sie entdeckt, dass sie wirklich in der Lage war mit ihnen zu reden. Nicht mit Worten, sondern mit ihren Gefühlen. Etwas in ihr vermochte in Kontakt mit den Tieren zu treten. Genauer konnte sie es auch nicht erklären. »Anders eben«, sagte sie.
»Und sie gehorchen dir?«, fragte Maja.
Yori nickte erst, dann schüttelte sie den Kopf. »Nein. Nicht, wenn ich sie zu etwas zwingen will. Aber wir ... wir sind Freunde, verstehst du? Und Freunde helfen sich gegenseitig.«

»Kaleigh und ich sind auch Freunde«, behauptete Maja. Sie kam wieder näher, blieb dicht vor der Echse stehen und hob den Arm. Yoris Herz schien einen schmerzhaften Sprung zu machen, als sie sah, wie Majas winzige Kinderhand in Kaleighs Maul verschwand. Die gebogenen Reißzähne der Echse waren fast so lang wie Majas Finger. Ein einziger, nur spielerischer Biss und ...
Aber alles, was sie spürte, waren Freude und Freundlichkeit. Es schien wirklich so, dass Kaleigh das Mädchen als Freundin akzeptierte, und das war etwas Besonderes. Yori selbst hatte Wochen gebraucht, um das Vertrauen der Echse zu gewinnen, nachdem sie sie verletzt und halb tot in den Bergen gefunden und gesund gepflegt hatte.
»Sie ist wunderschön«, meinte Maja. »Viel, viel schöner als unsere Pferde. Läuft sie auch schneller?«
Yori wollte impulsiv nicken, besann sich dann aber eines Besseren und schüttelte den Kopf. »Nein«, sagte sie. »Aber viel ausdauernder.«
Das war eine glatte Lüge. Kaleigh konnte dreimal so schnell laufen wie das schnellste Pferd und sie vermochte dieses Tempo stundenlang durchzuhalten, ohne auch nur außer Atem zu kommen. Aber vielleicht war es besser, wenn das hier niemand wusste.
»Warum bist du von zu Hause fortgelaufen?«, fragte Maja plötzlich. Yori sah sie verwirrt an und hörte unwillkürlich auf, Kaleigh zu streicheln. »Wer ... wer sagt, dass ich fortgelaufen bin?«, fragte sie stockend.
»Vater«, antwortete Maja. »Ich habe gehört, wie er zu Mutter gesagt hat, du wärst weggelaufen.«
»So wie du?«, fragte Yori.
Maja zuckte mit den Achseln. »Das war was anderes«, behauptete sie. »Kinder laufen schon mal weg.«
Das sind doch dieselben Worte, die ich schon von Ian gehört habe, dachte Yori. Aber sie glaubte sie seiner Tochter so

wenig wie ihm. Sie zögerte einen Moment, dann ließ sie sich neben Maja mit überkreuzten Beinen in das Stroh von Kaleighs Lager sinken und zog das Mädchen sanft zu sich herab. »Das ist aber nicht der wahre Grund, oder?«, fragte sie so behutsam wie möglich. »Warum bist du weggelaufen? Du musstest doch wissen, wie gefährlich es draußen ist. Die Chtona und all der Schnee und der Sturm ... Du hättest sterben können, weißt du das eigentlich?«
Maja nickte, aber der fröhlich-neugierige Ausdruck in ihren Augen änderte sich nicht. Der Gedanke, dass ihr ernsthaft etwas hätte zustoßen können, schien sie nicht weiter zu beeindrucken. Nun, sie war eben noch ein Kind.
»Hattest du Streit mit deinen Eltern?«, fragte Yori vorsichtig. »Bist du deshalb weggelaufen, aus Angst?«
Maja schüttelte den Kopf. »Ich wollte eben weg«, sagte sie. «Nur so, ohne jeden Grund?«
Maja setzte zu einer Antwort an, aber dann schüttelte sie abermals den Kopf und sagte verschmitzt: »Ich sage es dir, wenn du mir erzählst, warum du ausgerissen bist.«
Yori unterdrückte ein Lächeln. »Ausgerissen ist wohl nicht das richtige Wort«, meinte sie. »Ich bin weggegangen, weil ... ich jemanden suche.«
»Jemanden? Wen?«, wollte Maja wissen.
»Meinen Vater«, antwortete Yori. Seltsamerweise machte es ihr mit einem Male gar nichts mehr aus, darüber zu reden. Vielleicht hatte sie zu lange schweigen müssen.
»Deinen Vater«, wiederholte Maja. »Ist er denn weggegangen?«
»Ich habe ihn niemals wirklich kennen gelernt«, sagte Yori. »Und warum suchst du ihn dann?«
»Das ist eine lange Geschichte«, murmelte Yori. »Es ist ...« Sie brach ab, griff unter ihren Mantel und zog das kleine Amulett hervor.
»Das hier ist alles, was ich von ihm habe«, sagte sie, während

sie Maja das Schmuckstück hinhielt und das Kind danach griff um es anzuschauen.
Maja drehte das silberne Amulett ein paar Mal in den Händen, hielt es ins Licht und reichte es Yori dann zurück.
»Es ist hübsch«, sagte sie. »Aber wir haben schöneren Schmuck hier. Und deshalb suchst du deinen Vater?«
Es fiel Yori schwer eine Antwort zu finden. Natürlich suchte sie ihren Vater nicht nur *deshalb*. Wenn sie ehrlich war, dann wusste sie nicht einmal, ob er überhaupt noch lebte.
»Weißt du«, sagte sie leise, »ich kann mich nicht an meinen Vater erinnern. Er wurde von Sklavenjägern gefangen und verschleppt, als ich noch ein ganz kleines Kind war. Wir alle dachten, er sei tot, aber vor etwas mehr als einem Jahr stießen wir auf dieselben Männer und einer von ihnen...« Sie hielt das Amulett in die Höhe. »... hatte das hier bei sich. Er starb, ehe er sagen konnte, woher er es hatte, aber meine Mutter hat es sofort wieder erkannt, denn es gehörte einmal ihr. Seither glaube ich, dass mein Vater doch noch lebt, irgendwo.«
»Und jetzt suchst du ihn.« Maja runzelte die Stirn. »Ganz allein? Aber warum ist deine Mutter nicht mitgekommen?«
»Meine Mutter lebt nicht mehr«, antwortete Yori traurig und sie fühlte plötzlich einen längst vergessen geglaubten Schmerz in ihrer Brust. Ein Jahr war eine lange Zeit, aber nicht lange genug, um wirklich zu vergessen. Das Leben bei der Sippe war anders geworden, nachdem sie auf Rongos und seine Bande gestoßen waren, und noch schlimmer, seit ihre Mutter knapp danach überraschend an einem Fieber gestorben war. Yori hatte bis dahin nicht einmal gemerkt, wie sehr ihre Mutter sie beschützt, vor wie vielem sie sie bewahrt hatte.
Sie war eine Fremde und ihre Begabung machte sie noch mehr zu einer Außenseiterin. Niemand in der Sippe hatte es zugegeben, im Gegenteil – jedermann hatte sich bemüht nett

und freundlich zu ihr zu sein und weiter so zu tun, als sei nichts geschehen, aber sie hatte es gespürt, überdeutlich: Sie begannen sie zu fürchten. Ihre Begabung, die der ganzen Sippe das Schicksal erspart hatte, auf dem Sklavenmarkt verkauft oder kurzerhand umgebracht zu werden, war ihnen unheimlich, ängstigte sie. Im Grunde war ihr Vorhaben, in den Osten zu gehen und nach ihrem Vater zu suchen, nur ein Vorwand gewesen. Niemand hatte versucht sie aufzuhalten. Sie verscheuchte den Gedanken.
»Und jetzt bist du dran«, sagte sie. »Warum hast du versucht wegzulaufen?«
»Ich wollte eben weg«, sagte Maja leichthin. »Ich bin noch nie hier herausgekommen, weißt du? Und die, die von draußen zu uns gekommen sind, haben von den großen Städten unten im Tal erzählt und von ihren Menschen und all den wundersamen Dingen, die man dort sieht – von den Wäldern und Flüssen ... Was ist ein Fluss?«
Im ersten Moment war Yori so verwirrt, dass sie dem Gedankensprung kaum folgen konnte. Dann begriff sie, dass dieses Kind in seinem ganzen Leben noch nie einen Fluss gesehen hatte. Auch keinen Wald, keine Wiesen, nur wenige Tiere. Es war ja noch nie hier herausgekommen. Der Gedanke, ein ganzes Leben lang nichts anderes zu sehen als diese Häuser, die beiden Mauern, die sie umgaben, und die Gipfel der Berge dahinter, ließ sie schaudern. Und doch war es genau das Schicksal, das ihr bevorstand.
»Was ist ein Fluss?«, wiederholte Maja, als sie nicht antwortete.
»Fluss?« Yori suchte einen Moment lang nach Worten. Plötzlich fiel ihr auf, wie schwer es war, etwas so Vertrautes wie einen Fluss beschreiben zu müssen. »Wasser«, sagte sie schließlich. »Aber sehr viel Wasser, das zum Meer hin fließt.«
»Sehr viel Wasser...«, wiederholte Maja nachdenklich. »So wie unser Bach?«

Yori nickte. »Ungefähr. Nur sehr, sehr viel breiter und viel tiefer. So tief, dass man nicht mehr darin stehen kann.«
»Das muss schön sein«, murmelte Maja.
»Das ist es«, bestätigte Yori. »Und ich bin sicher, eines Tages wirst du einen Fluss sehen. Und Wälder und Seen und endlos weite Wiesen ... Irgendwann, Maja.« Sie lächelte, sah das Mädchen für die Dauer eines Atemzuges durchdringend an und fragte: »Wie bist du aus der Stadt herausgekommen, Maja?«
»Auf einem Weg, den es nicht mehr gibt«, sagte eine Stimme hinter ihr.
Yori fuhr herum. Sie hatte die Tür offen gelassen, als sie in den Stall gekommen war, sodass sie nicht gehört hatte, dass außer ihr und Maja noch eine weitere Person hereingekommen war. Ihre Miene verdüsterte sich mit einem Mal, als sie Ferro erkannte.
»Was willst du hier?«, fragte sie scharf. »Spionierst du hinter mir her?
»Ich bin hier zu Hause, hast du das vergessen?«, fragte Ferro hämisch. »Und was das Spionieren betrifft, hatte ich eher das Gefühl, dass du es bist, die überall herumschnüffelt. Aber gib dir keine Mühe, du Dummkopf – der Weg, auf dem Maja die Stadt verlassen hat, wurde zugemauert. Du kommst nicht mehr weg.«
Yori setzte zu einer ebenso scharfen Antwort an, besann sich aber eines Besseren und wandte sich um, um an Ferro vorbei aus dem Stall zu gehen. Sie hatte keine Lust mit ihm zu streiten, obgleich sie das ungute Gefühl hatte, dass es früher oder später sowieso passieren würde.
Aber sie hatte nicht mit Ferros Hartnäckigkeit gerechnet. Ians Sohn griff blitzschnell und so heftig zu, als sie an ihm vorübergehen wollte, dass sie zusammenfuhr und nur mit Mühe einen Schmerzensschrei unterdrücken konnte.
»Schön hier geblieben«, sagte Ferro böse. »Was war das

gerade? Wolltest du meine Schwester aushorchen? Du hast vor zu fliehen, wie? Aber ich ...«
Da erscholl hinter ihnen ein dumpfes, drohendes Knurren; dann klirrte Stahl, als Kaleigh zornig an ihrer Kette zerrte. Ferro lockerte seinen Griff erschrocken, aber nur für einen Moment. Dann packte er umso heftiger wieder zu.
»Lass mich los, du Narr!«, keuchte Yori. »Kaleigh spürt es, wenn man mir wehtut.«
Ferro schnaubte. »Du täuschst dich gewaltig, wenn du glaubst, ich hätte vor deinem Riesensalamander Angst«, sagte er. »Und er beeindruckt mich auch nicht im Geringsten.«
Dieser Idiot!, dachte Yori mit einer Mischung aus Zorn und Herablassung. *Begreift er denn nicht, dass er auf dem besten Weg ist Kaleigh rasend zu machen?* Sie waren viel zu nahe bei der Echse, als dass Yori ihre Gefühle vor ihr hätte abschirmen können. Kaleigh spürte den Schmerz, den Ferros Griff ihr zufügte, wie ihren eigenen!
»Lass los!«, stöhnte sie. »Du spielst mit deinem Leben, Ferro. Wir können draußen miteinander reden!«
Aber Ferro lachte nur, griff noch fester zu und versuchte ihr aus purer Bosheit den Arm zu verdrehen. Kaleighs Fauchen wurde zu einem wütenden, unglaublich dumpfen Knurren und mit einem Male erbebte der ganze Stall wie unter einem Hammerschlag, als die riesige Echse mit aller Kraft wieder an ihrer Kette zerrte.
Ferro fuhr abermals erschrocken zusammen und wandte den Blick zu Kaleigh, und Yori nutzte den Moment, um ihre Hand loszureißen und einen Schritt zurückzuspringen. Ferro fuhr wütend herum, aber diesmal war Yori vorbereitet. Beinahe spielerisch wich sie ihm aus, sprang ein weiteres Stück zurück und trat ihm so wuchtig ans Schienbein, dass er mit einem Schrei zurückprallte und der Länge nach hinfiel.
Yori rannte aus dem Stall, so schnell sie konnte. Hinter sich

hörte sie Ferros wütendes Gebrüll, und kaum war sie zehn Schritte vom Gebäude entfernt, als Ians Sohn auch schon aus der Tür geschossen kam, mit zornesrotem Gesicht, die Hände wütend zu Fäusten geballt.
Yori blieb stehen. Ihr Atem ging schnell und sie war noch viel zu verwirrt um einen klaren Gedanken zu fassen; aber sie glaubte nicht, dass Ferro es wagen würde sie hier draußen anzugreifen. Und wenn er es doch tun sollte, war sie ihm durchaus gewachsen. Ferro wäre nicht der Erste, der sich von ihrer zarten Erscheinung hätte täuschen lassen.
Aber sie irrte sich. Ferro stürmte heran, brüllend vor Wut und deutlich humpelnd, packte sie mit der linken Hand und versetzte ihr mit der anderen eine schallende Ohrfeige.
Yori packte seine Hand, verdrehte sie mit einem kurzen, harten Ruck, griff mit der anderen Hand an seinen Gürtel und verlagerte blitzschnell ihr Körpergewicht. Ferro verlor plötzlich den Boden unter den Füßen, rollte über ihren mit einem Male gekrümmten Rücken und segelte in hohem Bogen durch die Luft, um meterweit entfernt und ziemlich unsanft auf dem Hof zu landen.
Er blieb reglos liegen und Yori fürchtete schon fast ihn ernsthaft verletzt zu haben, aber es war wohl nur der Schreck gewesen, der ihn betäubt hatte.
Nach einer Weile stand er schwankend auf, blieb einen Moment wie benommen stehen und wandte sich dann wieder zu ihr um. Sein Gesicht war vor Wut verzerrt, als er näher kam und kampflustig die Fäuste hob.
Nur keine Angst jetzt, hämmerten Yoris Gedanken. Sie durfte keine Angst haben oder Kaleigh würde Ferro auf der Stelle in Stücke reißen. Sie waren noch immer viel zu nahe beim Stall!
Beinahe verzweifelt versuchte sie deshalb vor Ferro zurückzuweichen und gleichzeitig vom Stall wegzukommen, aber Ians Sohn vertrat ihr mit hassverzerrtem Gesicht den Weg.

»Du kleines Miststück!«, keuchte er. »Aber wenn du es so haben willst – bitte!« Damit sprang er vor und versuchte Yori zu packen, aber wieder war er zu langsam. Yori wich ihm zuerst etwas aus, stellte ihm dann plötzlich ein Bein und versetzte ihm, als er stolperte, einen Hieb mit dem Ellbogen in den Nacken. Ferro ging zum zweiten Mal zu Boden. Diesmal blieb er länger liegen.

Aber als er aufstand, blitzte in seinen Händen die Klinge eines kleinen, scharf geschliffenen Dolches. Yoris Herz schien einen Moment lang stehen zu bleiben um dann schneller und unregelmäßig weiterzuschlagen.

»Jetzt bist du dran!«, keuchte Ferro. »Jetzt ...«

Vom Stall her hörte man ein ungeheuerliches Brüllen und ein helles, lang anhaltendes Splittern und Krachen. Yori und Ferro fuhren im selben Moment herum, als das gesamte Gebäude zu zittern begann. Seine Scheiben zerbarsten klirrend und dann senkte sich das ganze Dach nach innen wie bei einem Zelt, dessen Stützpfosten urplötzlich weggezogen wurden.

Sekunden später wurde die Tür mitsamt dem Rahmen und einem guten Teil des Mauerwerkes um sie herum nach außen geschleudert. Ein grüner, glitzernder Schatten brach aus dem Haus, nahm die zehn Schritte Entfernung mit einem einzigen kraftvollen Satz und stürzte sich mit wütendem Brüllen auf Ferro.

»Kaleigh – *nicht*!« Yoris Schrei ging im Gebrüll der Echse und Ferros lauten Angstschreien unter. Ians Sohn taumelte zurück, hob entsetzt die Hände vors Gesicht und stürzte zur Seite. Yori warf sich mit weit ausgebreiteten Armen vor ihn. Keine Sekunde zu früh! Wie ein lebendes Geschoss jagte Kaleigh eine Handbreit über sie hinweg, prallte zwei Meter weiter auf den Hof und zermalmte mit ihrem Gewicht Pflastersteine und hart gefrorenen Boden. Brüllend vor Zorn wirbelte die Echse herum, fixierte Ferro aus ihren kleinen,

gelb leuchtenden Augen und richtete sich auf den Hinterläufen auf, wie es ihre Rasse zum Zeichen des Angriffs tat.
Ferros Schreie steigerten sich zu hysterischem Gebrüll, als Kaleigh zum zweiten Mal auf ihn losstürmte. Ihr Schwanz peitschte und die fingerlangen Krallen an ihren ausgestreckten Vorderläufen blitzten wie kleine angewachsene Dolche.
»Kaleigh, zurück! Tu es nicht!«, schrie Yori. Ohne auf die Gefahr zu achten, in der sie selbst war, sprang sie ein zweites Mal zwischen Ferro und die Echse, breitete die Arme aus und bannte den Blick Kaleighs mit ihrem eigenen. Sie spürte die Wut und Mordlust der Echse wie ihre eigene und für einen Moment war sie fast versucht herumzufahren und sich selbst auf Ferro zu stürzen um mit Zähnen und Klauen über ihn herzufallen, ihn zu töten, die Zähne in sein warmes Fleisch zu schlagen und ...
Aber der Mensch in ihr war stärker. Mit aller Macht drängte sie die animalische Wut, die sie von Kaleigh empfing, zurück, zwang sich selbst zur Ruhe und trat der Echse einen weiteren Schritt entgegen.
Kaleigh knurrte. Ihre Fänge öffneten und schlossen sich immer wieder, als versuche sie ein unsichtbares Opfer zu zermalmen. Ihre Augen flammten vor Wut und wieder spürte Yori, wie ihre Kräfte zu erlahmen begannen und sie ihrerseits dem Einfluss des grausamen Tieres zu erliegen drohte, das Kaleigh trotz allem noch immer war.
Aber es gelang ihr das Tier zu beruhigen; langsam, unendlich langsam und voller Mühe. Sie nahm kaum noch etwas wahr von dem, was um sie herum vorging. Nur wie durch einen dichten, wogenden Nebel sah sie, wie Ferro sich aufrappelte und schreiend davonrannte und wie andere Männer kamen und sie und Kaleigh umringten.
»Ruhig, Kaleigh«, flüsterte sie. »Ganz ruhig. Niemand will dir etwas zuleide tun oder mir. Ruhig.« Immer und immer wieder flüsterte sie beschwörend diese Worte und nach einer

Ewigkeit spürte sie, wie sich der Sturm tobender Gefühle im Inneren der Echse tatsächlich legte, wie aus der Bestie wieder ein Tier, aus dem Ungeheuer wieder ihr Freund wurde.

Und im gleichen Maße nahm sie auch ihre Umgebung wieder wahr. Mehrere Dutzend Männer und Frauen waren zusammengeströmt, angelockt durch Ferros Schreie und Kaleighs Toben, und nicht wenige von ihnen trugen Waffen. Yori erkannte die nackte Furcht auf ihren Gesichtern, den blanken Hass, den sie auslöste. Von überall her strömten jetzt Männer zusammen und selbst die Wachen auf den Mauern hatten in ihrer Patrouille innegehalten und starrten zu ihr herab. Yori glaubte die Angst und den Zorn der Menge wie eine Woge körperlichen Schmerzes zu spüren.

Sie war nicht einmal sicher, ob wirklich sie es war oder ob Kaleighs Instinkte nun doch die Oberhand in ihr gewannen, aber mit einem Male sprang sie auf Kaleigh zu, griff mit beiden Händen nach ihrem Hals und schwang sich auf den Rücken der Laufechse. Kaleigh brüllte vor Erleichterung und Freude, als sie endlich wieder das ihr vertraute Gewicht auf dem Rücken spürte, wirbelte herum und stürmte los. Es ging so unglaublich schnell, dass Yori die Reihe der Gaffenden schon durchbrochen hatte, ehe überhaupt die ersten Schreckensschreie zu hören waren und die Männer und Frauen begriffen, was geschah. Kaleigh lief wie noch nie zuvor. Yori hatte gewusst, dass die Laufechse schnell war, aber jetzt klammerte sie sich erschrocken an ihrem hornigen Rückenkamm fest. Zwei, drei ebenso beherzte wie dumme Männer versuchten ihnen den Weg zu verstellen. Sie wurden einfach beiseite geschleudert, als Kaleigh wie eine Lawine aus Fleisch und Panzerplatten zwischen ihnen hindurchdonnerte.

Dann lag das Tor vor ihnen. Yori schrie vor Schrecken auf, als sie begriff, dass Kaleigh nicht daran dachte abzubremsen. Schon waren sie heran und der Drache donnerte mit der

Gewalt eines Erdbebens gegen die eisenverstärkten Eichenbalken.
Der Aufprall schleuderte Kaleigh und Yori zurück und zu Boden. Die Torbalken hielten Kaleighs wildem Ansturm stand – nicht aber der Riegel.
Als Yori sich benommen aufrichtete, sah sie, wie das gewaltige Tor langsam nach außen aufschwang. Der Riegel, ganz auf einen Angriff von außen ausgerichtet, war in zwei Stücke zerborsten.
Halb blind vor Schmerz und Benommenheit stemmte sie sich hoch, taumelte auf Kaleigh zu und griff mit unsicheren Bewegungen nach ihrem Hals. Der Hof hinter ihnen verwandelte sich in einen brodelnden Hexenkessel schreiender Stimmen und durcheinander laufender Menschen und Tiere. Von irgendwoher scholl eine Posaune und aus den Augenwinkeln sah Yori, wie einige Männer in die Sättel ihrer Pferde sprangen und herandonnerten. Sie verdoppelte ihre Anstrengungen sich auf Kaleighs Rücken zu ziehen. Ein Pfeil zischte heran und zerbrach klirrend neben ihr an der Wand. Yori duckte sich möglichst tief über Kaleighs mächtigen Hals und versuchte verzweifelt sie zum Weitergehen zu bewegen, aber sie war einfach zu aufgeregt. Alles, was sie empfand, waren panische Angst und Schmerz, der ihr die Tränen in die Augen trieb. Kaleigh musste sich verletzt haben.
Die Reiter waren bereits fast heran – ein Dutzend Männer, deren Gesichter voller Zorn und deren Herzen voller Hass und Angst waren.
Kaleigh bäumte sich auf. Ihr ununterbrochenes, erregtes Schnauben ließ die Pferde scheuen. Drei oder vier der Tiere gingen erschreckt durch, andere stiegen und warfen ihre Reiter ab. Binnen kürzester Zeit herrschte ein heilloses Durcheinander. Nur zwei oder drei der Männer besaßen noch genügend Kaltblütigkeit ihre Schwerter und Lanzen zu heben und auf Yori und ihr Tier einzudringen.

Kaleighs Schwanz schwang wie eine gewaltige Keule aus Fleisch und grünem Horn hin und her und riss die Reiter aus den Sätteln. Nicht einer kam Yori auch nur nahe.
Und dann waren sie draußen. Ein paar Pfeile zischten ihnen nach, aber sie waren zu hastig abgeschossen worden und bohrten sich weit vor Yori und Kaleigh in den Schnee. Plötzlich war die Festung verschwunden und vor ihnen lagen nur noch Schnee und Fels und eisige Weite.
Und die Freiheit.

Die einzigen Zeichen ihrer Freiheit waren vorerst eisige Kälte und später, nachdem sich ihre Euphorie und die Erleichterung über die gelungene Flucht gelegt hatten und sich ihr Körper wieder mit seinen normalen Bedürfnissen meldete, erbärmlicher Hunger. Kaleigh war gelaufen wie niemals zuvor, mehr als eine Stunde lang, bis das Tal und die bizarre Felsenstadt nicht mehr als eine üble Erinnerung waren, Meilen um Meilen zurück, aber je tiefer sie in die Berge vorgedrungen waren, desto langsamer war die Echse geworden und jetzt, als die Dämmerung hereinbrach, war aus ihrem rasenden Galopp ein mühsames Dahinschleppen geworden. Sie wurde zunehmend schwächer.
Kaleigh war verletzt. Die gewaltige Echse zog den rechten Vorderlauf nach; zwischen ihren Schuppen sickerte schwarzes Drachenblut hervor, und wenn Yori versuchte mit ihr in Verbindung zu treten, so spürte sie nichts als dumpfen Schmerz und eine sonderbare Müdigkeit, die sonst vollkommen fremd an Kaleigh waren. Sie hoffte inständig, dass die Echse nicht schwer verwundet war. Laufechsen mochten zwar die zähesten Geschöpfe auf der ganzen Welt sein – aber selbst sie rannten schließlich nicht jeden Tag Tore aus armdicken Eichenpfosten ein.
Eine Zeit lang war Yori so in Sorge um Kaleigh gewesen, dass sie schon mit dem Gedanken gespielt hatte umzukehren

und zur Stadt zurückzureiten, damit sich dort jemand um Kaleighs Wunden kümmerte. Aber als sie länger darüber nachdachte, erkannte sie, dass das sinnlos wäre.
Zum einen würde man sich wohl kaum um Kaleigh kümmern, sondern sie töten, dessen war sie sich ziemlich sicher. Sie hatte den Hass in den Gesichtern der Männer, die sie am Tor gestellt hatten, nicht vergessen.
Und zum anderen würde sie gar nicht zurückfinden. Sie hatte sich abermals verirrt und diesmal war es schlimmer als beim ersten Mal.
Yori machte sich nichts vor – sie wusste, dass sie die Nacht nicht überleben würde, wenn nicht ein Wunder geschah.
Sie musste sich eingestehen, dass ihre Flucht alles andere als gut geplant war. Sie hatte keine Lebensmittel bei sich, keine Waffen, ja nicht einmal einen richtigen Mantel. Sie trug nur den dünnen Umhang, den sie übergeworfen hatte, als sie Ians Haus verlassen hatte. Er konnte die Kälte nicht wirklich abhalten. Die Lebensmittel stellten allerdings das kleinere Problem dar – lange bevor sie wirklich ernsthaft Hunger leiden würde, würde sie erfrieren.
Im letzten Licht des Tages lagen die Berge wie eine unüberwindliche schwarze Mauer vor ihr – ein Anblick, der ihr nicht gerade Mut machte. Der Schnee war tiefer geworden, sodass Kaleigh bei jedem Schritt bis fast an den Leib einsank und ihr das Gehen noch mehr Mühe bereitete.
Unvermittelt blieb die Echse stehen, hob den Schädel und stieß ein tiefes, vibrierendes Grollen aus.
»Was hast du, Kaleigh?«, fragte Yori alarmiert. »Witterst du etwas?« Blitzartig hatte sie das Bild eines schrecklichen Felsgesichtes und eines grotesk missgestalteten Körpers mit fürchterlichen Klauenhänden vor sich.
Sie zwang sich nicht mehr daran zu denken – sie hatte auch so schon genug Probleme. Und vor den Chtona würde Kaleigh sie beschützen, da war sie sich sicher.

Aber Kaleigh schien tatsächlich etwas zu wittern; sie bewegte ihren Schädel unruhig hin und her und zertrat nervös den Schnee. Yori strengte ihre Augen an, um in dem rasch schwächer werdenden Licht mehr Einzelheiten erkennen zu können. Nach einer Weile glaubte sie tatsächlich einen Schatten zu sehen, links vor ihnen.

Mit sanftem Schenkeldruck ließ sie Kaleigh weitergehen. Ihre Hand schloss sich um das kurze Stück Kette, das die Echse um den Hals getragen hatte und das im Augenblick ihre einzige Waffe war. Sie würde allerdings nicht viel nutzen, wenn sie wirklich einer Gefahr begegnen sollten, der Kaleigh nicht Herr wurde ...

Als sie näher kam, sah sie, dass der Schatten nichts anderes als der Eingang einer Höhle war, allerdings einer sehr sonderbaren Höhle. Sie war vorne kreisrund und zog sich dann schnurgerade in das Gestein hinein. Irgendwo von ihrem hinteren Ende kam sanftes, gelbes Licht.

Ein Feuer? Yori zügelte Kaleigh abermals, aber dann ritt sie doch weiter. Wenn es ein Feuer war, dann bedeutete es Menschen und im Augenblick hätte sie wohl selbst mit Ferros Gesellschaft vorlieb genommen.

Kaleigh blieb stehen, als sie den Eingang der Höhle erreicht hatten, hob witternd den Kopf und stieß ein dumpfes, drohendes Knurren aus. Yori versuchte vergebens in den wogenden Schatten im Berg etwas zu erkennen. Alles, was sie sah, war Dunkelheit und dahinter der gelbe Schein, der sie an das Bergwerk erinnerte, wenn er auch viel blasser und diffuser war.

Ein kalter Windstoß blähte ihren Umhang auf und zerstreute auch ihre letzten Bedenken. Dort drinnen würden sie vielleicht keinen Schutz vor der Kälte und sicherlich nichts zu essen finden, aber sie wären wenigstens dem Wind entronnen.

Müde ließ Yori sich von Kaleighs Rücken heruntergleiten

und betrat die Höhle. Der eisige Wind blieb hinter ihr zurück, aber sein Heulen begleitete sie noch eine ganze Weile wie ein Chor unheimlicher Stimmen. Je mehr sie sich an das blasse gelbe Licht hier drinnen gewöhnte, desto deutlicher sah sie, dass die Höhle gar keine Höhle war.
Ihre Wände waren zu glatt und der Boden war nicht von Wind und Schmelzwasser poliert, wie sie zuerst geglaubt hatte, sondern von Menschenhand. Es war ein Tunnel. Ein Tunnel, der von Menschen in den natürlich gewachsenen Fels hineingetrieben worden war.
Yoris Verdacht wurde zur Gewissheit, als sie zahlreiche andere Gänge entdeckte, die von dem Stollen abzweigten. Sie alle waren von blassem gelbem Licht erfüllt.
Sie war in einem Bergwerksschacht wie dem, den Ian ihr gezeigt hatte. Aber hier, meilenweit von der Stadt entfernt? Trotzdem gab es keinen Zweifel. Die Wände wiesen deutliche Spuren von Werkzeugen auf und selbst ein hölzerner Karren stand da, wenn auch von etwas anderer Bauart und sichtlich sehr alt.
Nur etwas war anders: Im Gegensatz zu dem warmen, gelben Lichtschein, der das Labyrinth unter der Stadt erhellte, war das Licht, das hier aus den Wänden oder manchen der tiefer in den Berg führenden Stollen kam, fahl und farblos.
Trotz ihrer Müdigkeit und dem unbehaglichen Gefühl, das sie hatte, seit sie in dieser Höhle waren, ließ Yori Kaleigh los und trat neugierig an die Wand.
Hier war es ganz deutlich zu sehen. Der Fels zeigte Einkerbungen und Furchen, aber in dem tiefen Loch, das die Männer geschlagen hatten, waren noch kleine Einschlüsse des gelben Steines zu sehen, der die Blutsteine enthielt. Aber sie waren bleich und wirkten ... *krank*. Ein anderes Wort fiel Yori nicht dafür ein. Ja, der gelbe Stein wirkte krank.
Eine Weile zerbrach sie sich den Kopf über diese sonderbare Veränderung, aber ihr war auch klar, dass sie hier und jetzt

keine Lösung dieses neuerlichen Rätsels finden würde, und so wandte sie sich wieder ab und begann den Rest der Höhle zu durchsuchen.

Sie fand nichts, was ihr irgendwie von Nutzen gewesen wäre. Ein Teil der Gänge, die in den Berg hineinführten, war eingestürzt, aus anderen drang blassgelbes Licht, wieder andere waren in völlige Dunkelheit gehüllt und hier und da lag ein zerbrochenes Werkzeug oder ein Stück rostiges Eisen herum.

Hätte Yori wenigstens einen Feuerstein und Reisig gehabt, so hätte sie vielleicht aus dem alten Karren ein Feuer machen und sich daran wärmen können. Aber sie hatte nichts.

Schließlich, nach einer guten halben Stunde, in der sie die Höhle ebenso gründlich wie erfolglos abgesucht hatte, führte sie Kaleigh in eine windgeschützte Ecke gleich neben dem Eingang, wartete, bis sich das Tier niedergelegt hatte, und kuschelte sich an seine Flanke. Kaleigh war wie alle Echsen ein Kaltblüter, sodass Yori sich an ihr nicht besonders wärmen konnte – aber sie konnte sich wenigstens einbilden, dass es so angenehmer sei; und, was wichtiger war: Sie war nicht allein.

Die Echse schlief sehr schnell ein, aber Yori fand keine Ruhe. Kaleigh stöhnte manchmal im Schlaf und ihr Atem ging schneller als sonst. Es tat Yori weh, ihr nicht helfen zu können. Aber sie hatte ja nichts, nicht einmal eine Salbe oder ein feuchtes Tuch, mit dem sie die Wunde hätte kühlen können.

»Arme Kaleigh«, murmelte sie. »Vielleicht wäre es besser für dich gewesen, wenn du mich nie getroffen hättest. Seitdem wir zusammen sind, bist du so weit weg von deiner Heimat und leidest Schmerzen und hast den Hass kennen lernen müssen.«

Kaleigh zischte im Schlaf, als hätte sie die Worte verstanden. Das war natürlich Unsinn – sie war und blieb trotz allem ein

Tier. Nur waren die Tiere im Allgemeinen vielleicht nicht das, was sich die meisten Menschen unter ihnen vorstellten.
Nach einer Weile fiel Yori doch in einen leichten Schlummer, aber nur, um gleich darauf wieder hochzuschrecken, zitternd vor Kälte und der Erinnerung an einen Traum, in dem felsgesichtige Chtona und ein blonder Junge mit einem riesigen Schwert vorgekommen waren. Den Jungen hatte sie nicht genau erkennen können, aber die Chtona hatten bedrückend echt gewirkt. Einen Augenblick lang hatte sie beinahe geglaubt ihre Schritte zu hören, so deutlich waren sie ihr im Traum erschienen.
Aber war es wirklich nur ein Traum gewesen?
Vorsichtig, um Kaleigh nicht zu wecken, richtete sie sich auf und sah zum Höhleneingang. Sie musste doch länger geschlafen haben, als sie angenommen hatte, denn draußen war es völlig dunkel geworden und die Sterne standen am Himmel. Vorsichtig wandte sie den Kopf, blinzelte ins schattenerfüllte Dunkel der Höhle – und erstarrte.
In einem der Stollen stand eine Gestalt.
Eine nicht sehr große, schlanke Gestalt, flach wie ein Schatten in der Schwärze, mit Händen, die zu groß waren, und einem Kopf, der sonderbar eckig wirkte, wie aus Fels oder hartem Ton geformt ...
Ein Chtona!
Yori unterdrückte einen Aufschrei. Instinktiv griff sie nach der Kette neben sich auf dem Felsen. Aber der Chtona bewegte sich noch immer nicht, obwohl er sie unverwandt ansah und erkennen musste, dass sie wach war und ihn entdeckt hatte.
Und dann ...
Es war wie die Berührung einer sanften, tastenden Hand, die irgendetwas *hinter* Yoris Stirn suchte und fand.
Wer bist du?
Die Stimme war so deutlich in ihrem Kopf, als erklänge sie

direkt an ihrem Ohr, und so sanft, dass sich Yori im ersten Moment weigerte überhaupt zu glauben, dass sie einem Wesen wie dem Chtona gehören sollte.
»Ich ... Yori«, stammelte Yori. »Mein Name ist Yori. Und wer bist du? Was willst du von mir?«
Du gehörst nicht zu denen oben, fuhr der Chtona fort, ohne auf ihre Fragen einzugehen. Im ersten Moment begriff Yori nicht, aber dann verstand sie, was der Chtona meinte: Die oben, das mussten die Menschen in der Stadt sein. Sie schüttelte den Kopf, ehe ihr einfiel, dass das Wesen die Bedeutung dieser Geste vielleicht nicht kannte.
»Nein«, sagte sie. »Kaleigh und ich kommen von weit her.«
Aber du lebst bei ihnen.
»Das stimmt nicht«, widersprach Yori heftig. »Wir waren in der Stadt, das ist richtig, aber wir sind geflohen.«
Geflohen? Dann seid ihr also Feinde.
»Nein«, sagte Yori. »Sie ... sie sind nicht meine Feinde.«
Warum fliehst du dann vor ihnen? Vor Freunden braucht man nicht davonzulaufen.
»Sie ... wollten mich nicht weglassen«, antwortete Yori stockend. »Aber wir sind keine Feinde. Ich bin auch nicht euer Feind«, fügte sie hastig hinzu.
Ich weiß, antwortete der Chtona. *Wärst du es, wärst du jetzt schon tot. Wir beobachten dich schon lange.*
»Warum?«
Wir verstehen nicht alles, antwortete das sonderbare Wesen. *Du siehst aus wie eine von oben, aber du kannst keine von ihnen sein, wenn du die Gabe hast.*
»Welche Gabe?«, fragte Yori verwirrt.
Der Chtona hob die Hand und deutete auf Kaleigh. *Du sprichst mit ihr*, sagte er. *Keiner von denen oben kann das. Wir hören dich schon die ganze Zeit. Seit du gekommen bist. Was bist du für ein Wesen?*
Yoris Verwirrung wuchs immer mehr. Sie begriff, was der

Chtona meinte, und trotzdem hatte sie das Gefühl nur jedes zweite Wort zu verstehen, allerhöchstens.

»Die Menschen in der Stadt sind eure Feinde?«, fragte sie.

Wir hassen sie, bestätigte der Chtona. *So wie sie uns hassen. Sie stehlen uns das Licht.*

Yori sah den Chtona verstört an. »Sie tun – *was*?«

Sie stehlen uns das Licht, wiederholte der Chtona. *Wir töten sie, wo wir können, wie sie uns töten, sobald sie uns sehen. Wir werden sie alle vernichten. Bald. Der Zeitpunkt ist gekommen.*

»Aber ich ... ich verstehe nicht«, meinte Yori verwirrt. »Was meinst du damit – sie stehlen euch das Licht? Ich begreife das nicht.«

Sie töten uns, sagte der Chtona. *Wir leben tief unter der Erde und sie nehmen uns, was wir brauchen um zu leben. Sie zerstören unsere Welt. Deshalb werden wir sie vernichten. Aber du solltest nicht mehr da sein, wenn es geschieht. Ich bin hier um dich zu warnen. Ja, du solltest wirklich nicht mehr hier sein, wenn wir losschlagen.*

»Mich warnen?«, fragte Yori ungläubig. »Aber ich bin eine von ihnen. Ich gehöre demselben Volk an.«

Der Chtona gab einen Laut von sich, der beinahe wie ein Lachen klang, wenn auch wie ein Lachen aus einer Kehle von Stein. *Du bist nicht wie sie, Drachenkind*, sagte er. *Du bist ein Freund der Drachen, so wie auch Chtona ihr Freund war, als es das Drachenvolk noch gab. Du sollst leben. Vielleicht kannst du uns helfen.*

»Wie soll ich euch helfen?«, fragte Yori. »Ich bin doch selbst auf der Flucht.« Sie überlegte einen Moment lang, dann fragte sie: »Wissen die Menschen in der Stadt überhaupt, was sie da tun?«

Nicht alle, antwortete der Chtona. *Sie halten uns für Tiere, weil wir nicht wie sie aussehen und weil wir nicht sprechen können.*

»Aber du sprichst mit mir«, widersprach Yori. »Ich verstehe dich doch.«
Ja, so wie du die Drachen verstehst und sie dich, sagte der Chtona. *Aber die Bewohner der Felsenstadt sind taub und blind und sie glauben besser zu sein als wir. Sie nehmen sich, was sie wollen, und vernichten gedankenlos, was sie nicht kennen. Geh zu ihnen, Freundin der Drachen. Sage ihnen, was sie tun. Und sage ihnen, dass sie sterben werden, wenn sie nicht innehalten.*
»Das ist doch Wahnsinn«, murmelte Yori. »Ihr dürft damit nicht weitermachen. Ihr ... ihr seid denkende Wesen wie wir! Hört auf zu töten!«
Wir haben keine Wahl, entgegnete der Chtona. Es klang irgendwie traurig, aber gleichzeitig auch entschlossen.
«Aber was kann ich tun?«, fragte Yori hilflos. »Sie werden mir nicht glauben!«
Dann wird es viele Tote geben, sagte der Chtona. *Die Berge werden weinen, Freundin der Drachen. Wir sind nicht viele und wir sind schwach, denn jene oben haben Waffen und sind listiger und verschlagener als das Volk der Felsen. Aber wenn wir sie jetzt nicht töten, wird von uns selbst keiner überleben.*
»Chtona, bitte ...«, rief Yori flehend. »Ich ... ich kann nicht zurück zu ihnen. Sie würden mich festhalten und nie wieder weglassen und sie werden mir kein Wort glauben. Stattdessen werden sie Kaleigh töten, wenn ich zurückgehe!«
Der Chtona wollte antworten, aber dann wandte er plötzlich mit einem Ruck den Kopf, starrte aus seinen kleinen, gelben Augen zum Höhleneingang – und war verschwunden, so schnell, als hätte ihn der Erdboden verschluckt.
Abrupt wandte Yori sich um und blickte ebenfalls zum Ausgang der Höhle. Hinter ihr erwachte Kaleigh und stieß ein tiefes, zorniges Knurren aus.
In dem kreisrunden Eingang war eine Gruppe von Männern erschienen. Die sieben, acht oder vielleicht sogar zehn Ge-

stalten waren in lange, lederne Mäntel gekleidet und mit Schilden, Speeren und mächtigen Bogen bewaffnet. Ihre Pfeile waren drohend auf sie und Kaleigh gerichtet.
»Du hast die Wahl, Yori«, sagte Ian leise. »Du kannst dein Tier im Zaum halten und uns ohne Widerstand folgen oder wir töten Kaleigh gleich hier und nehmen dich in Ketten zurück in die Stadt.«
Drei, vier endlose Sekunden lang starrte Yori Ian aus brennenden Augen an, aber wenn in seinem Blick jemals so etwas wie Freundschaft gewesen war, so war dieses Einverständnis jetzt daraus verschwunden. Und schließlich wandte sich Yori um, trat an Kaleighs Seite und begann beruhigend auf sie einzureden.

»Ich hätte dich wirklich für klüger gehalten.« Ians Stimme war leise und vorwurfsvoll, wenn auch nicht ohne Verständnis und Wärme. Er gab Yori nicht das Gefühl ihr Feind zu sein, sondern sprach eher in der Art eines Vaters mit ihr, der seinem Kind zu erklären versucht, warum das, was es getan hat, falsch gewesen ist.
»Du bist direkt in den Tod geritten, Yori. Wenn wir dich nicht gefunden hätten ...« Er beendete den Satz nicht, aber Yori wusste so gut wie die anderen im Raum, was er hatte sagen wollen. Vielleicht hätte sie die erste Nacht in der Höhle sogar überlebt – den zweiten Tag oder gar die darauf folgende Nacht sicher nicht mehr.
Sie wärmte ihre Hände an dem Becher mit heißem Tee, den ihr Ianna gebracht hatte, und versuchte vergebens Ians Blick standzuhalten.
Es war Morgen geworden, bis sie die Stadt wieder erreicht hatten, aber das lag wohl eher daran, dass sich Kaleigh nur noch mühsam durch den Schnee hatte schleppen können. Die Entfernung zur Stadt hatte nur wenige Meilen betragen und Yori hatte sich eingestehen müssen, dass sie die meiste

Zeit ihrer Flucht mit nichts anderem zugebracht hatte als im Kreis zu reiten.
»Lass sie in Ruhe«, mischte sich Ianna ein. »Siehst du denn nicht, dass sie erschöpft und müde ist?«
Yori warf ihr einen raschen, dankbaren Blick zu, aber Ian reagierte weniger geduldig. »Natürlich sehe ich das«, fauchte er. »Sie ist genauso müde wie ich, verstehst du? Aber die Sache muss endlich geklärt werden, hier und jetzt.« Er ballte die Faust, als wollte er damit auf den Tisch schlagen, tat es aber nicht, sondern stützte nur müde die Ellbogen auf und barg für einen Moment das Gesicht in den Händen.
»Dieser Ausbruch war so dumm, dass mir die Worte dafür fehlen«, seufzte er. »Du hast auf dem Weg hierher die Berge gesehen. Was hast du bloß geglaubt, wie weit du ohne Essen und Trinken und ohne richtige Kleidung kommen würdest?«
»Ferro...«, begann Yori, aber Ian schnitt ihr sofort mit einer heftigen Bewegung das Wort ab.
»Ferro ist ein hitzköpfiger Narr«, sagte er scharf. »Maja hat mir erzählt, was passiert ist, und er wird seine Strafe bekommen. Aber das ändert nicht viel an dem, was du getan hast.« Plötzlich wurde seine Stimme ganz ernst. »Weißt du, dass ich meinen ganzen Einfluss geltend machen musste um zu verhindern, dass dein Tier auf der Stelle erschossen wurde?«
»Aber Kaleigh hat mich nur verteidigt!«, protestierte Yori. »Sie kann nichts dafür. Die Drachen sind im Grunde genommen sehr gutmütige Wesen, aber sie reagieren auf Zorn und Gewalt.«
»Gutmütig, so?«, meinte Ian. »Das habe ich doch schon einmal gehört, Yori. Und jetzt sind vier Männer verletzt und zwei gute Pferde mussten getötet werden, weil dein gutmütiges Tier ihnen die Beine gebrochen hatte.«
»Ihr ... ihr werdet sie aber jetzt nicht töten, oder?«, fragte Yori stockend.
Ian sah sie einen Herzschlag lang ernst an, dann schüttelte

er langsam den Kopf. »Ich denke, nicht«, murmelte er. »Es wird noch darüber entschieden werden, aber ich werde tun, was ich kann. Ich hoffe, dass es genügen wird.«
Wieder schüttelte er den Kopf und sah Yori auf diese sonderbar gutmütig-vorwurfsvolle Art an. »Du hast mehr Glück als Verstand gehabt, ausgerechnet die aufgelassene Mine zu finden, Yori«, sagte er. »Nur ein bisschen weiter nach Süden oder nach Norden und du wärst direkt in die Eiswüste hineingeritten. Und aus der ist noch niemand wieder herausgekommen.«
»Das war kein Glück«, murmelte Yori.
Ian sah auf, blinzelte müde und legte den Kopf schräg. »Wie meinst du das?«, fragte er.
Yori antwortete nicht gleich, sondern nippte an ihrem Tee und genoss das Gefühl der Wärme, das das heiße Getränk in ihrem Magen verbreitete. Der Weg zurück zur Stadt war lang genug gewesen um ihr Zeit zum Nachdenken zu geben. Sie war ganz sicher, dass Kaleigh den Weg zur Mine *nicht* durch Zufall gefunden hatte. So wie es auch kein Zufall gewesen war, dass der Chtona in ihrer steinernen Schlafkammer erschienen war.
»Ich habe einen Chtona getroffen«, fuhr sie nach einer Ewigkeit fort. »In der Mine, in der ihr mich gefunden habt, Ian.«
Ian starrte sie an und für einen Moment rechnete Yori ernsthaft damit, dass er schlichtweg loslachen und sie für verrückt erklären würde. Aber er tat stattdessen etwas ganz anderes: Er stand auf und bedeutete Ianna und Maja, die schweigend am anderen Ende des Tisches saßen, mit einer Geste hinauszugehen. Sorgsam schloss er die Tür hinter ihnen, kam zurück und ließ sich wieder auf seinen Stuhl sinken.
»Was ist geschehen?«, fragte er.
Yori zögerte, denn irgendetwas in Ians Art hatte sich geän-

dert und diese Veränderung berührte sie merkwürdig. Seine Worte klangen plötzlich lauernd und in seinen Augen stand beinahe so etwas wie Schrecken, ja Angst.
»Ich habe mit ihm gesprochen«, sagte sie.
Ian ächzte. »Gesprochen? Mit einem *Chtona?*«
»Ja. Er kam, als ich schlief. Wir haben lange miteinander geredet.«
»Chtona sind wilde Tiere«, behauptete Ian. »Du hast einen Traum gehabt, Kind.«
»Das habe ich nicht«, widersprach Yori. »Und sie sind auch keine Tiere, Ian. Und ich glaube beinahe, dass du das selbst weißt.«
»So?«, fragte Ian spöttisch. »Und worüber habt ihr euch unterhalten? Über das Wetter?«
»Das ist nicht lustig«, wies Yori ihn zurecht. »Er hat mir alles erzählt, Ian. Er hat mir erzählt, warum sie euch bekämpfen.«
»Du redest Unsinn, Kind«, sagte Ian überzeugt. »Niemand kann mit Tieren reden.«
»Ich schon«, antwortete Yori. »Und die Chtona sind außerdem keine Tiere. Ich weiß nicht, was sie sind, aber sie denken wie wir und ich verstehe sie, so wie ich Kaleigh und andere Tiere verstehe. Ihr haltet sie für dumm und geistlos, nur weil sie nicht sprechen können, aber das ist nicht wahr. Sie *können* reden. Nur könnt ihr nicht verstehen, was sie sagen.«
Ian versuchte abermals abfällig zu lächeln, aber es gelang ihm nicht ganz. Seine Finger spielten mit kleinen, nervösen Bewegungen an der Tischkante. Er merkte es nicht einmal.
»Und was hat er dir gesagt?«, fragte er spöttisch.
Yori blieb ernst. »Er hat mir gesagt, dass sie euch alle töten werden«, antwortete sie. »Er hat gesagt, dass ihr ihre Welt zerstört und dass sie kämpfen müssen, wenn sie überleben wollen.«
»Ach, müssen sie das?«, sagte Ian. »Nun, ich glaube nicht, dass mich diese Drohung sehr beeindruckt. Du hast unsere

Mauern gesehen. Sie sind so gebaut, dass sie dem Ansturm einer ganzen Armee standhalten. Ich denke nicht, dass ein paar Chtona sie stürmen können.«

Aber seine Belustigung war nur gespielt. Yori spürte, dass ihre Worte ihn tief erschüttert hatten. Hinter dem Lächeln, das er wie eine Maske zur Schau stellte, brodelte es.

»Was hat er damit gemeint, dass ihr ihnen das Licht stehlt?«, fragte Yori.

»Nichts.« Die Antwort kam eine Spur zu schnell. »Er hat gar nichts gesagt. Chtona sind wilde Tiere. Sie können nicht sprechen. Du hast das alles nur geträumt.«

»Das habe ich nicht!«, widersprach Yori heftig, aber diesmal duldete Ian keinen Widerspruch.

»Unser Volk lebt seit fünf Generationen in dieser Stadt«, sagte er ärgerlich. »Und seit dieser Zeit bekämpfen wir die Chtona, Kind. Sie haben Dutzende von uns getötet und wir Hunderte von ihnen. Meinst du nicht auch, dass es uns in all der Zeit aufgefallen wäre, wenn sie wirklich mehr als wilde Tiere wären?«

Er schüttelte wütend den Kopf, als Yori etwas erwidern wollte, und fuhr fort: »Du bist den ganzen Tag durch Eis und Schnee geirrt. Du warst müde. Du warst hungrig und vermutlich halb verrückt vor Kälte und Angst. Du hast geträumt, Schluss.«

»Aber das stimmt nicht!«, rief Yori beinahe verzweifelt.

Ians Gesichtsausdruck wurde hart. »Es ist so«, sagte er mit Nachdruck und einer Strenge, die seine Worte zu einem Befehl machten.

Sie hatte geträumt, weil er es so haben wollte, das begriff Yori plötzlich. Weil das, was sie sagte, einfach nicht wahr sein durfte.

»Es ist so«, sagte er erneut. »Und ich verbiete dir, mit irgendjemandem darüber zu reden. Wir haben genügend Sorgen und Probleme hier, ohne dass ein dummes Kind

herumläuft und noch Geschichten von sprechenden Chtona erzählt. Hast du das verstanden?«
Einen Moment lang hielt Yori seinem Blick stand, aber dann senkte sie den Kopf und nickte kaum merklich. O ja, sie hatte verstanden. Und sie hatte auch das andere verstanden, das, was Ian nicht aussprach, was aber sein Blick fast deutlicher ausdrückte, als Worte es vermocht hätten.
Dass er wusste, wie Recht sie hatte.

Die Zeit verging. Die Tage reihten sich zu einer Woche, die Woche schließlich zu einem Monat und endlich, als Yori die Hoffnung schon beinahe aufgegeben hatte, begann der Schnee zu schmelzen; erst langsam und kaum merklich, dann rascher. Die weiße Einöde jenseits der Festungsmauern wurde braun und wies nur noch morgens kleine weiße Flecken auf, die jedoch mit dem ersten Licht der Sonne verschwanden. Bald darauf lugte das erste Grün aus dem Boden. Es wurde wärmer. Der Frühling kam nun mit Macht.
Es war fast auf den Tag genau vier Wochen nach Yoris missglücktem Fluchtversuch, als Ian sie wieder einmal in den großen Raum im Erdgeschoss seines Hauses rufen ließ. Alle waren da – er selbst, Ianna, Harot und Kato und die anderen Führer der Festungsstadt; selbst Ferro hockte in einer Ecke, wenngleich er sich bemühte so zu tun, als interessiere ihn das Geschehen gar nicht.
Ian wies mit einer Geste auf einen noch freien Stuhl am Tisch und Yori setzte sich gehorsam.
»Wir haben dich rufen lassen um dir unsere Entscheidung mitzuteilen, Yori«, begann Ian. »Der Winter ist vorbei und die Pässe sind wieder begehbar geworden. Es geht um dein Tier.«
»Um Kaleigh?«, fragte Yori – eine höchst überflüssige Frage, aber Ian nickte bloß und lächelte sogar flüchtig.
»Ja«, sagte er. »Du weißt, dass sie nach allem, was geschehen

ist, nicht hier bleiben kann.« Er schwieg einen Moment, und als er weitersprach, sah er seinen Sohn an, der seinem Blick für den Bruchteil einer Sekunde standhielt und dann wegsah. »Einige von uns waren dafür, sie gleich zu töten«, fuhr er fort.
Yori zuckte zusammen, aber Ian hob rasch und besänftigend die Hand. »Wie gesagt, nur einige, Yori«, sagte er. »Wir wissen auch, dass das, was geschehen ist, nicht Kaleighs Schuld war.« Bei diesen Worten schien Ferro sich noch mehr in die Ecke zu drücken. Yori beachtete ihn gar nicht. »Trotzdem kann sie nicht hier bleiben«, fuhr Ian fort. »Was passiert ist, kann wieder passieren, es könnte Tote geben. Wir können nicht das Leben von Menschen riskieren, nur um eines Tieres willen. Sie muss weg.«
»Weg?«, wiederholte Yori benommen. »Aber wieso ...«
»In ein paar Tagen«, fuhr Ian mit leicht erhobener Stimme fort, »wird der Schnee überall geschmolzen sein. Es wird ihr dann schon gelingen einen Weg aus den Bergen heraus zu finden.«
»Sie wird nicht ohne mich gehen«, sagte Yori.
»Dann töten wir sie eben«, sagte Ferro kalt. Ian sah mit einer zornigen Bewegung auf, aber zu Yoris Verwunderung schwieg er zu der Bemerkung seines Sohnes und nach einer Weile nickte er sogar. »Ferro hat Recht, Yori«, sagte er. »Es gibt nur diese beiden Lösungen ... Entweder du entlässt sie in die Freiheit oder wir müssen sie töten.«
Yori schluckte mühsam. Sie hatte plötzlich einen bitteren Geschmack im Mund und fühlte sich so elend, als ob ihr gleich übel werden oder sie in Tränen ausbrechen müsse. Vielleicht beides zugleich. Sie hatte geahnt, dass dieser Augenblick kommen würde, und trotzdem fühlte sie sich wie vor den Kopf gestoßen. »Ihr könnt ...«
»Wir wollen nichts mehr diskutieren, Yori«, unterbrach Ian sie. »Wir haben über alles sehr lange und ausgiebig geredet

und eigentlich ist das schon mehr, als es nur um eines Tieres willen unsere Pflicht gewesen wäre. Du wirst zu deinem Tier gehen und es dazu bringen, die Stadt zu verlassen. Wenn es aber in drei Tagen noch hier ist, muss ich es töten lassen.«
Yori sprang auf. Tausend Verwünschungen lagen ihr auf der Zunge. Sie wollte schreien, sich auf Ian stürzen und mit Fäusten auf ihn einschlagen. Aber sie tat nichts von alledem – sie wusste, wie sinnlos es gewesen wäre. So fuhr sie nur herum, stürmte aus dem Zimmer und warf die Tür krachend hinter sich zu.
Wie von Sinnen rannte sie aus dem Haus, überquerte den Hof und lief in das Gebäude, in dem Kaleigh jetzt untergebracht war. Nach ihrer Flucht war der Drache in ein aus tonnenschweren Felsbrocken errichtetes Lagerhaus gebracht worden, dessen Wände selbst Kaleighs Kraft gewachsen waren. Zudem hatte man sie an einen Fels gekettet, der schwer genug war auch dem Toben eines Bergdrachen standzuhalten. Yori hatte sie oft besucht, beinahe täglich, denn mit Ausnahme von Maja war Kaleigh das einzige Wesen, zu dem sie noch Vertrauen hatte. Tatsächlich hatte sie den allergrößten Teil der vergangenen vier Wochen in diesem finsteren Gefängnis verbracht.
Das Wiedersehen war diesmal anders als gewöhnlich. Kaleigh hob freudig den Kopf, als sie Yori erkannte, aber ihr Knurren klang traurig. Sie spürte sogleich den Schmerz, der in Yoris Seele wühlte.
Yori weinte. Sie schämte sich ihrer Tränen nicht; im Gegenteil. Vielleicht hatte sie sich viel zu lange beherrscht und versucht, *stark* zu sein – was immer man darunter verstehen mochte. Es erleichterte sie, den Tränen freien Lauf zu lassen. Kaleigh stupste sie von Zeit zu Zeit mit ihrer flachen Schnauze an, als versuche sie ihr Trost zu spenden.
Nach einer Weile hörte Yori Schritte und drehte sich um. Aber es war nicht Ian, den sie erwartet hatte, sondern Ianna,

die leise hereingekommen und ein Stück hinter ihr stehen geblieben war. Yori konnte ihr Gesicht in dem schattigen Halbdunkel des Lagerhauses nicht richtig erkennen, aber sie spürte die Woge warmer Zuneigung, die von Ianna ausging. Und sie spürte auch die Furcht, die Kaleighs Anblick in ihr weckte. Rasch wandte sie sich um und trat ein paar Schritte von der Echse zurück. Kaleigh knurrte enttäuscht.
»Komm mit mir, Yori«, sagte Ianna sanft.
Yori gehorchte. Sie wünschte nichts mehr, als für die wenigen Stunden, die ihnen noch verblieben, in Kaleighs Nähe zu bleiben, aber sie wusste auch, dass sie der Echse damit keinen Gefallen tat, sondern sie im Gegenteil nur quälte.
»Es tut dir weh, sie zu verlieren, nicht?«, fragte Ianna, als sie das Lagerhaus verlassen hatten und wieder auf den Hof hinausgetreten waren. Yori nickte, aber sie war nicht fähig auch nur einen Ton zu sagen. Ihre Kehle war wie zugeschnürt, ihr Gesicht feucht von Tränen.
»Aber es muss sein«, fuhr Ianna fort. »Du musst Ian verstehen. Er kann nicht anders. Er hat für dich und dein Tier getan, was er konnte. Die meisten anderen waren dafür, sie zu töten. Er hat für sie gekämpft.«
»So?«, fragte Yori. Das Wort klang so bitter, dass Ianna stehen blieb und sie mit einem traurigen Seufzer ansah. »Es ist die Wahrheit, Yori. Ian ist kein schlechter Mann, glaube mir. Aber er muss manchmal Dinge tun, die ihm selbst zuwider sind.« Plötzlich lächelte sie. »Und vielleicht ist es für Kaleigh am besten so. Sie ist ein Drache, Yori, keine Katze oder ein Hund. Welches Schicksal stünde ihr wohl bevor, wenn sie bleiben würde? Sie wäre Tag um Tag eingesperrt. Glaubst du, dass ihr ein solches Leben gefallen würde?«
Yori antwortete nicht, aber sie drehte sich herum und blickte zu dem großen, quaderförmigen Gebäude zurück. Nein, dachte sie. Ein solches Leben würde ihr gewiss nicht gefallen, so wenig wie es ihr selbst gefiel. Und wo war schon der

Unterschied, ob sie nun in einem Haus und angekettet oder in einer Festung und mit unsichtbaren Ketten gefangen war? Er war nicht sehr groß. Und trotzdem.
»Ich will nicht, dass sie geht«, murmelte sie. »Ich will ...«
»Du willst sie behalten«, sagte Ianna. »Nicht wahr? Aber Kaleigh ist ein lebendes Wesen, Yori, kein Spielzeug. Sie ist ein Drache und Drachen sollten frei sein. Sei einmal ehrlich: Ist es nicht auch ein bisschen Eigennutz, der dich treibt?«
Yori schluckte krampfhaft um die Tränen zurückzuhalten, die schon wieder in ihrer Kehle emporsteigen wollten. Iannas Worte taten weh, sehr weh sogar. Vielleicht deshalb, weil sie gar nicht so falsch waren, wie Yori es sich einzureden versuchte. War es denn wirklich nur die Liebe zu Kaleigh, die sie dazu brachte, mit aller Macht um sie zu kämpfen? Wenn auch nur die Hälfte von dem stimmte, was man sich über die Laufechsen erzählte, dann mochte es sein, dass Kaleigh fünfhundert Jahre alt oder noch älter war – welche Rolle konnte da ein dummes kleines Mädchen in ihrem Leben spielen? Sie würde sie wahrscheinlich sehr bald vergessen haben und frei und ungebunden tausendmal glücklicher sein als hier, in diesem finsteren Verlies, in dem nur Dunkelheit und Stille waren, statt der endlosen Weiten, für die ihr muskulöser Körper geschaffen war.
Es war die eine Yori, die so dachte. Aber es war, als gebe es tief in ihr noch eine andere Yori – eine, der alle logischen Argumente gleichgültig waren und die nichts anderes wollte, als in Kaleighs Nähe zu sein. Sie wusste nicht, welche Seite den Sieg davontragen würde.
»Komm mit, Yori«, sagte Ianna plötzlich. »Ich möchte dir etwas zeigen, was dir gefallen wird.«
Yori folgte ihr gehorsam zum Haus. Als sie an der Tür zum Wohnraum vorüberging, hörte sie erregte Stimmen. Das Gespräch war wohl noch immer im Gange und es schien inzwischen zu einem Streit geworden zu sein.

Ianna ging schnell weiter, lief die Treppe hinauf und blieb schließlich vor einer Tür stehen, die mit einem schweren Vorhängeschloss verriegelt war. Yori wunderte sich – bisher war sie in der ganzen Stadt auf keine verschlossene Tür gestoßen. Ianna nahm einen großen Schlüssel aus der Kitteltasche, entriegelte das Schloss und stieß die Tür mit einer einladenden Bewegung auf.
Dahinter lag eine kleine, auf einer Seite abgeschrägte Kammer. Als Yori eintrat, verschlug es ihr den Atem.
Der Raum war eine Schatzkammer.
Auf den Tischen und Regalen häuften sich kleine, kostbar verzierte Kistchen und Truhen, die vor Gold und Schmuck und Edelsteinen schier überquollen. Wohin Yori auch sah, überall blitzte und blinkte es. Es gab Schmuckstücke und Gold und edles Gestein und Geschmeide in jeder nur denkbaren Form und Größe und in den Schubladen, die zum Teil offen standen, leuchteten Goldmünzen und kleine Barren aus Silber und Platin.
»Was ... was ist das?«, murmelte Yori fasziniert. »Wem gehört das alles, Ianna?« Sie trat an eine der Truhen heran, streckte die Hand aus, führte die Bewegung aber erst zu Ende, als Ianna zustimmend nickte.
»Uns«, sagte Ianna. In ihrer Stimme schwang hörbarer Stolz. »Ian und Maja und Ferro und mir. Unserer Familie.«
»Aber das ... das ist ... unglaublich!« Yori fehlten die Worte um das auszudrücken, was sie beim Anblick all dieser Kostbarkeiten empfand. Sie hatte niemals nennenswerten Besitz gehabt und wohl auch nicht die richtige Vorstellung vom Wert dessen, was sie hier sah – aber sie wusste, dass sie einem Schatz gegenüberstand, um den Ianna wohl die meisten Königshäuser beneidet hätten. Allein der Wert der Edelsteine, die hier zusammengetragen worden waren, musste ausreichen, die meisten Länder, durch die sie gekommen war, einfach zu *kaufen*.

»Das ist unser Familienschmuck«, erklärte Ianna, »unser Vermögen. Es hat unseren Eltern gehört, und wenn wir sterben, wird es Maja und Ferro und später dann deren Kindern gehören.«

»Aber woher kommt es?«, fragte Yori, die noch immer wie betäubt vom Anblick all dieser Schönheit war. Sie hatte immer geglaubt, sich nicht sonderlich für Reichtum zu interessieren, und bisher hatte das auch gestimmt, aber jetzt spürte sie, wie der unglaubliche Schatz, der sich da vor ihren Augen ausbreitete, sie doch in seinen Bann schlug.

»Es ist das, was wir für die Blutsteine bekommen«, sagte Ianna. »Im Sommer tauschen wir sie um, zum Teil gegen Lebensmittel und Dinge, die wir nicht selbst erzeugen können, aber das meiste gegen Gold und Geschmeide.« Sie lächelte auffordernd. »Warum suchst du dir nicht etwas davon aus, Yori? Ich bin sicher, du findest irgendetwas, was dir gefällt.«

»Das kann ich nicht annehmen«, sagte Yori impulsiv, aber Ianna schüttelte den Kopf. »Das darfst du aber ruhig«, sagte sie. »Ein Stück mehr oder weniger macht uns nicht ärmer. Nimm dir, was du haben möchtest. Bald wirst du ohnehin ein eigenes Vermögen besitzen.«

»Ich?«, fragte Yori verstört. »Wieso?«

»Wir teilen alles«, erklärte Ianna. »Was die Männer im Berg schürfen, gehört jedem zu gleichen Teilen, auch denen, die nicht im Bergwerk arbeiten, denn sie versehen andere Aufgaben. Und du gehörst nun zu uns. Was wir gegen die Steine eintauschen, wird geteilt und dann wirst auch du deinen Anteil bekommen. Wenn er auch ein bisschen kleiner sein wird als dies hier«, fügte sie mit einem beinahe verschmitzten Lächeln hinzu.

Es dauerte einen Moment, bis Yori begriff. »Soll das heißen, jeder hier in der Stadt hat einen solchen Schatz?«, fragte sie. Ianna nickte. »Natürlich sind nicht alle so groß, denn Ians

Familie gehört zu einer der ersten, die, lange ehe diese Festung erbaut wurde, hierher kamen, und unsere Vermögen wachsen mit den Generationen. Aber wenn du einmal so alt wie ich sein wirst, dann wirst du reich sein.«

Der Gedanke war so faszinierend, dass Yori für einen Moment fast der Atem stockte. Aber sehr schnell wurde ihr die Täuschung, die in dieser Faszination steckte, bewusst.

»Reich«, wiederholte sie.

»Sehr reich«, bestätigte Ianna. »Du wirst Geschmeide und Schmuck wie eine Königin haben, und wenn du willst, Kleider aus reiner Seide.«

»Warst du schon einmal dort?«, fragte Yori ohne Ianna anzusehen.

»In den Städten?« Ianna schüttelte den Kopf. »Nein. Ich bin hier geboren, weißt du.«

»Und du bist niemals aus den Bergen herausgekommen?«

»Niemals«, antwortete Ianna. »Warum sollte ich auch? Wir haben hier alles, was wir brauchen. Mehr sogar.«

»Und was willst du dann mit diesem Reichtum?«, fragte Yori. Ianna schien die Frage nicht gleich zu verstehen, denn sie blinzelte nur verwirrt, und so fuhr Yori fort: »Was hast du von alldem hier, Ianna? Wozu alles Gold, wenn du es nicht ausgeben kannst, wozu der Schmuck, wenn du ihn niemals tragen kannst, und wozu die seidenen Kleider, wenn du niemals auf einen Ball gehen kannst?«

»Aber wir *feiern* Feste«, widersprach Ianna. »Oft sogar.«

»O ja, und alle kommen in ihren seidenen Kleidern und ihren Diademen und Ketten und goldenen Ringen. Ein Ball der Könige.«

Ianna verstand nun sichtlich gar nichts mehr und fast taten Yori ihre Worte schon wieder Leid, als sie sah, wie hilflos sie dreinschaute.

»Hast du jemals einen Fluss gesehen, Ianna?«, fragte sie. »Oder einen Wasserfall oder einen Sonnenaufgang über dem

Meer? Hast du jemals gespürt, was *Freiheit* bedeutet?« Sie schüttelte den Kopf auf ihre eigene Frage und warf die goldene Kette, die sie sich aus einer der Truhen genommen hatte, mit einer fast angewiderten Bewegung zurück.
»Wir *sind* frei«, entgegnete Ianna verstört.
»O ja«, sagte Yori bitter. »Ihr seid frei und reich. Ihr sitzt hier und hortet Gold und Edelsteine und glaubt auch noch glücklich dabei zu sein.« Sie seufzte. Plötzlich war ein bitterer Geschmack auf ihrer Zunge. Sie spürte eine kalte, vollkommen sinnlose Wut, die sie sich im ersten Moment nicht einmal selbst erklären konnte.
»Ihr seid ja wahnsinnig«, flüsterte sie, aber so leise, dass Ianna die Worte nicht wirklich verstehen konnte. Ohne weiter auf Ians Frau zu achten wandte sie sich ab, ging aus dem Zimmer und lief die Treppe hinunter. Ian kam ihr entgegen, als sie zur Haustür ging, aber sie beachtete ihn nicht, sondern lief weiter. Das letzte Stück zu Kaleighs Stall hin rannte sie.
Kaleigh begrüßte sie mit einem spielerischen Schnauzenstoß, aber Yori eilte rasch an ihr vorbei, kniete nieder und löste mit zitternden Fingern die Ketten, die die Echse hielten. So rasch sie konnte, befreite sie das Tier, nahm schließlich das kurze Stück Kette, das wie ein Zügel an ihrem Halsring befestigt worden war, in die Hand und führte sie aus dem Haus. Kaleigh schnaubte zufrieden, als sie nach langen Wochen endlich wieder in den hellen Sonnenschein hinaustreten konnte. Yori spürte die freudige Erregung der Echse wie eine prickelnde Woge in sich.
Ein paar erschrockene Rufe wurden laut, als sie neben dem Drachen auf den Hof trat, und zwei oder drei Frauen und wohl auch ein paar Männer ergriffen schreiend die Flucht. Yori sah, wie auf den Wehrgängen hektische Betriebsamkeit entstand, und sie hatte den Hof noch nicht zur Hälfte durchquert, als ihr Männer mit Bogen und Spießen entgegenkamen. Hastig blieb sie stehen und hob die freie Hand.

»Geht zurück«, sagte sie. »Wenn sie eure Angst spürt, wird sie wild.«
Die Männer wichen ein Stück zurück und Yori konnte spüren, wie sich die aufkommende Unruhe in Kaleigh wieder legte. Das Tier war verwirrt und wusste offensichtlich nicht, was es von der Situation halten sollte. Vielleicht war es auch gut so. Aber sie hatte nicht sehr viel Zeit.
Als sie sich dem Tor näherten, vertrat ihr Ian den Weg. Er war bewaffnet wie die anderen, aber als sie seinem Blick begegnete, las sie keine Feindschaft darin. Vielleicht war er der Einzige, der sie verstand.
»Du musst es nicht jetzt tun, Yori«, sagte er leise. »Du hast noch ein paar Tage Zeit.«
Yori schüttelte den Kopf. Die Bewegung kostete sie unendliche Mühe. Sie wusste, dass sie nicht noch ein paar Tage Zeit hatte, nicht einmal ein paar Stunden. Wenn sie Kaleigh nicht jetzt in die Freiheit entließ, würde sie vielleicht nie wieder die Kraft dazu finden.
Ian nickte, als hätte er ihre Gedanken erraten, drehte sich um und gab den Männern am Tor mit der Hand ein Zeichen. Der Riegel wurde zurückgezogen und die beiden Torhälften schwangen lautlos nach außen.
Yori drehte sich zu Kaleigh um, löste ihren Halsring und warf ihn und die Kette in hohem Bogen weg. Dann deutete sie auf das offen stehende Tor. »Lauf, Kaleigh«, sagte sie. »Lauf weg. In die Freiheit.« Die Worte taten weh; ihre Kehle war trocken und zugeschnürt und ihre Augen begannen sich mit Tränen zu füllen. Kaleigh schnaubte freudig, machte ein paar Schritte und blieb dann stehen um zu ihr zurückzublicken.
»Ich kann nicht mit dir kommen, Kaleigh«, sagte Yori mit tränenerstickter Stimme. »Aber du kannst auch nicht hier bleiben. Also geh.«
Der Drache knurrte, als hätte er ihre Worte verstanden,

machte einen weiteren Schritt – und blieb abermals stehen. Yori, deren Gefühle mit einem Teil seines Bewusstseins verschmolzen waren, spürte, wie sehr das mächtige Tier zwischen der Verlockung der Freiheit und der Zuneigung, die es für sie empfand, hin- und hergerissen wurde.
»Nun lauf schon!«, rief sie verzweifelt. »Lauf weg, ehe sie dich umbringen, Kaleigh!«
Aber Kaleigh lief nicht, sondern blickte sie beinahe vorwurfsvoll aus ihren goldgesprenkelten Augen an und Yori spürte die Enttäuschung und das Drängen der großen Echse so deutlich, als hätte sie gesprochen.
»Bitte, Kaleigh, geh!«, sagte sie flehend. Mit aller Kraft versuchte sie sich innerlich abzukapseln, ihre Gedanken und Gefühle vor Kaleigh zu verbergen, aber es gelang ihr nicht. Kaleigh grollte, kam ein Stück zurück und stieß sie auf ihre vertraute Art mit der Schnauze an.
Yori schrie auf, prallte ein Stück zurück und hieb der Echse mit aller Kraft die Faust zwischen die Nüstern. Kaleigh konnte den Schlag kaum gespürt haben, aber auch sie prallte zurück, stieß ein helles, fast wimmerndes Geräusch aus und blickte Yori verwirrt an. »Hau endlich ab, du Vieh!«, schrie Yori mit sich überschlagender Stimme. »Verschwinde von hier! Ich will dich nicht mehr sehen!«
Ihre eigenen Worte trafen sie wie Schläge und plötzlich fühlte sie nichts als Erschrecken und Unsicherheit und Verwirrung – Kaleighs Empfindungen, die auch ihr Inneres überfluteten.
Mit aller Gewalt versuchte Yori sich mit Zorn und Wut zu erfüllen. Sie dachte an Dinge, die Abscheu in ihr hervorriefen, und sandte eine Woge von Ekel und Ablehnung zu Kaleigh hinüber. Der Drache fauchte erschrocken. Da verdoppelte Yori ihre Anstrengungen noch und schließlich bückte sie sich nach einem Stein, holte aus und schleuderte ihn mit aller Macht nach Kaleigh.

Er prallte zwar sofort von den grün glitzernden Panzerplatten der Echse ab, aber die Wirkung war, als hätte sie ihr einen Speer in den Leib gestoßen. Eine Woge der Angst und Unsicherheit überflutete Yoris Denken und plötzlich bäumte Kaleigh sich auf, fuhr auf den Hinterläufen herum und rannte wie von Furien gehetzt aus dem Tor.
Yori vermochte die Tränen nun endgültig nicht mehr zurückzuhalten. Sie spürte Ians Hand auf ihrer Schulter und einen Moment lang ließ sie es geschehen, denn die Berührung tat auf seltsame Weise gut. Dann fuhr sie herum, schlug Ians Arm mit der Faust beiseite und lief ins Haus zurück, so schnell sie konnte.

Das Leben in der Festung wurde einsam ohne Kaleigh. Es heißt zwar, dass die Zeit alle Wunden heilt, aber wenn das stimmte, dann tat sie es nur sehr langsam. Es ging Yori mit dem Tier wie mit vielem anderem: Sie spürte erst, als der Drache nicht mehr da war, wie viel er ihr bedeutet hatte. Die nächsten vier Tage schloss sich Yori in ihr Zimmer ein, sprach mit niemandem und verweigerte das Essen, bis Ianna sie mit sanfter Gewalt zwang wenigstens eine Schale Suppe zu sich zu nehmen.
Danach wurde es ein wenig besser. Sie schlief wieder regelmäßig und wachte auch nicht mehr jede Nacht ein Dutzend Mal schweißgebadet und mit tränenfeuchten Wangen auf.
Aber jedes Mal, wenn sie auf den Hof hinaustrat und das Gebäude sah, in dem Kaleigh gefangen gehalten worden war, schien sich eine dünne, glühende Messerklinge in ihr Herz zu bohren. Es war nicht allein, dass Kaleigh nicht mehr da war. Irgendetwas in ihr schien gestorben zu sein, der Teil von ihr, der mit dem Geist des Drachen verschmolzen gewesen war. Ein Stück ihrer Seele schien in ewige Nacht und Schweigen versunken zu sein. Sie spürte eine Leere, die wehtat.

Zum letzten Mal hatte sie dieses Gefühl gehabt, als ihre Mutter starb.
Der Gedanke, dass ihr ein Tier so viel bedeutet hatte wie ihre eigene Mutter, erschreckte Yori zuerst. Aber warum auch nicht? War es in einer Welt voller Feinde nicht besser ein Tier zu lieben als gar niemanden?
Eine Woche nach Kaleighs Weggang rief Ian sie zu sich um ihr mitzuteilen, dass es an der Zeit sei, eine nutzbringende Beschäftigung für sie zu finden.
»Was für eine Beschäftigung?«, fragte Yori, obwohl sie ganz genau wusste, worauf Ian hinauswollte. Aber sie war noch immer viel zu sehr voller Groll und Schmerz, um ihm auch nur einen Schritt entgegenzukommen.
»Du bist nun schon länger hier, Yori«, erklärte Ian geduldig. »Du weißt, wie das Leben hier abläuft. Jeder bekommt, was er braucht, aber jeder muss auch irgendetwas dafür tun.«
»Was sollte ich schon tun?«, fragte Yori verstockt. »Ich kann weder kochen noch putzen noch im Bergwerk arbeiten.«
»Aber du kannst zum Beispiel hervorragend mit Tieren umgehen«, meinte Ian. »Wie wäre es, wenn du dem Stallmeister zur Hand gehen und dich um die Pferde kümmern würdest? Er braucht einen Gehilfen, denn er wird langsam alt.«
»Und wenn ich keine Lust dazu habe?«, fragte Yori.
»Wen interessiert das?«, mischte sich Ferro ein, der ebenso wie Maja und Ianna anwesend war, bisher aber nur stumm in seiner Ecke gehockt und sie finster angestarrt hatte. »Hier bei uns hat jeder zu arbeiten. Wir haben keinen Platz für Schmarotzer.«
»Dann werft mich doch raus«, antwortete Yori patzig. »Es täte mir zwar sehr, sehr Leid, aber schlimmstenfalls würde ich sogar von hier weggehen, verstehst du?«
Ian sog warnend die Luft zwischen den Zähnen ein, aber Ferro nahm die Herausforderung an, genau wie Yori es

gewollt hatte. Wütend richtete er sich in seinem Stuhl auf, beugte sich nach vorne und legte die Hand auf den Schwertgriff. »Werd bloß nicht frech, du Göre!«, sagte er drohend. »Sonst ...«
»Sonst?«, unterbrach ihn Yori böse. »Was sonst, Ferro? Hast du das Bedürfnis, dich wieder einmal mit einem Mädchen zu schlagen? Nur zu. Ich kann dich gerne ein zweites Mal verprügeln, hier drinnen oder auch draußen auf dem Hof. Wo ist es dir lieber?«
Ferro erbleichte, aber Ian hob zornig die Hand und sagte scharf: »Yori! Ferro! Schluss jetzt. Hört endlich auf, euch wie kleine Kinder zu benehmen.«
Sie schwiegen beide, aber Yori sah den kalten Zorn in Ferros Augen. Sie wusste, dass ihre Worte alles andere als klug gewesen waren. Sie hatte Ferro zum zweiten Mal gedemütigt und er würde es nicht vergessen. Aber das war ihr im Moment völlig gleichgültig. Man hatte ihr wehgetan und sie hatte einfach das Bedürfnis einem anderen ebenfalls wehzutun. Ferro bot sich dafür geradezu an.
»Ferro hat Recht«, fuhr Ian fort, nachdem er einige Sekunden lang geschwiegen hatte. »Wenn ich es auch etwas anders ausgedrückt hätte. Aber hier bei uns muss jeder einen Teil der Arbeit erledigen. Auch du.«
»Und wenn ich mich weigere?«, fragte Yori böse.
Zu ihrer Überraschung lächelte Ian nur. »Wir werden dich natürlich zu nichts zwingen, Yori«, sagte er. »Aber ich bin sicher, dass du früher oder später ganz von selbst nach einer Arbeit verlangen wirst. Die Winter hier können endlos sein, wenn man nichts zu tun hat. Du würdest dir aus reiner Langeweile eine Beschäftigung suchen. Warum willst du dann nicht lieber gleich etwas tun, was dir wenigstens Freude bereitet?«
Seine Worte waren von einer so zwingenden Logik, dass Yori nicht einmal widersprechen konnte. So sagte sie gar nichts,

sondern senkte nur den Blick und starrte auf ihre Fingernägel.
»Überlege es dir«, schloss Ian. »Ich habe dem Stallmeister Bescheid gesagt. Er wartet auf dich. Du brauchst nur zu ihm zu gehen, sobald du dich entschieden hast.«
Yori schwieg noch immer. Aber sie wusste schon jetzt, wie ihre Entscheidung ausfallen würde. Und nach einer kurzen Weile stand sie auf und verließ ohne ein weiteres Wort das Zimmer.

Als sie das Haus verlassen hatte, stieg Yori auf die westliche Mauer hinauf. Hier, hinter den Zinnen einer der beiden zur Stadt hin offenen Halbtürme, die wie die Zacken einer unvollständigen Krone rechts und links des Tores auf die Mauer aufgesetzt waren, war einer ihrer Lieblingsplätze. Der Blick reichte weit nach Westen über die Ebene, die sich vom Fuße der namenlosen Stadt an erstreckte, bis sie nach drei oder mehr Meilen von jäh aufsteigenden Felsen begrenzt und wieder zu einem steinernen Gefängnis gemacht wurde. Sie war oft hier und blickte hinaus in die Freiheit, und obwohl Ian einmal zu ihr gesagt hatte, dass er es nicht gern sah, wenn sie hier oben stand und sich – wie er es ausdrückte – nur selbst quälte, hatte er es ihr doch nicht ausdrücklich verboten. Selbst die Wachen, die auf ihren regelmäßigen Patrouillengängen immer wieder vorbeikamen, respektierten ihre selbst gewählte Einsamkeit und nahmen keine Notiz mehr von ihr.
Aber an diesem Tage hörte sie Schritte von hinten herankommen, nur wenige Minuten, nachdem sie heraufgekommen war und sich auf die Mauer gestützt hatte. Als sie sich umdrehte, sah sie Ferro. Ein sonderbarer Ausdruck lag auf seinen Zügen – nicht der Zorn, den sie erwartet hatte, sondern eine Art von mit Neugier gemischter Verschlagenheit, die sie sofort warnte. Ferro war kein Mensch, der so

rasch aufgab. Er würde ihr die vermeintliche Schmach, die sie ihm zugefügt hatte, heimzahlen wollen.
»Was willst du?«, fragte sie wenig freundlich, als er herangekommen war und sich lässig mit dem Ellbogen auf einer steinernen Zinne aufgelehnt hatte.
»Nichts«, sagte er leichthin. »Nichts Bestimmtes, jedenfalls. Vielleicht sehen, was du tust.«
»Das siehst du«, sagte Yori grob und wandte sich wieder ab.
»Du schaust hinaus«, stellte Ferro fest. »Du schaust hinaus und versuchst einen Weg zu finden um zu entkommen. Aber den gibt es nicht.«
»Bist du da so sicher?«, fragte Yori.
Ferro nickte. »Vollkommen. Ich habe es selbst auch versucht.« Diesmal war Yori wirklich überrascht. Verwirrt sah sie auf und blickte ihn an. »Du?«
»Ja, ich«, bestätigte Ferro. »So wie Maja, Harot, meine Mutter, mein Vater – wir alle. Oder jedenfalls fast alle.« Plötzlich lächelte er; es war das erste Mal, dass Yori ihn überhaupt *wirklich* lächeln sah. »Was glaubst du?«, fragte er. »Dass wir gefühllose Ungeheuer sind? Fast jeder hier im Lager versucht früher oder später zu entkommen. Manche versuchen es nur einmal, andere öfter und manche immer wieder. Aber bisher ist es keinem gelungen. Wen die Chtona oder die Berge nicht umbringen, den fangen wir wieder ein.«
»Und wie oft hast du es versucht?«, fragte Yori.
Ferro lachte. »Nur ein einziges Mal. Aber ich bin nicht sehr weit gekommen. Und ich habe eingesehen, wie dumm ich war. Es gibt dort draußen nichts, was das Risiko lohnte zu sterben. Oder den Chtona in die Hände zu fallen.« So, wie er es sagte, hörte es sich an, als mache das einen Unterschied, dachte Yori flüchtig, ohne aber diesen Gedanken weiterzuverfolgen.
»Woher willst du das wissen, wenn du niemals dort warst?«, fragte sie.

»Andere waren dort«, antwortete Ferro. »Mir reicht, was ich von ihnen gehört habe. Was soll ich in einer Welt voller Kriege und Mord und Verbrechen und Unterdrückung und Leid und ...«
»Hör auf«, unterbrach ihn Yori. »Das genügt. Außerdem ist es nicht wahr.«
»Ach?«, meinte Ferro. »Etwa nicht?«
»Doch«, gestand Yori. »Natürlich gibt es das alles auch, aber es ist ...« Sie brach ab, suchte einen Moment nach den richtigen Worten und gab es auf, als sie das spöttische Blitzen in Ferros Augen sah. Wie sollte sie einem Blinden erklären, was Farben waren?
»Du wirst dich daran gewöhnen«, sagte Ferro plötzlich. »Du wirst sehen, das Leben hier ist schön. Wir kennen weder Neid noch Not. Jedermann ist zufrieden.«
Darauf antwortete Yori gar nicht. Das Schlimme ist, dachte sie, dass Ferro wirklich glaubte, was er sagte.
»Deine Echse fehlt dir, nicht wahr?«, fragte er plötzlich. Yori schwieg weiter und er fuhr fort: »Du vermisst sie. Das kann ich verstehen. Es muss herrlich sein, ein solches Tier zu reiten.«
»Das ist es auch«, bestätigte Yori, eigentlich gegen ihren Willen.
»Bist du auch schon auf anderen Drachen geritten?«, wollte Ferro wissen. »Man sagt, es gäbe noch viel größere, oben in den Bergen des Nordens.«
»Die gibt es«, antwortete Yori. »Und ich bin auf einem geritten, aber nur ein einziges Mal. Auf einem Bergdrachen.«
Ferro schwieg einen Moment, und als er weitersprach, glaubte sie fast so etwas wie Bewunderung in seiner Stimme zu hören. »Sind sie tatsächlich so stark, wie man erzählt?«
»Noch stärker«, antwortete Yori und schlug mit der flachen Hand auf die Mauerbrüstung vor ihr. »Sie könnten diese Wand hier einreißen, ohne sich dabei besonders anzustrengen.«

Ferro nickte bewundernd. »Und du könntest einen davon rufen – oder auch mehrere? Oder vielleicht auch einen Flugsaurier, von denen man sagt, dass sie wie die Vögel fliegen und groß genug sind einen Menschen zu tragen?«
Es hatte lange gedauert, aber jetzt endlich erkannte Yori, was sich hinter Ferros gespielter Freundlichkeit verbarg. Zornig ballte sie die Fäuste. Ferro lächelte nur. Aber eigentlich war es mehr ein boshaftes Grinsen.
»Was soll das?«, fragte Yori mit mühsam beherrschter Stimme. »Glaubst du, ich wäre noch hier, wenn ich das könnte, du Narr? Ich wäre schon am ersten Tage davongeflogen und hätte euch eine lange Nase gedreht.«
»Vielleicht hast du noch nicht alles gesehen, was dich interessiert«, entgegnete Ferro kalt. »Eine Gefangenschaft ist leicht zu ertragen, wenn man weiß, dass man jederzeit durch die Hintertür entschlüpfen kann.« Sein Lächeln erlosch schlagartig. Er trat auf Yori zu, packte sie an ihren Handgelenken und presste sie gleichzeitig mit dem Körper gegen die Mauer, sodass sie sich nicht wehren konnte. »Wer hat dich geschickt, du Hexe?«, zischte er. »Für wen spionierst du? Rede!«
»Für niemanden!«, keuchte Yori. »Du bist ja verrückt, Ferro. Glaubst du, ich hätte mich jemals von Kaleigh getrennt, wenn ich eine Wahl gehabt hätte?«
»Wer sagt denn, dass du das wirklich getan hast?«, fragte Ferro hämisch. »Vielleicht wartet sie ja auf dich, draußen in den Bergen, zusammen mit einem Dutzend anderer Ungeheuer, die nur darauf lauern, uns anzugreifen? Oder mit deinen Leuten? Du stammst doch aus einer Nomadensippe und die sind dafür bekannt, dass sie stehlen und plündern wie die Raben!«
Sein Griff verstärkte sich. Yori stöhnte vor Schmerz. Ferro lachte hässlich, trat einen Schritt zurück und riss sie grob von der Mauer weg.

Das war ein Fehler – Yori hieb ihm blitzschnell und mit aller Kraft ihren Ellbogen in den Bauch. Ferro gab einen dumpfen Laut von sich, japste nach Luft und ließ sich langsam zu Boden sinken. Er wälzte sich hin und her und hielt die Hände an den Bauch gepresst.

Yori taumelte zurück, prallte gegen die Mauer und blieb einen Moment lang schwer atmend stehen. Ihr Ellenbogen schmerzte, so hart hatte sie zugeschlagen, und ihre Hände schienen taub von Ferros Griff zu sein. Aber schlimmer als der körperliche Schmerz war die bodenlose Wut, die Ferros Hinterlist in ihr geweckt hatte.

»Das wirst du bereuen!«, wimmerte Ferro. Er versuchte sich aufzurichten, hatte aber nicht die Kraft dazu. »Das wirst du bereuen«, wiederholte er schniefend. »Dafür bringe ich dich um, du Hexe!«

Aber Yori beachtete ihn gar nicht, sondern ging an ihm vorbei und lief die Treppe hinunter, um den Stallmeister zu suchen.

Tatsächlich bereitete ihr die Arbeit bei den Pferden mehr Freude, als sie sich selbst eingestehen wollte. Der Stallmeister war ein mürrischer alter Mann mit nur einem Auge, der kaum drei Worte am Tag redete und Yori nur dann ansprach, wenn er ihr eine Anweisung gab oder etwas erklärte, aber er war gut zu seinen Tieren und Yori war es nur recht, in Ruhe gelassen zu werden. Schon nach wenigen Tagen hatten sich die Pferde so weit an sie gewöhnt, dass sie sie mit einem freudigen Wiehern begrüßten, sobald sie den Stall betrat. Trotz ihrer gegenteiligen Beteuerungen ging Yori bald so sehr in ihrer neuen Beschäftigung auf, dass Ianna – die mehr und mehr die Rolle einer Pflegemutter Yoris zu übernehmen begann – sie ermahnen musste, wenigstens zu den Mahlzeiten pünktlich zu erscheinen und sich nachts gründlich auszuschlafen, anstatt bis lange nach Mitternacht in den Ställen zu bleiben und mit dem ersten Sonnenstrahl schon wieder dort zu sein.

Ferro sah sie während der ganzen Zeit wenig. Ians Sohn ging ihr aus dem Weg, aber das war Yori nur recht, obwohl sie sich in diesem Punkt nichts vormachte – Ferro hatte keineswegs vergessen, was geschehen war; und schon gar nicht vergeben. Er wartete nur auf die passende Gelegenheit um sich zu rächen. Nun, was das betraf, so war Yori vorbereitet. Sie hatte keine Angst vor Ferro.

Aber dann sollte alles anders kommen.

Es war drei Wochen nach Kaleighs Weggang und beinahe zwei Monate, nachdem sie in die Felsenstadt gekommen war. Der Frühling hatte nun sogar dieses Ende der Welt erreicht und brachte Wärme und strahlenden Sonnenschein in die Bergfestung. Yori war auf dem eingezäunten Stück des Hofes, der zu den Stallungen gehörte, und trainierte mit zwei jungen Hengsten – eine Aufgabe, die eigentlich nur dem Stallmeister oder seinem ältesten Gehilfen zukam. Aber der Alte hatte bald gemerkt, dass Yori auf geheimnisvolle Weise viel besser mit den Tieren umgehen konnte als irgendein anderer in der Stadt. Sie vermochte Dinge in Tagen zu erreichen, zu denen er Wochen, wenn nicht Monate gebraucht hätte, und er ließ sie gewähren. Yori ihrerseits machte es große Freude. Natürlich waren die Pferde kein Ersatz für Kaleigh. Ihre Intelligenz war, gemessen an der des Drachen, nur kümmerlich. Sie sprach nicht mit ihnen, wie sie es mit Kaleigh getan hatte. Aber sie konnte sich doch mit ihnen verständigen; besser, als sie es mit Worten vermocht hätte, und die Tiere gehorchten ihr instinktiv.

Sie hatte diese beiden Junghengste vor vier Tagen bekommen und sie waren wild und ungestüm wie alle jungen Pferde gewesen, zwei richtige Rabauken, die dem Gehilfen des Stallmeisters schon einige blaue Flecken beigebracht hatten. Jetzt war sie so weit, dass der eine schon auf Zuruf zu ihr

kam und sie den anderen ohne Sattel und Zaumzeug reiten konnte.
Jedenfalls war es bis zum Vortag so gewesen. Heute jedoch waren die Tiere nervöser, störrischer und widerspenstiger als am ersten Tag und eines von ihnen hatte sogar nach Yori gebissen, sie aber nicht richtig verletzt. Aber es wurde immer schlimmer. Sie versuchte bis zur Mittagsstunde sich den beiden Tieren wenigstens zu nähern, aber das einzige Ergebnis waren mehrere warnende Schnapper in ihre Richtung und ein Tritt, dem sie gerade noch hatte ausweichen können. Schließlich gab sie es auf, sperrte das Gatter sorgsam hinter sich zu und ging in den Stall zurück.
Sie bemerkte sofort, dass irgendetwas nicht stimmte. Eine vibrierende Unruhe lag in der Luft. Das Halbdunkel des Stalls hallte wider vom nervösen Scharren und Schnauben der Pferde und Yori glaubte, die Furcht der Tiere fast zu riechen. Sie entdeckte den Stallmeister und seinen Gehilfen am anderen Ende des lang gestreckten Gebäudes und eilte zu ihnen.
»Was ist los?«, fragte sie ohne Umschweife.
Der Alte antwortete nicht, sondern bedachte sie nur mit einem unwilligen Stirnrunzeln, aber sein Gehilfe drehte sich zu ihr um und deutete auf die Tiere, die dicht gedrängt in ihren hölzernen Boxen standen. »Ich habe keine Ahnung«, meinte er. »Sie sind wie von Sinnen, schon seit Stunden. Irgendetwas macht sie nervös.«
»Nervös?« Yori runzelte die Stirn. »Sie sind nicht nur *nervös*«, entgegnete sie. »Die Pferde sind halb verrückt vor Angst. Habt ihr nachgesehen, ob vielleicht ein Raubtier in den Stall eingedrungen ist? Ein Fuchs oder ein Iltis?«
»Dreimal«, grollte der Stallmeister übel gelaunt. »Hier ist nichts. Aber was ist mit dir? Kannst du nicht feststellen, was sie haben?«
Yori zögerte. Es war das erste Mal, dass sie direkt auf ihre

Begabung angesprochen wurde; das erste Mal, dass sie ernsthaft daran dachte, ihr Talent wieder einzusetzen, seit Kaleigh fortgegangen war. Was sie bisher mit den Pferden getan hatte, war etwas anderes gewesen. Es ging längst nicht so tief wie das Einswerden der Seelen, wie es bei ihr und Kaleigh gewesen war. Sie fürchtete sich ein wenig davor, dasselbe mit einem an Vernunft so viel ärmeren Tier wie einem Pferd zu tun. Andererseits spürte sie aber deutlich, dass die Furcht der Pferde keineswegs grundlos war.

Yori nickte widerstrebend, drehte sich herum und trat an die nächste Pferdebox. Das Tier scheute, als sie die Hand hob, ließ es aber dann doch zu, dass Yori die Finger auf seine breite Stirn legte.

Es war schwer – unendlich viel schwerer, als es mit Kaleigh gewesen war.

Als es ihr endlich gelang eine Übereinstimmung zwischen sich und dem Tier herzustellen, war alles, was sie empfand, eine fast grenzenlose Furcht; Erregung und Angst, die schon an Panik grenzten. Aber sie spürte daneben auch etwas anderes, schwach und auf dem Umweg über das Bewusstsein des Pferdes unendlich verzerrt und verfälscht; etwas, was ihr fremd war, aber auch unendlich düster und zornig, als gebe es irgendwo in ihrer Nähe ein gigantisches, böses Etwas, dessen geistige Ausstrahlung sie wie einen üblen Geruch wahrnahm.

Als sie die Hand zurückzog und sich wieder zum Stallmeister umdrehte, begann die Erde zu beben.

Es geschah ohne jede Vorwarnung und sehr schnell. Ein kurzer, harter Schlag, gefolgt von einem dumpfen Grollen und Poltern tief unter ihren Füßen, erschütterte den Boden und fast im selben Augenblick brach unter den Tieren endgültig Panik aus. Binnen Sekunden verwandelte sich der Stall in ein Chaos tobender Pferde, niederkrachender Dachbalken und berstender Scheiben. Der Boden bebte weiter und stär-

ker. Ein paar Boxen zerbarsten, als die Pferde wie von Sinnen um sich schlugen, und plötzlich spürte Yori einen heftigen Schmerz, wurde von den Füßen gerissen und barg gerade noch rechtzeitig den Kopf zwischen den Armen, als ein Pferd, zu Tode geängstigt, über sie hinwegsprang.
Eine harte Hand ergriff sie bei den Schultern und riss sie wieder auf die Füße. »Bist du verletzt, Kind?«
Yori schüttelte den Kopf, befreite sich aus dem Griff des Stallmeisters und sah sich um. Der Stall glich einem Trümmerhaufen. Die meisten Pferde waren aus ihren Boxen ausgebrochen und ins Freie geflohen und die, die noch drinnen waren, tobten wie von Sinnen. Genau in diesem Moment erschütterte ein weiterer, furchtbarer Stoß den Boden. Die Hälfte des Daches sank knirschend herab.
»Raus hier!«, schrie der Stallmeister. »Der Stall stürzt ein!«
»Aber die Pferde!«, protestierte Yori. Sie wollte die Boxen öffnen, aber der alte Mann packte sie ohne viel Federlesens, hob sie auf die Arme und trug sie mit erstaunlicher Kraft aus dem Stall. Erst als sie ein gutes Stück entfernt waren, blieb er stehen und setzte sie recht unsanft wieder zu Boden.
Die Festung bot einen Anblick des Schreckens. Nicht nur der Stall war verwüstet, sondern beinahe jedes einzelne Gebäude. Manche waren eingestürzt, aus anderen lösten sich noch immer Trümmer und fielen polternd zu Boden, überall lag Staub. Dazwischen liefen schreiende Männer und Frauen. Selbst aus den beiden gewaltigen Burgmauern waren ganze Stücke herausgebrochen, als hätte ein Riese mit einem gewaltigen Hammer darauf eingeschlagen. Die Erde hatte aufgehört zu beben, aber das dumpfe Grollen und Krachen unter ihren Füßen hielt an. Es hörte sich an, als stürzten tief unter der Stadt gewaltige Höhlen zusammen.
»Mein Gott«, stammelte der Stallmeister. »Was ... was war das? Ein Erdbeben? Das muss ein Erdbeben gewesen sein!«
»Das war kein Erdbeben«, widersprach Yori. Wenn sie auch

selbst nicht sagen konnte, was es war, so wusste sie doch sicher, dass das kein Erdbeben sein konnte.

Hinter ihnen ertönte schrilles Wiehern. Yori drehte sich erschrocken um und sah, wie eine Anzahl Pferde in heller Panik aus dem Stall galoppiert kam und davonsprengte. Das Gebäude stand so schief, dass es beinahe komisch aussah. Zum Glück war es nicht vollständig zusammengestürzt.

»Kümmert euch um die Pferde!«, sagte sie. »Ich muss zu Ian!« Der Stallmeister starrte sie mit offenem Mund an, aber Yori lief bereits los, überquerte den Hof und hastete zu Ians Haus hinüber.

Das Gebäude war weniger stark beschädigt, als sie befürchtet hatte. Lediglich die Fensterscheiben waren zerborsten, und aus dem Dach hatten sich ein paar Ziegel gelöst. Die Tür hing so schräg in den Angeln, dass Yori sie mit der Schulter aufstemmen musste, um ins Haus zu gelangen.

Innen jedoch bot sich ein Anblick der Verwüstung. Sämtliche Möbel schienen umgestürzt und zum Teil zerbrochen, zerschlagenes Geschirr lag auf dem Boden, alles war von Glassplittern übersät. Von Ian und seiner Frau weit und breit nichts zu sehen.

Fieberhaft durchsuchte Yori das Haus von unten bis oben, bis sie wenigstens Maja fand. Das Mädchen hatte sich in seiner Angst in den hintersten Winkel des Dachbodens verkrochen und Yori hätte sie nicht einmal entdeckt, hätte sie nicht plötzlich ihr leises Schluchzen gehört. Hastig nahm sie Maja auf die Arme, wandte sich um und trug sie ins Erdgeschoss hinunter. Dort setzte sie sie behutsam ab, strich ihr das Haar aus dem Gesicht und untersuchte sie, so gut sie konnte. Maja schien nicht verletzt zu sein. Aber sie zitterte vor Angst.

»Beruhige dich, Kleine«, sagte Yori, obwohl ihre Stimme selbst vor Erregung zitterte. »Bist du verletzt? Tut dir etwas weh?«

Maja schluchzte noch heftiger, schüttelte aber den Kopf und klammerte sich plötzlich ganz fest an Yori. Nach einer Weile löste sich Yori mit sanfter Gewalt aus ihrem Griff und hielt Maja auf Armeslänge von sich. »Was ist passiert?«, fragte sie. »Wo sind deine Eltern?«
»Unten«, schluchzte Maja. »Mutter ist zum ... zum Turm gelaufen, weil Vater und ...« Ihre Stimme erstickte in Tränen und wieder warf sie sich an Yoris Brust und weinte jetzt hemmungslos.
»Dein Vater und Ferro sind unten im Bergwerk?«, fragte Yori erschrocken. Entsetzt dachte sie an das gewaltige Poltern und Bersten, das sie gehört hatte.
Maja nickte. »Sie sind alle unten«, schluchzte sie. »Mutter ist hingelaufen, als alles gebebt hat. Was war das, Yori? Was ist passiert?«
Yori antwortete nicht, sondern schob Maja stattdessen erneut von sich und stand auf. »Ich muss zum Turm«, sagte sie. »Ich muss sofort mit deiner Mutter sprechen, aber du bleibst hier, hast du verstanden?« Sie machte einen Schritt auf die Tür zu, blieb dann aber wieder stehen und sagte: »Nein, bleib besser nicht hier drinnen. Geh hinaus. Irgendwo auf den Hof, aber bleib nicht in der Nähe der Häuser. Und auch nicht der Mauern, hast du verstanden? Bleib weg von allem, was einstürzen könnte!«
Majas Augen wurden ganz groß vor Schrecken. »Kann es denn noch einmal passieren?«, keuchte sie.
Yori schüttelte hastig den Kopf. »Ich hoffe nicht. Aber sicher ist sicher. Und jetzt tu, was ich dir gesagt habe. Schnell!«
Ungeduldig wartete sie, bis das Mädchen das Haus verlassen hatte, dann machte sie sich auf den Weg zum Bergwerksschacht.
Auch der Turm war beschädigt. Ein Teil seiner zinnengekrönten Spitze war eingestürzt und es lösten sich immer noch Steine aus der Wand und fielen wie kleine, tödliche Geschos-

se zu Boden. Trotzdem war er von einer gewaltigen Menschenmenge umlagert; sicher an die zweihundert Männer und Frauen, die verzweifelt durcheinander schrien und sich alle gleichzeitig hineinzudrängen versuchten.

Yori brauchte fast zehn Minuten, ehe sie sich mit Händen und Ellbogen bis zum Eingang durchgekämpft hatte; die Hiebe und Stöße, die sie sich dabei einhandelte, spürte sie nach kurzer Zeit gar nicht mehr. Im Inneren des Turmes herrschte ein unbeschreibliches Gedränge. Rings um den offenen Schacht, der in die Erde hinabführte, drängten sich Dutzende von Männern und Frauen. Das gewaltige hohe Gebäude hallte von zahllosen Stimmen wider. Ein Teil des Balkengerüstes war beschädigt oder abgebrochen.

Yori entdeckte Ianna im selben Moment, in dem Ians Frau sie auch sah. Sie hob den Arm, winkte Ianna zu und versuchte sich zu ihr durchzukämpfen, aber der Turm war so überfüllt, dass sie schon nach wenigen Schritten hoffnungslos stecken blieb. Ianna gelang es, sich zu ihr vorzuarbeiten.

Ihr Gesicht war rot und glänzte vor Tränen. Sie wollte etwas sagen, brachte aber nur ein Wimmern hervor, und plötzlich packte sie Yori und presste sie mit verzweifelter Kraft an sich, so fest, dass es wehtat.

»Sie sind beide dort unten, Yori«, schluchzte sie. »Ian und Ferro. Sie sind vor einer Stunde hinuntergefahren.«

»Was ist geschehen?«, fragte Yori, nachdem sie sich behutsam aus Iannas Umklammerung gelöst hatte.

»Der Schacht«, sagte Ianna schluchzend. »Ein Teil der Stollen muss eingestürzt sein. Sie ... sie haben Ian gerufen, weil irgendetwas nicht in Ordnung war und dann ... dann hat die Erde gebebt und ...« Abermals begann sie zu stammeln, presste plötzlich die Faust vor den Mund und biss sich so heftig auf die Finger, dass es blutete. Sie merkte es nicht einmal. »Eingestürzt«, sagte sie immer wieder. »Der Stollen ist ... ist eingestürzt. Und sie sind dort unten. Beide.«

Plötzlich übertönte ein gellender Posaunenschall das Schreien der Menge, dann brüllte irgendjemand: »*Der Korb!*«
Yori und Ianna fuhren gleichzeitig herum. Die beiden gewaltigen Zahnräder über ihnen hatten begonnen sich gegeneinander zu drehen und die Kette in die Höhe zu ziehen. Sie hingen schräg in ihren Halterungen und knirschten verdächtig, aber sie funktionierten noch – und der Straffheit der Kette nach musste der Korb an ihrem Ende bis zum Bersten überfüllt sein!
Die beiden Zahnräder drehten sich mit quälender Langsamkeit. Yori glaubte die Anspannung in sich kaum noch ertragen zu können. Ihr Magen zog sich schmerzhaft zusammen. Es dauerte an die zehn Minuten, bis am Ende der Kette ein rechteckiger Schatten auftauchte und ganz langsam zu dem hölzernen Förderkorb wurde. Und die Augenblicke, bis er endlich über den Rand des Schachtes geglitten und zur Seite geschwenkt war um auf dem Boden aufzusetzen, wurden zur Ewigkeit.
Das hölzerne Gefährt war groß genug, einem Dutzend Männern Platz zu bieten, aber in seinem Inneren drängte sich jetzt mindestens die doppelte Anzahl und selbst auf dem Dach hockten noch erschöpfte Bergleute. Einer hatte sich gar von außen an die Gitterstäbe geklammert und wurde von den innen Stehenden gehalten.
Ein vielstimmiger Schrei ging durch die Menge, als die Tür aufsprang. Dreckverkrustete, blutende Gestalten taumelten aus dem Korb. Auch Ianna schrie plötzlich auf, warf sich nach vorne und versuchte zum Schacht zu kommen. Sekunden später sah auch Yori Ian. So rasch es ging, kämpfte sie sich zu ihm und Ianna durch.
Ian war auf die Knie gesunken. Sein Atem ging so schnell, als wäre er meilenweit gelaufen, und Yori sah, dass er vor Schwäche zitterte.
Als er den Kopf hob, sah sie auch die stark blutende Wunde

auf seiner Stirn. Sein rechter Arm hing so schlaff herab, als sei er gebrochen.
Das Schwert in seinem Gürtel war rot von Blut ...
Als Ian Yori erkannte, schaute er mühsam zu ihr hoch. Sein Gesicht war schneeweiß unter all dem Schmutz und Blut und seine Lippen zitterten. Als er sprach, war seine Stimme so leise, dass Yori sie kaum verstand. Und trotzdem dröhnte das, was er sagte, laut in ihren Ohren.
Ian sagte nur ein einziges Wort:
»Chtona.«

Es wurde Nacht, bis die letzten Überlebenden aus dem Schacht geborgen waren. Der Förderkorb senkte sich noch ein halbes Dutzend Mal in die Tiefe und holte Männer hinauf, aber es dauerte jedes Mal länger, denn die Zahnräder waren beschädigt worden, und es war fast ein Wunder, dass sie sich überhaupt noch drehten. Viele von denen, die nach und nach aus dem Innern der Erde befreit wurden, waren verletzt, einige lebensgefährlich. Alle, die es irgendwie noch konnten, halfen mit, wenigstens die schlimmsten Spuren der Katastrophe zu beseitigen. Auch Yori kam nicht zur Ruhe, bis die Sonne unterging, denn jeder Helfer wurde gebraucht. Da waren Wände abzustützen, die Risse aufwiesen und einzustürzen drohten, Trümmer zu beseitigen und – vor allem – die Verwundeten zu versorgen. Erst als die Sonne unterging, kam zumindest äußerlich Ruhe über die Stadt. Es war eine bedrohliche, unheimliche Ruhe, die keinen Frieden brachte.
Lange nach Einbruch der Dunkelheit trafen sie sich in Ians Haus: Ian selbst, zwei der anderen Lagerführer und drei Männer, die Yori vom Sehen her kannte. Zu ihrer Verwunderung schickte Ian sie nicht hinaus, sondern nickte ihr, als sie von sich aus gehen wollte, im Gegenteil auffordernd zu zu bleiben.

»Berichte uns«, forderte einer der Männer, ein breitschultriger, bärtiger Riese mit einer Narbe auf der Wange, Ian auf.
Ian starrte ihn an, aber sein Blick schien geradewegs durch ihn hindurchzugehen. Er war blass. Er trug einen breiten Verband um den Kopf und sein rechter Arm, der tatsächlich gebrochen war, hing in einer Schlinge.
»Es war schrecklich«, begann er schließlich mit leiser, beinahe tonloser Stimme. »Jandroch ließ mich rufen, weil die Männer Geräusche gehört hatten, und als ich hinunterkam, hörte ich es selbst: Ein Klopfen und Scharren, das direkt aus dem Boden drang und immer lauter wurde. Keiner von uns wusste, was es war, aber es nahm immer mehr zu und so befahl ich den Männern, ihr Werkzeug zu nehmen und zurückzugehen, bis wir die Ursache dieser Geräusche geklärt hätten. Und genau in diesem Augenblick haben sie uns angegriffen.«
Er brach ab. Seine Lippen pressten sich zu einem schmalen, blutleeren Strich zusammen. Allein die Erinnerung an die furchtbaren Szenen, die er erlebt haben musste, schien seine Kräfte zu übersteigen. »Sie sind buchstäblich aus dem Nichts aufgetaucht«, fuhr er nach einer Weile fort. »Einige kamen aus den zugemauerten Schächten oder brachen einfach durch die Wände, andere kamen aus dem Boden ...«
»Wie viele waren es?«
»Ich weiß es nicht«, sagte Ian. »Sehr viele. Hunderte sicherlich. Wir haben uns mit aller Kraft gewehrt, aber es waren einfach zu viele, sodass wir die Flucht ergreifen mussten. Und dann stürzte der Stollen ein.«
»Einfach so?« Die Zweifel in der Stimme des Mannes waren nicht zu überhören. »Das dort unten ist Granit, Ian. Der bricht doch nicht einfach so zusammen.«
»Das weiß ich selbst«, fauchte Ian, plötzlich wütend. »Aber es war so! Ich hörte ein Knirschen und dann brach auch

schon die eine Hälfte des Stollens zusammen und begrub die Männer, die darin waren, unter sich. Ich selbst konnte mich im letzten Moment durch einen Sprung zur Seite retten, aber die anderen ...«

Wieder brach er ab. In seinem Gesicht zuckte es und Yori sah, wie sich seine gesunde Hand unter dem Tisch zur Faust ballte. Sein eigener Sohn war nicht aus dem Schacht zurückgekehrt.

»Schon gut«, sagte der andere. »Verzeih, Ian. Ich wollte nicht ... Wie viele werden vermisst?«

»Ungefähr dreißig«, antwortete Ian. »Einige sind tot, verschüttet oder von den Chtona erschlagen. Aber ich glaube, sie haben die meisten verschleppt, denn ich hörte Schreie, als ich zum Korb lief.«

»Verschleppt?«

Der Mann, der mit Ian gesprochen hatte, sah verärgert auf, als sich Yori unaufgefordert in das Gespräch mischte, aber sie beachtete ihn gar nicht, sondern fuhr fort: »Dann müssen wir sie retten, Ian!«

Ian seufzte traurig. »Du weißt nicht, was du da redest, Yori. Keiner, den die Chtona verschleppt haben, ist je zurückgekehrt.«

»Dann ist es schon öfter passiert? Und ihr habt niemals nach ihnen gesucht?«

»Das dort unten ist kein Wald, in dem man sich verirrt, Kind«, wies sie der andere zurecht, »sondern ein Labyrinth aus endlos langen Stollen und Schächten, in denen ein Mensch spurlos verschwinden kann. Es wäre Mord, auch nur einen einzigen Mann hinunterzuschicken.«

»Aber dein eigener Sohn ist dort unten, Ian!«, begehrte Yori auf. Ian nickte. »Und die Söhne von dreißig anderen Vätern«, sagte er. »Ich kann nicht das Leben von noch mehr Männern gefährden, nur weil diesmal mein Sohn unter den Verschleppten ist.« Es klang bitter.

»*Diesmal?*«, wiederholte Yori betont. »Dann ist es also wirklich nicht das erste Mal?«
Ian zögerte mit der Antwort. Schließlich schüttelte er den Kopf.
»Nein«, sagte er. »Sie haben uns schon oft überfallen. Aber niemals war es so schlimm wie heute.«
Und plötzlich fielen Yori all die Dinge wieder ein, die sie gesehen, aber nicht richtig gedeutet hatte: die zugemauerten Schächte, die Männer, die mit Waffen und Rüstungen in den Stollen gestanden hatten, der Bergwerksschacht, den sie in den Bergen gefunden hatte, Meilen von der Stadt entfernt und aufgelassen, obgleich die Ader darin längst nicht ausgebeutet war ...
»Ihr habt es die ganze Zeit gewusst«, murmelte sie fassungslos. »Ihr ... ihr habt euer Leben riskiert, um ein paar verdammter Steine willen!«
»Schluss jetzt!«, mischte sich der Bärtige ein. »Was soll das, Ian, dich vor einem Kind rechtfertigen zu wollen, das nicht einmal richtig zu uns gehört? Du wirst jetzt den Mund halten, Yori, oder hinausgehen!«
»Lass sie, Eldeker«, sagte Ian leise. »Sie ist aus einem bestimmten Grund hier.«
»So?«, fragte Eldeker erstaunt. »Und aus welchem, wenn ich fragen darf?«
Ians Blick flackerte. »Sie hat mich gewarnt, Eldeker«, sagte er leise. »Aber ich habe nicht auf sie hören wollen. Vielleicht wäre alles nicht passiert, wenn ich sie ernster genommen hätte.«
»Was soll das heißen?«, raunzte der Bärtige.
Ian schüttelte müde den Kopf, sah Yori an und machte eine auffordernde Geste. »Erzähle, Yori.«
Yori gehorchte, obwohl ihr alles andere als wohl dabei war. Langsam und sehr ausführlich berichtete sie von ihrer unheimlichen Begegnung in dem aufgelassenen Stollen drau-

ßen in den Bergen. Sie verschwieg nichts, nicht einmal ihre eigenen Zweifel oder die Ians, und als sie fertig war, herrschte fast eine Minute lang betroffenes Schweigen im Raum. Sie hatte befürchtet, dass die Männer sie schlichtweg auslachen würden, aber niemand tat es.
»Warum erzählst du uns das erst jetzt?«, fragte Eldeker schließlich.
Yori lachte bitter. »Hättet ihr mir denn geglaubt?«
Der Bärtige blickte sie einen Moment lang an, dann schüttelte er den Kopf. »Nein«, sagte er. »Du hast Recht. Und ich muss gestehen, dass es mir selbst jetzt noch schwer fällt, dir zu glauben.«
»Ihr wisst doch längst, dass es so ist«, sagte Yori heftig. »Ian hat es abgestritten und du streitest es jetzt auch ab, aber ihr alle wisst doch, dass die Chtona nicht die reißenden Bestien sind, als die ihr sie darstellt. Warum leugnet ihr es noch immer?«
»Niemand leugnet es«, sagte Eldeker ruhig. »Mir fällt es nur schwer zu glauben, dass sie ausgerechnet zu dir Zutrauen gefasst haben sollen. Glaubst du denn, wir hätten nicht versucht mit ihnen zu reden? Wir versuchen es seit hundert Jahren, zum Teufel! Ein Dutzend tüchtiger Männer ist insgesamt zu ihnen hinabgestiegen und nie wiedergekommen. Sie *wollen* nicht mit uns verhandeln. Alles, was sie wollen, ist, uns zu töten.«
»Und so, wie es jetzt aussieht, sind sie auf dem besten Wege ihr Vorhaben in die Tat umzusetzen«, fügte Yori böse hinzu. »Der Chtona, den ich getroffen habe, hat es angekündigt, hast du das schon vergessen? Ihr werdet alle sterben.«
»Humbug«, widersprach Eldeker. Aber es klang nicht sehr überzeugt.
»Humbug, so?« Yori schnaubte wütend. »Dreißig von euch sind tot oder verschleppt und das nennst du Humbug? Ihr müsst etwas tun, ehe es zu spät ist.« Sie wandte sich an Ian.

»Ian, sei wenigstens du vernünftig. Ihr müsst mit ihnen reden! Vielleicht lassen sie doch noch von ihrem Vorhaben ab, wenn ihr auch einlenkt.«

»Wir *können* nicht mit ihnen reden«, antwortete Ian leise. »Es ist so, Yori – wir haben es tatsächlich versucht, immer und immer wieder. Aber sie verstehen uns nicht. Oder sie wollen uns nicht verstehen.«

»Dann lasst mich gehen«, sagte Yori. Beinahe erschrak sie selbst über ihre Worte. Sie hatte nicht vorgehabt, das zu sagen. Allein bei dem Gedanken, in den Schacht hinabzusteigen, in dem dreißig von Ians Männern ein grausames Schicksal ereilt hatte, wurde ihr fast übel. Und doch wusste sie, dass es keinen anderen Weg gab.

»Dich?«, keuchte Eldeker. »Du musst verrückt geworden sein!«

»Das bin ich nicht«, sagte Yori heftig. »Ich habe schon einmal mit ihnen geredet. Ich kann es also. Sie verstehen mich, so wie mich die Tiere verstehen, begreifst du das denn nicht?«

»Und was willst du ihnen sagen?«, fragte Eldeker.

Yori blickte hilflos abwechselnd zu ihm und zu Ian. »Das ... das weiß ich nicht«, gestand sie. »Darüber müsst ihr entscheiden. Ich habe euch mitgeteilt, warum sie euch hassen, aber ich verstehe es selbst nicht. Wenn ihr mich mit einer Botschaft zu ihnen schickt, werde ich tun, was ich kann. Ihr müsst doch besser wissen, was sie wollen.«

»Vielleicht hat sie sogar Recht«, murmelte Ian. Er hatte so leise gesprochen, weil die Worte wahrscheinlich gar nicht den anderen, sondern nur ihm selbst galten, aber Eldeker schlug trotzdem zornig mit der Faust auf den Tisch.

»Recht?«, keuchte er. »Du willst klein beigeben vor diesen ... diesen Bestien, Ian?«

»Wenn ihr es nicht tut, werdet ihr alle sterben«, sagte Yori, aber Eldeker beachtete sie gar nicht, sondern fuhr, an Ian gewandt, fort: »Dieses Mädchen wird nicht hinuntergehen,

Ian. Morgen früh nehme ich selbst fünfzig Mann und Pech und Feuerholz und räuchere die ganze Brut dort unten aus. Das hätten wir schon vor Jahren tun sollen.«
»Aber ich kann mit ihnen reden!«, sagte Yori verzweifelt.
»Begreifst du denn nicht, dass du alles nur schlimmer machen würdest?«
»Niemand kann mit den Chtona reden«, beharrte Eldeker stur. »Und selbst wenn, würde ich nicht das Schicksal unserer Stadt in die Hände einer Fremden legen, von der wir nicht einmal sicher wissen, auf welcher Seite sie steht. Punktum!«
Yori wandte sich mit einem Hilfe suchenden Blick an Ian, aber der sah weg. Schließlich stand sie auf und verließ ohne ein weiteres Wort den Raum. In ihren Augen brannten heiße Tränen. Aber es waren Tränen der Wut.

Zu ihrer eigenen Verwunderung schlief sie ein, kaum dass sie in ihre Kammer gegangen war und sich auf dem Bett ausgestreckt hatte. Der Tag hatte ihr viel abverlangt und ihre Erschöpfung gewann die Oberhand über das Chaos von Gefühlen und Gedanken hinter ihrer Stirn.
Sie erwachte von der Berührung einer Hand an ihrer Schulter, sanft, aber sehr ausdauernd. Müde blinzelte sie in das milde Kerzenlicht, das den Raum erhellte, und erkannte dicht über sich Iannas Gesicht. Neben ihr stand Ian. Beide sahen so übernächtigt aus, dass Yori wusste, sie hatten keine Sekunde geschlafen. Unwillkürlich wandte sie den Blick zum Fenster, aber vor den schräg in den Angeln hängenden Läden herrschte noch tiefste Nacht.
»Es tut mir Leid, dass wir dich wecken müssen, Yori«, sagte Ianna. »Aber Ian und ich müssen mit dir reden. Es ist wichtig.«
Yori schaute sie einen Moment verwirrt an, dann nickte sie, setzte sich unsicher auf dem Bettrand auf und rieb sich die

Augen. Sie fühlte sich noch erschöpfter als in dem Augenblick, in dem sie sich hingelegt hatte.
»Wir brauchen deine Hilfe, Yori«, sagte Ian.
Yori sah verwirrt auf. »Meine Hilfe? Hast du Eldeker und die anderen doch noch überzeugen können?«
Sie las die Antwort in seinem Blick, noch ehe er den Kopf schüttelte. »Nein«, sagte er niedergeschlagen. »Sie bleiben dabei. Morgen bei Sonnenaufgang werden alle Männer, die eine Waffe mit sich führen können, in den Schacht einfahren. Sie wollen die Chtona vernichten, ein für alle Mal.«
»Aber das können sie nicht«, sagte Yori erschrocken.
»Ich weiß«, sagte Ian. »Und Eldeker und die anderen wissen es auch. Sie *wollen* es nur nicht wissen, diese Narren! Es wird zu einer Katastrophe kommen.«
»Aber warum verbietest du es ihnen dann nicht?«, fragte Yori. »Du bist doch ihr Führer!«
Ian lächelte traurig. »Das bin ich«, sagte er. »Aber nicht so, wie du dir das vorstellst. Ich bin das Oberhaupt dieser Stadt, aber ich bin kein Diktator. Ich wurde von ihren Einwohnern gewählt und meine Macht ist begrenzt. Diesmal haben sie mich einfach überstimmt. Eldeker und die anderen wissen nicht, dass ich jetzt hier bin. Und sie dürfen es auch nicht wissen.«
»Ian hat mir erzählt, was du erlebt hast«, sagte Ianna. »Ist es wirklich wahr, dass du mit ihnen reden kannst?« In ihren Worten klang eine so verzweifelte Hoffnung, ein so mächtiges Gefühl mit, dass Yori unwillkürlich zögerte zu nicken. Aber dann tat sie es doch.
»Dann musst du uns helfen«, fuhr Ianna erregt fort. »Du ... du bist die Einzige, die es kann.«
»Was kann ich schon tun?«, fragte Yori traurig. »Sie lassen es mich ja nicht einmal versuchen.«
»Wir werden in den Stollen gehen«, sagte Ianna. »Jetzt gleich. Nur Ian und ich – und du, wenn du uns hilfst. Wir

müssen Ferro finden, ehe diese Wahnsinnigen dort hinuntergehen und alles zerstören.«
»Ferro?« Yori sah Ianna fest in die Augen. »Ianna, du ... du weißt doch nicht einmal, ob er noch lebt«, sagte sie dann unsicher.
»Er lebt!«, behauptete Ianna in einem Ton, der es Yori unmöglich machte weiterzureden. »Er lebt noch, das weiß ich ganz genau. Darum müssen wir ihn befreien ... ihn und die anderen.«
Yori sah zu Ian auf. »Ich habe gesehen, wie sie ihn fortgeschleppt haben«, sagte er. »Ich konnte nichts für ihn tun, denn ich war unter Felsen eingeklemmt. Aber als ich ihn das letzte Mal gesehen habe, lebte er noch.« Er atmete hörbar ein. »Wenn du uns hilfst«, fuhr er fort, »dann verspreche ich dir die Freiheit, Yori. Ich weiß noch nicht, wie ich dir dazu verhelfen kann, und vielleicht wird es lange dauern, bis ich mein Wort einlösen werde, aber irgendwie wird es mir gelingen, dir die Flucht zu ermöglichen, das verspreche ich dir!«
»Das brauchst du nicht«, sagte Yori. »Ich helfe euch auch so.«
»Ich will es aber«, sagte Ian. »Zum Teufel mit dieser Stadt und all ihren Schätzen! Wenn wir Ferro finden und selbst lebend zurückkommen, dann werden wir zusammen von hier fortgehen. Diese verdammte Stadt hat mich schon einen Sohn gekostet und ohne dich wäre auch Maja gestorben. Ich will nicht nur wegen ein paar verdammter Edelsteine noch ein Kind verlieren!«
Der Ausbruch war so heftig, dass er Yori erstaunte. Aber vielleicht beschäftigte Ian dieser Gedanke schon lange. Schließlich hatte er auch dafür gestimmt, sie gehen zu lassen. Sie stand auf, bückte sich nach ihrem Mantel und warf ihn sich um die Schultern. »Worauf warten wir noch?«, fragte sie.

Helles Fackellicht und laute Hammerschläge erfüllten den Turm. Der große Raum war von hektischer Aktivität erfüllt. Männer turnten geschickt über die verbogenen Eisenträger, hantierten an dem komplizierten Räderwerk des Aufzugs oder standen an dem gewaltigen Schmiedefeuer, das im hinteren Teil des Turmes entfacht worden war. Eine Anzahl Bewaffneter stand im Kreis um den Schacht herum, Pfeil und Bogen schussbereit in der Hand. Ian blieb kurz stehen, winkte einen der Männer zu sich und deutete befehlend auf den Förderkorb.
»Lass ihn bereitmachen«, sagte er. »Wir fahren in den Schacht ein.« Ein überraschtes Stirnrunzeln erschien auf dem Gesicht des Mannes. »Ihr?«, vergewisserte er sich. »Nur du und dein Weib und dieses Kind, Herr?«
»Nur wir«, bestätigte Ian ungehalten. »Nun mach schon. Wir haben keine Zeit zu vertrödeln.«
»Aber ...«
»Nichts aber!«, fauchte Ian. »Du hast meinen Befehl gehört, oder? Willst du ihn schriftlich haben?«
Der Mann erbleichte, sah Ian sekundenlang noch unsicher an und beeilte sich dann seinem Befehl Folge zu leisten.
Schon wenige Augenblicke später hob sich der Förderkorb scheppernd und ächzend eine Handbreit über den Boden. Ian öffnete die Tür und winkte Ianna und Yori ungeduldig ihm zu folgen.
Sie waren kaum eingetreten, als er auch schon den Männern an den Winden das Zeichen gab den Korb hinabzulassen. Yoris Herz begann zu hämmern, als das schwerfällige Gefährt über den Schacht schwenkte und schaukelnd und rumpelnd in die Tiefe zu sinken begann.
Sie schwiegen, bis der Korb nach endlosen Minuten die Sohle des Schachtes erreichte und Ian die Tür aufstieß. Eine eigentümliche, bedrohliche Stille herrschte hier unten und in der Luft hing noch immer Staub und der schwer zu

beschreibende Geruch zermahlener Felsen. Der Boden hatte eine deutliche Neigung angenommen und in den Wänden war ein Spinnennetz ineinander verflochtener Risse und handbreiter Spalten entstanden. Yori schauderte. Sie hatte nicht geglaubt, dass es so schlimm sein würde. Und dabei war das erst der Anfang.

»Sie werden Eldeker melden, dass wir hier sind«, sagte Ianna plötzlich. »Wahrscheinlich weiß er es jetzt schon.« Sie sah ihren Mann an. »Sie werden uns verfolgen.«

Ian nickte, überlegte einen Moment und schwang sich dann mit einer wegen seines verletzten Armes ungeschickten Bewegung auf das Dach des Förderkorbes.

Yori konnte nicht genau erkennen, was er tat, aber mit einem Male sah sie, dass die Kette, an der der Korb gehangen hatte, frei hin- und herzupendeln begann. Ian hatte ihn ausgehängt.

»Das wird sie wenigstens für eine Weile daran hindern, uns zu folgen«, sagte er grimmig.

Und uns, wieder hinaufzukommen, dachte Yori. Aber das sprach sie nicht aus. Sie hatte ohnehin das ungute Gefühl, dass der Weg, der vor ihnen lag, nur noch in eine Richtung führte.

Schweigend gingen sie los; Yori und Ianna dicht hinter Ian, der sein Schwert gezogen und in die unverletzte Linke genommen hatte. Yori sah die Waffe zwar nicht gern, aber sie sagte nichts. Wenn sie hier unten auf Chtona stießen, würde ihnen ein einziges Schwert herzlich wenig nützen. Aber das wusste Ian auch selbst und vielleicht beruhigte es ihn ja, die Waffe nur zu spüren.

Die Spuren der Zerstörung nahmen zu, je tiefer sie in den Stollen eindrangen. Waren es zuerst nur vereinzelte Brocken gewesen, die aus der Decke oder den Wänden gebrochen waren, so versperrten ihnen bald regelrechte Schutthalden den Weg und ein paar Mal wurde es so eng, dass sie sich nur mehr mit Mühe durch die schmalen Öffnungen zwängen

konnten, die zwischen den Trümmerbergen und der geborstenen Decke noch geblieben waren.
Dann ging es plötzlich gar nicht mehr weiter. Vor ihnen war ein gewaltiger, tonnenschwerer Brocken aus der Decke herabgebrochen, der den Gang wie eine massive Tür aus Felsgestein verschloss.
Ian blieb stehen und sah sich ratlos um. »Der war noch nicht da, als wir geflohen sind«, sagte er. »Der Gang muss noch weiter eingestürzt sein.«
»Gibt es keinen anderen Weg?«, fragte Yori.
Ian nickte. »Dutzende«, sagte er. »Aber keinen, den ich genau kenne. Das hier unten ist ein Labyrinth. Manche der Stollen sind so alt, dass niemand mehr weiß, wohin sie eigentlich führen.« Er schüttelte den Kopf, schob sein Schwert mit einer wuchtigen Bewegung zurück in den Gürtel und deutete hinter sich auf den Weg, den sie eben gekommen waren. »Wir müssen es versuchen.«
Mühsam arbeiteten sie sich zurück, bis sie in einem Teil des Stollens angelangt waren, in dem sie wenigstens aufrecht stehen konnten. Die Luft war noch immer voller Staub und ein paar Mal glaubte Yori tief unter ihren Füßen wieder dieses grollende Geräusch zu hören, das die erste Katastrophe angekündigt hatte. Sie war sich aber nicht sicher. Das gelbe Licht der Edelsteinadern nahm an Intensität ab und erlosch dann für eine Weile ganz, sodass sie sich durch einen Abschnitt in vollkommener Finsternis tasten mussten. Auch als sie wieder sehen konnten, besserte sich ihre Situation kaum, denn die meisten Seitengänge waren ebenfalls eingestürzt oder so von Trümmern und Schuttmassen blockiert, dass ein Durchkommen unmöglich schien.
Ian blieb endlich vor einem Gang stehen, der zwar zugemauert, dessen Wand aber mehr als zur Hälfte eingebrochen war, sodass ein fast mannshoher Spalt entstanden war. Dunkelheit und der Geruch von uraltem, trockenem Staub schlug

ihnen entgegen und in den Schatten vor sich glaubte Yori beständig eine huschende Bewegung wahrzunehmen, schob diesen Eindruck aber dann auf ihre eigene Nervosität zurück. »Wohin führt dieser Weg?«, fragte sie.

Ian zögerte mit der Antwort und wirkte mit einem Male noch nervöser als bisher. »Nach unten«, sagte er schließlich. »In einen ... einen Teil der Mine, den wir schon lange aufgegeben haben.« Diese Erklärung – und vor allem der Ton, in dem sie vorgebracht wurde – klang alles andere als glaubhaft, aber Ian zwängte sich so rasch durch das eingestürzte Mauerstück hindurch, dass Yori keine Zeit mehr hatte ihn zu fragen. Ian verbarg offenbar immer noch irgendetwas vor ihr. Aber was?

Der Boden begann merklich abzufallen, während sie tiefer in den Gang vordrangen, der Geschmack nach bitterem Staub und der modrige Geruch in der Luft nahmen zu. Der Stollen musste wirklich uralt sein. Nur hier und da blitzte noch ein Band blasser gelber Helligkeit in den Wänden auf und überall in dem grauschwarzen Fels gähnten gewaltige, tiefe Löcher. Es wurde dunkler, je tiefer sie in die Erde eindrangen, und Yori glaubte mit einem Male wieder die Worte des Chtona zu hören: *Sie stehlen uns das Licht.*

Was hatte es damit auf sich?

Plötzlich war sie sicher, dass Ian es wusste.

Auf einmal drang ein gellender Schrei in ihre Gedanken. Yori fuhr herum, hob instinktiv die Hände und sah gerade noch, wie zwei schreckliche Hornklauen aus einem Loch in der Wand griffen, das vor einer Sekunde noch gar nicht da gewesen war, und sich um Iannas Leib schlossen.

Sie keuchte erschrocken und wollte ihr zu Hilfe eilen, aber Ian war schneller. Rücksichtslos stieß er sie zur Seite, war mit einem Satz neben seiner Frau und führte einen wütenden Schwerthieb gegen den Chtona, der Ianna gepackt hatte. Er musste die Klinge mit der unverletzten Linken führen, sodass der Chtona kaum Mühe hatte, den Hieb mit seinen hornigen Krallen zu parieren. Aber immerhin bewirkte der Schlag, dass er Ianna freigab und einige Schritte zurückprallte. Ianna sank mit einem unterdrückten Schrei zusammen und kroch hastig davon, während Ian weiter auf den Chtona eindrang. Das Felswesen wich mit einem wütenden Fauchen zurück und hob kampfbereit die Klauen, aber in diesem Moment verfing es sich mit dem Fuß an einem hohen Stein. Es strauchelte, stand sekundenlang mit wild rudernden Armen da und fiel dann wie ein gefällter Baum nach hinten. Ian schrie triumphierend auf, stieß mit dem Fuß nach dem Chtona und holte mit seinem Schwert weit aus.

»*Ian! Nicht!*« Yoris Stimme überschlug sich vor Schrecken. Schnell und mit aller Kraft, die sie noch hatte, sprang sie auf und fiel Ian im selben Moment, in dem er zuschlagen wollte, in den Arm. Natürlich konnte sie den Hieb nicht wirklich abfangen. Dazu war sie zu schwach und Ian viel zu zornig. Aber ihr Eingreifen bewirkte zumindest, dass Ian aus dem Gleichgewicht gebracht und seinem Schlag die Richtung genommen wurde. Die Klinge prallte eine Handbreit neben dem Chtona auf den Fels und wurde Ian aus der Hand gerissen.

Ian fluchte laut, schüttelte Yori wie ein lästiges Insekt ab und bückte sich nach seinem Schwert, aber diesmal war der Chtona schneller. Mit einem schrillen Pfiff sprang er auf, versetzte Ian einen Stoß, der ihn gegen Yori taumeln und auf die Knie fallen ließ, und verschwand mit einem gewaltigen Satz in dem Gang, aus dem er aufgetaucht war.

Keuchend stemmte sich Ian in die Höhe. Seine Augen flammten vor Zorn. »Bist du verrückt geworden?«, schrie er. »Ich hätte ihn erwischt, wenn du dich nicht dazwischengeworfen hättest!«

»Ich weiß«, antwortete Yori. »Deswegen habe ich es ja getan.«

Der Zorn in Ians Augen verstärkte sich. »Dieses Ungeheuer hätte um ein Haar Ianna verschleppt«, keuchte er. »Was soll das? Auf wessen Seite stehst du eigentlich?«

»Auf eurer«, antwortete Yori so ruhig, wie es ihr möglich war. »Aber wir sind nicht zum Kämpfen hier heruntergekommen, Ian.«

Ian starrte zornig auf sie herab, aber dann straffte sich auf einmal seine Gestalt und der Zorn auf seinem Gesicht machte einem betroffenen Ausdruck Platz. »Du hast Recht«, murmelte er. »Verzeih. Ich habe mich hinreißen lassen. Aber es ging einfach zu schnell.« Er drehte sich um, ging zu Ianna hinüber und half ihr aufstehen. »Alles in Ordnung?«, fragte er.

Ianna war blass und ihre Lippen zitterten vor Furcht, aber sie nickte tapfer. »Ich bin nur erschrocken«, sagte sie. »Mir fehlt nichts.«

Ian musterte sie noch einen Augenblick lang prüfend, dann ließ er ihren Arm los, trat einen Schritt zurück und stieß sein Schwert mit einer wuchtigen Bewegung in die Scheide. »Hast du nicht gespürt, dass der Chtona da war?«, fragte er, an Yori gewandt.

»Ich ... ich habe gar nicht darauf geachtet«, gestand sie. »Alles hier ist so unheimlich. Es tut mir Leid.«

Ian winkte ab. »Schon gut. Aber pass ab jetzt besser auf. Sonst könnte es nämlich sein, dass wir keine Gelegenheit mehr haben werden, noch mit irgendjemandem hier zu verhandeln.«

Yori nickte zerknirscht. Sie hatte sich wirklich wie ein Dummkopf benommen. Schließlich hatte Ian sie mitgenommen, damit genau das verhindert würde, was soeben beinahe passiert wäre.

Ian lächelte, um seinen Worten die Schärfe zu nehmen, wurde jedoch sofort wieder ernst. Schweigend trat er an das gezackte Loch in der Wand heran, aus dem der Chtona aufgetaucht war, und steckte den Kopf hindurch.

»Da drinnen ist nichts zu erkennen«, sagte er, nachdem er sich aufgerichtet hatte. »Es wird besser sein, wenn wir weiter dem Stollen folgen. Ich habe keine sonderliche Lust, im Dunkeln auf ein Dutzend Chtona zu treffen. Kommt.«

Der Schacht schien sich endlos dahinzuziehen. Yori hatte das Gefühl, meilenweit in die Erde eingedrungen zu sein, obwohl es kaum mehr als ein paar hundert Meter waren. Aber das Gewicht der unzähligen Tonnen von Fels und Erde, das auf der Decke über ihren Köpfen lastete, schien sie mit jedem Augenblick mehr zu erdrücken. Es wurde jetzt mit fast jedem Schritt wärmer und sie wirbelten dabei so viel Staub auf, dass das Atmen schwer wurde.

Sie mussten eine halbe Stunde oder länger durch den beständig abwärts führenden Stollen gegangen sein, als sie endlich sein Ende erreichten. Aber es war keine Felswand oder Schutthalde, wie Yori erwartet hatte, sondern eine bis an die Decke reichende Wand aus rissigem Ziegelstein, in die eine kaum brusthohe, eisenbeschlagene Tür eingelassen war. Ian gebot ihnen mit Gesten zurückzubleiben. Yori sah, dass die Tür mit einem mächtigen Riegel verschlossen war, der durchaus stabil genug schien, jedem Angriff standzuhalten. Vorsichtig zog Ian den Riegel zurück, trat zur Seite und legte die Hand auf den Schwertgriff, während er die Tür langsam öffnete. Sie schwang mit einem unheimlichen Knarren nach außen.

Dahinter waren nur Schatten und Dunkelheit. Eine Woge warmer Luft schlug ihnen entgegen, so abgestanden und trocken, dass sie husten mussten.

Ian hob abermals abwehrend die Hand, als Yori neugierig neben ihn treten wollte. Er schlüpfte mit einer raschen Bewegung durch die Tür und blieb einen Moment lang verschwunden. Als er zurückkam, war sein Gesicht bleich vor Anspannung.

»Alles scheint ruhig«, sagte er so leise, als hätte er Angst, dass die Beherrscher dieses unterirdischen Reiches allein durch seine zu laute Stimme geweckt werden könnten. »Aber es ist zu dunkel. Ich kann nichts erkennen. Kannst du irgendetwas feststellen, Yori?«
Yori ging an ihm vorbei durch die Tür und blieb stehen, als Ian ihr von hinten die Hand auf die Schulter legte. Ihre Augen brauchten einige Sekunden, um sich an den blassen Lichtschimmer zu gewöhnen, der vom Gang hereinfiel, aber dann wusste sie plötzlich, warum Ian sie festhielt.
Der Raum hatte keinen Boden.
Gleich hinter der Tür gähnte ein kreisrunder, endloser Schacht, an dessen Wand in regelmäßiger Reihe halbrunde Vertiefungen in den Fels geschlagen waren, die wie eine Leiter abwärts führten. Nur ein handbreiter, steinerner Sims führte rings um den Schacht.
»Nun?«, fragte Ian ungeduldig.
Yori ließ sich mit einer fast schuldbewussten Bewegung am Rande des Schachtes nieder, versuchte einen Augenblick lang ebenso verbissen wie vergebens an seiner Sohle irgendetwas anderes als Finsternis und tanzende Gespenster zu entdecken, die doch nur ihre eigene Furcht erschuf, und schloss schließlich die Augen.
Es fiel ihr schwer, sich zu konzentrieren, denn sie war mehr als nur nervös. Aber nach einigen Sekunden empfand sie doch eine gewisse Ruhe und kurz darauf ...
Es war wie am Tage zuvor, mit den Pferden. Yori spürte irgendetwas, aber es war so fremd und erschreckend, dass ihr Bewusstsein davor zurückprallte. Es war fremd, unendlich fremd und finster und es erinnerte Yori an nichts, was sie jemals erlebt hatte. Es war das Bewusstsein eines lebenden Wesens, eines gewaltigen, starken, drohenden Geschöpfes, das langsam und in Bahnen verlief, die Yoris Verstand nicht zu erfassen vermochte. Und gleichzeitig schienen es Tausen-

de von Stimmen zu sein, die plötzlich hinter ihrer Stirn durcheinander riefen und sprachen. Trotz aller Fremdheit war auch irgendetwas fast Vertrautes darin, etwas, was ...
Yori fuhr mit einem ungläubigen Schrei auf. »Aber das ist unmöglich!«, rief sie. »Das kann nicht sein!«
»*Was* kann nicht sein?«, fragte Ian alarmiert. »Was hast du entdeckt, Yori?«
Yori blickte verwirrt zu ihm hoch, schüttelte immer wieder den Kopf und versuchte ein paar Mal zu antworten, aber vor Überraschung und Ungläubigkeit brachte sie keinen Ton heraus. Verstört schloss sie erneut die Augen und versuchte sich wieder zu konzentrieren. Aber der Gleichklang, das Gemurmel und Gewisper zahlloser Seelen ließ sich nicht mehr vernehmen. Sie musste sich getäuscht haben. Ihre eigenen Wünsche und Sehnsüchte hatten ihr einen grausamen Streich gespielt.
»Nichts«, sagte sie leise. »Ich habe mich geirrt. Es kam nur so überraschend. Dort ... dort unten sind Chtona, Ian. Sehr viele.«
»Das weiß ich auch«, antwortete Ian ungeduldig. »Was glaubst du, wohin dieser Schacht führt? Ich möchte gern wissen, ob sie direkt dort unten auf uns warten.«
»Ich ... ich glaube nicht«, antwortete Yori stockend. Es war so schwer, so unendlich schwer! Was Ian von ihr verlangte, war nicht weniger, als aus einem Chor zahlloser durcheinander schreiender Stimmen einzelne herauszuhören und dabei ihre Worte noch zu begreifen. Trotzdem war sie fast sicher, dass keines der Felsengesichter unmittelbar am Grund des Schachtes auf sie lauerte. Sie schüttelte den Kopf.
»Gut«, sagte Ian. »Dann folgt mir. Und jetzt keinen Laut mehr!« Mit diesen Worten ließ er sich neben Yori auf Hände und Knie nieder, tastete mit dem Fuß nach der obersten Vertiefung der Felsleiter und begann langsam in den Schacht hinabzusteigen. Yori folgte ihm mit klopfendem Herzen.

Der Fels war kalt und so glatt, als sei er mit einer dünnen Schicht aus unsichtbarem Glas überzogen, und ihre Kräfte begannen schon nach wenigen Metern nachzulassen. Zum Glück war der Schacht nicht sehr tief – zehn, höchstens fünfzehn Meter, dann erweiterte sich das kreisrunde Loch im Fels zu einer gewaltigen, unregelmäßig geformten Höhle, die von düsterem, gelbrotem Licht erfüllt war. Ein kühler Lufthauch streifte Yoris Gesicht, als sie schwer atmend auf dem Boden anlangte und zurücktrat, um Platz für Ianna zu machen, die dicht hinter ihr folgte.
Mit einer Mischung aus Neugierde und Staunen sah sie sich um. Sie stand auf der Kuppe einer gewaltigen, nach allen Seiten steil abfallenden Halde aus Schutt und scharfkantigen Granittrümmern. Die Decke über ihr schien fast zum Greifen nahe, der eigentliche Boden aber lag dreißig oder mehr Meter unter ihnen. Die Höhle, in der sie waren, war nicht künstlich geschaffen worden wie die Schächte und Stollen, über die sie hierher gelangt waren. Sie war auf natürliche Weise entstanden. Und sie musste ein Teil eines wahrhaft gigantischen Höhlensystems sein, das sich tief unter den Stollen des Bergwerkes erstreckte. Wohin Yori auch schaute – nirgend schien es eine Grenze dieses ungeheuren Hohlraumes zu geben, nur endlose Weite. Sie wurde nur unterbrochen von spitzen Felszacken und Graten, die aus dem Boden wuchsen und sich mit von der Decke hängenden Tropfsteingebilden verbanden; oder von mächtigen, von der Hand der Natur zu bizarren Statuen geformten Stützpfeilern, die die Decke wie das Dach einer unterirdischen Kathedrale trugen, oder von Wänden, die so vielfach durchbrochen waren, dass sie wie steinerne Spinnennetze aussahen. Aber stets ging es irgendwo weiter. Nirgends war ein Ende dieser Welt unter der Welt zu erkennen und die einzige Begrenzung war die, an der sich der Blick in grauer, undeutlicher Entfernung verlor. Ein düsteres, unangenehmes rotes Licht erfüllte die

Höhle, und als Yori den Blick zur Decke hob, sah sie zahllose rote Glutpunkte, die das steinerne Reich wie Millionen kleiner Sonnen bedeckten.
»Was ist das?«, fragte sie fassungslos. Ihre Stimme kam ihr selbst fremd und verzerrt vor, denn die ungeheure Weite der Höhle verschluckte sie vollständig, ohne auch nur das geringste Echo wiederzugeben.
»Die Welt der Chtona«, antwortete Ian. »Hier irgendwo muss Ferro sein. Kannst du ihn aufspüren?«
Yori verneinte. »Ich kann keine Gedanken lesen, Ian«, sagte sie. »Ich weiß nicht einmal, ob er wirklich hier ist.«
»Er ist hier«, sagte Ianna so heftig, dass Ian erschrocken aufsah und ihr einen strafenden Blick zuwarf.
»Wenn er noch lebt, werden wir ihn finden«, versprach Ian. »Und jetzt kommt. Wir haben keine Zeit mehr zu verlieren.« Geduckt und die Arme wie ein Seiltänzer nach beiden Seiten ausgestreckt, um auf dem abschüssigen Boden nicht den Halt zu verlieren, lief er die Schutthalde hinunter. Unten angekommen begab er sich in den Schutz eines steil aufragenden Felsens und winkte Yori und Ianna ungeduldig zu ihm zu kommen. Als sie ihn erreicht hatten, hob er warnend die Hand und legte den Zeigefinger auf die Lippen. Fast eine Minute lang blieben sie mit angehaltenem Atem im Schutze des Felsbrockens stehen, ehe sie es wagten, vorsichtig weiterzuhuschen.
Yoris Herz begann wie rasend zu schlagen. Es war sehr warm hier unten und das sonderbare rote Licht gab den Felsen ein unangenehmes, fast künstliches Aussehen. Sie fühlte sich von Sekunde zu Sekunde unbehaglicher. Das Raunen und Wispern hinter ihrer Stirn war lauter geworden und erinnerte sie jetzt kaum mehr an den Chor murmelnder Stimmen, an den sie vorher hatte denken müssen. Es war eher, als bewege sie sich durch ein Meer unsichtbaren Lebens, das nicht an einen oder mehrere Körper gebunden, sondern einfach *da* war.

Es war ein Gefühl, als lebe diese ganze gigantische Höhle, als beobachteten sie die Felsen. Yori verscheuchte den Gedanken, aber die Vorstellung blieb wie ein dumpfer, lastender Druck auf ihrer Seele und verstärkte ihr Unbehagen bis hin zu körperlichem Schmerz.
Ian blieb plötzlich stehen, sah sich einen Moment lang unschlüssig um und deutete nach rechts. Was Yori von weitem wie ein riesiger Stützpfeiler vorgekommen war, erwies sich jetzt als ein gigantisches, schwarzes Gebilde aus Lava und Steinmassen, ein Berg unter dem Berg, dessen Durchmesser fast den der ganzen Felsenstadt erreichen musste. Er war auch nicht so glatt, wie es von weitem den Anschein gehabt hatte, sondern von zahllosen runden Löchern durchbrochen, die nichts anderes als die Eingänge weiterer Höhlen sein konnten.
»Dort geht es weiter nach unten«, flüsterte Ian. »Seid jetzt noch vorsichtiger. Keinen Laut mehr!«
Die Vorstellung, noch tiefer in dieses schreckliche, chthonische Labyrinth hinabzusteigen, ließ Yori erschaudern. Aber sie sagte kein Wort, sondern folgte Ian gehorsam weiter.
Ohne sich aufzuhalten drangen sie in den nächstbesten Tunnel ein. Aber er war glatt und seine Wände wie poliert, wie bei dem Schacht, durch den sie herabgestiegen waren. Er führte in sanfter Neigung nach unten und war wie ein Schneckenhaus gewunden. Yori zählte neunzehn Umdrehungen, ehe sie sein Ende erreicht hatten.
Sie blieb abrupt stehen.
Die Höhle, die sich vor ihnen ausbreitete, war weitaus kleiner als die, die sie gerade verlassen hatten – was aber nicht hieß, dass sie klein gewesen wäre. Ihre Länge musste eine gute Meile betragen und die Decke wölbte sich sicherlich dreißig Manneslängen über dem Boden.
Aber von alledem nahm Yori nur am Rande Notiz, denn der Anblick, der sich ihr bot, verschlug ihr fast den Atem.

Die Höhle war von rotem Licht wie von einem sanften Sonnenschein erfüllt, einem Licht, das ohne Schatten und weich direkt aus der Luft zu kommen schien. Was in diesem Licht erstrahlte, war so fantastisch, dass Yori zunächst nicht wusste, ob sie nun träumte oder wach war. Sie hatte Felsen erwartet, zertrümmerten Granit und Gebilde aus bizarr erstarrter Lava, aber in dem roten Licht bot sich ihr ein Bild von geradezu berückender Schönheit. Der felsige Boden vor ihnen war bedeckt von einem Teppich wuchernder, in allen nur denkbaren Farben schillernder Pflanzen und Gewächse, wie sie Yori noch nie gesehen hatte. Es gab Blumen, die die Größe eines ausgewachsenen Mannes hatten, daneben zarte, zerbrechliche Farngewächse in den Farben des Regenbogens und gewaltige fleischige Kugeln, die Früchte sein mochten, und weit hinten erhob sich ein ganzer Wald riesiger Pilze, deren Hüte sich wie Dächer über dem wogenden buntfarbenen Teppich spannten. Ein breiter, schnell fließender Bach wand sich in glitzernder Verspieltheit durch die Höhle.
»Was ... was ist das, Ian?«, stammelte Yori.
Ian antwortete nicht auf ihre Frage, und als Yori zu ihm aufsah, erblickte sie auf seinem Gesicht das gleiche ungläubige Staunen, das sie selbst erfüllte.
»Das Reich der Chtona.« Sein Atem ging schnell und Yori sah, wie der Ausdruck von Fassungslosigkeit in seinem Blick von Sekunde zu Sekunde zunahm.
»Das ist fantastisch, Ian«, flüsterte Ianna. »Ich ... ich habe nicht geahnt, dass es so schön ist.«
»Ihr wart noch nie hier?«, fragte Yori.
»Niemals«, antwortete Ian, ohne den Blick von dem unterirdischen Paradies abzuwenden. »Oben in der anderen Höhle wohl schon ein paar Mal, aber niemals ... niemals hier.«
Yoris Verwirrung wuchs immer mehr. Sie glaubte in Ians Blick neben der Überraschung auch Schrecken zu sehen – in einem Ausmaß, das sie nicht verstand.

Aber sie kam nicht dazu, ihn danach zu fragen. Vor ihnen, nur einen Steinwurf entfernt, raschelte etwas im Gras und mit einem Male wuchs die kleine borkige Gestalt eines Chtona aus dem bunt schillernden Teppich empor, Mordlust in den gelb glühenden Augen. Ian schrie auf, riss sein Schwert aus dem Gürtel und stieß Yori und Ianna zur Seite, um sich schützend zwischen sie und den Chtona zu stellen. Doch diesmal war der Felsgesichtige nicht allein. Binnen Sekunden standen sieben, acht, schließlich ein Dutzend der kleinen, flinken Gestalten wie aus dem Boden gestampft um sie herum, und wo gerade noch die Stille und der Frieden eines Paradieses geherrscht hatten, sahen Ian, Ianna und Yori sich plötzlich von einer drohend näher rückenden Reihe finsterer Gesichter und gierig schnappender Krallen umgeben.

»Zurück!«, schrie Ian. »In den Stollen!« Gleichzeitig riss er seine Klinge in die Höhe und führte einen wütenden Hieb nach dem vordersten Chtona. Er hatte nicht wirklich die Absicht ihn zu treffen, sondern wollte ihn nur wieder zurücktreiben.

Yori hörte einen schrillen Schrei hinter sich, und als sie zurückschaute, sah sie, dass weiter hinten auch Chtona aufgetaucht waren und den Tunnel versperrten.

Halb von Sinnen vor Schrecken und Angst sprang sie den näher und näher rückenden Felsgesichtern vor ihnen mit weit ausgebreiteten Armen entgegen. »Haltet ein!«, schrie sie. »Wir sind nicht hier um gegen euch zu kämpfen! Wir wollen mit euch reden!«

Einen Moment kam der Vormarsch der Chtona ins Stocken, aber dann drängten die Felsgesichter nur umso schneller vor, sodass die drei weiter zurückweichen mussten, um den zuschnappenden Klauenhänden zu entgehen.

»So hört doch!«, schrie Yori verzweifelt. »Ich will mit euch reden! Ihr müsst mich doch verstehen!«

Aber wenn die Chtona sie verstanden, so reagierten sie zumindest nicht. Yori spürte plötzlich die Berührung harter, horniger Klauen im Rücken, drehte sich herum und stieß den Chtona von sich. Neben ihr schrie Ian gellend auf und hob sein Schwert zu einem verzweifelten Hieb.

Dann waren die Chtona wie eine lebendige Flutwelle aus Horn und Krallen und hassverzerrten Gesichtern über ihnen. Es war nicht einmal ein wirklicher Kampf. Yori wurde zu Boden gerungen. Sie trat und schlug mit aller Kraft um sich, aber die unheimlichen Wesen schienen ihre Hiebe nicht einmal zu spüren. Binnen Sekunden wurde sie an den Boden gepresst und an Armen und Beinen festgehalten, sodass sie kaum mehr einen Finger rühren konnte. Eine gewaltige, harte Klaue presste sich gegen ihren Mund und erstickte ihre verzweifelten Schreie.

Eine halbe Minute, nachdem der Angriff der Chtona begonnen hatte, war er bereits vorüber und Yori fühlte sich von unmenschlich starken Händen gepackt und in die Höhe gehoben, um wie im Triumphzug von vieren der steinernen Ungeheuer weggeschleppt zu werden. Ian und Ianna erging es nicht besser.

Die Chtona schienen einen Moment lang zu beraten, denn einige von ihnen begannen heftig zu gestikulieren, dann wandte sich die ganze Gruppe um und drang von der Felswand fort tiefer in die Höhle ein.

Yori fing einen Blick von Ianna auf und der stumme Vorwurf, den sie darin las, ließ sie innerlich aufstöhnen. Plötzlich begriff sie, wie furchtbar sie sich geirrt hatte. Ian hatte Recht gehabt, Ian und die anderen, die die Chtona für mordgierige Ungeheuer hielten. Sie wollten gar nicht verhandeln und kannten nur Kampf und Tod und auch sie würden sterben müssen, alle drei. Und sie, Yori, trug die Schuld daran.

Die stumme Prozession der Chtona bewegte sich rasch durch die große Höhle. Yori sah nicht viel von ihrer Umgebung, denn die Chtona trugen sie so rücksichtslos, dass sie mit dem Kopf nach unten hing und nur die Füße der steinernen Ungeheuer vor sich hatte. Die Angst machte sie halb verrückt. Sie verstand einfach nicht, warum die Chtona plötzlich nicht mehr auf sie hörten, ja sich sogar weigerten, überhaupt mit ihr zu reden.

Nach Minuten, die Yori wie Ewigkeiten vorkamen, erreichten sie das andere Ende der Höhle und drangen in einen weiteren, nur schwach erhellten Tunnel ein, der schon nach wenigen Schritten in einen neuen Felsendom mündete. Danach kam ein weiterer Gang, wieder eine der schneckenhausartig gewundenen Rampen, die tiefer in die Erde hinab führten ... Yori verlor völlig die Orientierung und war sicher, den Weg zur Oberfläche hinauf nicht einmal dann mehr finden zu können, wenn es ihr wie durch ein Wunder gelänge, den Chtona zu entkommen und nicht verfolgt zu werden. Und der Weg führte immer weiter hinab in die Erde, tiefer und tiefer und tiefer.

Yori spürte es eine halbe Sekunde, bevor es tatsächlich geschah: die Berührung einer unsichtbaren, unendlich sanften Hand direkt hinter ihrer Stirn, wie ein stummes Wort der Beruhigung, und plötzlich eine Woge der Zuversicht und Stärke, die aus dem Nichts kam und über ihren Gedanken zusammenschlug.

Dann explodierte die Wand neben ihnen.

Jedenfalls hatte Yori genau diesen Eindruck. Alles ging unglaublich rasch, so rasend schnell, dass Yori kaum mehr als einen Schatten und eine huschende Bewegung sah: Der Fels wurde wie von der Faust eines Gottes auseinander gesprengt. Steinsplitter und Trümmer spritzten in weitem Umkreis wie kleine, gefährliche Geschosse auf und ein rasender, smaragdgrüner Schatten fuhr mit wirbelnden Klauen und schnappenden Fängen unter die völlig überraschten Chtona und ließ sie auseinander stieben.

Auch die Felsgesichter, die Yori trugen, ergriffen in wilder Panik die Flucht und ließen sie kurzerhand fallen. Yori prallte mit dem Kopf auf einen Stein. Ein heftiger Schmerz durchfuhr sie. Sie erhaschte noch einen Blick auf Kaleigh, die wie ein Dämon aus einer anderen Welt unter den Felswesen tobte, dann verlor sie das Bewusstsein.

Sie lag auf dem Rücken, als sie erwachte, und etwas Warmes, Raues strich wie eine feuchte Hand über ihr Gesicht. Jeder einzelne Knochen im Leibe tat ihr unerträglich weh, so wie die zahllosen kleinen, blutenden Wunden und Abschürfungen, die sie sich bei ihrem Sturz auf den harten Fels zugezogen hatte. Aber gleichzeitig war auch etwas Warmes und Beruhigendes in ihr, das Gefühl, in Sicherheit zu sein.
Langsam öffnete Yori die Augen. Kaleighs gewaltiger Schädel hing dicht über ihr und ihre Zunge fuhr immer wieder über ihr Gesicht, bis Yori mühsam die Hand hob und Kaleigh sanft ein Stück zurückschob. Der Drache stieß ein tiefes, zufriedenes Grollen aus und wich von selbst noch einen weiteren Schritt zurück. Sein schuppiger Schweif peitschte in freudiger Erregung den Boden.
Langsam setzte sich Yori auf und tastete mit den Fingerspitzen über ihren Körper. Sie hatte überall Schürfwunden und Prellungen und jede Bewegung tat höllisch weh, aber sie schien zumindest nicht ernsthaft verletzt zu sein; wenigstens war sie sicher sich nichts gebrochen zu haben.
Trotzdem wäre sie wieder gefallen, als sie aufzustehen versuchte, wenn nicht Kaleigh rasch herangekommen wäre, damit sie sich auf ihrem Rücken abstützen konnte.
Zitternd vor Schwäche blieb Yori stehen und wartete, bis die Höhle aufhörte sich vor ihren Augen zu drehen. Kaleigh musterte sie stumm und fast schien es Yori, als entdecke sie einen Ausdruck von Besorgnis in den klugen Augen des Tieres. Sie lächelte, als ihr klar wurde, wie absurd dieser

Gedanke war. Sie war so lange mit Kaleigh zusammen gewesen, dass sie begann, von ihr wie von einem Menschen zu denken. Aber das durfte sie nicht.
Sie streichelte Kaleigh dankbar und der Drache knurrte zufrieden. Schließlich drehte sie sich vorsichtig um und besah sich ihre neue Umgebung. Die Höhle war nicht sehr groß, aber voller spitzer, scharfkantiger Felsen, die ihre Durchquerung für jeden, der nicht die steinharten Sohlen eines Chtona oder einer Echse hatte, zu einem Abenteuer machen würden. Im Grunde, dachte sie, war es ein Wunder, dass sie sich nicht an einem der Lavadolche aufgespießt hatte, als die Chtona sie fallen ließen.
Dieser Gedanke wich plötzlich einem Gefühl dumpfer Bedrückung. Sie hatte versagt. Sie hatte geglaubt helfen zu können und damit die beiden einzigen Menschen, die in der Felsenstadt freundlich zu ihr gewesen waren, in ein furchtbares Schicksal gestürzt.
Ihr Blick blieb an einem dunklen Etwas vor der gegenüberliegenden Felswand haften und nach einigen Sekunden erkannte sie auch, was es war: der Leichnam eines Chtona, den Kaleigh niedergetrampelt hatte, als er zu fliehen versuchte.
Langsam und ohne dass sie es eigentlich gewollt hätte, humpelte sie zu ihm hinüber, ließ sich neben ihm auf die Knie fallen und kämpfte den Widerwillen zurück, den sie unwillkürlich empfand, als sie das Wesen auf den Rücken drehte.
Allein die Berührung der kalten, steinharten Haut des Chtona ließ sie schaudern. Sein Körper wirkte nicht wie der eines lebenden Wesens, sondern vielmehr wie der einer Puppe aus Leder und Horn und von Gestalt gewordener Hässlichkeit.
Aber Yoris Neugier – oder welches Gefühl auch immer – war stärker als ihr Ekel. Sie beugte sich vor und besah sich den Chtona genauer.

Das Wesen war tot. Kaleigh hatte ihm mit einem einzigen gewaltigen Tatzenhieb das Genick gebrochen. Aber es sah gar nicht so aus, als hätte es überhaupt jemals gelebt, dachte Yori verstört. Sie konnte das Gefühl nicht begründen, aber je länger sie den schmalen, grauschwarzen Körper vor sich betrachtete, desto weniger konnte sie glauben wirklich ein Wesen aus Fleisch und Blut vor sich zu haben. Der Chtona wirkte ... künstlich, dachte sie schaudernd. Ein Ding, das nicht geboren, sondern *gemacht* worden war ...
Aber auch dieses Rätsel würde sie jetzt wohl nie mehr lösen können.
Von einer Müdigkeit erfüllt, die weit über das Maß rein körperlicher Erschöpfung hinausging, stemmte sie sich hoch, ging zu Kaleigh zurück und begann ihre schuppige Schnauze zu streicheln. Das Tier quittierte die Liebkosung mit einem zufriedenen Knurren, verzichtete aber auf den vertrauten Schnauzenstoß, als wisse es, dass diese Berührung Yori jetzt nur Schmerzen bereiten würde.
»Warum bist du nicht eher gekommen, Kaleigh?«, flüsterte sie. »Nur ein paar Minuten früher und Ian und Ianna wären noch hier.«
Kaleigh schnaubte, als hätte sie die Worte verstanden, und begann unruhig mit den Vorderpfoten zu scharren. In Yoris Worten hatte kein Vorwurf gelegen, und wenn, so galt er höchstens ihr selbst. Einen Moment lang blieb sie noch stehen und blickte aus brennenden Augen umher, dann fuhr sie mit einem Ruck herum und schwang sich auf Kaleighs Rücken. Der Drache schnaubte und Yori spürte seine Freude wie eine prickelnde Woge. Eine Flut von Bildern und Empfindungen überrollte sie: Kälte, Schnee, harter Fels, Einsamkeit wie eine dünne Messerklinge in der Brust. Dann die Stadt, daneben eine absurde Zusammenballung kleiner Dinge durch den Filter von Kaleighs Bewusstsein. Ihr tage- und wochenlanges, geduldiges Warten, während die Zeit verging

und die Berge ihren weißen Überzug verloren, sich erst braun, dann grün färbten. Ihre vorsichtige Annäherung an die Stadt und ihr Rufen, auf das niemand geantwortet hatte, und dann eine Höhle, hoch oben in den Bergen, deren zugemauerter Eingang Kaleighs Kräften keine Sekunde lang standgehalten hatte.

Also hatte sich ihr Verdacht bestätigt. Die Stollen draußen in den Bergen hatten eine Verbindung zum Bergwerk – wahrscheinlich sogar Dutzende –, und ebenso wahrscheinlich streckte dieses gigantische Labyrinth natürlicher Höhlen seine Fühler bis weit in die Berge hinaus. Das ist der wahre Grund dafür, dass die Tunneleingänge unter der Stadt zugemauert worden waren, dachte sie bitter. Nicht die Furcht vor den Chtona, die so mühelos durch eine Ziegelsteinmauer zu brechen vermochten, wie sie massiven Granit mit ihren gewaltigen Händen beiseite schaufeln konnten, sondern die Furcht davor, dass es einem Stadtbewohner gelingen könnte, den Weg nach draußen zu finden, in die Freiheit. Sie hatte gewusst, dass die ganze Felsenstadt ein einziges, riesiges Gefängnis war, aber sie hatte nicht gewusst, wie aufmerksam seine Wächter waren.

Der Gedanke an die gemeinsame Freiheit löste eine Woge freudiger Erregung in Kaleigh aus und sie spürte das ungeduldige Drängen der Echse. Noch einmal zögerte sie einen winzigen Moment. Wenn sie jetzt ging, dann wäre das wie ein Verrat – schlimmer noch, nicht anders, als hätte sie Ian und seiner Frau ein Messer in den Rücken gestoßen. Aber sie konnte nichts mehr tun. Sie hatte es versucht und sie hatte versagt. Ihre Kräfte reichten nicht aus und auch Kaleigh konnte nicht gegen Hunderte von Chtona gleichzeitig kämpfen. Die Stadt würde untergehen, so oder so, und es gab nichts mehr, was Yori noch tun konnte.

»Vorwärts, Kaleigh«, sagte sie leise. »Lauf.«

Der Drache drehte sich um und machte einen Schritt, der

die Höhle erbeben ließ. Und dann tat Yori etwas, was sie eigentlich gar nicht wollte: Sie ließ Kaleigh noch einmal anhalten. Und plötzlich hatte sie eine Vision, Bilder, die sie noch nie gesehen hatte, die aber Wirklichkeit werden würden, so oder vielleicht noch schrecklicher:
Sie sah die Felsenstadt zusammenbrechen. Sie sah Mauern wanken und fallen und Menschen unter sich begraben, Häuser wie Spielzeuge einstürzen, um zum Grab ihrer Bewohner zu werden; sie sah den gewaltigen Förderturm sich neigen und zerbersten, noch ehe er auf dem Hof aufschlug, und sie sah, wie sich der Boden unter der Stadt senkte und zu einem finsteren Schacht wurde, der alle verschlang, die dem Inferno bisher entkommen waren. Für einen Moment glaubte sie sogar den Staub zu riechen und die Schreie der Sterbenden zu hören. Und in all dem Chaos erblickte sie immer wieder ein schmales, von blondem Haar eingerahmtes Mädchengesicht, in dessen Augen der gleiche stumme Vorwurf lag, der auch in Iannas Blick gewesen war.
Fast wie in Trance, gepackt von einem Grauen, wie sie es noch nie gespürt hatte, aber auch erfüllt von einer ebenso starken Entschlossenheit, zwang sie Kaleigh sich umzudrehen. Dann brachen sie endgültig auf – nicht hinauf in die Freiheit, sondern tiefer hinab in den Bauch der Erde.

Der Weg zog sich endlos dahin. Wahrscheinlich war es nicht einmal eine Stunde, die sie auf Kaleighs Rücken tiefer in die Erde eindrang, aber Yoris Zeitgefühl erlosch im gleichen Maße, in dem ihre Furcht verging. Woher sie den Mut nahm – wenn es Mut *war*, was sie spürte –, sich auf die Suche nach Ian und den anderen zu machen, anstatt den Weg in die Freiheit zu wählen, wusste sie selbst nicht. Vielleicht war es einfach nur das Gefühl, Ian und seine Frau nicht im Stich lassen zu dürfen.
Endlos lange trottete der Drache durch Gänge und Höhlen

und Stollen, die manchmal so niedrig waren, dass sich Yori tief über seinen Rücken beugen musste. Jedes Mal, wenn sie an eine Abzweigung oder in eine Höhle kamen, wo sich der Weg gabelte, wählte sie den, der weiter in die Tiefe führte. Das Labyrinth schien kein Ende zu nehmen. Sie mussten inzwischen schon zehnmal tiefer in die Erde eingedrungen sein, als die Bergwerksschächte reichten, und immer wieder taten sich große Felsendome vor ihnen auf, erfüllt von einer verwirrenden Vielfalt an Pflanzen. In anderen war das Licht blass und hier gähnten in der rot glühenden Kuppel des Steinhimmels hässliche, blinde Löcher; die Pflanzen wirkten kränklich und bleich und waren zum Teil verkümmert. Sie stießen auch auf Höhlen, die in völlige Dunkelheit getaucht waren, bar jeden Lebens, nur Stein und harte, schneidende Lava. Selbst Kaleigh war es unmöglich, sie zu betreten.
Die Chtona fanden sie nicht.
Zuerst glaubte Yori noch, es sei reiner Zufall, vielleicht auch Kaleigh, die die Felswesen in Panik versetzte und vertrieb. Aber so weit sie auch ritt, so tief sie auch in die Erde eindrang und so viele Höhlen sie durchquerte, nirgends zeigte sich auch nur die geringste Spur der Felsgesichter.
Oben, über den Bergen und der dem Untergang geweihten Stadt, musste längst die Sonne aufgegangen sein, als Yori sich eingestand, dass sie die Herrscher dieses unterirdischen Reiches nicht finden würde. Sie waren in einer von wucherndem pflanzlichem Leben erfüllten Höhle angelangt, einer, die größer als alle anderen bisher war, und rings um Yori und Kaleigh erstreckte sich eine unermessliche Fülle fantastischen Lebens in allen nur denkbaren Farben und Formen; ein gigantischer, tief unter der Erde gelegener Dschungel, größer als so mancher Wald, durch den Yori auf ihrer Wanderung gekommen war, und hundertmal aufregender. In einiger Entfernung schlängelte sich ein Bach durch den grün-bunten Teppich und das helle Plätschern des Wassers

machte Yori bewusst, wie durstig sie war. Müde glitt sie von Kaleighs Rücken, ging durch das kniehohe Gras und beugte sich zum Bach hinab. Das Wasser war eiskalt und schmeckte ein wenig bitter. Sie löschte ihren Durst und kühlte sich anschließend das Gesicht. Das Wasser tat ihr gut.

Als sie aufsah, erblickte sie die Chtona.

Sie waren zu viert. Ohne dass man auch nur ein Rascheln gehört hätte, standen sie wie aus dem Boden gewachsen vor Yori. Keiner von ihnen rührte sich, aber in der Art, wie sie Yori anstarrten, lag etwas ungemein Drohendes.

Ganz langsam stand sie auf, streckte ihnen die Arme entgegen und drehte die Handflächen nach außen. Sie flehte innerlich darum, dass die Chtona die Geste als das erkennen würden, was sie war. Eines der bizarren Wesen legte den Kopf auf die Seite und musterte sie mit einem langen, forschenden Blick. Die anderen rührten sich noch immer nicht.

Plötzlich erscholl ein tiefes, drohendes Knurren hinter den Chtona. Das Gras teilte sich und Kaleighs gewaltiger Schädel kam zwischen den grünen Wedeln hervor.

Die Chtona fuhren herum und liefen ein paar Meter weit davon. Zu Yoris Erstaunen blieben sie dann aber stehen, wenn auch ängstlich geduckt und unverwandt den Drachen anstarrend.

Yori wartete nicht ab, was weiter passieren würde, sondern war mit einem Satz bei Kaleigh und schwang sich auf ihren breiten Rücken. Im selben Moment geschah das Unfassbare: Die Chtona prallten abermals alle gleichzeitig und so heftig zurück, als hätte sie ein Schlag getroffen. Einen Moment lang sah es so aus, als wollten sie sich nun endgültig zur Flucht wenden, aber dann trat der, der Yori so eingehend gemustert hatte, mit kleinen, trippelnden Schritten vor. Er fiel mit demütig gesenktem Haupt vor Yori und ihrem Drachen auf die Knie!

Herrin!, wisperte eine lautlose Stimme hinter ihrer Stirn.
Yori starrte fassungslos auf das kniende Wesen herab, unfähig zu verstehen, was sie da sah, oder auch nur einen einzigen klaren Gedanken zu fassen. Und plötzlich kamen auch die anderen Chtona wieder näher, traten neben den ersten und ließen sich ebenfalls vor Yori ins Gras sinken.
Endlich begriff sie.
Die Erkenntnis traf sie mit der Wucht eines Donnerschlages. Was für eine Närrin war sie doch gewesen, was für eine kindische Närrin, sich auch nur eine Sekunde lang einzubilden, dass ausgerechnet sie es sein sollte, die den jahrhundertelangen Streit zwischen den Menschen und den unterirdischen Herrschern der Berge beenden sollte! Sie, ein Mensch, ein Kind noch dazu, viel schwächer und sicherlich nicht halb so klug wie Ian und die anderen Führer der Stadt! Woher hatte sie den Größenwahn genommen, sich im Ernst einzubilden, dass sie irgendetwas Besonderes sei?
Es war Kaleigh, der die Verehrung der Chtona galt, Kaleigh, der Drache, der Nachkomme des Volkes, das einst diese Welt beherrscht hatte und es vielleicht im Geheimen noch immer tat. Sie selbst, Yori, war nicht viel mehr als ein Werkzeug, Kaleighs Stimme und Ohr, und vielleicht waren nicht einmal ihre Gedanken wirklich ihre eigenen.
Einer der Chtona hob den Blick und sah sie an und wieder hörte sie seine Stimme wie ein lautloses, weiches Flüstern direkt in ihren Gedanken.
Du bist gekommen, Herrin, sagte der Chtona. *Wir haben lange warten müssen. Zu lange. Die oben töten uns. Sie vernichten unsere Welt.*
»Ich weiß«, antwortete Yori traurig und wieder war sie nicht sicher, ob es wirklich *ihre* Worte waren. »Ich bin gekommen, um dem Töten ein Ende zu bereiten.« *Wenn es nicht schon zu spät ist,* fügte sie in Gedanken hinzu.
Die von oben sind auf dem Weg hierher, antwortete der

Chtona, der ihren letzten Satz so deutlich verstanden hatte, als hätte sie gesprochen. *Männer kommen, Herrin. Sehr viele Männer mit Waffen in den Händen und Hass in den Herzen.*
»Dann haben wir keine Zeit zu verlieren«, sagte Yori. »Bringt mich zu ihnen.«
Lautlos erhoben sich die Chtona, wandten sich um und warteten, bis der Drache und das Kind auf seinem Rücken ihnen folgten.

Das Licht von mehr als hundert Fackeln erhellte die Höhle und die Stille, die geherrscht hatte, als Yori zusammen mit Ian und Ianna durch den Schacht herabgekommen war, war dem dumpfen Raunen einer großen Menschenmenge gewichen, dem Klirren von Metall und dem Knirschen harter Stiefelsohlen auf der brüchigen Lava.
Yoris linke Hand lag beruhigend auf Kaleighs Stirn und ihre Oberschenkel pressten sich so fest an den Leib der Echse, dass sie jede einzelne Schuppe schmerzhaft spürte. Trotzdem fiel es ihr schwer, Kaleigh still zu halten. Sie waren noch weit von Eldeker und seinen Männern entfernt, aber es waren viele, und der Drache spürte die Furcht und den Hass, der sie erfüllte, wie einen üblen Geruch. Yori betete insgeheim, dass es ihr gelingen würde, Kaleigh unter Kontrolle zu halten.
Yori und die Chtona, die sich auf ihrem Weg hierher angeschlossen hatten – es waren mindestens fünfzig –, standen in einem sicheren Versteck im Schatten eines der gewaltigen Stützpfeiler, unweit des Stollens, der tiefer hinab ins eigentliche Reich der Chtona führte. Eldeker und seine Männer würden nicht mehr lange zögern. Noch immer kamen Bewaffnete hinzu, aber ihr Strom hatte merklich nachgelassen und am Fuße der Schutthalde hatte sich im Laufe der letzten Viertelstunde ein gewaltiges, sicher mehr als hundertfünfzig Mann zählendes Heer angesammelt. Eldeker musste jeden

Mann aufgeboten haben, der irgendwie fähig war eine Waffe zu halten.
Diese Narren, dachte Yori. Sie war sicher, dass nicht zehn von den Männern um Eldeker wirklich ahnten, was sie erwartete. Sie wusste nicht, was Eldeker ihnen erzählt hatte; jedenfalls folgten sie ihm blindlings in den sicheren Tod.
Sie kommen, Herrin, drängte sich eine lautlose Stimme in ihre Gedanken, eine Sekunde, ehe der Mann in dem glitzernden Kettenhemd an der Spitze der Armee den Arm hob und das Schwert in die Luft stieß. Eine schwerfällige, wellenförmige Bewegung lief durch das Heer und dann setzte es sich langsam in Bewegung.
Yori fuhr sich mit der Zungenspitze über die trockenen Lippen. Das Heer näherte sich unaufhaltsam und so zielstrebig, dass zumindest Eldeker genau wissen musste, welche Richtung er einzuschlagen hatte. Mit jedem Schritt, den sie näher kamen, spürte Yori die Entschlossenheit und den Zorn der Männer deutlicher. Kaleighs Atem ging schneller und Yori fühlte nun auch die wachsende Aggressivität des Tieres, das die Gefühle der näher kommenden Kämpfer wahrnahm und zu seinen eigenen machte.
Bald war das kleine Heer so nah herangekommen, dass sie Eldekers Gesicht unter dem wuchtigen Helm erkennen konnte. Die Entschlossenheit, der Zorn und der Hass in seinem Ausdruck erschreckten sie.
Sie wartete, bis die vorderste Reihe der Krieger auf zehn Schritte herangekommen war, dann ließ sie Kaleigh aus dem Schatten heraustreten und hob die Hand.
»Halt!«
Ein Hagel von Pfeilen hätte die Männer wohl weniger überrascht. Die ersten blieben so abrupt stehen, dass die hinter ihnen Gehenden auf sie prallten, und für Minuten herrschten Unruhe und Verwirrung. Auch Eldeker verharrte mitten im Schritt und starrte sie und Kaleigh aus weit

aufgerissenen Augen ungläubig an. Dann sah er die Chtona, die rechts und links von Yori aus ihren Verstecken getreten waren und sein Gesicht verfinsterte sich vor Zorn. Seine Hand fuhr zu dem Schwert in seinem Gürtel. »Warte, Eldeker!«, rief Yori hastig. »Gib mir eine Minute Zeit zu reden, ehe du dein Schwert ziehst.«

Einen Moment lang sah es fast so aus, als würde er ihre Worte ignorieren und unverzüglich zum Angriff übergehen. Aber dann blieb er doch stehen, das Schwert halb aus der Scheide gezogen. Er blickte abwechselnd zu Yori, Kaleigh und den Chtona.

»Das ist eine Falle«, murmelte er. Yori spürte seine Angst und Kaleigh unter ihr nahm das Gefühl auf und begann vor Erregung zu zittern. Yoris Anspannung stieg ins Unerträgliche. Ein falsches Wort, eine zu schnelle Bewegung, ja eine falsche Betonung und die beiden ungleichen Heere würden aufeinander stürzen und die Höhle in ein Schlachtfeld verwandeln.

»Nein, das ist es nicht«, rief sie. »Hör mir zu, Eldeker, ich flehe dich an!«

Eldeker schluckte nervös. Er schaute ihr ins Gesicht und dann sekundenlang auf Kaleighs breiten Schädel.

»Du gehörst also doch zu ihnen«, sagte er dumpf. »Du und dieses Ungeheuer.«

»Kaleigh und ich gehören zu niemandem«, antwortete Yori. »Wir sind nur hier, um diesem sinnlosen Töten ein Ende zu bereiten, Eldeker. Ihr dürft nicht kämpfen. Ihr würdet alle sterben. Ihr und eure Familien, die oben in der Stadt warten.«

Eldeker sah mit einem Ruck auf. Seine Augen sprühten vor Hass. »Was willst du?«, fragte er. »Mir drohen?«

Yori schüttelte den Kopf. »Reden«, sagte sie. »Nur reden, Eldeker. Ihr müsst aufhören. Ihr dürft nicht mehr kämpfen oder eure Völker werden beide untergehen; deines und das der Chtona.«

»Wo ... wo sind Ian und Ianna?«, fragte Eldeker stockend. Yori glaubte zu wissen, was sich in ihm abspielte. Sein Heer war dem der Chtona um mehr als das Dreifache überlegen, aber er schien auch zu spüren, dass die Gefahr, die er sah, nicht die einzige war. »Sind sie tot?«
»Nein«, antwortete Yori. »Sie sind gefangen, aber sie leben, ebenso wie die anderen, die von den Chtona verschleppt wurden. Es liegt an dir, ob sie am Leben bleiben, Eldeker.«
Es dauerte lange, bis er endlich antwortete. Seine Stimme klang gepresst und Yori sah, dass sich seine Rechte so fest um den Schwertgriff klammerte, dass die Knöchel weiß hervortraten.
»Rede«, sagte er. »Aber rede gut, Yori, das rate ich dir.«
»Nicht hier«, entgegnete Yori und sah Eldeker fest in die Augen. Dies war der gefährlichste Teil ihrer Aufgabe, das wusste sie. Ihre Worte mussten Eldekers Misstrauen schüren wie Öl ein Feuer.
»Was soll das heißen?«, fuhr er auf.
»Was ich dir zu sagen habe, kann nicht hier besprochen werden«, meinte Yori und bemühte sich ihrer Stimme einen festen Klang zu geben. »Du musst sehen, was Ian und ich gesehen haben, um zu begreifen, was ich meine.« Sie hob den Arm und deutete auf den Tunnel hinter sich. »Dort unten, Eldeker. Es ist nicht weit. Du und fünf deiner Leute können mich begleiten. Die anderen bleiben hier.«
Eldeker stieß ein schrilles, beinahe hysterisches Lachen aus. »Dich begleiten?«, keuchte er. »Dich und dieses Ungeheuer? Du musst von Sinnen sein, wenn du denkst, ich komme mit dir, damit ihr mich in Ruhe umbringen könnt.«
»Glaubst du wirklich, du wärst noch am Leben, wenn es das wäre, was ich wollte?«, fragte Yori. »Ich hätte ein Dutzend besserer Gelegenheiten gehabt dich töten zu lassen.«
»Dann wäre es vielleicht klüger gewesen, sie zu ergreifen«, sagte Eldeker heiser. »Es wird euch nichts nutzen mich

gefangen zu nehmen, wenn es das ist, was ihr wollt. Die Männer haben Befehl weiterzukämpfen, auch wenn ich fallen sollte.«

Yori antwortete nicht, sondern stieg stattdessen von Kaleighs Rücken, ging auf Eldeker zu und blieb dicht vor ihm stehen. »Sieh«, sagte sie so laut, dass auch die hinten stehenden Männer ihre Worte deutlich verstehen mussten. »Es ist keine Falle, Eldeker. Ich werde dicht bei dir stehen, so dicht, dass du mich töten kannst, wenn die Chtona versuchen, euch zu überwältigen. Glaubst du mir jetzt?«

Eldeker hatte keine Wahl mehr. Wenn er sich jetzt weigerte, das wusste Yori, würde er sein Gesicht verlieren. Er war als Heerführer hier heruntergekommen und als dieser konnte er es sich nicht leisten Angst vor einem Kind zu zeigen. Nicht einmal vor einem Drachenkind.

Er nickte. »Gut«, sagte er. »Ich werde dich begleiten. Aber wenn du mich belogen hast, dann werde ich dich töten, das schwöre ich dir.« Er drehte sich mit einem Ruck um, rammte sein Schwert in die lederne Hülle zurück und deutete nacheinander auf fünf Krieger. Sie kamen nach vorne und stellten sich im Halbkreis um ihn und Yori. Ihre Gesichter waren angespannt. Yori konnte ihre Angst spüren.

Langsam ging sie zu Kaleigh zurück, wartete, bis Eldeker und seine Begleiter zu ihr aufgeschlossen hatten, und ging auf den Tunnel zu. Eine Anzahl Chtona gesellte sich zu ihnen, jedoch in respektvollem Abstand zu Eldeker und seinen Männern. Sie folgten ihnen wie lautlose Schatten. Yori hatte ein ungutes Gefühl dabei. Es wäre ihr lieber gewesen, wenn sie nicht mitgekommen wären.

Sie legten den Weg tiefer in die Erde hinunter schweigend zurück. Yoris Herz schlug so heftig, dass sie sich schon einbildete, sein dumpfes Hämmern müsse deutlich zu hören sein, und als sie sich dem unteren Ende des gewundenen Ganges näherten und das Licht zunahm, verbarg sie die

Hände unter dem Mantel, damit Eldeker nicht sah, wie sie zitterten.
Dann erreichten sie die Höhle. Yori trat mit einem großen Schritt aus dem Tunnel heraus und drehte sich um, um Eldekers Reaktion zu beobachten. Die nächsten Sekunden würden alles entscheiden, das wusste sie. Es war kein gutes Gefühl.
Eldeker blieb wie erstarrt stehen, als sein Blick auf das wuchernde Leben in der Höhle fiel. Sein Atem stockte und in seinen Augen erschien ein Ausdruck vollkommener, beinahe entsetzter Fassungslosigkeit. Aber er zuckte nicht einmal mit der Wimper. Sein Gesicht war wie aus Stein.
Länger als fünf Minuten stand er so schweigend und reglos und so erstarrt, als wäre er tot. Schließlich atmete er hörbar ein, schloss für lange Sekunden die Augen und sah Yori dann an.
»Das ist fantastisch«, sagte er. Seine Stimme war verändert; sie klang flach und beinahe tonlos, als müsse er sich zwingen, überhaupt zu sprechen. »War es das, was du mir zeigen wolltest?«
Yori nickte.
«Warum?«, fragte Eldeker leise.
»Um dir zu zeigen, was du zerstören willst, Eldeker«, antwortete sie. »Ich wollte, dass du das hier siehst. Den Grund, aus dem die Chtona gegen euch kämpfen.«
Eldekers Mundwinkel begannen nervös zu zucken. Er suchte sichtlich nach Worten. Der unglaubliche Anblick hatte ihn nachhaltiger beeindruckt, als er sich selbst – und erst recht Yori – eingestehen wollte. »Wer ... wer sagt, dass wir es zerstören wollten?«, fragte er unsicher. »Wir wären niemals hier heruntergekommen, ginge es nicht um unser Leben.«
Statt einer direkten Antwort griff Yori unter ihren Mantel und holte einen Stein heraus, den die Chtona ihr auf dem

Weg zu der Schutthalde gebracht hatten. Eldekers Augen weiteten sich ungläubig, als er das rote Glühen zwischen ihren Fingern sah. Es war ein Blutstein, so groß wie eine Kinderfaust und von einem so reinen strahlenden Licht erfüllt, als strahle eine winzige Sonne in seinem Inneren.
»Bei den Göttern!«, brach es aus Eldeker heraus. »Das ... das ist der größte Stein, den ich jemals gesehen habe!« Er starrte Yori an. »Weißt du überhaupt, was für ein Vermögen du da in der Hand hältst?«
Yori nickte. Sie lächelte traurig und schleuderte den Stein so wuchtig direkt vor Eldekers Füße, dass er in tausend Splitter zerbarst.
Eldeker schrie auf. »Bist du von Sinnen?«, keuchte er. »Weißt du, was du da vernichtet hast?«
»Den Grund für diesen sinnlosen Krieg«, antwortete Yori leise. »Den Grund, aus dem die Chtona euch bekämpfen, seit die Stadt besteht, Eldeker.« Sie hob die Hand und deutete zur Höhlendecke empor. »Sieh dort hinauf, Eldeker«, sagte sie. »Sieh dorthin und dann denke an das, was mir der Chtona gesagt hat. Erinnerst du dich? *Sie stehlen uns das Licht.* Ihr tötet sie, Eldeker. Ihr nehmt ihnen die Steine und vernichtet damit ihre Welt. Sie greifen euch nicht an, weil sie euch hassen, sondern weil sie um das Fortbestehen ihrer Welt kämpfen.«
Eldeker setzte zu einer Antwort an, bekam aber nur einen sonderbar keuchenden, ungläubigen Laut heraus und starrte weiter zu der in rotem Licht verschwimmenden Höhlendecke hinauf.
Yori schwieg. Sie durfte nicht zu viel von Eldeker verlangen, das war ihr klar. Selbst ihr war es schwer gefallen, die Wahrheit zu glauben, und sie hatte sie nicht wie Eldeker aus dem Munde eines Mädchens gehört, das er noch dazu kaum kannte, sondern auf viel direkterem Wege, über die Gedanken der Chtona – einem Weg, der eine Lüge ausschloss. Und

doch hätte sie gezweifelt, hätte sie nicht durch Kaleigh gespürt, dass es die Wahrheit war.
»Ihr tötet sie, Eldeker«, sagte sie noch einmal, aber diesmal viel leiser und mit beinahe sanfter, aber sehr eindringlicher Stimme. »Ihr holt die Steine aus der Erde ohne zu ahnen, was ihr tut. Sie sind mehr als kostbare Edelsteine, Eldeker, viel, viel mehr.«
»Du ... du redest Unsinn«, entgegnete er schwach, aber Yori schüttelte nur den Kopf.
»O nein, Eldeker. Die Adern, die ihr ausbeutet, ziehen sich bis zur Erdoberfläche hinauf und sie sind es, die das Licht hier herunterbringen. Aber mit jedem Stein, den ihr aus dem Berg holt, unterbrecht ihr sie weiter; mit jeder Ader, die ihr zerschneidet, vernichtet ihr ein Stück dieser Welt.«
Eldeker begann zu zittern. Sein Gesicht hatte jede Farbe verloren. Seine Augen waren dunkel vor Schrecken. »Aber es ... es sind nur Tiere«, sagte er stockend.
»Sie?« Yori deutete auf die schattenhaften Gestalten, die in weitem Kreis um sie herumstanden, und machte dann eine weit ausholende Geste, die die gesamte Höhle einschloss. »Nein, Eldeker. Das alles hier ist Chtona. Ein einziges, gewaltiges Wesen, dessen Körper sich über zahllose Höhlen und Gänge erstreckt. Spürst du es nicht? Es ist überall – in jedem Grashalm, jedem Fußbreit Boden. Es hat keinen Körper wie du oder ich, aber deshalb ist es nicht minder lebendig. Und ihr tötet es.«
»Weil sie *uns* töten!«, schrie Eldeker, aber der Zorn in seiner Stimme war nicht echt. Im Grunde waren seine Worte nur ein verzweifelter Aufschrei seiner Seele. Er wusste längst, dass Yori die Wahrheit sagte. Aber etwas in ihm weigerte sich noch sie zu glauben.
»Sie sind nicht das wahre Chtona«, meinte Yori und deutete auf die Felsgesichter. »Jene Wesen wurden erschaffen, Eldeker. Sie sind nur Werkzeuge; Waffen wie das Schwert, das

du im Gürtel trägst. Sie werden verschwinden, wenn ihr aufhört diese Welt zu zerstören.«

Damit sprach sie zum ersten Mal aus, was sie gespürt hatte, empfunden hatte, seit die Chtona vor Kaleigh auf die Knie gefallen waren. Sie wusste, dass es so war.

Das eigentliche Chtona – diese ganze Welt hier unten – und das Volk der Drachen waren Freunde, das hatte das Felsgesicht, das Yori bei ihrem Fluchtversuch in dem Stollen außerhalb der Stadt getroffen hatte, selbst gesagt.

Kaleigh war nicht die Herrin Chtonas, dieses unterirdischen Lebens. Aber die Felswesen, die Diener und Waffen Chtonas, erkannten sie als ihre Herrin an.

Eldeker schwieg und auch Yori blieb minutenlang wortlos stehen und blickte an ihm vorbei auf die Reihe der stumm dastehenden Felswesen, der einzigen Waffe, die dem gewaltigen körperlosen Intellekt zur Verfügung gestanden hatte. Nur so konnte er seine Existenz verteidigen. Auch sie hatte am Ende versagt, wie jedes Werkzeug der Gewalt letztlich versagen musste.

»Jetzt«, fuhr sie schließlich fort, »wo du alles weißt, Eldeker, werde ich dir sagen, was Chtona mir aufgetragen hat. Ihr tötet es und es wird euch töten, denn ihr lasst ihm keine andere Wahl. Es steht in seiner Macht, euch zu vernichten. Du hast das Beben gespürt, Eldeker. Ihr seid mehr als die Felsgesichter und ihr könntet sie vielleicht überwältigen. Aber dann würdet ihr auch zugrunde gehen, denn die Stollen unter eurer Stadt würden zusammenstürzen und vielleicht dieses ganze Labyrinth. Kein Stein bliebe auf dem anderen, Eldeker. Chtona würde sterben, aber die Berge würden eure Stadt unter sich begraben und alle töten. Das ist die Wahl, die dir bleibt, Eldeker, dir und den anderen. Und ihr habt nicht viel Zeit euch zu entscheiden«, schloss sie, plötzlich so erschöpft und schwach, als hätten die wenigen Worte ihre letzten Kräfte aufgezehrt.

Mit einem Mal breitete sich eine fast unheimliche Stille in der Höhle aus; ein Schweigen, als lauschten selbst die steinernen Wände gebannt auf Eldekers Antwort. Eine Antwort, von der alles abhängen würde.
Aber es dauerte lange, sehr lange, bis Eldeker dieses Schweigen brach.
»Ich ... ich kann das nicht allein entscheiden«, sagte er stockend. »Du musst uns Zeit geben.«
In diesem Moment wusste Yori, dass sie es geschafft hatte.

Fünf Tage später, zwei Monate nachdem sie Ians Tochter in der Eisschlucht in den Bergen gefunden hatte, hielt Yori Maja ein letztes Mal in den Armen und drückte sie an sich. Aber diesmal war es ein Abschied und sie spürten beide, dass es ein Abschied für immer war. Sie würde nicht wieder kommen, und selbst wenn Maja eines Tages die Stadt in den Felsen verlassen würde, war doch die Welt jenseits der von ewigem Eis gekrönten Bergriesen groß.
Maja war nicht die Einzige, die gekommen war, um sie aus der Stadt zu begleiten. Ian und Ianna waren da und selbst Ferro, wenngleich er sich im Hintergrund hielt. Es machte Yori nicht allzu viel aus. Die anderen, allen voran Eldeker, hatten sich schon am Morgen von ihr verabschiedet, lange und ausführlich und in gedrückter Stimmung. Yori hatte sich nicht wohl gefühlt dabei. Sie hatte Abschiede noch nie gemocht. Am besten, man drehte sich einfach um und ging, wenn es schon sein musste.
Und trotzdem zögerte sie jetzt, nach den Zügeln zu greifen, die Ian ihr reichte. Für endlose Wochen war diese Stadt ein Gefängnis für sie gewesen, aber jetzt fiel es ihr schwer zu gehen. Vielleicht weil die Felsenstadt trotz allem einer der wenigen Orte war, an denen Vernunft und Einsicht letztendlich über Habgier und Hass gesiegt hatten.
Noch einmal ging sie zurück, umarmte Ianna und ging

schließlich sogar auf Ferro zu um ihm die Hand entgegenzustrecken. Ians Sohn zögerte, gab sich dann aber einen Ruck und zwang sich sogar zu einem Lächeln.
Dann war es so weit; sie hatte keinen Grund mehr länger zu zögern. Beinahe hastig nahm sie die Zügel aus Ians Hand und schwang sich in den Sattel. Das Pferd scheute, beruhigte sich aber sofort wieder, als Yori ihm sanft die Hand zwischen die Ohren legte. Es war ein Hengst, eines der beiden Jungtiere, die sie selbst gezogen hatte. Ian hatte ihn ihr zum Abschied geschenkt, zusammen mit einer goldenen Kette und einem Blutstein, den sie jetzt sorgsam verborgen unter ihrem Kleid trug. Diese beiden Dinge waren alles, was sie mitnahm, obwohl Eldeker und die anderen Führer der Stadt sie mit Geschenken hatten überhäufen wollen.
»Werden wir uns wieder sehen, Yori?«, fragte Ian.
Yori blickte von der Höhe des Pferderückens auf ihn herab und schüttelte den Kopf. »Ich glaube nicht«, antwortete sie und der deutliche Klang von Trauer in ihrer Stimme überraschte sie selbst. »Ich habe einen weiten Weg vor mir. Und ihr habt noch viel Arbeit hier.«
Ian nickte, ließ die Zügel los und sah zur Stadt zurück. Das Tor stand offen, sodass man den Hof gut sehen konnte. Die Männer und Frauen der Stadt hatten während der letzten fünf Tage fast ununterbrochen gearbeitet, aber die Spuren des Bebens waren trotzdem noch überall zu sehen. Es würde lange dauern, bis die Festung in den Felsen wieder in alter Pracht und Stärke erstanden war. Ian hatte ihr erzählt, dass alles wieder so werden sollte, wie es war – mit zwei Ausnahmen: Von nun ab würde das Tor in *beide* Richtungen geöffnet bleiben und der große Förderturm am Ende des Hofes würde nicht wieder aufgebaut werden. Sie brauchten ihn nicht mehr.
Yori wollte endgültig losreiten, aber in diesem Moment riss sich Maja von der Hand der Mutter los und stürmte auf sie

zu, sodass sie den Hengst noch einmal anhielt. »Musst du wirklich gehen?«, fragte Maja. »Warum bleibst du nicht? Wir haben Platz genug und alle mögen dich doch jetzt.«
Yori lächelte, beugte sich im Sattel herab und zauste ihr mit der Hand das Haar. »Das kann ich nicht, Maja«, sagte sie. »Ich habe noch viel zu tun, draußen in der Welt hinter den Bergen, das weißt du doch.«
»Du musst Kaleigh suchen, nicht?«, fragte Maja.
Ihre Worte lösten einen dünnen, scharfen Schmerz in Yoris Brust aus, aber nur für einen kurzen Moment. Kaleigh suchen? Sie hatte mit dem Gedanken gespielt, aber sie wusste, dass sie sie nicht finden würde, so wie niemand auf der Welt einen Drachen fand, sondern immer nur die Drachen einen Menschen, dann, wenn sie ihn brauchten. Auch das war etwas gewesen, was sie erst dort unten, tief unter der Erde, begriffen hatte. Nichts von dem, was sie erlebt hatte, war Zufall, alles war geplant, geduldig und lange vorausgeplant von einer Macht, die sich dem Begreifen der Menschen vielleicht auf immer entziehen würde. Kaleigh war gegangen, so lautlos und rasch, wie sie vor Monaten aufgetaucht war, um Yori zu holen. Jemand – etwas – hatte sie hierher geschickt, als Antwort auf den verzweifelten Hilferuf Chtonas – sie beide, den Menschen und den Drachen, die erst gemeinsam zu etwas wurden, was Yori selbst nicht verstand. Als sie auf die Königin der Drachen gestoßen war und von ihrer Begabung erfahren hatte, hatte sie geglaubt, das Geheimnis des Drachenvolkes zu kennen, aber auch das stimmte nicht. Sie allein war nichts, so wie auch die Drachen erst dann zu etwas anderem als einem gewöhnlichen Tier wurden, wenn sie mit einem Menschen zusammenkamen, in dessen Adern das uralte Blut der Drachenreiter floss.
Nein – sie würde Kaleigh nicht wieder finden. Nicht, solange die Drachen nicht eine neue Aufgabe für sie hatten.

Trotzdem nickte sie auf Majas fragenden Blick und sagte: »Ja, ich muss Kaleigh suchen. Ich gebe ihr einen Kuss von dir, wenn ich sie finde.«
Damit ließ sie die Zügel knallen und ritt los; schneller, als es nötig gewesen wäre.
Eine Stunde später erreichte sie die Berge und sah den Pass vor sich liegen, den Ian ihr beschrieben hatte. Kurz bevor sie den Hengst in den schmalen Hohlweg lenkte, der hinaufführte, hielt sie noch einmal an und sah zur Felsenstadt zurück.
Die Festung war zusammengeschrumpft, ein Schatten unter anderen, viel größeren Schatten, der sich kaum noch von den grauen Felsmassen um ihn herum unterschied. Es tat ein wenig weh zu denken, dass sie niemals zurückkommen und sehen würde, was aus dem Felsenvolk und seiner Stadt geworden war.
Aber vielleicht würde sie es doch tun. Und sie war sicher, dass sie alles unverändert vorfinden würde, ganz gleich, wie viel Zeit vergangen wäre. Die Festung würde bleiben, und die, die ihre Heimat in ihr gefunden hatten, würden auch noch da sein. Chtona wollte es so, das hatte ihr die lautlose Stimme unter der Erde verraten. Sie würden bleiben, beide, dieses gewaltige, uralte Wesen im Leib der Erde und die trutzige Festung hoch über ihr. Aber nicht mehr als eine Stadt ihrer Feinde, sondern als Freund und Wächter.

Wolfgang Hohlbein

Der Meister der Fantasy.

Abenteuerliche Ausflüge zu grausigen Monstern, düsteren Mächten, magischen Welten.

01/10831

Eine Auswahl:

Das Druidentor
01/9536

Azrael
01/9882

Azrael: Die Wiederkehr
01/10558

**Der Magier
Der Erbe der Nacht**
01/10820

**Der Magier
Das Tor ins Nichts**
01/10831

**Der Magier
Der Sand der Zeit**
01/10832

Dark Skies - Das Rätsel um Majestic 12
01/10860

Wyrm
01/13052

Die Nacht des Drachen
01/01/13005

Odysseus
01/13009

Hagen von Tronje
01/10037

Das Siegel
01/10262

HEYNE-TASCHENBÜCHER

Martin Hocke

»Eine bewegende Geschichte, wie sie als Fabel der Verstrickung von Menschen unserer Zeit kaum exemplarischer gedacht werden kann. Einem solchen Buch wünsche ich viele Leser.«

*HANS BEMMANN,
Autor von Stein & Flöte*

Der Krieg der Käuze
01/10995

01/10995

HEYNE-TASCHENBÜCHER